바람을 담는 집

바람을 담는 집

바람을 담는 집

김화영 산문집

문학동네

가볍고 투명한 집

어느 해 여름, 아일랜드를 여행했다. 더블린에서 자동차를 하나 세내어 타고 유럽의 가장 서쪽인 골웨이로 갔다. 거기서부터 황량하고 아름다운 코느마라 코스트를 따라 북쪽으로 올라갔다. 관광객의 무리가 북적대는 무덥고 소란스러운 대륙과는 달리 가도가도 초원과 구릉뿐인 풍경은 초가을날 같은 투명한 햇빛에 젖은 채 인적이 없었다. 크고 작은 늪과 호수들과 풀밭 사이사이로 나직하게 뻗은 돌담길이 끝간 데 없는데 가끔 외로운 양치기나 도보여행자를 마주치는 것이 고작이었다. 길을 잘못 들어 무작정 따라가다보면 인적 없는 바닷가의 절벽에서 문득 세상의 길이 끝나 있었다. 이름 없는 들꽃이 소복한 단애에 적막함이 사무쳤다.

가다가 시인 예이츠의 고장에 들러 그 유명한 '이니스프리
섬'에 나룻배를 대어보았다. 호수 한가운데 있는 작은 섬에 잡초
가 바람에 눕고 기슭에 찰싹이는 물소리가 한가로웠다. 아무도
없었다. 사공은 소리쳐 부를 때까지 밭에서 무심히 일을 하고 있
었다. 슬라이고의 그리 볼품 없는 길가에 차를 세우고 교회 묘지
로 예이츠의 묘비를 보러 갔다. 과연 듣던 대로 그 돌에 새겨 있
으되, "말탄 자여 지나가라" 하였다. 죽은 자의 무덤 앞에 발을
멈춘 과객에게 시인은 어서 삶의 길로 돌아가라고 재촉하는 것
이었다. 그래서 나는 다시 떠났다. 북아일랜드의 눈물겹도록 처
연한 바닷가에까지 올라갔다가 열흘 만에 회정하여 다시 더블린
으로 돌아왔다.
　자동차를 빌렸던 회사를 찾아가 차를 돌려주고 나니 나무 한
그루 없이 뙤약볕만 내려쪼이는 마당 한가운데 여행가방 하나만
이 내 앞에 휑하니 남았다. 가슴을 가득 채우고도 남던 그 초원
과 파도 높은 바다와 늪 그리고 돌담길은 더디 가고 동그마니 남
은 가방 하나. 그것이 나의 여행과 삶이 이른 곳이었다. 어느 날
엔가는 그 가방의 손잡이도 놓아버려야 할 것이다. 이것은 허무
가 아니다. 가진 것이 없어야 멀리 갈 수 있음을 나는 안다.
　나는 가끔 송순의 아름다운 시조를 생각한다.

　　십 년을 경영하야 초려삼간 지었나니
　　반칸은 청풍이요 반칸은 명월이라
　　강산은 들일 데 없으니 둘러 두고 보리라.

　한번도 "一家를 이룬다"는 꿈을 꾸어본 적이 없고 그런 것이
가능하다고 여겨본 적도 없다. 그 집은 너무나 무겁고 삼엄하다.

그런 집을 지어 누구를 가둘 것인가. 그러나 글을 쓸 때마다 나는 기이한 집짓기를 꿈꾼다. 반칸은 청풍이요 반칸은 명월인 집, 가볍고 투명하여 떠남이 곧 휴식이고 안식이 곧 떠남인 집, 그런 집을 짓는 일이라면 십 년이 아니라 일생을 다 바치고 싶다.

　『공간에 관한 노트』 이후 거의 10년이 지나 묶은 이 책에는 그토록 가볍고 투명한 집에 대한 이지러진 몽상들이 담겨 있다. 이 속에 드리워진 침묵과 길 떠남의 적막함이 조촐하게 느껴진다면 좋겠다.

1996년 여름
김화영

차 례

I 마음속의 풍경

냄새와 기억

나는 가끔 혼자서 영화관에 간다. 혼자 갈 때는 가급적 강북의 오래 된 영화관을 찾아간다. 단성사, 중앙극장, 스카라극장, 대한극장, 그런 영화관들이 있는 사대문 안이 내겐 진짜 서울이다. 주변에 나직한 집들이 늘어서 있는 그런 동네의 뒷골목에서는 항상 생선 굽는 냄새가 난다. 톰 행크스 주연의 영화 〈포레스트 검프〉를 보기 위하여 명보극장에 혼자 갔다. 너무나 오랜만에 찾아간 탓으로 영화관이 매우 현대적인 신축 건물인 데에 놀랐다. 너무나 빠르게 변하는 서울이 마음속에서 점점 낯설어져간다. 표를 사고 나니 영화 상영시간까지 한 시간 넘어 시간이 남았다. 옛 친구 같은 진짜 서울의 한복판에서 이렇게 남아도는 시간을 나는 좋아한다. 혼자서 영화구경을 가는 재미의 중요한 부

분이 이 창자 속 같은 옛날 거리를 하릴없이 돌아다니는 한가함
에 있다. 초겨울 볕이 가득히 고인 가게도 기웃거리고 전지, 싸
구려 시계, 공구, 가위, 테이프 등을 늘어놓고 파는 노점 앞에 서
서 들여다보기도 하며 이런 동네의 뒷골목을 어슬렁거리면 마음
이 느긋해진다. 문방구, 지물포, 짜장면집, 도장방, 구멍가게. 옛
날의 모습과 많이 달라진 것 같지 않다.

그 어느 골목인가를 돌아가면 30여 년 전 내가 사귀던 여자와
같이 앉아 있던 다방이 있을지도 모른다. 그때, 아마 가을날 오
후였던 것 같다. 그때 나는 우리들의 관계가 끝나가는 것을 어렴
풋이 느끼고 있었던 것일까? 그 여자의 약간 갈색이 도는 머리칼
위로 가을 오후의 볕이 내려앉고 가는 바람이 머리칼 몇 개를 세
워가지고 가볍게 흔들고 있었다. 나는 그녀에게 말했다. 꼭 우리
가 서로 헤어지고 나서 10여 년의 세월이 지난 뒤 우연히 길에서
마주쳐가지고 차나 한잔 하자며 들어와 앉아 있는 것만 같아, 하
고. 그 객쩍은 소리에 여자가 웃었다. 그 다방도 이젠 사라져버
렸을 것이다. 그 여자도 오래 전에 미국으로 떠나고 없다. 실제
로 나는 그녀와 헤어졌지만 10여 년 후 명보극장 근처의 다방 같
은 곳에 들어가 마주 앉아서 아이는 몇이지? 몇 살 몇 살인데?
하는 따위의 질문을 주고받을 기회는 없었다. 지금은 물론 너무
늦었다. 그러나 아직 이 동네는 모든 것이 사람의 신체적 크기와
조화를 이루면서 아늑하다. 가위눌리게 압도하는 고층건물들도
없고 갈피를 잡을 수 없게 차들이 씽씽 달리는 대로나 광장도 아
니다. 이런 거리를 천천히 걷노라면 지금 내가 한가하게 살고 있
구나 하는 실감이 난다. 심지어 쓸쓸함이나 절망에도 일종의 따
뜻한 안도감이 따르는 것이다.

풍전호텔 앞을 지난다. 영화감독 **P**군이 생각이 났다. 어디선

가 〈퐁뇌프의 연인들〉이라는 영화의 시사회를 한다면서 연락을 취해왔었다. 나는 그 영화를 파리에서 이미 보았고 그 호들갑스러운 인상이 그리 맘에 들지 않아서 그만둘까 하다가 봉투에 찍힌 이름이 긴가민가해서 전화를 했더니 바로 그 P군이 보낸 것이었다. 10여 년 동안 소식이 없다가 문득 나타난 것이었다. 풍전호텔 안 어딘가에 커다란 시사실이 있었다. 영화가 끝난 다음 나는 P감독과 차를 마셨다. 그의 표정이 웬일인지 옛날 같지 않고 설핏했다. 언제나 쾌활하고 자상하던 그였는데 이상하게 거리를 두려는 듯한 그의 태도가 내겐 아무래도 석연치가 않았다. 우리들 사이에 가로놓인 세월 탓이려니 했다. 영화의 수입이 성공적인 것 같다면서 시사회에 와준 다른 손님들만 아니라면 술이라도 한잔했을 터인데 안됐다고 P가 말했다. 그리고 불과 한 달이 채 못 되어 신문의 사회면에는 그가 부도를 내고 가족과 함께 미국으로 도피했다는 기사가 커다랗게 났다. 이 나라에서 부도를 내는 사람은 많을 터인데 전직이 영화감독인 덕분에 그는 신문에 커다랗게 나타나서 자신이 이제 이 나라에 없다는 것을 내게까지 알려주게 되었다.

4가 쪽으로 걸음을 옮기는데 등뒤인가 옆인가 분명히 가려내기 어려운 어떤 방향에서 문득 생선 굽는 냄새가 확 났다. 점심때가 되어 시장했던 탓일까, 한참을 내처 걸어가다가 나는 그 생선 굽는 냄새에 이끌려 발걸음을 되돌렸다. 사실 내가 좋아하는 강북의 옛날 영화관 근처에는 늘 어디선가 생선 굽는 냄새가 난다. 그것도 으슥한 골목길에 화덕을 내놓고 적쇠에 굽는 생선이다. 냄새가 나는 곳을 찾아 사방을 두리번거리는데 환상일까, 어떤 깡마르고 키 큰 사내의 약간 구부정한 등이 보였다. 눈에 익은 뒷모습이다. 뒤를 어슬렁어슬렁 따라가보았다. 큰 건물 옆댕이 좁은 골목에 나지막한 집들이 올망졸망 늘어서 있고 거리의 화덕에 굽다 만 생선들이 늘어놓여 찬바람을 맞고 있었다. 그 키 큰 사내는 문득 사라져버렸다. 그는 영화감독 하길종이었다. 십칠팔 년 전에 죽고 없는 사내다. 학교 다닐 때는 아까운 등록금으로 『태를 위한 과거분사』라는 시집을 내고 휴학도 하더니 미국 가서 훌륭한 영화감독이 되어서 돌아왔었다. 그와 함께 '마음과 마음', 그런 제목의 술집에서 술추렴도 하고 〈바보들의 행진〉 같은 영화 시사회도 열었었다. 추운 겨울날 소설가 김승옥이 전화로 그의 죽음을 알려와서 그와 함께 혜화동의 고대병원 영안실로 달려갔었다. 시인 김종삼의 시집 『누군가 나에게 물었다』가 생각나는 한 모퉁이를 돌아가니 프랑스에 가 있던 그의 부인이 막 돌아와 소복으로 갈아입고 있었다. 그 무렵 영화판의 하길종이나 김승옥은 늘 을지로 그 어디쯤의 여관방에 들어앉아 있었다. 지금도 그런 여관방이 있는지, 그런 여관방에는 어떤 사람들이 들어앉아 있을는지. 오히려 그립다. 그래서 영화감독 하길종이 나를 안내해 갔던 생선구이집이 이 근처 어디엔가 있었다는 생각이 났다. 나는 아주 자연스럽게 그리로 이끌려든 것이다. 죽고 없는 사람의 환영에 이끌리듯이. 그는 미남인 자신의 얼굴이 수줍은지 늘 수염이 텁수룩한 모습으로 큰 키를 구부정하게 하고 걸었다. 생선 굽는 집으로는 그런 포즈로 걸어가야 한다는 듯이.

골목길의 높이보다 약간 깊어 보이는 식당 안은 좁지만 아늑했다. 가운데에 석유난로가 놓여 있고 그 위의 커다란 양은 주전자 속에서 보리차가 끓고 있었다. 테이블은 고작 대여섯 개. 뭐가 됩니까, 점심식사로? 카운터에 팔짱을 끼고 서 있는 아주머니가 경상도 억양으로 굴비구이를 권했다. 이런 혈색 좋은 식당아주머니를 보면 나는 왜 항상 그이가 과부라고 혼자 짐작을 해버리는 것일까? 또 한 사람의 아주머니가 골목길로 나가 생선을 굽는 동안 처음의 아주머니가 보리차와 콩나물, 시금치 무침을 우선 반찬으로 내왔다. 아직도 서울에 이런 식당이 남아 있었던가? 접시에 집어 담은 평범한 콩나물 무침 따위가 돌연 내 가슴을 뭉클하게 만드는 것은 무슨 까닭일까? 젓가락으로 그걸 집어 입안에 넣자, 왜 그랬을까, 나의 마음 저 깊은 곳 어디서 누군가 나를 부르는 소리가 들리는 것만 같았다. 홀 안에 손님이라곤 나 혼자뿐이었다. 거기서 나를 부를 사람이 있을 리 없었다. 콩나물 무침을 또 한 점 집어먹어보았다. 여러 해 전에 고향에서 돌아가신 할머니 생각이 났다. 이렇게 밀려드는 갑작스런 추억의 밀물이란 항상 건강한 것만은 아니지만 싫지는 않았다. 서울의 옛 동네에서 오랜만에 한가한 시간을 만났기 때문이리라. 환영을 만나듯이.

1955년, 지금부터 꼭 40년 전이다. 콩나물 무침 속의 맛 저 건너편에서 오고 있는 40년 세월. 서울로 떠나는 어린 나를 위해 할머니가 과수원의 사과들을 낱개로 팔아 겨우내 모은 돈을 꼬깃꼬깃 뭉쳐서 '개홧주머니' 속에 깊이 넣어주셨다. 그리고 국민학교를 갓 졸업한 나는 혼자서 초행의 서울로 낯선 길을 떠났다. 중학교 입학 시험을 치르기 위해서였다. 떠나기 전날에는 국민학교 동창생 몇 녀석들이 딴에는 송별회라고 지금은 기억도 잘 나지 않는(다만 골목길로 봉창이나 나 있어서 지나는 장사꾼들의 외침이 금방 방 안으로 넘어들어올 것만 같이 가까이 들리던) 어떤 집 외진 골방에 모여서 대담하게도 막걸리를 사다가 나누어 마셨다. 이제 갓 국민학교를 졸업한 어린것들이! 그리고 나는 영주역에서 기차를 탔다.

전쟁이 끝난 지 불과 2년. 허술한 기차였지만 내 가슴은 뛰고 있었다. 앞에 앉은 낯선 아저씨가 어디 가냐고 물었다. 서울에 중학교 시험을 치러 간다고 자랑스럽게 대답했다. 기차가 굴로 들어가자 찬바람과 요란한 소음과 그을음과 어둠의 알갱이들이 차 안으로 자욱이 몰려들였다. 아저씨가 뭐라고 어둠 속에서 물었지만 잘 들리지 않았다. 혼자 가느냐구요? 네, 혼자예요. 어린 녀석이 용감하네. 청량리역에 아버지가 마중나오실 거예요. 앞에 앉은 아저씨와 아주머니들이 삶은 달걀을 하나 내게로 내밀었다. 머나먼 여행이었다. 돈벌이가 있을까 해서 고추 보퉁이를 가지고 서울 간다는 아저씨는 주름진 얼굴을 옆으로 비스듬히 기울인 채 졸고 있었다. 반쯤 벌린 입에서 침이 흘렀다. 이따금씩 팔끝에 손 대신 쇠갈고리가 달린 상이군인이 다가와 무슨 물건인가를 사라고 하거나 생짜로 돈을 요구하기도 했다. 어둠 속에서 기차바퀴 소리가 아득히 규칙적으로 덜컹거렸다. 기차의 차창 밖으로 바라보이는 강이나 밭, 언덕, 혹은 비탈에 매달린 듯한 작은 마을들, 차창을 따라 춤추듯이 오르내리다 사라지곤 하는 전깃줄들. 그것은 그때의 내 어린 눈이 본 것일까, 아니면 그후 수없이 서울과 고향으로 오르내리면서 보아온 여러 풍경들의 합성일까. 나와 함께 창밖으로 그 풍경을 내다보았던 많은 사람들이 그 풍경들을 가만히 내려놓고 어디론가 사라져버렸다. 그들의 눈으로 강을 본다. 미루나무가 줄을 서서 강물에 이마를 적시는 것을 이제 나 혼자 바라본다. 미루나무들이 강 속으로 사라져버리려고 한다. 40년 세월이 그 깊은 강물처럼 보인다. 그 속에 많은 사람들과 많은 고통들이 들어 있다. 식당문 앞 골목에서 굴비가 다 구워져서 상 위에 올랐고 고봉으로 담긴 밥그릇과 콩나물국이 옆에 놓였다. 1955년 그때의 그 식사와 다름이 없었다. 그날 청

량리역에는 어인 일인지 아버지가 마중을 나오시지 않았다. 난생
처음으로 도착한 서울에서 우선 나는 미아였다. 그런데 어떻게
하여 나는 아무런 두려움도 느끼지 않았던 것일까? 전쟁 직후의
‘미아’는 어쩌면 우리들 삶의 일부였는지도 모른다. 아니, 내 옆
에는 기찻간에서 만난 낯선 아저씨가 있었다. 나는 결국 인정 많
은 그 아저씨를 따라 영천 고갯마루의 산비탈에 걸린 어느 판잣
집에서 서울의 첫날밤을 보내게 되었다. 매우 크고 어둑어둑한
장방형의 방이었는데 벌써 한구석에 어른들이 잔뜩 둘러앉아 있
었다. 엿장수들의 합숙소였다. 가마솥에서 엿을 고고 있는 모양
으로 갈자리를 깐 방바닥은 뜨끈뜨끈했다. 벽에서 삐죽하게 나온
나무막대기에 엿뭉치를 걸어 연신 잡아당기며 늘이고 있는 한
사람 주위에 다른 엿장수들이 둘러앉아 그날 하루 동안 골목길
을 누비며 다니다가 겪은 일들을 서로 이야기하고 있었다. 젊은
색시가 나와서 졸대엿이 있냐고 묻는 거여…… 졸대엿을? 그러
게 말이여. 아마도 나를 데리고 온 아저씨는 서울에 올 때마다
이 엿장수들의 합숙소에서 묵는 모양이었다. 방 한구석에 반질반
질하게 때묻은 목침들이 잔뜩 쌓여 있어서 자고 싶은 사람은 그
중 하나를 헐어내어 베고 잠이 들면 그만이었다. 물론 이불 따위
는 없었다. 입은 옷이 이불이었다.

그곳에서 자고 나자 이튿날 아침 아저씨는 전찻길 건너편 골
목에 쳐놓은 포장 식당으로 갔다. 길쭉하고 큰 나무탁자 주위에
좁은 판대기로 만든 긴 의자들이 둘러놓여 있었다. 놋숟가락에
묻은 물기가 얼어 입술에 짝짝 붙는 그 식당에서 차려준 아침은
고봉의 밥과 시래깃국, 그리고 콩나물과 까만 콩조림이 전부였는
데 어디서 그렇게 생선 굽는 냄새가 찬바람을 타고 풍겨왔던 것
인지 지금도 나는 알지 못한다. 내 일생에 처음 만난 서울은 바

로 그 생선 냄새였다. 그 냄새는 오랜 세월 동안 나의 내면 어딘가 깊숙이 잠복하고 있었던 모양이다. 아저씨는, 고추 값으론 밑천이 부족한지 어린 내게 2인분의 아침식사 값을 고스란히 다 치르게 했다. '개홧주머니' 속 깊숙이 갈무리해두었던 내 돈은 처음 이렇게 쓰였다.

식사 후에 아저씨는 내 말대로 '을지로 중앙극장 앞 달나라다방 이층 동광제지 주식회사' 사무실로 나를 데려다주었다. 녀석, 잊지도 않고 잘도 기억하는구나. 거기가 우리 아버지의 사무실이었다. 책상 하나와 의자 세 개와 깡통 재떨이 두 개가 전부인 사무실이었다. 물론 제지공장은 전쟁 동안 폭격으로 빈터만 남았고, '달나라'다방 이층의 사무실이 전부인 그 회사에서 허름한 바지 차림의 아버지가 나오셨다. 낯선 사람과 불쑥 나타난 어린 나를 보고 놀라지도 않았고 아주 반가워하는 표정도 아니었다. 그 시절은 으레 그랬던 모양인가. 어제 청량리역으로 왜 나오시지 못했는지를 길게 설명하지도 않았다. '달나라'다방 2층 동광제지 주식회사 사무실에서 나는 서울 생활의 출발신호를 기다렸다. 그리고 나의 무게중심은 이제 생선 굽는 냄새가 풍기는 서울 쪽으로 기울어지기 시작했다. 나에게는 그 너무나도 어려운 '어찐말'(서울말)을 배우는 일, 중·고등학교, 대학교 시험을 차례로 치르고 다시 프랑스말을 배워 비행기를 타게 될 14년의 긴 세월이 남아 있었다. 그 세월의 주름주름에는 골목길에 화덕을 내놓고 적쇠에 굽는 생선 냄새가 배어 있다. 그 냄새와 함께 나는 그만 서울 사람이 되고 말았다. 고향의 과수원은 남에게 넘어간 지 옛날이고 지금은 사과나무들마저 다 베어지고 거대한 돼지우리가 들어섰다. 나는 고향으로 돌아가지 않았다.

우리는 눈을 감고 잠을 잔다. 잠을 자는 동안에는 무장해제당한 몸과 더불어 대부분의 감각기관들이 휴식에 들어간다. 눈은 보기를 그친다. 귀는 반쯤만 듣고 손과 피부는 어렴풋이만 느낀다. 그러나 여전히 깨어서 잠복근무중인 기관이 하나 있다. 그것은 냄새를 맡는 코다. 인간은 자면서도 냄새를 맡는다. 흔히 의식의 한계 저 밑에서 꾸준히 정보를 수집하여 해석하고 반응하고 저장하는 것이 후각기관이다. 깊이 잠든 사람의 코밑에 이제 막 피어난 라일락꽃 가지나 막 구워낸 피자 조각을 갖다 대어보라. 잠자고 있는 사람의 표정 위에 아련히 떠오르는 행복감이나 입맛을 다시는 모습을 상상하기란 그리 어렵지 않다.

후각 메시지는 마치 두뇌의 논리적 인식 과정을 거치지 않은 채 우리의 가장 오랜 과거와 현재를 바로 연결시켜주는 것만 같다. 후각은 가장 직관에 가깝다. 후각은 사건의 핵심으로, 존재의 심장으로, 행동중추로 곧장 달려가기 때문에 논리적 검증 과정이 생략되어 있다. 나는 왜 이 냄새가 이런 느낌을 주는지 '설명'할 수가 없다. 다만 본능적으로 거기에 반응할 뿐이다. 그래서 예컨대 형사가 사건을 수사할 때 논리적 추리에 의존하기에 앞서 어떤 낌새를 느끼면 '냄새를 맡았다'고 하는 것인가?

어떤 냄새는 지금의 오만한 인간들이 아직 직립하기 이전 코를 땅바닥 가까이 붙인 채 헤매고 다니던 시절, 저 시원의 동물적 기억을 되살려주는 것 같다. 갓난아기 적에 누가 어머니이며 어머니가 어디 있는지를 알려줌으로써 생존에 절대적으로 필요한 정보를 제공해준 것도 또한 후각이다. 냄새는 성적 쾌감과 미묘한 맛을 느끼게 해주고 심리적 즐거움이나 혐오를 자아낸다. 사랑하는 사람의 냄새. 비 오는 날 젖은 개털 냄새. 가랑잎 타는 냄새. 어떤 꽃 냄새. 구태여 따지고 든다면 향기로운 것과 거리가 먼, 그러나 모든 이성을 초월하여 생래의 그리움을 자아내는 어떤 살 냄새나 퀴퀴한 땀 냄새. 겨드랑이에서 나는 역한 냄새. 혹은 욕실에서 나오는 사람의 머리칼에서 나는 비누 냄새. 삶의 갈피갈피에 잠겨 있는 우리들의 내밀한 정감. 냄새는 흔히 그 냄새 자체를 느끼게 하는 것과 동시에 그 냄새에 관련되어 있는 아득한 과거의 보따리를 끌러놓거나 실뿌리들을 들추어내준다. 그러나 대개는 매우 불확실하게. 그 냄새에 실려나온 기억은 팔도 없고 다리도 없는 어떤 얼굴이 되어 공중에 아련히 떠오른다. 그리고 이내 사라져버린다. 어떤 냄새는 문득 코끝에 다가와 알 수 없는 기억의 심연 저쪽을 손가락질하는 듯 마음을 끌고 가다가 그 영문 모를 미궁의 길 위에 나를 미아처럼 혼자 남겨놓은 채 홀연히 사라져버린다.

굴이나 오렌지는 지금은 매우 흔해진 과일이 되어 있다. 그러나 가난한 농촌에서 보냈던 나의 어린 시절에는 구경만 하기도 힘들었던 것이 굴과 오렌지였다. 어쩌다가 꿈속에서처럼 그 노란 열매가 어른들이나 다른 아이의 손에 나타나는 때가 더러 있었다. 그 빛나는 껍질을 벗기기라도 할 양이면 그 속에 단물 가득한 과육의 방들이 나란히 붙어 초롱불 빛나는 궁전을 이루고 있다가 반달 모양으로 쪼개져 나올 때 그 신비하고 아름다운 모습은 황홀하기 그지없었다. 그러나 무엇보다도 내 마음을 흔들었던 것은 처음 맡아보는 그 과일의 형언할 수 없이 감미로운 냄새였다. 구태여 어린 내가 이미 경험하여 알고 있는, 그리하여 자연스럽게 존재하는 그 무엇에 빗대어 형용해본다면 그것은 어떤 냄새였을까? 내가 제일 좋아하는 할머니의 젖가슴 냄새와 찔레꽃 냄새 그 두 가지의 중간쯤에다가 비온 뒤 엷은 구름이 쓸려가는 푸른 하늘 냄새라든가 갈대 자욱한 언덕 위에서 바라보는 노을 냄새 같은 것을 섞어 5월달 바람에 날려보낸다면 그런 냄새가 될까? 그러나 그 냄새는 그런 모든 것 중 어느 것도 아니었다. 냄새와 향기는 왜 이처럼 언어로 형용할 수가 없는 것일까? 왜 냄새는 구체적인 경험 속에서 빌려온 은유로밖에는 묘사할 수가 없는 것일까? 우리 각자의 몸만이 알고 있는 냄새는 우리 각자의 극복할 길 없는 고독을 손가락질하고 있다.

그러나 사실 그 냄새가 그토록 황홀하고 감미로운 것은 그 냄새의 실체가 눈으로 볼 수도 손으로 만질 수 없으며 어디엔가 간직해두기에는 더더욱 어렵다는 데 있었다. 처음 껍질을 벗겼을 때 나던 그 향긋한 냄새는 시간이 갈수록 어디론가 종적 없이 사라져버리는 것이었다. 처음 맡았던 그 냄새를 좇아서 벗긴 껍질을 코에 대어보기도 하고 간신히 차례가 온 알을 한조각 입에 넣고 오래오래 맛보기도 하지만 처음의 그 냄새는 점점 더 아득해지기만 할 뿐 그 어느 곳에도 머물러 있지 않는 것이었다. 존재의 증발. 그 뒤에 남는 아쉬움과 그리움. 눈에 보이지도 않고 소리도 없이 홀연히 나타났다가 사라지는 귤의 향기는 내게 최초로 존재에 대한 '그리움'이 무엇인지를 가르쳐주었던 것 같다. 눈에 보이는 귤은 물론 참하고 아름다웠다. 그러나 가시적이고 손으로 만질 수 있는 귤이 곧 그 향기는 아니었다. 그 황홀한 향기는 언제나 귤로부터 '사라지고 있는' 상태로만 나에게 감지되었다. 나는 벗겨진 귤과 사라진 향기 사이의 길 한가운데 미아처럼 버려진 채 눈으로 본 적도 손으로 만진 적도 없는 그 무엇에 대한 그리움이 명치 끝에 아프도록 사무쳐오는 것을 느낀다. 향기란 무엇일까? 향기란 그 자체가 그리움이다. 덧없는 삶의 저 너머 영원불변하는 그 어떤 '실체'에의 그리움. 향기는 존재보다 부재의 아름다움에 가깝다. 그리고 오랜 세월이 지난 후, 나는 어느 날 처음으로 프루스트의 저 유명한 마들렌느 에피소드를

읽었다. 콩브레의 시골집에서 어느 겨울날 주인공 마르셀('나')
은 어머니가 가져다준 마들렌느 과자 부스러기를 한스푼의 차에
녹여 입으로 가져간다. "그러나 과자 부스러기가 섞인 차 한모
금이 내 입천장에 닿는 바로 그 순간 나의 속에서 일어난 비상한
그 무엇 때문에 나는 몸을 부르르 떨었다. 아무런 까닭도 없이
따로 분리된 어떤 감미로운 희열이 나를 사로잡았던 것이다." 돌
연 우리를 휩쓰는 사랑의 조화가 그러하듯이 그 희열은 나를 어
떤 '고귀한 본질'로 가득 채우게 된다. 그와 동시에 나에겐 삶의
온갖 부침 따위는 아무래도 좋을 만큼 무관해지고 인생의 온갖
재난들도 아무렇지 않게 느껴지고 삶의 덧없음도 착각같이만 여
겨진다. 변화생성하며 덧없이 흘러가 부서져버리는 것이 우리의
'삶'이라면 그것의 저편에, 혹은 그 밑바탕에 우리가 상정하고
그리워하는 '고귀한 본질'은 불변하는 영원 같은 그 무엇이다.
한스푼의 차의 맛이 돌연 나를 그 불변의 본질과 만나게 해준 것
이다. 이리하여 나는 더이상 보잘것없거나 우발적인 존재가 아니
게 된다. 그래서 우리의 일상적인 삶이 보여주는 부침 따위는 한
갓 그림자에 불과한 것같이 보인다.

　도대체 이 강력한 기쁨이 어디에서 온 것일까? 나는 차를 다
시 한모금 마셔본다. 그러나 처음보다 더 나을 것이 없다. 세번
째로 한모금 더 맛보자 쾌감은 두번째보다 더 약해졌다. 그제서
야 나는 깨닫는다. 내가 찾고 있는 진실은 차 속에 있는 것이 아
니라 나의 내부에 있는 것이다. 의식 속의 모든 장애물을 제거하
고 귀를 기울여본다. 이윽고 첫번 한모금을 맛보았을 때의 차 맛
을 백지처럼 비워놓은 의식 속에 갖다놓아본다. 내면의 저 깊은
곳에서 닻을 거두면서 뭔가가 부르르 떨고 꿈틀대면서 솟아오르
려고 한다. 그것이 무엇인지 알 수는 없으나 하여간 천천히 떠오

르고 있다. 떠오르는 가운데 생기는 저항도 느껴진다. 수런거리
면서 그것이 먼 거리를 거쳐 수면 쪽으로 떠오르는 소리가 들린
다. 내 속의 깊은 곳에서 파닥거리는 것, 그 추억은, 그와 똑같은
어떤 순간의 매혹이 그토록 멀리서부터 찾아와서 나의 깊은 내
면에서 부추기고 흔들어 일으키는 그 옛날의 한순간은 과연 의
식의 표면에까지 이를 것인가?

돌연 추억이 수면 위로 솟아오른다. 그 차 맛은 먼 옛날 내가
일요일에 레오니 아주머니의 방으로 찾아가 아침인사를 할 때면
그이가 보리수 차에 적셔주던 그 마들렌느 과자의 맛이었던 것
이다. 기적처럼 소생하는 그 '본질'을 프루스트는 이렇게 표현한
다. "아득한 과거로부터 어느 것 하나 살아남은 것이 없을 때,
사람들은 죽고 사물들은 파괴되고 난 다음에, 더욱 연약하지만
더욱 생생하고 더욱 비물질적이며 더욱 고집스럽고 더욱 충실하
게 냄새와 맛만이 아직도 영혼처럼 오래도록 남아서 그 모든 것
들의 폐허 위에서 기억을 되살리고 기다리고 희망을 가지며 거
의 손으로 만져볼 수도 없는 그 작은 물방울 위에다가 추억의 거
대한 건축물을 굽힐 줄 모른 채 떠받들고 있는 것이다." 그리고
이 위대한 기억찾기의 작가는 '작은 물방울'에 불과한 차 한모금
속에 담겨 있다가 되살아나는 '추억의 거대한 건축물'을 보여준
다. 어린 시절의 레오니 아주머니. 길 쪽으로 면한 낡은 집과 뒤
쪽의 정원. 마을과 광장. 그리고 거리들.

그것은 일본 사람들이 종종 보여주는 그 황홀한 놀이를 연상
시킨다. 물을 가득 담은 도자기 사발 속에 별것 아닌 듯한 종이
부스러기들을 집어넣는다. 처음에는 서로 구별도 되지 않던 종이
덩어리들이 물에 풀리자 기지개를 켜듯이 확 펼쳐져 윤곽을 드
러내면서 서로 다른 모습으로 변하여 꽃이 되고 집이 되고 알아

볼 수 있는 사람이 되는 것이다. 그 종이 덩어리들처럼 콩브레 마을과 그 인근의 공간들이 형태와 견고함을 갖추어 한 잔의 차 속에서 살아나온 것이다.

프루스트는 이런 신비한 기억의 소생과 관련하여 켈트 신앙 이야기를 들려준다. "우리들이 잃어버린 사람들의 영혼은 어떤 하등한 존재, 짐승이나 식물이나 생명 없는 물건 속에 갇힌 채 우리들에게는 실제로 사라지고 없는 상태로 있다가 우리가 어느 날 나무 옆으로 우연히 지나가다가 그 영혼의 감옥이 된 물건을 소유하게 되면(많은 사람들의 경우 이런 일은 영원히 일어나지 않을 수 있지만) 그제서야 영혼은 홀연 소스라치면서 우리를 부르고 또 우리는 즉시 그들을 알아보게 되어 마법이 풀리는 것이다. 우리들 덕분에 해방된 영혼들은 죽음을 이겨내고 다시 우리 인간들 가운데 돌아와 살게 된다."

(1995)

꿈길 저 너머 빈집

직업과도 무관하지 않아서 나는 비교적 프랑스에 자주 가는 편이다. 몇 달, 혹은 몇 년씩 가서 살기도 하고 잠시 동안만 여행을 다녀오기도 한다. 그런데 도착하면 그곳에 가만히 머물러 있질 못하고 또다시 어디론가 여행을 떠나 '국경'을 넘어가보고 싶어 좀이 쑤신다. 국경을 넘어야 비로소 '다른 곳'이 될 것 같다. 공연히 국경 저 너머 쪽이 궁금한 것이다. 비행기를 타고 훌쩍 날아가서 다른 나라 한복판에 내려앉는 것보다는 기차나 자동차로 국경을 넘는 것을 더 좋아한다. 그래야 월경이 구체적으로 체험되는 느낌인 것이다. 음울한 겨울 스트라스부르를 지나 독일로, 릴르의 흐린 하늘을 이고 벨기에로, 폭포처럼 쏟아지는 두우강을 건너 스위스로, 험준한 알프스를 넘거나 정다운 리비에라 해안을 따라 벨칸토로 노래 부르며 망통을 거쳐 이탈리아로, 남쪽 카르카손느 성곽을 지나, 혹은 롤랑 바르트가 어린 시절을 보낸 바이욘느, 루이 14세가 결혼식을 올린 생-장-드-뤼즈의 산협과 대서양 절벽들 따라 스페인으로…… 스쳐가는 수많은 국경 마을이 눈에 선하다.

처음으로 비행기를 타고 프랑스에 유학을 갔을 때도 도착 일주일 만에 스위스로 갔었다. 국경을 넘어보고 싶은 그리움 때문이었다. 그때만 해도 비자란 것이 필요한 나라가 많았다. 제네바를 코앞에 둔 국경에서 다시 리옹까지 되짚어 나와 하룻밤을 묵으며 비자를 받아 기어이 국경을 넘었다. 스위스에서는 다시 이탈리아로 넘어가려 했지만 또 비자가 없어 거절당했다. 학생 시절엔 저녁식사 후 친구들과 드라이브를 한다고 무작정 길에 나서면 내처 달려 한밤중의 낯선 도시에 이르곤 했다. 인적 없는 어느 부둣가나 역 앞 광장에 고물차를 세우고 그 속에 우두커니 앉아 밤을 보내는 게 고작이었다. 그럴 때도 친구들을 졸라 기어이 국경을 넘어가보자고 한 것은 언제나 나였다. 몇 해 전, 오랜만에 니스에 가서 며칠을 머물 때는 아무 볼일도 없으면서 새벽 기차를 타고 이탈리아에 갔다 왔다. 국경을 넘어보는 그리움 때문이었다. 나의 가장 잊지 못할 여행의 기억은 연전 처음으로 동구라파의 문이 활짝 열렸을 때의 기나긴 기차여행이었다. 파리를 출발하여 스위스, 독일, 오스트리아, 헝가리, 체코를 차례로 거쳐갔으니 그야말로 국경넘기의 연속이었다. 이 지칠 줄 모르는 월경의 유혹은 어디서 온 것일까?

삼면이 바다로 둘러싸여 말이야 반도라지만 북쪽은 서슬 푸른 통행금지뿐인 휴전선이다. 그래서 내 나라는 아무리 보아도 한쪽 바다가 보이지 않는 기이한 '섬'이다. 모든 길은 가다가 어디선가 반드시 끊어져 더는 갈 수 없는 바다를 만나거나 아니면 총을 든 병정이 지키는 검문소 앞에서 멈춘다. 그래서 내처 가지 못하고 되돌아와야 한다. 길 따라 강 따라, 골짜기로 산마루로 가고 또 가도 여전히 독 안에서 맴도는 쥐와 다를 게 없다. 이 기이한 고도에 들어앉아 길은 언제나 맴돌고만 있다. 그 속에서 할 수 있는 것은 놀라운 인내의 훈련이다. 아니 그것은 그냥 습관인지도 모른다. 처음부터 그랬으니까, 태어나서부터 그 속에서 살아왔으니까, 답답한 줄 모른다. 그러나 한번 바깥의 세상을 보고 나면 그만 발뒤축에 바람이 설레고 눈은 경계선 저 너머가 궁금하다.

두메산골에서만 살아온 촌로가 생전 처음 안동(安東) 읍내의 장터에 가게 되었다. 높은 고갯마루에 이르러 읍내의 드넓은 거리에 와글대며 오가는 인파를 내려다보고는 그만 놀라 옆에 있는 아들에게 "아이구 얘야, 이게 전부 다 조선이냐?" 하고 묻더란다. 나도 그런 촌로 같은 사람들의 집안에서 태어났다. 열세살 때 나는 처음으로 기차를 타보았고 처음으로 바다를 보았다. 지금도 나의 고향으로 뻗어가는 길은 고향마을을 지나쳐가지 않고 거기서 되돌아나온다. 높은 산맥이 가로막고 있어서 갔던 길을 되짚어 나오게 하는 산골짝에서 나는 어린 시절을 보냈다. 부산서 기차를 타고 북으로 달려 신의주, 그리고 다시 국경을 넘어 멀리 만주땅 어디까지 끝없이 가고 있는 주인공의 이야기를 『인생화보』 속에서 읽으며 그의 여로가 부러웠던 시절이 있었다. 지금의 우리에게 그는 허구 속의 인물일 뿐이다.

우리의 기차는 400킬로미터 남짓 달리고 나면 멈추거나 되돌아와야 한다. 우리나라가 고속전철을 놓는다고 할 때 나는 마음속으로 프랑스의 테제베(TGV)가 선택되기를 간절히 빌었다. 우리가 깔아가는 고속전철이 북쪽으로 올라가다가 다시 서쪽을 향해 시베리아 벌판을 끝없이 뻗어가고 파리에서 깔리기 시작하는 반대편 쪽의 고속전철이 또 동으로 동으로 달려오다보면 어디선가 서로 만나게 될 것이기 때문이다. 언젠가 서울에서 고속전철을 타고 북으로 달려가서 시베리아를 횡단하는 기나긴 여로의 끝에 마침내 파리에 도착하는 날을 나는 꿈속에서인 양 그려본다. 나는 아직 한번도 육로를 따라가서 남의 나라로 들어가본 일이 없다. 이 기이한 '섬'을 떠나려면 언제나 배를 타거나 비행기를 탔다. 그래서 수많은 나라들이 올망졸망 붙어 있는 유럽에 가서 차를 타면 언제나 국경을 넘어가보고 싶어지는 것인지도 모른다.

영남, 호남에서 재를 넘어 과거를 보러 가는 선비나 작은 봇짐 하나를 달랑 걸머진 루소 혹은 헤르만 헤세의 도보여행 시절은 이제 사라져버렸다. 그래도 자전거나 마차, 혹은 자동차나 기차를 타고 땅 위를 달리노라면 눈과 마음으로 쓰다듬으면서 지나가게 되는 풍경 속에 삶이 깃들어 있음을 안다. 길을 따라 흐르는 시냇물, 한 그루의 나무, 산비탈의 바위, 그리고 스쳐 지나는 행인의 무심한 시선 모두가 구상적인 친화력의 범위 안에 있다. 손을 뻗치면 닿는 곳에 펼쳐지는 삶과 풍경, 문득 차를 멈추어 잠시 쉬어 갈 수도 있다. 차가운 시냇물에 이마를 적시거나 한떨기 들꽃을 쓸어볼 수도 있다. 그리고 낯선 도시에 이르러 여인숙에서 묵어 가는 하룻밤, 옛날이야기 속에 나오는 그런 주막도 있다. 이렇게 하여 여행하는 동안에 나의 삶은 '계속'된다. 출발점에서부터 도착하는 장소까지의 모든 여로가 마음속에 정다운 경험의 끈이 되어 이어지는 것이다.

그러나 배를 타고 바다를 건너거나 비행기를 타고 하늘을 날

아 낯선 고장이나 먼 나라에 닿으면 출발점과 도착지는 마음속의 어떤 추상적 공간에 의하여 참담하게 단절되어 있음을 느낀다. 지도책을 펼쳐놓고 지나온 행로를 마음속에서 되밟아 이어볼 수는 있겠지만 그것은 그냥 추상적인 인식에 지나지 않는다. 단조로운 바다나 하늘, 혹은 발 아래로 내려다본 구름과 더러는 아득한 눈벌판, 혹은 북극의 오로라, 그 어디에도 마음이 껴안을 수 있는 삶의 공간은 없다. 중간에 잠시 멈추어 목을 축이는 것은 더욱 불가능하다. 비행기는 삶의 연장이나 계속이 아니라 단절이며 유예다. 그리고 문득 나는 가늠할 길이 없는 먼 곳에 한두 덩어리의 여행가방과 함께 던져져 있는 자신을 발견한다. 이곳과 저곳 사이의 난감하기만 한 단절이 이승과 저승처럼 아득하다. 저승에서 바라보이는 이승은 그런 아득함일까?

1955년 두메산골에서 국민학교를 막 졸업한 소년이었던 나는 중학교 입학원서를 품에 지니고 혼자서 서울로 왔다. 그때는 기차를 타고 왔었고 아무런 두려움도 느끼지 않았다. 기차 안에 앉아 있는 가난한 사람들과 그들이 주고받는 말, 그리고 창밖으로 내다보이는 풍경, 모두가 낯익은 것이었다. 완행열차가 끊임없이 멈추는 그 많은 간이역들과 그 역사 앞에 피어 있는 뱀꽃과 백일홍들, 느린 기차를 쫓아오는 어린 행상들의 메마른 손에 담겨 차창 앞에서 흔들리던 삶은 계란 바구니, 옥수수, 뽕잎에 싼 오디나 산딸기 한무더기는 장차 같은 행로를 오르내리게 될 내 마음속에 지울 수 없는 정다움의 그림으로 새겨질 것이었다.

그러나 1969년 늦가을, 처음으로 비행기를 타고 이 나라를 떠나던 날, 나는 외국유학을 떠난다는 벅찬 감회보다도 독 안에 든 쥐의 신세로부터 해방된다는 기쁨과 함께 이곳과 저곳 사이를 돌이킬 수 없을 만큼 갈라놓는 저 엄청난 단절의 심연 속으로 몸을 던진다는 두려움에 떨었다. 비행기를 타고 도착한 파리는 기차를 타고 도착한 서울과는 사뭇 달랐다. 나는 문득 돌아갈 수 없는 곳에 버려진 미아라는 것을 알게 되었다. 단순히 내가 떠나온 곳과의 거리가 지구의 반대편으로 멀리 물러나 있기 때문만은 아니었다. 말과 풍속이 전혀 다른 외국에 왔기 때문만도 아니었다. 비행기라는 교통수단 이외에는 완전히 길이 끊어져버린 공간 속에 던져져 있다는 사실이 전에는 한번도 맛보지 못한 두려움과 고독감의 벽 앞에 나를 세워놓았다. 이제는 땅을 밟고는 돌아갈 수 없는 곳에 나는 와 있었던 것이다. 이것이 근본적으로 내가 '외국'에 대하여 맺고 있는 마음의 관계이다. 예나 지금이나 외국과 나 사이에는 오직 비행기라는 매우 편리하지만 추상적인 교통수단이 이어주는 심연이 가로놓여 있다.

비행기를 타고 서울과 파리를 오가는 횟수가 잦아지면서 이제 그 심연의 두려움은 없어졌다. 그러나 마음속의 거리가 가까워진 것은 아니다. 지금도 여전히 두 곳을 이어주는 길은 없다. 오직 추상적인 공간, 나 혼자서는 찾아갈 수 없는 거리가 가로놓여 있을 뿐이다. 지금은 심연의 두려움보다는 그저 아득함이다. 그 아득함은 잠이나 꿈을 닮아 있다. 그렇다. 나와 파리 사이에는 잠과 꿈이 가로놓여 있다. 실제로 비행기를 타고 가노라면 그 날아다니는 여인숙에서 하룻밤을 자게 된다. 자고 나면 그 잠의 끝에 파리의 아침이 있었다. 그리고 문득 하늘에서 내려앉은 나를 발견한다. 어제는 여름이었는데 오늘은 가을일 때도 있고 혹은 반대로 어제는 겨울이었는데 오늘은 가을일 수도 있다. 시간과 시간 사이, 집과 집 사이에 혼자서는 찾아갈 수 없는 잠과 꿈의 빈 칸이 깊어진다.

그러나 여기서 내가 말하는 잠이나 꿈은 오히려 하나의 은유다. 쥘리엥 뒤비비에 감독의 옛날 영화 〈나의 청춘 마리안느〉는 사춘기의 사랑 이야기다. 규율이 엄한 기숙학교는 한없이 넓은 호숫가에 있다. 어느 날 먼 아르헨티나에서 뱅상이란 이름의 소년이 기타를 둘러메고 이 기숙학교에 들어온다. 호수 저쪽에는 성이 하나 있다. 아무도 그 성에 가본 사람이 없다. 뱅상은 몰래 배를 타고 금지된 호수를 건너 미지의 성 안으로 들어갔다. 그 성 안에는 아름다운 여자 마리안느가 살고 있지만 고릴라같이 무서운 사내가 지키고 있다. 뱅상의 모험 이야기를 들은 소년들은 모두들 호수를 건너 성 안으로 들어가보고 싶어한다. 마리안느가 살고 있는 호수 저편의 성, 그것은 성년의 비밀에 대한 은유다. 그곳에 이르려면 배를 타고 파도 치는 호수를 남몰래 건너가야 한다. 기숙학교와 성 사이에는 금지된 미지의 심연이 있다.

알랭 푸르니에의 소설 『대장 몬느』는 사춘기의 청년이 경험하는 사랑의 꿈 이야기다. 오귀스트 몬느는 멀리서 오시는 손님을 마중하러 마을에서 얼마 떨어지지 않은 기차역으로 마차를 몰고 간다. 그러나 가다가 그만 깜빡 잠이 들었다가 깨어보니 말은 전혀 방향을 알 수 없는 곳에 멈추어 서 있었고 숲속은 날이 어두워져 있었다. 이렇게 길을 잃고 헤맨 끝에 발견한 것이 어떤 영문을 알 수 없는 성 안의 잔치였다. 그곳에서 그는 아름다운 여자 이본느 드 갈레 양을 만났다. 그 성을 떠나 다시 집으로 돌아올 때도 그는 마차 안에서 잠이 들었기 때문에 그 성으로 가는 길은 다시 찾을 길이 없다. 이처럼 모든 성년의 비밀은 잠과 꿈으로 지워진 길의 저쪽, 안개 속의 성처럼 서 있다. 그곳으로 가려면 날개 달린 꿈이나 모험의 배를 타야 한다.

기이한 '섬' 같은 나라에 태어난 나는 이처럼 '외국'에 대한 정서에 있어서 아직도 사춘기의 수준을 벗어나지 못한 것 같다.

나는 언제나 호수 건너 미지의 성으로 가듯 이 심연의 저 너머로
비약한다. 길은 끊어지고 길이 끊어진 심연 위로 비행기가 날아
간다. 아무리 자주 가고 낯이 익어도 외국에 앉아 내 나라를 생
각하면 아득한 딴 세상이고 내 나라에 돌아와 외국을 생각해도
여전히 아득한 딴 세상이다. 이런 느낌이 또다시 내 마음속에 하
나의 섬을 만든다. 나는 이제 막 그 섬에서 돌아왔다. 그리고 그
섬이 얼마나 먼 곳에 떠 있는가를 얼마간의 애틋함과 함께 느끼
고 있다.

*

　　작년 여름부터 나는 안식년을 맞았다. 공식명칭은 연구년이지
만 내게 안식년이란 이름이 훨씬 더 걸맞는다. 심각한 학문을 하
시는 분들에게야 연구년이겠지만 기껏해야 마음에 드는 소설이
나 시집, 아니면 사색의 글들을 골라 천천히 읽으며 몽상에 잠기
며 소일하는 것이 고작인 내겐 안식이란 말이 오히려 더 잘 어울
리고 또 마음에도 든다. 그 고즈넉한 생활에 '연구'라는 말을 갖
다 붙인다는 것은 즐거움의 날개에 무거운 납의 추를 달아놓는
것과 같다. 그 안식의 기회를 얻어 나는 지난 가을과 금년 봄, 이
렇게 두 계절을 파리 근교의 한 작은 마을에서 혼자 보냈다. 이
름이 '뫼동 MEUDON'이라 그 발음이 꼭 내 나라 말로 '산마
을'이나 매동(梅洞)쯤 되는구나 하고 생각하니 절로 마음이 한
가로웠다. 파리의 번화가 몽파르나스 역에서 기차를 타면 네 정
거장, 시간으로 15분이면 닿는 곳이지만 도회가 아니라 그야말
로 작은 외딴 마을이다. 어린 날에 고향을 떠나온 이후 나는 이
토록 한적한 곳에서 살아본 적이 없다.

작은 역사에서 걸어나오면 파리와 베르사유를 잇는 그리 넓지 않은 외길 하나가 가로막는다. 오른쪽으로 가면 작은 상가 거리다. 길의 좌우에 카페 겸 음식점 하나, 신문 잡지와 책, 그리고 문방구를 파는 상점, 고깃간, 빵 가게, 채소와 과일 가게, 약방과 은행, 작은 슈퍼마켓, 그리고 모든 가게가 다 문을 닫는 월요일이나 저녁 늦게까지도 열린 아랍인의 잡화점, 복덕방과 여행사가 전부다. 골목 안으로 들어가면 수요일과 토요일에 아주 신선한 고기, 야채, 생선, 치즈, 꽃들을 파는 깔끔하고 아름다운 장이 선다.

왼쪽으로 돌아 벚꽃나무 늘어선 길을 따라가면 아담한 성당 하나와 세탁소, 한적한 양로원과 무공해식품 가게와 깨끗한 식당 하나, 그 뒤로는 뜰에 아름다운 꽃시계 화단이나 과일나무 밑에 채전을 가꾸는 한가한 단층집들, 그리고 우체국, 이것이 이 마을의 전부다. 일상생활에 꼭 필요한 것들만을 갖춘 군더더기 없이 조촐한 동네다. 나는 그 모든 상점의 한가하고 낯익은 고객이 되었다.

조그만 기차역의 오른쪽 상가 거리와 왼쪽 성당과 주택가 사이에는 파리와 샤르트르를 잇는 기찻길 위로 다리가 걸쳐 있고 그 다리 위에는 주말이나 휴일 저녁에 버스를 개조한 이동식 가게가 찾아와 불꽃이 탐스럽게 이는 화덕에 피자를 구워서 판다. 그리고 왼쪽으로 뻗어가던 길은 오른쪽으로 다시 한 번 꺾어져 베르사유로 내처 달리지만 가던 길을 바로 건너서면 숲이 시작된다. 관상대로 사용되는 드넓은 성관 정문을 향하여 아름드리 느릅나무들이 일직선으로 늘어서서 하늘을 가리며 좌우에 곧은 두 개의 소로를 만든다. 나는 이 길로 아침 저녁 하루 두 번씩 산책을 했다. 약간 오르막인 느낌이 들지만 거의 평지인 이 가로

수와 넓은 직선의 풀밭길을 약 15분 정도 따라가면 성문이 나타
난다. 좌우 소로의 한쪽 편에는 다소 유행에 뒤떨어져 석양빛을
보이지만 19세기 말쯤에는 위풍당당했을 별장들이 숲에 묻혀 있
다.

어느 날 나는 산보길에 파리 시내 쪽으로 내려다보이는 별장
들 중 아주 아담하고 작은 연회색 이층집 창문 밑에 흰색의 네모
난 대리석 판을 하나 발견했다. 거기에는 이렇게 새겨져 있었다.
"이 집에 작가 리하르트 바그너가 살면서 오페라 〈유령선〉을 작
곡하였다." 그 방황하는 화란인 이야기는 나도 잘 안다. 1830년
대 말에 바그너는 러시아령 리가에서 돌연 파리로 가서 기회를
잡기로 결심했다. 그런데 그와 가족을 실은 배가 발트 해를 벗어
나자 곧 거센 풍랑을 만났다. 노르웨이 해안에서 요동치는 뱃머
리에 서서 노한 바다를 바라보며 그는 하인리히 하이네가 쓴 '방
황하는 화란인'의 전설을 생각해냈다. 구원의 여인을 만날 때까
지는 영원히 육지에 기항하지 못한 채 바다 위를 떠돌아다니도
록 운명지어진 그 뱃사람의 이야기는 바그너에게 장차 오페라
〈유령선〉의 모티프를 제공하게 된다.

1839년 9월 16일 바그너는 마침내 '유럽의 위대한 오페라의
유일한 중심'인 파리에 도착했다. 오늘날 레 알 센터가 있는 토
늘르리 거리의 작은 호텔에 묵게 된 그는 우연히 그 건물의 벽에
어떤 인물의 조각상과 함께 작은 팻말이 붙어 있는 것을 발견했
다. "이곳은 몰리에르가 태어난 집이다"라고 새겨져 있었다. 그
러나 바그너의 파리 체류는 불행하고 가난했다. 성공은커녕 피아
노 편곡으로 끼니를 때워야 했고 아내 미나는 패물을 전당포에
맡겼다. 변두리 동네인 뫼동으로 이사왔을 때 가난은 극에 달했
다. 동네의 빵 가게와 식료품 가게에 외상을 달아놓고도 갚을 길

이 막연했다. 그런 가난 속에서 그는 불과 7주 동안에 〈유령선〉의 첫 줄부터 마지막까지를 단숨에 써냈다. 하늘의 저주와 사랑에 의한 구원…… 그의 머릿속에서 구원의 여인 센타가 노래 부를 때 그는 분명 이 느릅나무 길을 걸어다녔을 것이다. 나는 마르세유의 오페라 좌에서 폭풍을 만나 불타오르는 그 〈유령선〉을 보았었다.

파리 시가 전체가 에펠 탑과 더불어 한눈에 내려다보이는 뫼동 성관의 잔디밭은 바다처럼 광대하여 한 바퀴 돌자면 30분 이상이 걸린다. 여섯 줄의 거대한 느릅나무들이 좌우로 마차 한 대 다닐 만큼의 소로를 양쪽에 만들며 끝없이 펼쳐진 풀밭 한가운데는 성주의 전용이었을 대로가 뻗어 있다. 성관의 산책길에서 만나는 사람은 거의 없다. 휴일이나 되어야 더러 쌍을 이룬 남녀, 유모차를 끄는 아낙들, 혹은 걸음이 느린 노인들이나 개를 데리고 가는 산보객을 가끔 만나는 것이 고작이다. 지난 가을엔 단풍이 곱게 물들고 11월엔 인부들이 떨어진 낙엽을 긁어모아 여러 날 동안 태웠다. 봄에 다시 와보니 또 몇 주일 동안 가지를 잘라 태우느라 성안에 연기가 치솟았다. 그리고 녹음이 그리움처럼 짙어져갔다. 청명한 날이면 나는 성관 앞 전망대의 이끼 낀 돌벤치나 거대한 삼나무 뿌리 위에 앉아 책을 읽거나 편지를 쓰거나 하늘을 바라보며 게으름을 즐겼다.

내가 기거하는 집은 숲과 마을의 경계쯤에 있었는데 길에서 좀 안쪽으로 들어가 있는 나직한 건물의 작은 아파트였다. 거실에서 큰 유리문을 열면 생목 울타리로 에워싸인 꽤 넓은 잔디밭으로 나갈 수 있었다. 그곳으로 작년에는 가을볕이 자욱하게 고여들곤 했고, 올해는 봄빛이 연두색 풀밭 위에 밤하늘의 별빛 같은 흰색 들꽃들을 자잘하게 부어놓고 있었다. 그 고즈넉한 잔디밭은 거의 나 혼자만의 차지였다. 집주인과의 약속에 따라 나는 거의 아무에게도 내가 머무는 곳을 가르쳐주지 않았다. 자연히 내 고적한 생활을 기웃거리는 존재는 거실 앞 잔디밭으로 어슬렁거리는 고양이와 일 주일이 멀다고 찾아와 매우 부지런히 일하는 정원사 영감뿐이었다.

많이 심심하거나 책 읽기가 피곤한 날은 성관 옆에서 시작하여 베르사유까지 이어진다는 거대한 숲으로 산책을 나가곤 했다. 호수를 아홉 개나 안고 있는 엄청난 넓이의 숲이라 나는 그 끝까지는 다 가보지 못하고 말았다. 지나다니는 사람이 적어서 숲속 깊은 곳은 대낮에도 어둑신했다. 공연히 등짝이 섬뜩했다. 혹시 마른 나뭇가지가 바람에 날려 떨어지며 숲의 고요를 깰 때면 소스라쳐 놀란다. 인적 없는 오솔길가의 덤불 숲에서 어떤 사내가 산딸기를 따고 있다가 지나는 나를 보고 놀란 것인지 열없은 인사 대신인지 "아이 따거워!"라고 혼잣말을 했다. 가난에 찌든 바 그녀는 버섯을 따기 위하여 이 숲속을 헤매고 다녔다고 한다. 그에 비하면 나는 부자였다. 고소한 바게트 빵 하나가 4프랑이 채 안 된다.

거대한 뫼동 숲에서 나는 내가 진정한 의미의 '숲'속을 헤매어보는 것은 생전 처음이란 생각을 했다. 우리나라에는 아름답고 큰 산은 많아도 광대한 평지에 나무가 울창한 숲은 거의 없다. 그대 보았는가, 임간지에 쏟아지는 가을볕을, 그리고 사라진 어린 시절처럼 빛의 터널이 되어 뻗쳐가는 숲속의 오솔길을. 그래서 그 숲이 내겐 그토록 낯설고 신비한 인상을 주었던 모양이다. 지칠 때까지 이상한 두려움과 호기심을 느끼며 인적 없는 숲을 거닐면 마치 세상의 모든 사람들이 전쟁터에 나가거나 피난을 떠나고 나만 혼자 남은 것처럼 적막했다. 우리들의 짧은 인생 속에 이런 적막은 자주 찾아오지 않는다.

숲의 고요와 초록에 지치면 가끔씩 기차를 타고 파리 시내로 간다. 벨뷔, 뫼동, 클라마르, 방브-말라코프 이렇게 4개의 역을 거쳐 기차가 달리는 15분 동안 나는 시를 한두 편 읽거나 길가에 핀 철 늦은 아카시아꽃들을 본다. 몽파르나스 역에 내리면 그 오른편, 장-폴 사르트르와 시몬느 드 보부아르가 묻혀 있는 공동묘지 쪽으로 간다. 로터리의 카페 '리베르테'에서 커피를 마시며 지나가는 사람들을 바라보거나 신문을 읽는다. 사르트르가 만년에 자주 드나들었다는 카페라지만 그래도 아직은 생 제르맹 데 프레의 카페 '되마고'처럼 잘 알려진 것은 아닌 모양이어서 미국이나 일본 관광객들이 모여들지 않아서 좋다. 그러고는 대개 그 거리에 수십 개나 흩어져 있는 영화관들 중 어느 하나를 찾아간다. 키에슬로브스키의 〈레드〉, 폴란스키의 〈소녀와 죽음〉, 세자르 상을 받은 〈야생의 갈대〉……

혹은 생-클루 로터리의 '트루아 조뷔' 식당으로 찾아가서 소설가 엠마뉘엘 로블레스 씨를 만나 점심식사를 같이하기도 한다. 알베르 카뮈의 가장 절친한 고향 친구였던 그는 호인이었다. 이른 아침에 전화를 걸면 30분씩 이야기가 계속되었다. 우리들의 공동관심사인 카뮈의 이야기는 물론 그의 고향 오랑 시절의 이야기를 자주 했다. 내가 카뮈의 유고인 소설 『최초의 인간』을 번역하고 있다니까 '카뮈의 얼굴'이라는 그의 아름답고 가슴 저린 글을 싣게 해주었다. 언젠가 뫼동 숲으로 산책을 같이 가자는 약속도 했다.

그러나 나는 벌써 뫼동에 길이 들어서인지 시내에 오래 머물지는 않는다. 영화가 끝나고 다시 차를 한 잔쯤 더 마시면 곧 집으로 돌아온다. 시내 곳곳을 연결하는 지하철이 아니라 멀리 떠나는 기차를 타고 오가니 이상하게도 뫼동과 파리 사이에는 또다시 '꿈길밖에 길이 없는' 단절의 공간이 가로놓인 느낌이 들었다. 그곳은 걸어서 갈 곳이 아니다. 마치 멀리 여행을 떠나듯이 기차를 타고 가야 하는 뫼동은 차츰 내 마음속에서 섬이 되어갔다.

　작년, 가을이 무르익어 초겨울로 접어들 무렵 나는 뫼동 집을 떠나 서울로 돌아왔다. 그 적적한 마을에서 혼자 지내는 겨울은 너무 음울하고 길 것 같아서였다. 그리고 서울의 개나리꽃이 피었다가 떨어질 무렵 나는 다시 뫼동으로 돌아갔다. 그런데 공항에 마중나와 나를 집까지 실어다주는 친구가 한참을 머뭇거리며 내 눈치를 보는 듯하더니 엠마뉘엘 로블레스 씨가 돌아가셨다는 소식을 『르 몽드』지에서 읽었다고 말했다. 언제? 2월달이었어요. 그때 나는 아무것도 모른 채로 서울의 따뜻한 아파트에서 가끔 뫼동의 빈집을 머릿속에 떠올리고 있었을 것이다. 같은 무렵 그곳에서 그리 멀지 않은 불로뉴의 빈 아파트에서 『베니스의 겨울』『일각수 사냥』『그 이름은 새벽』 같은 감동적인 소설을 남긴 엠마뉘엘 로블레스 씨는 혼자서 죽음을 맞고 있었던 것일까? 그의 호인다운 웃음소리가 머릿속에서 공허하게 울렸다. 겨울 넉 달 동안 비워두었던 뫼동의 아파트에 도착하자 지난 가을 내가 떠난 직후에 도착한 서울 발신의 편지 한 통이 겨우내 그 빈집을 지키고 이었다. 봉투를 열자 그 속에 고여 있던 겨울의 기다림이 환한 봄볕 속으로 노랗게 쏟아지는 것만 같았다. 빈집, 빈집……나는 몇 번 속으로 이 말을 되뇌어보았다.

　지난 가을 이 집에 와서 머물 때 한 번은 깜박 열쇠를 안에 두고서 문을 잠가버린 일이 있었다. 내가 없는 나의 빈집 밖에서 서성거리며 맴도는 내 모습을 내가 보고 있었다. 열리지 않는 것을 뻔히 알면서 문을 잡아당겨도 보고 초인종을 눌러도 보고 집 앞쪽 잔디밭으로 가서 안을 기웃거려도 보았다. 초조해진 탓인지 마치 또다른 내가 그 안에 들어앉아 엉뚱하게 시치미를 떼며 문을 열지 않고 있는 것만 같았다. 나의 체온이 아직도 배어 있는 삶이 저 안에 있는데 나는 밖에서 서성거린다. 가끔 내가 없는 저 빈집으로 전화벨이 울린다. 로블레스 씨는 내가 없는 겨울 동안 어쩌면 그 빈집으로 전화를 걸고 가만히 귀를 기울이고 있었을지도 모른다. 그리고 그는 문득 전화 거는 것도, 소설을 쓰는 것도 멈추어버렸다. 나는 뜰 앞에 들꽃이 별처럼 뿌려진 그 집 앞에서 이제는 전화번호 하나를 무효로 만들어놓고 떠나버린 그를 생각했다.

집 앞의 길가에 복슬강아지떼들처럼 매달려 있던 벚꽃들이 다 떨어져 길을 덮었다. 나무의 연둣빛은 초록으로 짙어갔다. 이렇게 봄이 저물 무렵 뫼동에서의 내 안식은 서서히 끝나갔다. 나는 짐을 싸서 영원히 뫼동 집을 떠났다. 이제 다시는 그곳으로 돌아가지 못할 것이다. 그리고 바로 며칠 전에 그 집주인마저 모든 세간살이들을 싸서 그 집을 아주 떠나버렸다. 이리하여 지금 내 마음속에는 세상의 모든 길에서 비켜난 아주 고요한 마을과 집과 성관과 끝이 어디인지 알 수 없는 어둑한 숲, 그리고 지금은 내가 아닌 나…… 이런 모두가 하나의 아름답고 그리운 섬을 이루어 세상 끝 어디엔가로 떠나고 있게 되었다. 센타의 노랫소리가 구원이 되어 찾아올 때까지는 영원히 바다를 떠도는 유령선처럼, 저승에서 바라보는 이승의 삶은 바로 이런 섬과 같은 것일까?

(1995)

사진에 대하여

고개를 약간 왼쪽으로 비스듬히 기울인 채 딱히 바다 쪽이랄
수도 없고 하늘 쪽이랄 수도 없는 막연한 지점을 응시하고 있다.
사실 그의 시선은 밖의 어떤 사물이나 장소가 아니라 자신의 내
면 속에 떠도는 어떤 몽상에 실려 있는 것 같다. 나이는 아직 중
년이 채 안 된 젊은이로 보인다. 사진이 흐려서 확실하게 분간하
기는 어렵다. 지금은 언제라고 기억하기 어려운 어느 시점, 아마
도 1960년대 중반쯤으로 기억되는 어느 날 해운대 바닷가에서
찍은 사진, 물론 전면에는 나와 나의 친구의 모습이 선명하게 찍
혀 있다. 그런데 우리들 어깨 너머 저쪽에, 바닷물이 모래톱을
쓸고 있는 기슭에 그 젊은 사내는 서 있다. 우리들이 찍은 사진
속에는 때때로 이런 '해변의 낯선 사람'이 엉뚱하게 함께 찍혀

있곤 한다.

원래는 매우 분명한 목적을 지닌 사진이었다. 어느 여름날 해변에서 휴가를 보내면서 찍게 되는 흔한 사진들 중 하나이다. 따라서 어깨 너머 저쪽에 서 있는 그 사내는 순전히 우발적인 배경의 일부에 지나지 않는다. 그런데 20여 년의 세월이 지난 후, 우연히 옛날 사진들을 모아놓은 앨범을 들여다보다가 시선은 왜 나와 내 친구의 어깨 너머, 바닷물이 모래톱을 쓸고 있는 기슭의 낯선 사내에게 가서 멈춘 것일까? 그 사내의 신분이나 얼굴생김이 내 마음속에 특별한 그 무엇을 떠올린 것은 아니다. 오히려 그 반대다. 그는 나와는 아무런 상관이 없는 사람이다. 나는 그가 누구인지도 모른다. 그런데도 그 사내의 모습은 이십여 년 전 어느 날 바닷가로부터 돌연 나의 내면적인 사생활 속으로 들어와 있었던 것이다. 그는 지금도 살아 있을까? 어디에서 무엇이 되어 있을까? 나는 이런 모든 질문에 대하여 대답할 수 없다. 앞으로도 끝내 대답하지 못할 것이다.

그러나 그 '해변의 낯선 사람'은 지어낸 허구적 존재가 아니다. 그는 분명히 그날 그 순간, 해운대 바닷가, 카메라 렌즈가 겨냥했던 그 모래톱에 서 있었다. 그것은 확실하다. 그의 '그 순간 거기에 있었음'이야말로 사진이 증거하고 있는 단 하나의 진실이다. 그의 우발성의 자명함, 그것이 사진을 바라보는 나를 절망하게 한다. 표현이 좀 이상할지는 모르겠으나 그 절망감 속에는 형언할 수 없는 어떤 감미로움 같은 것이 섞여 있다. 그 감미로움은 '해변의 낯선 사람'이 모래톱에 서 있던 그 순간과 지금은 그가 거기에 없는 것이 확실한 그 순간 이후의 다른 시간 사이의 거리 속에서 떠다니는 절망감에 혼합된 감미로움이다. 그 모래톱에는 그 순간 분명히 그 사내가 서 있었다(그 순간 거기에 서 있었음을 완벽하게 잊어버렸다는, 아예 처음부터 모르고 있었다는 사실은 그 사내의 고독한 몫이다). 그런데 그 순간 이후 사내는 결코 한번도 그 자리, 그 자세, 그 표정으로 다시 돌아오지 않았다. 사진은 단 한순간의 반복할 수 없는 개별성과 일회성을 문득 하나의 '작은 영원'으로 고정시켜놓은 것이다. 사진은, 세상의 모든 사진은 시간의 바다 위에 떠 있는 저마다의 '섬'이다. 내가 사진을(그 사진이 무슨 사진이건 관계없이) 들여다볼 때 간혹 맛보게 되는 황홀감은 그 '섬'이 불러일으키는 견고한 고독감이다. 이 섬은 모든 일반화를 거부한다. 모래톱에 서 있는 그 사내는 오직 한 순간, 한 장소, 한 가지 태도 속에 제한되어 있을 뿐이다. 그는 자신의 '섬' 속에 갇혀 있다.

그러나 이때의 '섬'은 단순히 흘러가는 시간, 사람들이 흔히 계속적인 것이라고 생각하는 시간 속에 분리되어 떠 있는 섬만은 아니다. 사진 속에 고정되어 있는 그 일회성과 개별성으로 인하여 사내는 이제 이 사진 속에서밖에는 이 세상 어느 곳에도, 어느 순간에도 존재하지 않는 '섬'이 되었기 때문이다. 사실 어떤 경로를 통하여(이때 영화를 좋아하는 사람들은 미켈란젤로 안토니오니의 걸작 영화 〈블로우 업Blow up〉을 연상할 것이다. 사진작가가 찍은 풍경 사진 저 뒤에 우연히 어렴풋하게 찍혀진 살인 사건의 장면……) 내가 그 사내를 찾아내어가지고 그에게 이십여 년 전 어느 여름날 해운대 바닷가에서 보낸 휴가를 상기하게 만들고 그때의 사진을 보여주었다고 하자. 그리고 그 사내가 깊이 가라앉은 과거의 기억을 되살려 그때의 자신의 모습을 알아보았다고 하자. 그렇다고 해도 '해변의 낯선 사람'은 오늘날의 그의 존재 저 밖에 존재하는, 그가 이를 수 없는 '섬'에 불과하다. 왜냐하면 사진에 나타난 그 모습의 사내는 오직 그 사진 속에만 존재하고, 사진으로 인해서만 존재하기 때문이다. 사진은 그 지시 대상을 그것 자체 안에 쌍둥이처럼 담고 있다. 이것이 우리가 사진 앞에서 느끼는 절대적으로 견고한 고독이다.

사진의 테두리(대개는 회화에서 온 것인 듯한 사각형)는 시간적인, 그리고 존재론적인 섬의 윤곽이다. 그 테두리 밖에서는 삶의 파도가 넘실거린다. 모든 것이 유기적이고 유동적이다. 의미와 목숨과 공격성과 친화력의 망들이 짜여지고 허물어지고 변화무쌍하게 구성되고 해체되기를 거듭한다. 거기는 삶의 바다다.

그런데 이 사각형의 테두리 속으로 들어오면 모든 것이 고요하다. 행동도 멈추어지고 소리도 그쳤다. 바닷물이 돌연 얼어붙고 움직임을 멈추었다. 오오, 사진 속에 담겨 있는 저 부동의 빛을 눈여겨본 적이 있는가? 사진이 어떤 풍경, 어떤 얼굴, 어떤 물건의 사실적인 재현이라는 고정 관념을 털어버리고 가만히 들여다보라. 그리고 무엇보다도 사진 속에 고여 있는 사진 특유의 빛을 응시해보라. 그 빛은 결코 이 세상을 비추는 빛이 아니다. 그 빛은 흐르지 않는다. 그 빛은 사진 속의 테두리 밖에 있는 그 무엇도 비추지 않는다. 갇혀 있는, 내 인식이 이를 수 없는 빛.

우리는 사랑하는 사람의 사진을 갖고 싶어한다. 한 장으로도 성이 차지 않아서 찍고 또 찍고 싶어한다. 의자에 앉은 모습, 벚꽃가지 밑에 서 있는 모습, 언덕에서 바람을 받으며 서 있는 모습, 창가에서 석양을 비껴 받으며 내다보는 모습…… 그런데 우리가 사랑하는 사람의 모습이 네모난 섬 속에 서 있다. 그러나 네모난 틀 속에 들어앉아 있는 그 사람은, 물끄러미 허공을 보고 있는, 혹은 미소를 짓고 있는 사람은 과연 우리가 사랑하는 그 사람인가? 들여다보면 들여다볼수록 그 얼굴은 점점 낯설어진다. 그리고 그 얼굴을 비추는, 저 저녁도 아침도 대낮도 아닌 빛

—그 빛 속에 절대적으로 낯설어져 가는 얼굴이 저만큼 있다. 그것은 얼굴일까? 누구의 얼굴일까?

우리가 흘러가는 시간의 물결을 거슬러 영원을 소유하고 싶은 소박한 마음에서 사진을 찍는다. 그런데 사진을 가만히 들여다보면 볼수록 영원이 얼마나 죽음을 닮아 있는가를 섬찟하게 느낀다.

(1990)

연두색에 대한 명상

'구슬이 서 말이라도 꿰어야 보배다.'

이른 아침 뒷산을 한 바퀴 돌아오는 산책길에서 이제 막 지표를 뚫고 솟아나오려는 연두색 새싹을 보면서 나는 왜 이런 속담을 머릿속에 떠올렸던 것일까? 떠오르는 생각의 이 같은 난데없음이 또다른 상념, 또다른 의문의 출발점이 되기도 한다. 산길을 천천히 걸으면서 나는 줄곧 그 '구슬'과 '꿰다'라는 두 마디 말, 그리고 그것들과 새로 돋아나는 연두색 싹과의 사이에 어떤 논리적인 고리를 맺어보려고 애쓰다가 홀연 발 아래 아침 안개를 덮고 누워 있는 한강물에 그 고리를 빠뜨리고 말았다.

이른 아침에 숲길을 걷기 좋은 계절이다. "두 눈은 해보다 먼저 뜬다." 폴 엘뤼아르의 시구였던가? 마음은 일찍 일어나 신선한 아침 속을 달리고 싶으나 실은 해가 늘 두 눈보다 먼저 떠서 저만치 내려다보고 있기 쉬운 계절이다. 겨우내 삭막한 아카시아 나무 둥치들과 마른 가지들만이 하늘을 채 가리지 못하고 흔들리던 숲에 새싹이 돋아나기 시작한 것은 어느 날이었던가? 해마다 첫 싹이 돋는 순간을, 연두색이 출현하는 현장을 포착하려고 마음먹지만, 생각이 거기에 미칠 때면 연두색 싹은, 그 첫번째 싹은 어디에선가 이미 지표를 뚫고 솟아나 있는 것이었다.

그 '처음'이 보여주는 연두색을 아시는가? 그렇다. 이제 알 수 있을 듯하다. '구슬이 서 말이라도 꿰어야 보배다'라는 속담과 처음으로 지표를 뚫고 솟아오르는 그 연두색을 맺어주는 심상의 고리가 어디쯤에 걸려 있는지를 이제는 조금 짐작할 수 있을 듯하다.

쉬 흩어지는 상념들, 따로 떨어져 있는 말의 편린들, 방담(放談), 저마다의 짤막한 주장과 시비, 사전 속에 노트 속에 입 속에 머릿속에 주머니 속에 신문지 속에 담아놓고, 참고서 속에 재미있는 책 속에 문답집 속에 그리고 마침내는 컴퓨터 속에 입력해두는 말과 지식과 해답들과 정보들과 상식들…… 이런 범람 속에 우리는 살고 있다. 그렇다. 오늘날 우리의 삶은 이런 단편적이면서도 시시각각 소비하고도 남아서 마침내는 메마른 우리의 기억력과 정서의 테두리 밖으로 넘쳐나는 정보들의 홍수 속에 빠져 살고 있다. 이것 모두가 주체할 수 없는 '구슬'들인지도 모른다.

그러나 그 수많은 정보와 지식들 속에 빠져 있으면서도 우리는 삶 앞에서 흔히 속수무책이 되고 무장해제당한 느낌을 받는다. 왜 그럴까? 그것은 무엇보다도 그 흩어져 있는 구슬들을 알맞은 위치에 놓아 꿰어서 보배가 되게 하는 방법을 잘 모르기 때문이다. 정리하고 체계화하고 서로 관계를 맺고 관계와 관계 사이에 층위를 정하여 하나의 구조를 만들어 마침내 사물을, 현상을, 삶을 해명하고 그 짜임새를 드러내 보이는 일 —이런 투명한 인식의 새아침을 누군들 꿈꾸어보지 않았으랴? 매일같이 우리는 책상 앞에 앉아서, 커피를 마시며, 담배를 피우며, 토론을 하며, 책을 읽으며, 명상에 잠기며 우리 자신의 안과 밖에 흩어져 있는 그 수많은 구슬들을 이리 꿰고 저리 꿰면서, 이 목걸이를 저 목걸이와 견주어보면서, 삶이여, 세계여, 이만하면 되었겠는가, 입을 열어다오 하고 묻는다. 그러고는 또 연습에 몰두한다. 지적인 체조와 곡예의 훈련을 해본다. 학교에서는 쉬지 않고 그 정리와 체계화와 구조화의 방식을 가르치고 배운다.

그런데 문득 이른 아침 산책길의 지표를 뚫고 나오는 연두색 잡초의 어린 새싹이 그렇지 않다고 말하는 것만 같다. 아니 그 연두색은 심지어 그렇지 않다고 말하는 수고도 하지 않는다. 그냥 삭막한 회색으로 덮여 있던 숲길을 떠밀고 솟아오를 뿐이다. 그리고 구슬도, 그 구슬을 꿰는 고된 작업도 손쉽게 무시해버리는 것만 같다.

연두색이란 무엇일까? 이 질문은 그것 자체로서는 매우 어려운 질문이다. '단순한 것은 무엇이나 우리의 이해력을 초월한다.' 연두색의 싹을 가만히 들여다보고 있으면 어느새 그 싹은 조금 더 자라 있고 그 연두색은 어느새 조금 더 녹색으로 변해가고 있다. 연두색은 수직의 솟아오름의 시작의 색깔이다. 이 수직의 말 없는, 그러나 생명에 찬 솟아오름이 '구슬을 꿰는' 저 수평적이고 산문적인 수고의 가치와 대립하고 있는 것이다. 연두색이 지표를 떠밀고 솟아오르는 그 순간의 주위에는 투명한 침묵이 가득하다. 지혜의 침묵이다.

어렸을 적에 나는 처음으로 튜브에 든 수채화 물감으로 그림을 그리기 시작하면서 연두색에 홀렸던 기억이 있다. 실제 물감을 풀어 색칠을 해보면 도무지 그 아름다움이 마음같이 실현되지는 않으면서도 머릿속에서는 항상 가볍게 가볍게 떠오르는 연두색이 내게는 행복감의 색채 바로 그것이었다. 처음, 시작, 출발의 색이 연두색이다. 아니 연두색은 실제로 존재하는 색이 아니라 초록을 향해서, 푸르름을 향해서 가고 있는, 솟아오르고 있는 화살표의 색채인지도 모른다. 이 솟아오름의 순간 속에서 모든 '구슬'들은 그 산문적인 무게를 버리면서 '하나'가 된다. 새삼스럽게, 인위적으로 꿰고 어쩌고 할 것도 없다. 연두색은 한줄기로 솟아오를 뿐이다. 이 솟아오름은 시적(詩的)인 순간이다. 솟아오름은 순간의 통일이다.

며칠 전에 나는 연두색의 꿈을 꾸었다. 어느 낯선 마을에 들어섰다. 옛날에는 크고 음전한 고가(古家)가 덩그렇게 서 있었는데, 그만 쓰러져버리고 공터만 남았는가 했더니 행랑채 일부가 쓰러지다 말고 남아 있었다. 그런데 나는 그 고가의 널찍한 안채 마루방으로 올라간다(금방 집이 쓰러졌다고 했는데 나는 없어진 그 집 마루방으로 올라간다. 꿈은 늘 이렇다). 방에는 잔칫날인 듯 사람들이 그득히 상을 앞에 받아놓고 둘러앉아 있었다. 그런데 뒤꼍으로 난 문을 등지고 머리가 희끗한 주인 할머니가 앉아 있었는데 문을 활짝 열어젖힌 그분의 등뒤로 펼쳐지는 들판이 눈에 들어왔다. 거기에, 바로 거기에 겹겹이 측백나무들이 줄을 지어 심어져 있었고 그 사이사이로 연두색이 하늘을 향해 너울거리고 있었다. 바람을 따라 물결치는 연두색 바다는 수평으로 펼쳐진 공간이 아니라 수직으로 솟아오르는 바다였다. 마루방도 고가도 할머니도 연두색으로 솟아오르고 있었다. 나는 '행복했다'.

비록 꿈이었지만 생시에 겪는 행복감 이상으로 내겐 진하고 진실된 경험이었다.

그 연두색 꿈을 꾼 이후로 나는 여러 권의 시집들을 읽었다. 어느 페이지에선가 그 연두색의 행복감을 문득 마주치게 되지 않을까 싶어서다. 길이가 긴 시는 읽지 않는다. 장시, 연작시 따위는 읽지 않는다. 구슬을 잔뜩 꿰어놓은 것만 같아서, 시끄러워서 연두색이 보일 리 없다. 침묵으로 가득한 짧은 시만 읽는다. 여백이 많은 시에서만 연두색이 보일 것 같아서다.

(1989)

어떤 향기로부터 피어난 기억

일전, 어느 좌석에서 옆에 앉아 있던 여자분의 외투를 한번 입어보게 되었다. 부드러운 갈색의 모직천에 고전적인 창살무늬가 찍힌 멋쟁이 옷이었다. 유니섹스시대라 남성복전문상점에서 외투를 사입었는데 아주 맘에 든다는 것이었다. 나 역시 외투를 하나 골라보았으면 하던 참이었고, 질감이나 색감이 좋아보이는 남성복이기에 무심코, 한번 입어보고 싶다고 했던 것이다.

그런데 그 외투를 어깨 위에 턱 걸치는 순간 나는, 속으로였지만, 당황하지 않을 수 없었다. 옷이 내게도 잘 맞을까, 혹은 내게도 잘 어울릴까에만 관심이 쏠려 있던 나는, 전혀 예기치 못했던 어떤 감각의 기습을 받은 것이다. 옷의 주인이 잠시 전까지만 해도 입고 다니다가 벗어놓은 외투인지라 거기에 깊숙이 배어 있는 체취와 향기는 뜻밖의 작은, 그러나 그 여운이 꽤 오래가는 충격이었다.

그 당장에는 내심 당황했지만, 불쾌하거나 역겨운 것은 전혀 아니었다. 아니 그 반대였다. 순간적인 전율이 뭐라고 꼬집어 말할 수 없는 어떤 분위기, 혹은 한때의 어느 그리운 공간에 가서 닿았다. 옷을 걸치는 순간에 물씬 풍기던 그 진하고 육감적인 체취의 인상은 차츰 사라졌다. 그리고 그 체취에 섞여 있던 푸른 향기만 청주의 웃물처럼 시간이 갈수록 맑아지면서 뒤에 남는 것이었다. 떠도는 향기, 무언가 생각날 듯한데 안 잡힌다.

우리들은 일본의 교토라는 아름다운 도시에 대하여 이야기를 나누고 있었다. 나도 그 도시를 찾아갔을 때 깊은 인상을 받았던 하이쿠 시인의 옛집 낙시사(落柿舍)라든가, 소설에도 나오는 그 유명한 금각사 이야기를 꺼냈다. 그러면서도, 가을날 무르익어 떨어지는 감의 정취가 좋아 지었다는 초가집 낙시사의 인상에는 조금 전의 그 체취와 향기의 감각이 집요하게 묻어나는 것을 느꼈다.

또 그 향기는 왠지 모차르트의 음악, 아이리스꽃들, 4·19의 충격, 사라져버린 여자, 아침의 산책길…… 그런 여러 가지 사실들을 연상시켰다.

냄새의 기억은 이렇게도 깊숙하고 신비스러운 것이다. 이제 인간은 토끼나 개와 같이 땅바닥 가까이에 바싹 코를 대고 살지 않아도 되고, 직립하는 존재로서 지표에 떠도는 냄새들과 멀어지기는 했지만, 여전히 후각 메시지는 외부세계, 그리고 나아가 내면세계를 인지하는 원초적이고 본능적인 기능을 유감 없이 발휘한다. 눈으로 본 것, 귀로 들은 것보다 코로 냄새 맡은 것은 오랜 세월이 경과한 뒤에도 고스란히 되살아난다고 한다.

그런데 외투에서 나던 향기와 모차르트는 무슨 관계가 있는 것일까? 나는 사실 음악에는 문외한이다. 따라서 모차르트를 잘 모른다. 그러나 내게는 나만 좋아하는 모차르트가 따로 있다. 영화 〈아마데우스〉의 그 경박하거나 비극적인 천재가 아니라 여러 해 전에 본 영화 〈보리의 집〉에서 처음부터 끝까지 끊일 줄 모르게 울리던 그 모차르트 말이다. 〈보리의 집〉은 프랑스 판「사랑방 손님과 어머니」다.

한가한 시골에 있는 어느 지질학 교수댁에 독일 청년이 여름 방학 동안에 와서 머물게 된다. 교수의 부인은 젊고 아름다우나 요염하지 않다. 청년과 사모님의 눈길이 아슬아슬하게 마주칠 때마다 모차르트의 음악이 무심하고 경쾌하게 울린다. 한여름 시골 들판에 서 있는 외딴집과 아름드리 나무, 무성한 푸른 잎새 사이로 아른거리는 햇빛의 반점들—그리고 다시 모차르트. 클라리넷 콘체르토였던가? 그 음악을 타고 들판 위로 글라이더가 날아간다. 글라이더를 따라, 신나는 아이들과 눈이 아름다운 청년과 천진난만해진 사모님이 달린다. 클라리넷이 아니라 피아노였던가?

그런데 내게는 그 모차르트가 소리로 기억되지 않고 왠지 무슨 싱그러운 냄새였던 것만 같다. 푸른 냄새. 목관악기가 내는 푸른 냄새.

나는 그 아름다운 청년과 수줍은 사모님 사이에 그만 무슨 일이 일어나버릴 것만 같아 가슴 졸였다. 모차르트는 그렇게 가슴 조마조마한 가운데서도 무심하고 경쾌하게 울렸고, 끝내 아무 일도 일어나지 않은 채 행복한 여름방학은 끝나버렸다. 청년은 떠날 때 다만 그 집 아이들의 뺨에만 키스를 했을 뿐, 사모님은 풀밭의 울타리가에서 물끄러미 바라보고만 있었다. 기어이 아무런 일도 일어나지 않고 그만 끝나버린 그 여름방학 때문에 나는 몹시 서운했고 가슴이 아팠다.

그날 저녁 내가 입어본 유니섹스 외투에서는 아무 일도 일어나지 않아서 가슴 아픈 그런 냄새—그러면서도 모차르트의 목관악기 같은 싱그러운 냄새가 났던 것 같다.

(1988)

삶은 가을 하늘의 둥근 사과처럼

꽃이 가면 신록이 온다

지금 내가 살고 있는 아파트 뒤에는 아카시아나무가 무성한 산이 있다. 이 동네로 이사온 지 7년째가 된다. 서울 어디서나 쉽게 볼 수 있는 상자곽 같은 아파트에 불과하지만 집 뒤의 산 때문에 나는 이 집에 깊이 정이 들었다.

산비탈에 지은 고층아파트여서 길이 가파른데다가 마당이고 도로고 온통 주차장이 되어 있어서 한가하게 걸어다닐 공간도 거의 없이 삭막할 뿐이다. 강가에 위치하고 있어서 마땅히 그 넘실거리는 강물이 시원스럽게 내다보여야 하겠건만 앞에 또 고층 아파트가 가리고 있어서 남의 집의 번다한 생활의 창문들만 시야에 들어오고 있다.

집 앞의 고층 아파트는 그러나 시야만 가리는 것이 아니라 저 너머 도로로 씽씽 달리는 자동차의 소음도 차단해주는 것이어서 우리집은 놀라울 정도로 고요하다. 이것만은 그래도 아주 다행한 일이다.

나는 매년 3월 중순이면 가슴이 설렌다. 뒷산에 잡초들이 뾰족뾰족 새싹을 내미는가 하면 이내 그늘진 북쪽으로 진달래가 만발하기 때문이다. 그리고 그와 함께 개나리도 지천으로 피어 신명이 난다. 이때부터 약 한 달 동안 진달래 개나리로부터 산복숭아와 산벚꽃으로 이어지는 잔치가 무르익어간다. 그런데 지금은 벚꽃도 모두 떨어지고 연두색 잎사귀들이 초록으로 짙어가고만 있다. 그러나 축제는 더욱 화려하게 폭발할 것이다.

이제 곧 뒷산에 우거진 아카시아꽃이 만발하면 감당하기 어려울 만큼 짙은 꽃향기가 주차장을 가득 채우고 급기야는 우리집 뒷문으로 넘쳐 방과 거실로 밀려들 것이다. 그러면 친구들을 불러모아 잔치를 하고 싶어진다. 그래서 가슴이 설렌다.

하지만 이 찬란한 봄의 기쁨을 그냥 안방에 가만히 들어앉아서 맞아들일 수 있는 것은 아니다. 집안에서는 뒤꼍으로 난 조그만 창문을 통해서 자연의 아주 인색한 한 귀퉁이를 바라볼 수 있을 뿐이다. 그래서 나는 아침마다 뒷산으로 올라간다. 처음에는 가파른 산길을 오르기가 너무나 힘들고 숨이 찼다. 그러나 7년간의 되풀이된 아침 나들이로 인하여 나는 산과 아주 친숙해졌다.

더구나 비교적 자유로운 직업 덕분에, 나는 이른 새벽에 마이크까지 크게 틀어놓고 체조를 하는 저 부지런한 사람들의 물결이 완전히 빠져나가고 난 다음, 해 뜬 뒤의 투명하고 한가해진 산과 만나게 된다.

　나는 성동구로 산길을 올라가서 용산구를 거쳐 중구 소속의 정상에 올라갔다가 다시 성동구로 돌아 같은 코스를 한 바퀴 더 돌고 내려온다.

　성동구와 용산구의 산비탈과 정상에서는 고요하고 크게 굽이도는 한강의 빛나는 모습이 시원하게 내려다보인다. 반면에 북쪽의 중구 쪽으로 난 산 중턱 길은 인적이 거의 없어 호젓하지만, 발 아래 대로로 지나는 자동차들의 소음이 꼭 장마철에 흙탕물이 불어난 대하의 세찬 물살 소리같이 줄곧 으르렁거리며 나를 따라오는 것이 특징이다.

　그러나 나무숲에 가려서 차도가 보이지 않으므로 나는 늘 저 발 아래에는 거센 냇물이 흐르거니 하는 상상을 하며 그 오솔길을 걷는다. 더군다나 산의 이 북쪽 면의 서쪽 내리막길과 동쪽 오르막길 부근에는 오솔길을 약간 비켜서 큰 산벚나무가 몇 그루씩 서 있어서 4월 중순부터 하순까지 나는 여간 가슴이 두근거리지 않는다. 아침빛이 청명하고 꽃이 한창인 날은 그 꽃나무 아래서 꽤 오래 머문다.

　나와 그 꽃나무들과의 밀회의 순간이다.

　나는 늘 오직 나만이 그 꽃나무들과 만나고 있다는 것을 알고 있다.

　황홀하다.

　더러는 서쪽 내리막길 꽃나무 밑에 오래 서 있어보고 더러는 동쪽 오르막길에서 한참 비켜 있는 너럭바위 아래의 큰 파라솔 같은 벚꽃 더미를 내려다본다. 우리들에게 찾아오는 행복의 전율과 더불어 그 덧없음이 가져오는 슬픔을 가슴 쓰리게 맛보는 며칠이 계속된다.

　세상에 와서 한낱 착각 같은 봄을 보았던 것인가? 그 아름다움을 두고 나는 산을 내려와야 하기 때문이다.

어디 그뿐이랴. 꽃들이 빛의 폭죽 터지듯이 만발했는데 어느 날 난데없는 비바람이 몰아쳐 이튿날 아침에 가보면 반 넘어 떨어져버린 것이다. 꽃이 가면 신록이 올 것이다.

순간과 세월을 영혼에 각인시킨다

'왜 사냐건 웃지요' 어떤 시인은 이렇게 노래했다. 그러나 그보다 천년도 더 된 오랜 옛날에 이미 그렇게 웃었던 시인이 있었다.

> 그대는 왜 푸른 산에 사는가
> 물으면
> 그저 웃으며 대답하지 아니하니
> 마음이 절로 한가하도다
> 복사꽃 싣고
> 물은 어디론가 아득히 흘러가니
> 별천지 따로 있어
> 인간 세상이 아니로다.
> (問爾何事棲碧山/笑而不答心自閑
> 桃花流水杳然去/別有天地非人間)
> ─이백의 시 「산중문답(山中問答)」

그러나 이제는 인간 세상이 아닌 '별천지'의 꿈은 어디에도 없다. 삶이 무엇인지 묻는 철학자도, 인생을 어떻게 살아야 할지 번뇌하는 시인도, 깨달음을 찾는 수도승도 징집당하게 되어 있고, 시인이 쓴 시의 원고료도 컴퓨터에 입력되어 세금이 부과되는 세상에 우리는 살고 있다.

인생은 어떻게 살아야 하는 것인가? 이 손쉬운 질문에 사실 우리는 매일같이 대답하고 있다.

잠자리에서 눈을 뜨면 몇 번 뒤척이다가 더러는 거뜬하게, 더러는 나른하게 일어나 칫솔을 입에 물고 조간 신문을 읽는다. 현관에 배달된 우유와, 빵과 커피로, 혹은 된장국으로 허둥지둥 아침식사를 하고, 월부로 산 자동차에 올라타거나 지하철을 타고 일터로 간다. 사무실에서 부지런히 일한다.

물건을 배달하고 관공서에 서류를 제출하고 전화를 걸고 고객을 만난다. 사무실 근처의 단골 식당이나 구내 식당에서 점심, 다시 분주한 근무, 그리고 자동차의 물결이 도도한 삶의 바다를 헤엄쳐서 집으로 돌아온다. 아이들이 과외공부에서 돌아오고 있다. 저녁식사에 이어 텔레비전에 멍한 시선을 비끄러매고 흘러가는 시간을 바라본다. 코미디도 흘러가고 연속방송극도 흘러가고 통기타도 랩뮤직도 흘러가고 5공도 6공도 그 네모난 통 속으로 흘러간다.

그 끝없는 흐름의 끝은 생각하기도 싫다. 그러나 성실하게 절약하여 모은 덕택에 적금도 늘어가고 아파트 평수도 자동차의 배기량도 늘어간다. 자리가 잡힌다. 자리가 올라간다. 잘살게 되었다. 희망도 꿈도 커간다. 이만하면 괜찮다. 안심이다. 인생은 이렇게 사는 것이다.

이런 외면적이고 물질적인 삶도 물론 귀중하다. 저물면 등불이 켜지는 저 창 너머의 단란한 작은 행복은 물론 중요하다. 물론 소중하다. 누구나 부유하게든 가난하게든 그렇게 희망을 가지고 산다. 그리고 목표도 세운다. 결심도 한다. 억척으로 난관을 극복한다. 여차직하면 싸움도 마다하지 않는다. 각박한 세상을 원망만 하면 패배자가 되기 때문이다.

언젠가 서울 시청 건물이 이마에 '다시 뛰자'는 표어를 커다랗게 써붙이고 시민들의 삶을 독려하고 있는 모습을 보았다. 사람들은 그 표어를 바라보면서 다시 힘을 내어 뛰는 것 같았다. 내가 아침마다 뒷산에 오르는 것은 물론 건강과 활력을 유지하여 숨찬 삶의 길을 뛰기 위해서이기도 하다. 그러나 그것만이 목적이었다면 나의 친구가 몇 년 전부터 권한 헬스 클럽의 회원이 되었을 것이다.

나는 한 바퀴 두 바퀴 산길을 '혼자' 돌기 위해서 산을 오른다. 나는 한 바퀴 두 바퀴 돌아가는 순간과 세월을 영혼에 각인하기 위하여 산을 오른다. 산에서 마주치곤 하는 동네 사람이 배드민턴을 치자고 해도 나는 웃기만 한다.

나는 하루 중 이 시간만은 혼자이고 싶다. 유난히 고독이 좋다. 오솔길에서는 풀과 꽃나무만을 만나는 것이 아니다. 다람쥐도 만나고 장끼도 까투리도 만나고 까치도 만난다.

그러나 참으로 만나는 것은 바로 '나' 자신이다. 인적이 없는 오솔길을 호젓이 걸어가는 나 자신과 만나 산길을 둥글게 둥글게 돌아가노라면 가끔 머리에 떠오르는 말이 있다. 알프스가 남쪽으로 무너져내리다가 골짜기를 이룬 프랑스의 작은 마을 마노스크가 고향이고 그 산간의 고향에서 일생을 살다간 소설가 장지오노는 힘차고 생명감이 넘치는 산문을 많이 남겼다.

하루하루는 혼탁한 어둠의 시각에 시작하고 또 끝난다. 그 하루하루는 화살이나 길이나 인간의 질주와 같이 목표를 향하여 가는 것들의 모습이 그러하듯이 길다란 모습을 하고 있는 것이 아니다.

하루하루는 태양이나 세계나 신(神)과 같이 영원하며 변함이 없는 것들의 모습이 그러하듯이 '둥근' 모습을 하고 있다. 인간의 문명은 우리가 무엇인가를 향하여, 원대한 목표를 향하여 가고 있는 것이라고 믿게 만들고 싶어한다. 그리하여 우리는, 우리의 유일한 목표는 그냥 사는 것임을 잊어버리고 지낸다.

그냥 사는 것이야말로 우리가 매일같이 하고 있는 것이며, 우리가 살아가기만 하면 매일의 매순간 우리의 진정한 목표를 달성하는 것임을 우리는 잊어버리고 지낸다.

문명된 사람들은 한결같이 하루는 새벽에, 혹은 새벽보다 조금 늦게, 혹은 훨씬 늦게, 요컨대 각자가 일을 시작하기로 되어 있는 시각에 시작한다고 생각한다.

그리하여 일을 하는 동안 '하루 종일' 계속되다가 눈을 감고 잠들 때 끝난다고 생각한다. 그런 사람들은 하루가 '길다'고 말한다. 그렇지 않다. 하루는 '길지' 않고 '둥글다'.

우리는 그 무엇을 향해서도 가고 있지 않다. 우리는 모든 것을 향해서 가고 있기 때문이다.

우리가 우리의 모든 감각 기관들을 통하여 느낄 준비만 하고 있으면 그 순간 모든 것에 다 이를 수 있다.

하루하루는 과일이다. 우리가 맡은 역할은 그 과일을 먹는 것이다. 각자의 천성에 따라 천천히 혹은 미친 듯이 그 과일을 음미하는 것이며, 그 과일이 담고 있는 모든 것의 혜택을 입는 것이며, 그것으로 우리의 정신과 영혼의 살이 되게 하는 것이다. 산다는 것에 그 밖의 다른 의미는 없다.

삶, 또는 사랑의 순간은 둥글다

같은 맥락에서 화가 반 고흐도 '삶은 둥글다'고 했다.

"사람들은 삶이 아름다운 것이라고 말했다. 그렇지 않다. 삶은

둥글다"고 시인 조 보스케는 말했다. 내가 생명의 아침 산길에
서 만나는 호젓한 '나'의 모습은 둥글다. 생명의 중심을 향해서
존재가 집중되기 때문이다. 나는 매일같이 혼자서 아침 산길을
돌면서, 새싹이 돋고, 꽃이 피고, 다시 어느 날 아침 그 아름답던
꽃이 지는 것을 본다. 기쁨의 전율이 부서지는 행복의 덧없음과
동시에 가슴을 흔든다. 그리고 봄이 가면 여름과 가을 그리고 겨
울로 순환하는 것을 산을 따라 돌면서 느낀다.

그 생명의 순환이 삶의 덧없음을 일깨운다. 그래서 허무해지
는 것이 아니다. 그 반대다. 그 덧없음이 매순간의 귀중함과 그
집중의 아름다움을 일깨운다.

새싹을 보아도, 떨어지는 꽃잎을 보아도, 한강 위에 쏟아지는
햇빛을 보아도, 소나무에 떨어지는 빗방울을 보아도, 어느 시인
이 "뒤에 두고 온 세상 / 온갖 괴로움 마치고 / 한 장의 수의에 덮
여 있다"고 노래한 흰 눈 덮인 산을 보아도, 생명의 감각 기관을
싱싱하게 열고 있으면 매순간의 삶이 둥글고 가득 찬 과일로 느
껴지도록 하기 위하여 나는 산속의 오솔길을 돈다. 둥근 아침이
슬을 본다. 덧없음의 빛.

그렇다. 나는 아침 산길을 가면서, 순간의 새소리를 따라 솟아
오르면서 웃는다. 영원히 변하지 않는 것이 아니라 덧없이 지나
가고 돌아오지 않는 매순간을 힘껏 사랑하리라. 쉬 져버리는 풀
꽃을 사랑하리라. 다시 만나지 못할 뒷모습을 사랑하리라. 차를
타고 지나가다가 모퉁이 도는 길가의 레코드 상점에서 언뜻 들
은 한 소절의 멜로디, 다시는 반복하지 못할 그 순간의 감미로움
처럼 사라져버리는 것들을 사랑하리라. 그 모든 순간들은 둥글
다. 내 존재를 다하여 사랑한 순간들은 둥글다.

나는 어린 시절을 드넓은 과수원 속에서 자랐다. 과수원 옆 언

덕 위에 국민학교가 있었다. 봄철에 국민학교 운동장에서 내려다보면 사과꽃이 허연 바다가 되어 출렁거렸다.

그러나 꽃 핀 봄보다도 더욱 빛나는 날은 사과를 따는 가을날이었다. 서리가 내리고 잎이 시들거나 떨어져버리고 나면 푸른 가을 하늘을 배경으로 탐스러운 사과가 자욱이 익어 매달리는 것이었다.

삼각 사닥다리를 고이고 올라가 잘 익은 한 알 한 알의 사과를 따기 위하여 손을 뻗치면 '속이 무르익은 다음에야 겨우 뺨에 빛이 내비치는 실과'가 우리 일생의 투명하고 텅 빈 하늘 속에서 둥글게 둥글게 뜬다. 우리의 삶의 매순간이, 그리고 덧없는 우리의 일생이 그 가을 하늘의 사과처럼 둥글게 익는 모습을 나는 가끔 꿈속처럼 그린다. 오, 살아 있음의 청명한 기쁨이여! 그렇게 둥글어진 다음에야 떨어지리라.

(1993)

축제와 일상

저녁 무렵 차를 타고 지나가려니까 저만큼 보도에 30대로 보이는 남녀가 걸어가고 있다. 레이스로 장식된 흰색 드레스를 곱게 차려입은 여자는 기우는 저녁빛 속에서 남자의 빠른 걸음에 보조를 맞추느라고 팔에 매달리듯이 잰 걸음으로 가고 있었다. 그렇게 속보로 걸어가면서도 여자는 연방 남자를 쳐다보면서 뭐라고 말을 하고 있었고 상기한 얼굴에는 미소가 가득 번지고 있었다. 순간 나는 속으로 '아! 저들은 축제를 향해 가고 있구나!' 하고 생각했다.

그들의 발뒤꿈치에는 바람이 설레고 있었다. 그래서 서둘러 옮겨놓는 발걸음이 보티첼리의 그림 속에 나오는 여인들처럼 춤을 추고 있었다. 저 남녀가 걸어가는 길의 끝, 그 어디엔가는 불이 환하게 켜져 있고 성장한 사람들이 모여들면서 음악이 처음에는 나직하게, 그리고 점점 더 박자를 빨리 하면서 마음을 흔들어놓고 있을 것이다. 막이 열리기를 기다리는 시간, 세상에 내리는 저녁빛 속에 실려 있을 유혹의 꽃 향기. "그때는 이 같은 어느 밤이었지. 제시카!" 어딘가 이 세상 둘도 없는 무대 위에서 바야흐로 제신들이 셰익스피어의 연인들의 목소리로 출현하려는 것인가?

"꿈이 우리들에게 다가올 때는 꿈에게 마음을 맡길 줄도 알아야 한다"고 어떤 이는 말한다. 더욱이나 하루가 저물고 문득 또 '다른' 세계가 문을 빠끔히 열어 보이는 시간에는 그렇다. 지금 세상의 어디엔가는 축제가 벌어지고 있을 것이다. 우리들의 영혼이 돌연 기우뚱하며 쏠리는 그쪽. 나팔소리가 들리는 것 같다. 귓가의 검은 머리에 재스민 꽃을 꽂은 처녀들과 싱그러운 미소의 청년들이 모여들고 있을 것이다. 얼마나 오랫동안 우리는 꿈에게 마음을 맡기지 못한 채 단조롭기만한 시정의 거리에서 먼지를 마시며 뛰어왔던가.

나는 보았다. 부활절 가까운 '세메나 산타' 무렵의 코르도바 밤거리에 오렌지꽃 냄새를 휘저으며 골목골목으로 쏟아져나오던 저 열에 뜬 처녀들의 무리. 취한 새떼들처럼 젊음에 지친 그들의 비명이 밤하늘 높이 솟아오르고 있었다. 찰즈부르크의 바위산 속의 거대한 주차장. 하루의 먼지 앉은 대낮의 블루진을 자동차 안에 벗어던지고 연미복 야회복으로 성장하여 축제의 지상으로 오르는 엘리베이터 앞에 줄서 있던 그 신사 숙녀들. 박하처럼 내 가슴을 화하게 쏘며 돌아보는 낯선 여인의 초록빛 눈빛 속에서 모차르트 음악제는 벌써부터 출렁거리고 있었다. 엑상 프로방스의 한 여름밤, 가로수가 하늘을 덮으며 궁륭을 이룬 쿠르 미라보

거리는 음악당이 되고 바이올린이 몇 개의 음계를 건너뛰며 쉬
는 순간이면 분수에서 떨어지는 물소리가 별빛 사이로 서늘하게
흘렀다. 숨을 멈추면 다른 세계가 꿈의 문을 열어 보인다.

문득 "저녁밥 일찍 지어 먹고……"라는 말이 그리운 목소리
가 되어 내 오랜 기억의 우물 속에서 솟아오른다. 내가 어렸을
때 가끔 땅거미가 내릴 무렵이면 젊은 고모가 이렇게 소곤거렸
다. 장터 거리나 공회당, 혹은 학교 운동장에 구경거리가 벌어
진 것이었다. 신파극 아니면 곡마단이 들어왔고 그것도 아니면
밤바람에 펄럭이는 포장을 노천에 묶어놓고 영화를 돌리는 밤이
었다. 그래서 집안의 여자들은 오랫동안 갇혀 있던 안채에서
"저녁밥 일찍 지어 먹고……" 어른들 몰래 쪽문으로 빠져나가
바람에 실린 발걸음으로 그 축제를 향해 가는 것이었다. 덩달아
가슴을 설레면서 어둠 속에서 그들을 따라 나도 종종걸음을 치
고 있었다. 보랏빛이 짙어가는 하늘에 별들이 총총했다. 축제는
언제나 그렇게 시작했다. 그 모든 축제들은 다 어디로 가버렸을
까?

오늘날에도 축제가 없는 것은 아니다. 대규모의 운동경기도
있고 연예인을 동원한 시민의 밤도 있고 국가가 기획한 '국풍'
같은 것도 있었다. 고급 호텔에서 차리는 환갑잔치도 있고 책보
다 더 요란한 출판기념회도 있다. 그런데 어쩐지 신명이 잘 나지
않는다. 사람들은 의무감에 밀려 모여들었다가 총총히 사라진다.
축제에 불을 당겨주는 '혼'이 담겨 있지 않은 것만 같다.

돈벌이 냄새가 나는가 하면 전시효과의 낌새가 있다. 알지 못
할 어떤 목적을 가진 남의 장단에 춤을 추고 있는 것은 아닌가
하는 의혹이 생길 때도 있다. 축제는 내가 사는 곳에서 내심의
흥겨운 충동에서 너무 멀리 떨어져 있다. 너무 거창하거나 너무

꾸밈이 많아서 자연발생적인 홍을 돋구어주지 못한다.

　더군다나 오늘의 축제는 사람들의 마음을 설레게 하여 밖으로 불러내고 한자리에 모이게 하는 것이 아니라 저마다의 방 안에 설치된 조그만 텔레비전 스크린 앞으로 격리시키곤 한다. 고독한 파편으로 박살난 저마다의 관람자들은 모든 경기와 모든 쇼와 모든 축제가 '생중계'되니 편리하다는 것이다. 그러나 그것은 축제가 아니라 축제의 흉내다. 축제의 주검이다. 축제는 홍겨운 무질서와 대담한 반칙과 신명이어야 한다. 적어도 광란하는 집단의 황홀함이 흔적으로나마 남아 있어야 한다. 원래 축제의 기원에는 초월적인 샘이 있었다. 우리의 가슴을 설레게 하는 축제에는 그 근원적 성스러움의 기억이 얼마간 담겨 있는 법이다. 그런데 오늘의 축제에는 그 초월적 세계의 그림자가 가셔버리고 없다. 축제는 사라지고 여흥이나 오락, 혹은 쇼 비즈니스만이 남았다.

　비디오 카세트가 등장한 뒤로 우리는 심지어 영화관에도 잘 가지 않는다. 안방의 작은 스크린에 비쳐진 작은 영화를 혼자 보고 앉아 있다. 영화는 단순히 그림으로 된 이야기만이 아니다. 그것은 대형스크린만이 보여줄 수 있는 스케일의 경이로움이어야 한다. 무엇보다도 영화구경은 축제여야 한다. 일상으로부터의 해방이어야 한다. 전화를 걸어 그리운 친구와 연인을 불러내고 영화관 근처의 카페에서 기다리고…… 만난다. 오랫동안 못 나눈 소식을 전하며 줄을 서는 것도 영화구경의 한 즐거움이고 홍분이어야 한다. 표를 사고 상영시간이 되기 전까지 거리를 어슬렁거리는 것도 오랜만의 한가함을 보탠다. 안락한 좌석에 앉아서 광고가 나오는 동안 아이스크림이나 팝콘을 사 먹으며 소곤소곤 이야기를 나눈다. 뒤에 앉은 젊은이들 무리에서 무슨 재미있는 일이 있는지 웃음이 폭발한다. 사람들이 그들에게 공모의 미소를 던진다. 그리고 마침내 실내의 불이 꺼지고……

영화가 끝나고 불이 다시 들어와도 아직 저 꿈의 세계에서 돌아오지 않은 듯 우두커니 앉아 있는 사람들, 아쉬운 듯 일어설 때의 그 신비한 표정 또한 경이롭다. 이처럼 영화구경도 그 나름의 절차를 가진 축제여야 하는 것이다. 그런데 이제 우리들은 방 안에 틀어박혀 고독한 비디오를 보며 졸고 있다. 축제마저도 통조림이 되어 가정으로 배달된다. 축제가 죽어서 단조로운 일상의 일부가 되고 말았다.

그러나 우리는 이 세상 그 누구들에게도 뒤지지 않을 만큼 흥겹고 호기심 많은 민족이다. 두셋만 모여도 한잔을 해야 하고 한잔을 하고 나면 노래를 부른다. 그래서 이 지구상 어느 곳보다도 노래방이 성업중인 나라다. 조그만 구경거리만 있어도 온 동네가 다 모여든다. 옆집에서 큰 소리가 나도 달려가보고 하찮은 싸움이 벌어져도 모이고 도둑이 잡혀가도 온 동네가 다 모여 수군거리고 불이 나도 구경꾼이 꾸역꾸역 모여들곤 했다. 달리는 관광버스 안에서도 아주머니들이 집단으로 춤을 추고 봄날 등산로 입구에서는 생면부지의 행인을 붙잡고 덩실거렸다. 초상집에 가도 빈소에 절을 하고 나오면 술과 먹을 것부터 내온다. 하물며 극단이나 곡마단이 북치고 나팔불고 온 동네를 돌아칠 때야 더 말할 것이 없다. 아이들은 그 뒤를 줄줄 따라다니다 못해 아예 선전물 나누어주는 일을 자청까지 하고 나선다.

그랬던 이 민족이 왜 신명나는 잔치와 축제로부터 이토록 멀리 떠나와버렸는가? 일터에서 돌아와 저녁을 먹고 나면 아이들은 과외공부를 가고 어른은 텔레비전 앞에 앉아 흘러가는 시간을 들여다본다. 갈 곳이 없는 것이다. 있다면 뒷골목 지하실의 으슥한 술집. 공산품 술병가에 고백하지 못한 고독이 모여 앉아

있다. 혹은 연기 자욱한 등심구이집, 잃어버린 축제의 손님들이
소줏잔 옆에서 비만증환자가 되어가고 있다.

만약 대학교에 입학하려는 신입생의 면접시험을 점수화한다면
나는 물어보리라. 그대는 몇 번이나 가슴 설레는 축제에 갔었던
가? 그리고 무엇을 보고 무엇을 들으며 도취했던가? 참고서를 많
이 외운 모범생보다는 별빛 어린 밤거리를 돌아다니며 축제에
홀렸던 꿈 많은 젊은이가 내겐 더 아름답게 보일 것 같다. 오 오,
레이스로 장식된 흰색 드레스를 곱게 차려입고 기우는 저녁빛
속에서 남자의 빠른 걸음에 보조를 맞추느라고 팔에 매달려 춤
추듯이 가고 있던 여인이여 말해다오, 그대가 찾아가던 그 축제
는 지금쯤 어디에서 나팔을 불어대며 우리를 기다리고 있는지를.
그리고 말해다오. 우리들의 행복한 일생은 지나간 축제의 추억과
다가오는 축제의 기다림이어야 한다는 것을.

(1995)

내 가슴속 올리브 밭

　지금까지 내가 살아온 삶 속에는 전쟁도 있었고 죽음도 있었고 가난과 고통도 있었다. 그러나 그것을 두고 격동에 찬 삶이라든가 파란만장한 도정이라고 말할 수는 없다. 그저 평범한 삶에 지나지 않기 때문이다. 평범한 삶이기에 '동북방으로 가면 의인을 만나리라' 하는 식의 기적적이고 행복한 만남을 가져본 적도 없다. 아니 어쩌면 나는 자신도 모르는 사이에 '의인'을 만났었는지도 모른다. 그러나 나는 그의 진가를 깨닫지 못하고 그만 옆으로 스쳐 지나버렸을 것이다.

　그랬기 때문일까. 나는 장 그르니에의 글을 읽으면서 오래도록 기이한 여운을 마음속에 느꼈었다. "그러나 나는 그렇게 하기는커녕, 꽃들이 하나씩 시들어 떨어지듯이 그 상태들이 사라져가도록 보고만 있었다. 나는 그냥 하나의 꽃에서 또다른 꽃으로 달려갔을 뿐이다. 여행 그 자체밖에는 아무런 다른 목적이 없는 여행들."

나의 삶 속에서 이루어진 '만남'이 없지는 않다. 1969년 11월, 나는 난생 처음으로 비행기를 타고 프랑스 유학을 떠났다. 낯설고 물 설고 무엇보다 말이 잘 통하지 않는 머나먼 나라. 대학 강의가 시작된 지 한 달이나 지나 도착하였으니 그곳에서의 첫 적응은 너무나 어리둥절하고 힘들고 막막했다. 무엇보다도 급선무는 박사학위의 지도교수를 정하는 일이었다. 내가 공부하고 싶은 20세기 프랑스 소설의 전문가는 단연 소설가 겸 비평가인 레몽 장 교수라는 정보를 얻고 나서 전화로 면담신청을 했다. 종이에 써서 간신히 작문한 프랑스 말로 시작한 전화통화였고 보니 도대체 무슨 말을 주고받았었는지 수화기를 내려놓고도 뚜렷하게 기억되는 것이 없었다. 이미 지도하고 있는 학생이 너무 많아서 지도학생을 더이상 받을 수 없다는 거절로 어렴풋이 짐작되었다. 지구를 반 바퀴나 돌아서 찾아간 곳에서 나를 받아주지 않으니 어찌한단 말인가. 그저 막막하기만 했다. 그리고 곧 크리스마스철이 닥쳐, 나는 아무런 소속감도 없이 남의 나라 축제 물결에 실려 해를 넘겼다.

공부를 제대로 시작도 못 한 채 허송세월할 수는 없는 노릇이었다. 내가 얼마나 먼 곳에서 여기까지 왔던가. 나는 무례함을 무릅쓰고 아무 면담 약속도 없이 또다시 레몽 장 교수 연구실로 들이닥쳤다. 궁즉통(窮卽通)이라. 사정을 딱하게 여긴 교수는 나를 만나주기는 했지만 내 서투르기 짝이 없는 프랑스 말 구사능력으로 보아 그랬는지 나의 실력과 자질이 과연 박사학위 과정에 적절할지 의심스럽다는 대답이었다. 사람은 때때로 모욕을 당하면 대담해지는 모양이다. 그때부터 나의 프랑스 말은 '유창'해지기 시작했다. 보시다시피 나는 한국에서 학사와 석사과정을 마쳤습니다. 그 증명서로 부족하다면 무슨 시험이라도 보고 나서 능력과 자질을 평가해야 될 줄로 압니다. 대략 이러한 항변이 내 입에서 문법의 정확성이나 표현의 섬세함 따위는 아랑곳없는 프랑스 말이 되어 쏟아져나왔다.

교수는 빙그레 웃으면서 소개장을 하나 써주었다. 그 편지를 가지고 현대문학과 사무실의 책임자인 알리스 모롱 부인을 찾아가서 전하고 그분과 같이 한 달 동안 논문의 주제를 정하기 위한 상의와 토론을 해보라는 주문이었다. 그러고 나서 한 달 뒤에 모롱 부인이 평가한 의견서에 따라 레몽 장 교수는 나의 지도교수가 되어줄지의 여부를 결정한다는 것이었다. 이렇게 하여 나는 1970년 1월 어느 날 처음으로 모롱 부인을 만났다. 1960년대 정신분석문학비평으로 명성을 날렸던 샤를르 모롱 교수의 미망인으로 그 대학에서 남편의 뒤를 이어 강의를 맡는 한편 학과의 사무를 책임지고 있는 분이었다.

그는 너무나 굳어 있는 나의 마음부터 풀어주었다. 공부 이야기는 차차 하자면서 우선 숙식문제 등 타관살이, 한국에서의 생활 등을 이야기해달라고 했다. 곧 긴장감이 사라졌고 나는 그분과 허물없이 지내는 사이가 되었다. 한 달 뒤에는 박사학위 논문 제목도 정해졌다. 나의 교수에게 보낼 의견서도 작성되었다. 모롱 부인은 내게 자신이 쓴 의견서를 보여주었다. 내용은 아주 간단했다. "당신이 이 한국 학생을 지도하게 된 것은 행운입니다." 그리하여 나는 레몽 장 교수의 지도를 받게 되었고 5년 뒤에는 박사학위를 받았다. 그 동안 부인은 나의 충실한 후견인이었다.

수년 후 내가 프랑스에 두번째로 체류하면서 첫아이의 아버지

가 되었을 때 가장 먼저 아기옷을 사들고 찾아온 사람도 부인이
었다. 휴가나 방학 때가 되면 나는 흔히 반 고흐의 체취가 물씬
배어 있는 생 레미 드 프로방스의 모롱 댁에서 보냈고 그분의 세
아들과는 가까운 친구가 되었다. 부인 덕분에 나는 프로방스의
풍경 깊숙이 사무칠 수가 있었다. 모롱 부인은 여러 해 전에 정
년퇴직했다. 그는 퇴직금으로 생 레미의 자기집 뒤꼍에 있는 올
리브 밭을 매입했다. 혹시 다른 사람이 그 밭에다가 집을 지어서
그녀가 일생 동안 바라보며 행복해했던 알피유의 바위산을 가려
버리면 안 된다는 것이 유일한 이유였다. 이리하여 나는 반 고흐
가 그린 알피유 산등성이와 또 그 산등성이가 고즈넉이 내다보
이는 올리브 밭 하나를 그리운 청춘의 풍경으로 마음속 깊이 간
직하게 되었다.

(1993)

가을에 다시 만난 두 여인

　모든 흘러간 과거는 아름답다. 흘러간 어린 시절의 추억은 더군다나 아름답다. 가버리고 다시는 돌아오지 않는 것이기 때문이다. 가버리고 다시 돌아오지 않는 것이라면 심지어 가난이나 불행조차도 아름다워 보일 때가 있다. 오늘의 풍요보다는 어린 시절의 그 결핍이 더더욱 우리의 삶을 빛나게 했었다는 느낌이 들 때조차도 있다. 그 어린 시절이 비록 가난하고 보잘것없는 것이라 하더라도 추악하고 어둑신한 도회지의 뒷골목들이나 변두리가 아니라 햇빛 찬란하게 비치는 농촌에서 흘러간 것이라면 그것은 돌연 광채로 뒤덮인 기억들의 보물창고 같아 보이는 때가 있게 마련이다. 지금 농촌의 아이들은 우리의 가난하던 시절의 그 재미있기만 하던 놀이들을 하지 않아도 된다. 텔레비전이 있고 화려한 읍내로 시시각각 실어내다가 부려놓는 버스와 택시가 있기 때문이다. 그러나 가난을 훈장처럼 차고 들판을 뛰놀던 우리들은 모든 군것질의 대상을 자급자족하지 않으면 안 되었다.

구멍 뚫린 옛날 동전을 어렵사리 구해다가 한지로 말아 그 양 끝을 구멍 속으로 다시 집어넣고 종이의 결대로 곱게 찢어 술을 늘어뜨린 제기. 거기다 더 멋을 부리자면 그 술의 끝부분을 붉고 푸른 잉크에 적셔 물을 들인다. 손쉬운 놀이로 자치기라는 것이 있다. 나무 막대기를 두 개 다듬어 하나를 눕혀놓고 다른 하나로 그 끝을 두드려 튀어오르면 다른 막대기로 쳐서 멀리 날려보내기 놀이다.

오래차기, 손뼘으로 땅뺏기, 헌 신문지로 접은 딱지치기, 방위군에 나갔던 아저씨가 총을 메고 고향마을에 오면 조르고 졸라서 얻어낸 탄피를 돌로 쳐내어 따먹는 탄피치기, 재수좋게 M1이나 구구식 장총의 실탄을 얻기라도 하는 날에는 문고리에 끼워 탄피와 탄알을 기막히게 분리해낸다. 탄피 속의 화약은 모닥불에 솔솔 뿌리며 폭죽 대용으로 활용하기도 한다. 분리된 탄알을 화롯불에 거꾸로 꽂아 열을 가하면 그 속에 든 납이 녹는다. 이때 탄창의 단단한 강철판을 줄로 썰어 끊어낸 다음 시멘트 바닥과 숫돌에 갈아 만든 그저 2~3센티 길이의 칼날을 탄알의 녹은 납 속에 집어넣고 식혀서 굳히면 거뜬히 참한 손칼이 만들어진다. 칼날이 달린 탄알을 탄피에 거꾸로 끼우면 아주 멋진 칼집에 넣은 장도칼로 변한다. 물론 탄피의 뇌관이 터지지 않은 것이면 아궁이 장작불 더미에 집어던지고 십리만큼 도망을 치면 굉음을 내고 터져버린다. 밑구멍이 뻥 뚫린 탄피에 색실을 꼬아넣고 매듭을 지으면 섬세한 장도칼 끈이 된다.

놀이 중에서 빼놓지 못할 것들이 군것질의 자급자족이다. 콩사리, 밀사리, 감자구이, 복숭아, 참외, 수박서리(이 경우 미안하지만 패거리가 작당한 좀도둑질로 발전할 가능성이 있지만 호된 꾸지람을 각오하는 위험 또한 재미의 일부가 된다)는 물론이고, 좀 기술을 요하는 것으로 한겨울 초가집 지붕에 둥지를 친 참새잡이가 있다. 이것에 성공하자면 물론 '덴지'(전지)라고 하는 문명의 이기가 필요하다. 참새 사냥을 조금 더 발전시키면 꿩잡이가 된다. 노란콩에 바늘로 구멍을 뚫고 '싸이나'라는 이름의 청산가리를 부어넣은 다음 눈밭에 던져놓으면 한겨울의 먹이를 찾는 꿩이 먹고 죽는다. 그러나 청산가리는 구하기 어려울 뿐만 아니라 위험하여 어른들에게 들키면 벼락이 내리는 단점이 있다.

손쉬운 군것질로 봄철에 찔레순 따먹기, 진달래꽃 뜯어먹기, 물오르는 소나무 껍질 벗겨 먹기와 새큼한 싱아 뜯어먹기도 잊을 수 없지만 내가 가장 좋아하는 사냥은 역시 물고기 사냥이었다. 물론 손과 발이 빠른 어른이나 큰 아이들은 반두를 벌려 들고 쏜살같이 도망치는 여울피리나 꾸구리, 텅고리, 꺽지, 먹주 따위의 물고기들을 생포하기도 했고, 특히 밤중에 솜뭉치에 석유를 적셔 불 밝혀 들고 시냇물을 거슬러오르는 '밤고기 잡이'도 뒤따라다니는 재미로는 빼놓을 수 없다.

그러나 가장 재미있는 고기잡이는 역시 '봇도랑막기'다. 시냇물 곳곳에 돌과 소나무가지로 막아놓은 보 속에는 물고기가 많이 숨어 있다. 둑을 쌓아 물길을 딴 방향으로 돌려버리고 보 속에 숨은 고기들을 완전히 고립시킨 다음 시골 논두렁이나 갯가에 지천으로 자라는 여뀌풀을 뜯어다 큰 돌에 갈아 그 독한 푸른 즙이 밴 물을 보 속으로 흘러들게 한다. 이윽고 오늘날의 최루탄 효과에 비길 만한 현상이 나타나기 시작한다. 보 속에 숨어 있던 잔고기들은 그 독한 여뀌풀 맛을 참지 못하여 당장 맑은 물을 찾아 밖으로 나오고 더러는 벌써부터 기절하여 물에 둥둥 뜬다. 이제부터는 그저 손으로 고기를 주워담거나 반두로 건져올리면 된다. 그러나 맑은 물을 받아 따로 만든 웅덩이에 그 고기들을 넣어두면 곧 제정신을 차린 쌩쌩한 물고기로 되돌아온다. 이리하여 봇도랑막기 작업의 시작에서부터 건져올린 고기를 맑은 물 웅덩이에 보관하였다가 배를 따서 일부는 회를 쳐 먹고, 대부분은 준비해간 파와 고추장을 넣어 민물찌개를 끓여 먹는다. 이렇게 즐겁고 화려한 천렵잔치로 하루해는 쉬이 저문다.

그러나 아이들이 이렇게 떠들썩한 하루를 놀고 떠난 뒤의 이 봇도랑에는 예기치 않은 일이 일어난다. 이제 여뀌를 갈아 부은 물도 서서히 맑아지고 사위가 고요해질 무렵 그때서야 보 속 깊숙이 버티고만 있던 힘 좋고 지구력 있는 큰 고기, 즉 메기, 뱀장어가 슬슬 맑은 물을 먹으러 밖으로 나오는 것이다. 이것은 대개 하루 일을 마치고 일터에서 돌아오는 어른들의 차지다. 민물고기의 왕이라고 하는 뱀장어나 메기는 이리하여 하루 종일 수고한 철부지 아이들이 돌아가고 난 해거름 때 어른들의 노련한 꼴망태에 담기게 되는 것이다.

나는 일전에 어느 전람회 구경을 갔다가 복도에서 문득 우아한 옷차림으로 낯익은 미소를 고운 얼굴에 잔잔하게 띠며 다가오는 두 사람의 부인들을 만났다. 40대 초반인 두 여인의 그 요염하지 않은 아름다움이 눈을 서늘하게 했다. 20년 전에는 폭발할 것만 같이 아름답던 그 대학후배들의 눈가에도 이제는 잔주름이 약간 져 있었다. 그들은 20년 긴 세월 동안 어느 봇도랑 깊숙이에 숨어 있다가 이제야 문득 맑은 물을 마시러 나온 것일까. 그들은 아마도 훌륭한 남편들을 만나 건강하고 총명한 아이들을 키우느라고 자신의 아름다움을 저 보이지 않는 가정의 봇도랑

속에 깊숙이 묻어두고만 있다가, 아아 이제 여름이 기울어가는 저녁 나절, 그렇게 맑은 바람을 쏘이러 나온 것일까? 나는 그들을 보면서 어린 시절의 저녁 나절에, 아무도 없는 봇도랑가로 맑은 물을 마시러 나오던 그 메기와 뱀장어를 자신도 모르게 머릿속에 떠올리고 있었다. 그리고 우리들 모두에게 내리고 있는 가을날 저녁빛이 문득 내 가슴을 뒤흔드는 것을 느꼈지만 나는 그냥 말없이 웃기만 했다.

(1993)

전화와 편지

"여보세요? 거기 김화영 교수 연구실입니까?"

"네, 그런데요."

"김화영 교수 계십니까?"

"전데요. 말씀하십시오. "

"네, 저 여기는 거시기 주식회사 사장실인데요. 김머시기 사장님 전홥니다. 잠깐만 기다려주십시오."

종종 이런 전화를 받게 된다. 비서인 듯한 앳되고 직업적으로 반들반들하게 닦인 여자 목소리가 많다. 이렇게 잠깐만 기다리라고 해놓고는 이쪽이 하염없이 수화기를 든 채 문제의 사장님 목소리를 간절해하도록 만들어놓는다.

날이 갈수록 비서를 통해서 전화를 걸어오는 분들의 수가 늘

어가고 있다. 유행인지도 모른다. 그래서 날이 갈수록 비서 자리
에 취직하겠다는 여성들의 수가 늘어나고 있는 것인지도 모른다.
날이 갈수록 사장님처럼 높으신 분들은 전화 다이얼 같은 건 돌
리거나 누를 수 없을 만큼 바빠지거나 멍청해지는 것인지도 모
른다.

그런데 문제는 이쪽이 그런 전화에 별다른 매력을 느끼지 못하
는 데 있다. 그리고 문자 그대로 연구실에 앉아 있을 때는 대개가
글을 쓰고 있거나 책을 읽고 있는 때이다. 이처럼 집중을 필요로
하는 일에 파묻혀 있을 때 전화벨 소리란, 좀 과장해 표현하면 파
티가 무르익어가는 중에 들리는 권총 소리 같은 것이다. 또 더러
는 대학원 강의 도중에 이런 식의 전화가 걸려오는 수도 있다. 상
대방이야 이쪽 사정을 알 턱이 없다. 본래 전화란 것은 그렇다. 그
러나 어쨌든 이쪽은 강의를 중단해놓은 채 사장님의 여비서와 전
화줄을 한끝씩 마주 붙잡고 이제나저제나 사장님이 그의 바쁜 목
소리를 가지고 나타나주시기만 간절히 기다리는 꼴이다.

그리움 위해서는 이별이 있어야 하네

비서실을 갖추어놓지도 못했고 앞으로도 그럴 것 같지 못한
대학교수인 나는 날이 갈수록 전화의 고마움보다는 해독에 더
민감해져가고 있다. 특히 유들유들한 목소리가 전화를 통해서 내
겐 거저 주어도 반갑지 않을 물건이나 책을 한사코 팔아보겠노
라고, 그 물건이 기필코 내겐 없어서 안 되는 것이라고 설득하려
들 때는 더군다나 그렇다. 그래서 나는 가끔 대문 앞을 서성거리
면서 사랑하는 사람들의 편지를 기다리던 저녁 나절을, 그렇게도
고즈넉하게, 그렇게도 천천히 살던 시절을 생각하게 된다. 그리
고 이런 대화도 그리움과 함께 기억한다.

“빨리 가세요.”

“왜요?”

“가야 편지를 쓰지요.”

그렇다. 서로 떨어져 있어야 쓰는 게 편지다. “우리의 그리움을 위하여서는 이별이 있어야 하네”라고 시인은 노래했다. 요즘은 사람들이 모두 서로서로 전화줄로 연결되어 있다보니 편지 쓸 일이 없다. 그야말로 이별 없는 시대가 와버렸다. 편지는 부재 속으로 찾아드는 침묵의 목소리다. 그래서 전화와는 달리 편지는 길어져도 수다스럽지 않아 좋다. 그리고 그리운 이의 손길이 쓸고 지나간 그 육필(肉筆)의 아름다움은 우리의 그리움을 더욱 간절하게 만든다. 재치, 혹은 순정이 가득히 고인 그 종이와 글씨들은 오랜 세월이 지난 뒤에도 우리의 서랍 속에 귀중하게 간직되어 있다. 옛날에 편지를 써보내던 이들은 글씨 또한 정전체(正田體)로 혹은 활달한 초서로 얼마나 아름답게 썼던가!

프랑스 문학에서도 매우 중요한 자리를 차지하는 것이 편지다. 편지는 시나 소설과 달리 꾸밈 없고 자연스러운 것이 그 아름다움이다. 편지는 자신도 모르게 만들어놓은 싱싱한 삶의 문학이다.

발자크는 그가 33세 되던 해인 1832년에 러시아제국의 오뎃사로부터 11월 7일자에 쓰여진 편지 한 통을 받았다.

“저는 외국 여자이므로 선생님께는 그다지 프랑스 말답지 못하다고 여겨지는 표현들을 쓰게 되는 것도 그리 놀랍지 않겠습니다만, 선생님의 작품들을 읽고 느끼게 된 깊은 감동을 제 나름의 열광과 더불어 써 보내고 그려 보내지 않을 수가 없습니다.”

이렇게 시작된 장문의 편지는 기이하게도 “당시의 일간신문 『라 코티디엔느』에다가 간단한 한 마디로 편지를 받았다는 말과 함께 '외국 여자에게, B로부터'라고 서명하여 광고를 내준다면 두려움 없이 선생님께 편지를 쓸 수 있겠습니다"라는 부탁으로 끝맺고 있었다. 그해 12월 9일자 『라 코티디엔느』에는 과연 그녀의 이름과 주소를 알려달라는 발자크의 광고가 났다.

이리하여 유서 깊은 폴란드 가문 출신으로 자신보다 22세 연상의 러시아 장군과 결혼하여 우크라이나의 영지 비에르즈쇼브니아 성관에 살고 있는 한스카 백작부인과 발자크의 편지 교환은 시작되었다. 당시 부인 스스로 밝힌 나이는 27세였다. 두 사람 사이에는 이때부터 1850년까지 장장 18년 동안 편지들이 교환되었고 한스카 부인에게 보낸 편지는 『외국여자에게 보낸 편지』라는 수백 페이지에 달하는 책 2권으로 묶여져서 오늘날 이 작가의 대작 『인간희극』이 쓰여지는 과정을 자상하게 증언하는 지극히 귀중한 문헌으로 남게 되었다.

이 서한집을 살펴볼 때 매우 흥미로운 사실은 두 사람 사이의 편지 교환이 중지되는 기간은 영락없이 서로가 직접 만나게 되는 밀회의 시기임을 알 수 있다는 점이다. 분명 편지란 헤어져 있어야 쓸 수 있는 것. 한스카 부인의 남편이 죽고 난 후, 1850년 3월 14일, 두 사람은 우크라이나의 성관에서 결혼했고 4월 하순에 함께 파리로 왔다. 그러나 불과 몇 달 후인 8월 18일, 발자크는 애석하게도 병사하고 말았다. 죽음은 편지도 쓰지 못하게 되는 헤어짐이다. 어쨌든 그 당시에 만약 오늘과 같이 편리한 전화가 가설되어 있었더라면 과연 그 귀중한 『외국여자에게 보낸 편지』가 쓰여질 수 있었을는지 지극히 의심된다.

편지는 삶과 예술의 분신

또다른 서한집으로 두고두고 감동을 자아내는 것은 화가 반 고흐와 그의 동생 테오 사이에 오고간 편지들이다. 형 빈센트와 동생 테오도루스(일명 테오)는 네 살 차이다. 화상인 구필사(社)의 헤이그 지점 직원으로 채용된 형 빈센트가 고향집에 남은 동생과 편지를 주고받기 시작한 것은 1872년 여름이었다. 그후 두 사람 사이의 편지는 형 빈센트가 자살하게 되는 1890년 여름까지 18년간 계속된다. 내년은 반 고흐의 사후 100년이 되는 해다. 반 고흐가 편지를 쓰지 않은 지 100년째다.

두 사람 사이에 편지 교환이 중단된 것은 1886년 3월부터 약 2년 동안뿐이다. 두말할 것도 없이 이는 두 형제가 모처럼 함께 지냈던 파리 시절이다. 그때를 제외하고는 형 빈센트가 줄곧 동생과는 멀리 떨어진 해이며, 런던, 파리, 암스테르담, 보리나주, 브뤼셀, 누에넨, 안트워프, 그리고 아를르, 생 레미, 오베르 등지로, 도무지 한 곳에 오래 정착하지 못한 채 떠돌아다녔던 것이다.

반 고흐는 죽은 후에 879점의 그림을 남겼다. 또한 그가 쓴 8백여 통의 편지도 고스란히 남아 그의 비극적인 삶과 예술을 증언해주고 있다. 그 중 무려 668통이 동생 테오에게 보낸 편지다. 테오야말로 그의 고통스러운 속내이야기 상대요 후견인이요, 분신이었다. 편지는 때로는 화란어로, 때로는 영어로, 때로는 프랑스어로 쓰여졌다.

"우선 아버지가 털어놓은 말로는 네가 나 모르게 오래 전부터 돈을 보내주어 나를 곤경에서 구해주었다는구나. 정말 고맙다. 네가 그렇게 한 것을 결코 후회하지 않게 되기를 바라는 마음 간절하다. 이리하여 나는, 부자가 되도록 해주지는 못한다 해도 한 달에 최소한 100프랑은 벌 수 있게 해줄 직업을 한 가지 배울 수 있게 될 거야. 화가로서 자리를 굳히고 마침내 안정된 일자리를 얻게 되기까지 내게 꼭 필요한 액수가 그 정도다.”

　반 고흐는 1831년, 화가 지망생으로서 불안한 새출발을 하면서 이렇게 동생에게 써 보냈었다. 그러나 10년 후 그가 죽는 날까지 단 한번도 한달에 100프랑을 벌어본 적이 없다. 1890년 7월 30일, 형 빈센트를 오베르 공동묘지에 매장하고 파리로 돌아가는 테오의 주머니 속에는 형의 방에서 발견한 미완성의 마지막 편지가 들어 있었다.

　“그런데 내가 하는 작업으로 말하면, 나는 거기에 내 생명을 걸었고 내 이성은 반 이상 그 속으로 무너져버렸다. 내가 알기로는 너는 사람 장사도 아닐 텐데, 인간적으로 행동하여 내 편을 들어줄 수도 있을 텐데, 그런데 너는 뭘 원하는 거냐?”

빠른 전화 더 빠른 멀어짐

　이 처절한 절규 또한 예술가의 몫이다. 이 같은 절규를 100년 후의 오늘에까지 전할 수 있는 것이 바로 편지의 미덕이다.

　오늘날 파리 북쪽의 작은 마을 오베르 쉬르 우아즈 언덕빼기 공동묘지에 가면 형 빈센트와 동생 테오의 무덤이 나란히 햇빛을 받고 있다. 이제 그들 형제는 편지를 보낼 필요도 없을 만큼 가까이 누워 있다.

　그런데 이제 그들의 감동적인 『서한집』을 읽는 후세 사람들은 편지 대신 전화만 걸어댄다. 아니 전화도 비서를 시켜 걸어야 하는 사람들이 『서한집』인들 읽겠는가. 아무도 편지를 쓰지 않고 받지도 않는 삭막한 시대가 안방까지 쳐들어오면서 전화벨을 따르릉따르릉 울려대고 있다.

(1989)

이삿짐과 진실

긴 겨울이 지나가고 햇볕이 점차로 다사로워지면 이삿짐을 실은 트럭을 여기저기서 만나곤 한다. 이불보따리, 커다란 옷장, 응접세트, 냉장고, 피아노 등이 실려 있는 트럭의 한 귀퉁이에는 실내에서 기르는 열대지방의 키 큰 나무도 바람에 날려 허리가 휜다. 이삿짐 트럭에 실려 저 혼자만 유독 신이 난다는 듯 바람에 잎을 날리며 춤을 추는 그런 나무를 보면 화가 김원숙의 그림 속에 부는 바람과 그 바람에 휩쓸리는 나무가 연상된다. 그뿐만이 아니다. 나는 어느새 트럭의 이불보퉁이 한옆에 등을 기대고 어딘지 알 수 없는 곳으로 실려가는 나의 어린 시절과 청년 시절을 떠올린다. 나는 그 사이 얼마나 여러 번 이삿짐 트럭에 실려 이 주소 저 주소, 이집 저집, 이방 저방을 전전한 끝에 지금 이

자리에 당도한 것인가?

　같은 아파트단지 안에서도 가끔 이사하기 위하여 집 밖에 내놓은 가재도구들을 만난다. 형세가 좋은 집은 고가의 이삿짐 전문센터에게 의뢰하여 아주 훤칠한 박스들로 모양새 좋게 포장들을 하여 제복 입은 짐꾼들을 부려가며 대형트럭으로 실어나른다. 그러나 내 시선과 마음을 끄는 것은 그런 현대식 이삿짐보다는 올망졸망 크고 작은 종이박스에 싸여 있기도 하고 낡은 보자기에 묶이기도 하고, 더러는 알몸인 채의 그 서민적인 짐들이다(여러 번 반복된 이사에 칠이 벗겨지고 모서리가 상처난 가구, 옷가지 보퉁이, 장독, 어린아이 장난감, 거울, 의자…… 방 안에 제자리를 차지하고 놓여 있을 때는 손때 묻은 윤기와 거기에 투영된 삶의 숨결로 인하여 그렇게도 정답고 아늑하고 그립던 가재도구가 밖에 내놓으면 그리도 쓸쓸하고 적막해 보인다). "거리에 나앉게 생겼다"라는 표현이 우리의 마음속에 불러일으키는 그 무방비 상태의 공포감이 그 이삿짐 보따리 근처에는 많게든 적게든 고여 있다.

　우리의 삶도 그와 같은 것이다. 길든 생활, 익숙한 가족, 친한 친구, 손발이 잘 맞는 일터의 동료, 이 모두가 나와 적당한 관계를 맺고 그 관계의 망 속 어느 지점쯤에 나의 주소, 나의 집, 나의 방, 나의 자리가 있다. 그 공간, 그 낯익고 정다운 공간 속에서 자고 깨고 웃고 울고 사랑하고 다툰다. 이 익숙한 공간 속의 안도감을 우리는 '습관'이라고 부른다. 이 습관은 흔히 네 개의 벽으로 둘러싸여 있다. 그 속에 볕이 들고 불이 켜진다. 밖의 바람과 비로부터 보호된 우리의 삶과 휴식이 거기에 담긴다. 그런 모든 것은 영원히 그대로 계속될 것 같다. 이 계속성에서 우리는 흔히 행복감 같은 것을 느낀다.

　그러나 어느 날 문득 그 영원할 줄 알았던 습관과 계속성의 무대장치가 허물어진다. 서민생활 속에 가끔 일어나는 작은 혁명들을 우리는 '이사'라고 부른다. 새 집, 새로 지은 집, 더 큰 집으로 이사가는 행복한 사람들도 있지만 셋집을 전전하는 과정에서 하는 수 없이 그 '삶의 혁명'을 감수해야 하는 사람도 많다. 갈 곳 없이 거리로 나앉거나 수재민처럼 임시 천막이나 낯선 학교 교실을 빌려 난민생활을 강요받는 사람도 있다. 사랑하는 부부의 단란하던 삶이 어느 날 문득 바스러져버리고 각기 다른 방향으로 헤어지는 경우도 있다. 그럴 때 비로소 우리는 삶이라는 무대의 허구성을 발견한다. 한때 어떤 철학자들은 이런 것을 부조리의 발견, 혹은 부조리의 각성이라고도 불렀다. 삶이 한갓 연극이고 무대장치였음을 깨닫는다. 인생이 한갓 꿈이었음을 아프게 인식한다. 단순히 가재도구를 트럭에 싣고 다른 장소, 다른 곳으로 가는 숱한 이사의 저 끝에는 마침내 마지막 이사를 해야 할 날이 온다는 것을 보다 절실하게 깨닫기도 한다. 그때는 가지고 갈 이삿짐도 없다. 모든 것을 그냥 다 거기 두고 아주 떠나버리는 것이다.

나는 몇 년 전 텔레비전 뉴스에서 보았던 박종철군의 하숙방을 영원히 잊을 수가 없다. 그저 평범한 대학생이었던('평범한'이란 표현이 적절치 않을 수도 있겠지만 우리들 중 누구나 공감할 수 있는 구체적 삶의 한 주인이었다는 뜻이다) 그가 어느 날 문득 자기의 방으로 돌아오지 않았다. 그가 밖으로 불려나간 후 비어 있었던 그 하숙방을 텔레비전의 카메라는 천천히 훑고 지나갔다. 벽에 기대어 놓여 있는 책상과 의자, 책상 위에 꽂힌 책들, 벽지, 비닐장판…… 이 구체적인 공간은 다시는 돌아오지 않는 박종철군의 삶을 너무나도 웅변적인 목소리로 말해주고 있었다. 그후에 일어난 일을 우리는 잘 알고 있다. 그의 기록은 이 나라 민주주의 역사에 깊고 아픈 상처, 그리고 우리들의 약한 가슴속에 치솟는 분노로 남게 될 것이다. 그러나 역사라든가 민주주의라든가 하는 말들은 너무 추상적이다. 그런 말들의 참다운 무게와 힘을 이해하기 위해서는 카메라가 천천히 훑고 지나가던 그 책상과 책과 벽지와 장판지를 유심히 바라보아야 한다. 그 삶의 구체적인 아픔과 전율이 없이는 민주주의도 자유도 역사도 다 무의미하다.

가끔 나는 나도 모르게 그 책상 앞에 앉아 있던 그 안경 쓴 젊은이를 상상해본다. 그는 담배를 피운다. 책을 읽다 말고 창밖을 내다본다. 휘파람도 분다. 그 방에 이불을 펴고 반듯이 누워 팔베개를 하고 생각에 잠기거나 모로 누워 잠든 젊은이를 상상해본다. 그런데 이제는 그 젊은이도, 책상도, 의자도, 책도, 그의 삶도 모두 다 흩어져버리고 없다. 오직 있는 것은 역사 속의 기록과 해석된 의미뿐이다. 그래도 지금 내 머리에 가장 생생하게, 가장 아프게 떠오르는 것은 박종철군의 방이다. 그 짧은 카메라의 필름은 까닭 모르게 내 머릿속에서 문득문득 돌아가곤 한다. 그의 방이 살아난다. 그의 아늑한 삶과 젊음과 번민들이 되살아난다. 그리고 그 삶과 방이 바스러져버린다.

내 일생에서 삶의 무대장치가 가장 빈번하게 해체되고 다시 조립되곤 했던 때는 외국유학 시절이었다. 부모와 가족과 멀리 떨어져 있는 외국인 데다가 처음부터 끝까지 줄곧 계속되는 기숙사생활이었기 때문이다. 해마다 여름의 기나긴 방학 때가 되면 기숙사를 수리하는 까닭에 다른 동으로 옮기지 않으면 안 되었다. 여행을 떠나기라도 할 양이면 얼마 안 되는 짐이었지만(주로 책이 대부분이라 몹시 무거웠다) 분실되지 않도록 단단한 철궤에 넣고 큰 자물통으로 잠가 창고에 보관해야만 되었다. 몇 개의 철궤 속에 담아놓고 나면 동그마니 오척 육신만이 그 작열하는 프로방스의 햇빛 아래 남곤 하던 그 시절의 여름은 내 존재의 실체를 거짓없이 보여주곤 했다. 1974년 여름 나는 그 철궤 몇 개를 떠메고 돌아왔다. 그후 짐이 너무 많아졌다. 그러나 너무 많아진 이삿짐도 실은 무대장치에 불과하다는 사실을 이웃집 이삿짐 보따리를 볼 때마다 다시 확인하곤 한다. 이삿짐은 쓸쓸하고 적막해 보이지만 벌거벗은 삶의 진실을 손가락질해준다는 미덕을 지니고 있다. 그것은 우리의 꿈을 깨뜨리기도 하지만 우리를 헛된 오만으로부터, 부질없는 확신으로부터 해방시켜준다.

(1991)

한밤의 침묵

사람이 타고날 수 있는 복은 여러 가지다. 건강한 신체, 유복한 가정, 우애가 지극한 형제, 총명한 두뇌, 재물, 혹은 미모……

날보고 누가 어떤 복을 타고났느냐고 묻는다면 단연 잠 잘 자는 능력이라고 말할 것이다. 앞에서 꼽아보았던 귀중한 행운들 사이에 세워놓아보면 사실 좀 초라한 복이라 하지 않을 수 없을 것이다.

그러나 세월이 가면서 잠자는 능력도 만만치 않은 복이란 생각을 하게 된다. 특히 불면증에 시달린다고 호소하는 사람들, 여행을 가면 간 곳마다 옮긴 잠자리가 낯설어서 고민하는 사람들을 보면 나는 상대적인 행복감을 확인하곤 한다.

나는 쉽게, 즐겁게 잠든다. 언제나 어디서나 잠 자기로 마음먹으면 즉시 잔다. 나 스스로 자신이 잠드는 모습을 바라본 적이 한번도 없어 모르긴 하지만 남들의 말을 들어보면 나는 베개에, 사정이 허락하지 않을 때는 그냥 방바닥에, 혹은 의자 등받이에, 사정이 좋을 때는 향기가 그윽한 여자의 어깨에 머리를 갖다대면 곧 잠이 든다. 한번 잠들면 대개는 자리를 박차고 일어날 때까지 한번도 깨지 않고 내처 잔다.

잠이 안 와서 고민이라는 사람들을 나는 이해하지 못할 뿐만 아니라, 할 일이 밀려 있을 때는(일이란 항상 밀려 있는 법이다) 그들이 부럽기만 하다. 그래서 나는 혹시 한밤중에 문득 잠이 깨어 더이상 잠이 잘 오지 않는 때는—아주 드문 일이지만—더없이 고맙게 생각하면서 미련없이 잠자리에서 벌떡 일어난다.

그때부터 나에게는 축제의 시간이 시작된다. 세상 사람들이 대부분 다 잠든 밤의 침묵이 거기 있는 것이다. 아예 처음부터 잠자지 않고 있다가 그런 밤의 고요를 만났다면 그때는 이미 졸음에 겨워 의식이 흐려지거나 피곤해져 있기 마련이다.

반면에 시험공부를 할 때처럼 미리 좀 자두고 나서 한밤중에 일어나 공부를 계속할 경우엔 억지로 중노동에 끌려나온 노예와 같은 권태와 따뜻한 잠자리로 다시 돌아가고 싶은 그리움으로 인하여 그 침묵의 축제를 제대로 즐기지 못한다.

밤의 침묵은 잠 잘 자는 복을 타고난 사람만이 참으로 즐길 수 있는 마음의 축제다. 이런 시간에는 평소에 보이지 않던 것들이 눈에 보인다. 불을 켜지 않고 창가에 가 서면 뜰에 우두커니 서 있는 한 그루 나무, 앞집의 불 켜진 구석방, 평소에 보지 않고 지나쳤던 방구석의 철지난 여름모자, 이런 사소한 모든 것이 새롭고도 경이롭다.

대낮에는 항상 어떤 전체적 관계(그것도 어렵기만 한 '인간관계'나 '이해관계') 혹은 어떤 목적에 비추어서 그 중요성에 따라 사람과 사물을 보거나 이해하고 취하거나 버린다. 그런데 이런 침묵의 축제 속으로 들어오면 사물이나 현상들이 비로소 제 본래의 모습을 드러내 보인다.

어둠 속에서, 희미한 박명(薄明) 속에서 사물은 제각기 하나씩의 고요한 섬이 된다. 화장을 하지 않은 물건의 즉자적 아름다움, 적대감도 없고 과시욕도 없다. 아주 희귀한 일이긴 하지만 이럴 때 읽으면 유난히 마음에 와 닿는 책이나 글들이 있다.

그런 책, 그런 글 속에는 여백이 많다. 그 글의 목소리는 나직하며 형용사를 남용하지 않는다. 전해주는 '정보' 따위는 거의 없고 침묵이 가득하다. 한 문장을 읽고 나면 다음 문장이 시작할 때까지 막막한 모래 언덕이나 인적 없는 늪이나 바람 부는 벌판이 펼쳐진다. 그곳에서는 침묵의 소리가 잘 들린다.

그 여백이 끝나는 곳에서 만나는 목소리. 그런 목소리가 그리운 시간이 더러 있다. 이럴 때 글은 음악이 된다. 북이나 첼로나 기타 같은 악기는 그래서 속이 비어 있나 보다. 내가 혹시 만나곤 하는 한밤의 침묵처럼 마음속 깊이 진동하기 위하여.

(1993)

한국인의 획일성과 인식의 환상

몇 년 전, 중동지역 건설현장에 나가 있던 어느 회사의 중역이
고단한 하루 일과를 마치고 나서 술집에 갔다. 여러 나라 국적의
손님들이 뒤섞여 술을 마시는 중에 그는 옆에 와 앉아 서비스를
해주는 여급에게 말을 걸게 되었다.

그는 우리나라 사람이 생면부지의 상대방과 처음 이야기를 주
고받을 때면 으레 그러듯이, 너무나도 자연스럽게 아가씨의 이름
이 무엇이냐고 물었다. 아가씨는 물론 자신의 이름을 말해주었
다. 다음으로 손님은 아가씨의 나이가 몇 살이냐고 물었다. 아가
씨는 물론 자신의 나이를 말해주었다. 그러나 손님은 세번째 질
문을 할 필요가 없었다. 아가씨가 먼저 세번째 질문을 했기 때문
이다.

"다음에는 어느 나라 사람이냐고 묻고 싶죠? 저는 이탈리아 사람이에요. 그리고 언제부터 여기서 일하고 있는지 알고 싶죠? 3년하고 5개월 되었어요. 그럼 이번엔 제가 손님의 국적을 알아 맞혀볼까요? 손님은 한국 사람일 것 같아요."

아가씨는 거침없이 질문과 대답을 이렇게 쏟아내놓고는 웃었다. 물론 한국 회사의 중역인 손님은 깜짝 놀라서 그걸 어떻게 알았느냐고 물었다. 아가씨는 아주 태연하게 대답했다. 처음 말을 걸 때 우선 이름을 묻고 다음으로 나이를 묻고 세번째로 국적을 묻고 마지막으로 언제부터 여기와서 일했는지를 묻는 사람은 한국 사람뿐이라는 것이었다.

처음에 이 이야기를 들었을 때 나는 매우 깊은 인상을 받았다. 과연 이 이야기 속의 이탈리아 여급은 다른 나라 사람들과 비교해볼 때 한국인 손님들의 행태에는 한결같은 공통점이 있다는 것을 매우 정확하게 관찰한 것이다. 이것은 한국인들이 공통적으로 보여주는 특징들 가운데 한 가지임에 틀림이 없다.

법률용어에 인정신문(認定訊問)이란 것이 있다. 제1회 공판이 개시될 때 검사가 사건의 요지를 진술하기에 앞서서 재판장이 피고인을 향하여 그가 피고인이 틀림없는지를 확인하려는 목적으로 그 이름, 나이, 본적, 거주지, 직업 등을 묻는 절차를 가리키는 말이다. 우리나라 사람들은 실제로 낯선 사람을 대할 때 이를테면 재판장이 피고인을 상대로 하는 인정신문 같은 것으로부터 접근을 시작한다.

다른 나라 사람들도 물론 처음 만나는 사람에 대해서 이름과 나이와 직업과 국적, 주소 등을 모르고 있기는 마찬가지다. 그러나 우리나라 사람들처럼 예외 없이 '인정신문'부터 시작하는 경우란 아주 드물다. 앞서의 이탈리아 여급은 그 사실을 경험에 의

하여 알아차린 것이다.

　한국인의 이 같은 특징을 증명하는 것으로 '명함'이라는 것이 있다. 한국을 방문하는 외국인, 특히 유럽지역 출신의 외국인들은 한결같이 초면의 한국인들이 인사를 나눌 때마다 예외없이 내미는 명함에 깊은 인상을 받았다고 말한다. 이를테면 앞에서 말하는 '인정신문'의 절차를 부정확하게 발음하거나 잘못 듣기 쉬운 구어체 대신 문어체의 인쇄물로 대신하는 것이 바로 명함인 것이다.

　거기에는 이름과 직업과 직위, 주소, 전화번호 등이(심한 경우에는 박사학위 소지 여부까지도) 기록되어 있어서 말로 할 때 생기는 정보전달상의 오류가 발생할 위험도 없고 정보를 수첩이나 메모지에 기록해야 하는 번거로움도 피할 수 있어서 여간 편리하지 않다.

　그러나 이 '편리한' 관행이 세계 공통의 현상은 아니라는 사실 때문에 한국인의 행태는 유별난 것이 된다. 서양 사람들 가운데서 명함을 인쇄하여 지니고 다니는 사람이 간혹 있기는 있다(특히 한국에 와서 근무한 지 오래되는 상인들이나 외교관들 가운데 많이 있다).

　그러나 그들이 그 명함을 실제로 사용하는 경우란 극히 드물다. 더군다나 구체적인 직업상의 교섭이나 긴요한 접촉의 필요가 있다고 보기 어려운 사람에게까지 인사를 하자마자 자신의 명함을(상대방이 청하지도 않았는데) 쑥쑥 내미는 사람은 없다. 이것은 어느 면에서 경박하고 상스럽다는 인상을 줄 수도 있다.

　그러나 그런 행동이 경박하냐, 고상하냐 하는 문제를 떠나서 왜 우리나라 사람들은 다른 나라 사람들과 달리 우선 '인정신문'을 통해서 낯선 사람에게 접근하고자 하고, 그런 방식으로 타자를 알고자 하는 것일까 하는 소박한 의문을 가져보지 않을 수 없다.

　살얼음판같이 불안한 세상인지라 상대방의 신분을 확실히 알기 전에는 나의 신분이나 내심을 노출시킬 수 없다는 동물적 위기의식 때문이라고 설명하는 사람도 없지 않다. 그러나 이것은 단순한 사회적 행동이기 이전에 거의 인류학적인, 더 나아가서는 인식론적인 동기를 통해서 설명이 가능한 현상이 아닐까 하는 느낌이다.

　즉 우리나라 사람들은 이름과 나이와 사회적 신분(직업), 국적 따위를 통해서 타자에 대한 이해가 가능하다고 믿는 것 같다. 적어도 오랜 관행을 통해서 그와 같은 '인정신문'의 절차를 거쳐서 존재에 대한 인식이 가능하다는 '환상'을 가져온 것 같다는 말이다. 즉 단일민족이라는 '닫혀진 전체' 속에서 출신지역, 직업, 연령, 성(姓), 이름 등의 기준에 따라 하나의 인간을 분류시켜놓은 다음 그 분류된 특질들을 종합하면 한 인간의 본질에 대한 인식이 가능하다는 환상을 가지는 것이다.

　이와 같은 '인식의 환상' 이면에는 단일민족이라는 뿌리의 동질성과 3면은 바다요, 다른 한 면은 지뢰가 매설된 철조망으로 막힌 국토의 폐쇄성이 도사리고 있지 않나 하는 추측도 가능하다.

　국적이 무엇이냐고 물었을 때 반은 미국이고 반의반은 독일이고 또 반의반의 반은 터키고 다른 일부는 잘 모른다고 대답하는 사람들의 세계, 회사는 파리에 있지만 가족은 제네바에 살고 있고 주말은 런던에서 보낸다는 사람들의 세계, 나이는 50이지만 다니던 직장을 그만두고 요새는 대학에 다니면서 히브리어 공부를 한다는 사람들의 세계, 처녀 때 이름과 결혼한 다음의 이름,

그리고 이혼한 다음 재혼한 현재의 이름이 각각 다르다고 말하는 사람들의 세계에서 인정신문이라는 형식적 절차가 상대방을 인식하는 데 있어서 무슨 의미가 있겠는가?

이 나라의 고질이 되어가고 있는 이른바 지역감정이라는 것은 바로 폐쇄된 공간, 폐쇄된 민족의 단일성을 근거로 한 '인식의 환상'에서 생겨나는 것이 아닌가 한다. 즉 상대방이 어느 지방 사람인지, 몇 살인지, 직업이 무엇인지, 출신학교가 어디인지만 알면 그 사람이 어떤 사람인지 다 알 수 있다는 그 '인식의 환상'에 기대지 않는다면 지역감정의 골이 이토록 깊을 수는 없을 것이다.

(1993)

세상은 유유히 살자, 바쁠 것이 없나니

우리나라 사람들은 대체로 다른 나라 사람들에 비하여 유별나게 경쟁심이 강한 것 같다. 사물이나 형상을 인식할 때 상대적인 평가를 하는 데 익숙해 있고 등급을 매기기를 좋아한다. '동양 최대, 세계 최고, 아시아 최강' 하는 식의 최상급에서부터 올림픽메달의 국가별 순위에 이르기까지 다른 나라 사람들보다 훨씬 더 등수에 집착한다. 문학작품을 써서 노벨상을 받으면 마치 그날부터 작품 쓰기에는 공인된 세계 일등이라도 된다고 착각한다. 학생들의 성적 또한 그 자체로서 잘하고 못하는 것 이상으로 상대적인 평가로부터 산출되는 석차를 중시하여, 자기 아들이 일등을 했다고 자랑하는 부모를 심심치 않게 만나곤 한다. 대학 입학시험을 칠 때도 내신성적 등급이 있고 학교도 일류 이류를 따지고 아파트를 사려고 해도 순위가 있다. 경쟁사회라 불가피한 면이 있지만, 하여간 그 같은 등위, 순위에 집착하는 사고방식으로 인하여 삶이 점점 더 각박해진다는 느낌이 없지 않다.

그뿐이 아니다. 더욱 심각한 문제는 이 같은 등위의 근거가 되는 평가기준, 평가방식, 혹은 가치관이 결코 절대적인 것이 아니라는 사실을 망각하기 쉽다는 데 있다. 지극히 물리적인 경쟁인 마라톤의 등위야 크로노미터로 계량할 수 있는 것이니 그 순위가 객관적이라 할 수 있지만, 인식이나 창조와 같은 정신세계로 옮겨와서 생각해보면 그 순위란 결코 객관적일 수가 없는 것이 아닌가. 가치는 양이 아니라 질의 세계인 것이다. 더군다나 무한한 잠재력을 개발해야 하는 학생들의 경우, 그 같은 등급 매기기는 심리적으로 학생의 잠재력을 위축시키는 면마저 없지 않다. "행복은 성적순이 아니잖아요" 하는 절규는 그래서 가슴 아플 뿐만 아니라, 자라나는 세대의 내면에 잠재해 있는 창의력 그리고 무엇보다도 '행복에의 가능성'을 억압하고 있는 사회제도의 모순을 손가락질해 보인다고 할 수 있다.

그렇기 때문에 약간의 농담조를 가미하지 않을 수 없는 터이지만, 가령 이런 질문은 어떨까? 전세계를 대상으로 했을 때 우리나라 사람들이 최상급의 형용사를 차지할 수 있는 분야는 어떤 것일까? 우리 국민의 장점도 많건만 이상하게 먼저 머리에 떠오르는 것은 부정적인 면들이다. 교통사고, 쓰레기, 도시집중현상, 인구밀도, 입시지옥…… 이런 면에서 우리가 실제로 세계 1위인지는 알 수 없으나 어쨌건 상위권에 속하는 것은 분명하다.

그런데 내가 체감하는 바로는, 세계에서 일등가는 한국인의 특징은 무엇보다도 성질이 급하다는 점일 것 같다. 개인적인 경험에 비추어볼 때 이 지구상에서 한국인만큼 성질이 급하고 바쁜 민족은 없다고 여겨진다. "세상은 유유히 살자, 바쁠 것이 없나니" 하고 가르쳤던 우리 선인들의 경우는 이렇지 않겠지만 적어도 '오늘의 한국인'은 세계에서 가장 급한 사람들이다. 그래서 '빨리' 발전했다고도 한다.

프랑스에서 유학생활을 할 때, 한국에 대한 그곳 신문의 르포 기사에서 읽은 내용이 기억에도 생생하다. 서울을 방문했던 『르몽드』지 기자는 서울거리를 지나다니는 사람들의 움직임을 물리학에서 말하는 분자들이 이리저리 튕겨다니는 모습 같다고 했다. 인구밀도가 높아서 그렇기도 할 것이다. 또 부지런해서 그렇게 비쳤을 수도 있다. 그러나 서울거리를 걸어보면 느긋이 산책하는 사람은 거의 없다. 모두가 분주하게 어딘가 목적지를 향하여 빨리 가고 있다. 요즘 와서 조금 일하는 속도가 늦추어지는가 싶으니까 "열심히 일하자"가 아니라 "다시 뛰자"는 표어가 나붙는다. 걸으면 안 되고 뛰어야 한다는 것이다. '산책'하는 사람이 없다고 했지만 사실 이 나라 도시에 산책할 길이 과연 있기나 한가? 가령 장충동 국립극장(이 나라 공연 '문화'의 본산이지 않은가?)에서 유유히 걸어나와 건널목을 건너보라. 신라호텔 쪽으로 불과 몇 미터를 걷다보면 돌연 인도가 사라져버리고 금방이라도 깔아뭉갤 듯한 자동차들이 내리막길을 요란하게 달려 내려온다. 그냥 지나갈 길도 없는 판에 '산책'이라니 사치스런 말이다 하고 꾸짖는 듯한 환경이다.

얼마나 성질이 급한지 아예 걷는 것은 그만두고 오직 차만 타고 다니라는 식으로 도시설계가 되어 있다. 보행자를 공중과 지하로 추방하는 그 수많은 육교와 지하도는 한국인의 급한 성격을 공식화 제도화 토목공사화하고 있다.

이 나라의 자동차는 또 어떤가? 선진국에 비하여 서울의 차도에 그려진 차선의 폭은 더 좁다. 그런데도 성질 급한 이 나라 운전자들은 그 좁은 차선 속에 보통 두 대의 자동차가 나란히 경쟁적으로 달리고 있다. 대중교통수단인 버스나 화물을 적재한 대형 트럭은 가히 경기용버스, 스포츠트럭이라 불러야 어울릴 것이다. 재산과 목숨을 걸고라도 바쁘자는 것이다.

음식점에 가보라. 손님이 와 앉아 계신데 종업원이 득달같이 엽차를 들고 주문 받으러 달려오지 않으면 고함소리를 듣기 십상이다. 종업원이 와서 기다리는데 즉각즉각 주문하지 않고 이것저것 궁리하고 있으면 벌써 종업원의 이마에 주름살이 생기거나 뒤돌아 가버린다. 모두 곰탕을 시켰는데 혼자서 비빔밥을 시키면 "시간 없는데 통일하시지?" 하는 말이 동행한 회식자나 종업원 입에서 나오곤 한다. 음식을 먹는 속도는 또한 어떠한가? 한국인과 결혼한 어느 서양 여자의 말이 생각난다. 한국 사람들은 부엌에서 음식 준비하는 데 세 시간을 보내는데 막상 식탁에서 식사하는 시간은 오 분이라는 것이었다.

인기스타의 수명도 매우 짧다. 어제의 톱스타가 오늘은 벌써 지루하다는 것이다. 빨리빨리 바꾸라는 것이다. 장사가 되자면 매일매일 새로워져야 한다는 것이다. 베스트셀러 서적의 수명도 짧다. 일 주일에 한 번씩 새로운 베스트셀러가 나오는 인상이다. 그렇다면 그만큼 새로운 저자, 새로운 작가가 발굴되는 것일까? 유감스럽게도 순수한 상품과 달리 문화적인 상품은 시간이 오래 걸린다. 속도가 빠르면 내용이 허술해질 가능성이 많다. 수 년간의 각고 끝에 반년 전에 작품을 발표한 작가에게 "어째 요즘은 좀 뜸하네. 새 책 쓴 것 없어?" 하고 묻는 친구가 없지 않다. 반대로 이 같은 질문을 하지도 않는데 저 혼자 급해져서 꽁무니에 불이 붙은 듯(사람들이 자신을 잊어버릴까봐?) 계속 신제품을 양

산하는 정력적이고 성질 급한 작가도 없지 않다. 책은 교량공사
나 건축공사와 달라서 무너지지는 않으니 그래도 다행이다.

재작년 체코의 수도 프라하에 갔을 때였다. 호텔의 엘리베이
터 문이 열리자 빨리 내리라는 듯 누군가가 나의 등을 떠밀었다.
나중에 보니 그는 예상대로 한국인이었다. 그 좁은 엘리베이터에
서 떠밀고 내리면 얼마나 더 빨라지는가? 체코까지 따라와서 등
을 떠밀다니?

개인만 성질이 급한 것이 아니라 우리는 국가적으로 급하고
빠르다. 금년 1992년은 프랑스에서 '공화국'이 최초로 나타난
지 200년이 되는 해다. 1789년 절대왕권을 무너뜨린 프랑스국민
이 제1공화국을 수립한 것은 1792년이었다. 그후 헌법이 여러
번 바뀌어 프랑스는 지금 1958년 이후 제5공화국에 이르렀다. 5
개 공화국을 거치는데 프랑스는 200년이 걸렸는데, 우리는 40년
남짓한 기간 동안에 프랑스를 추월하여 벌써 6공화국에 이르렀
다. 공화국이 마라톤 경주인 줄로 착각했던 것일까? 혼자서 공화
국을 두 번씩이나 거칠 만큼 성질 급했던 대통령은 지금 어디 가
있는가? 오오, 동포여, 세상은 유유히 살자.

(1992)

고향집과 글씨 한 폭, '武山齊'

누구의 단편소설이었던가. 어떤 미국 작가의 것이었던 것 같다. 30년 가까이 되는 옛날에 읽은 것이어서 기억이 어렴풋하다. 제목이 '귀향(歸鄕)'이었던 것은 확실히 생각난다.

누구도 함께할 수 없는 감동

오랫동안 고향을 떠나 떠돌던 어느 젊은이가 타관에서 어떤 여자를 만났다. 문득 그 여자에게 자기의 고향집을 보여주고 싶었다. 밤에 돌아왔다. 마을은 고요했고 개짖는 소리가 들렸다. 아무도 문을 열고 내다보는 이 없었다. 청년은 그 어둠 속의 고요 속에서, 아무도 반겨주는 이 없는 고향의 동구에서, 웬일인지 그 낯선 여자를 그곳으로 데려온 것을 후회한다. 공연히 데려왔다

싶은 것이다. 어둠에 잠긴 마을의 모습이 소설 속에 그려져 있었던 것 같으나 그보다도 지금 내 기억에 깊이 찍혀 있는 것은 청년의 마음속에 고정관념처럼 반복되는 그 생각, 즉 여자를 공연히 데려왔다는 후회다.

옛날에 살던 집 대문 앞에 가 서본다. 여자는 그가 왜 망설이는지를 알 수가 없다. 그때 그의 머릿속에 떠오르는 것은 무엇이었을까. 오래 전에 떠났던 고향집, 그의 기억의 바다 저 밑바닥에, 아무 소리도 들리지 않고 물 속의 해초들만이 가볍게 흔들리는 저 기억의 늪 속에 가라앉아버린 고향집. 왜 그랬을까.

그는 문설주를 더듬어본다. 사춘기 시절의 키 높이만큼 되는 곳. 문기둥 어디엔가 나무옹이가 빠져나가고 생긴 구멍이 하나 있다. 거기에 손가락을 넣어본다. 손가락을 넣으면서 그는 옆에 서 있는 여자를 바라본다. 공연히 그 여자를 이곳까지 데려왔다고 후회한다. 그의 손가락 끝에 만져지는 것이 있다. 가만히 구멍 밖으로 꺼내본다.

몇 번씩이고 꼬깃꼬깃 접은 종이쪽지였다. 어둠 속에서 손끝에 만져지는 촉감만으로도 알 수 있다. 사춘기의 그 가슴 떨리던 시절, 그는 늘 문설주의 옹이가 빠져나간 구멍 속에다가 넣어둔 종이쪽지의 메시지를 꺼내 읽곤 했었다. 사랑하는 여자의 편지였을까. 금지된 장난에 어울리던 친구의 신호였을까. 아니면 자기 혼자만 아는 비밀의 기록이었을까. 어둠 속에서 여자가 그를 쳐다본다. 그녀의 눈길이 묻는다. 그는 그냥 고개를 젓는다. 손에 든 그 먼 옛날의 종이쪽지를 다시 접어 문기둥의 나무옹이 구멍 속 제자리에 집어넣는다. 그리고 여자의 팔을 이끌며 옛집과 옛 고향을 떠난다. 등뒤에서 개가 컹컹 짖는다. 역시 그 여자를 데려오지 않을 걸 그랬다고 후회한다. 문기둥의 옹이구멍 속에 넣어둔 종이쪽지를 이제는 아무도 찾아내는 이가 없을 것이다.

내게도 그런 고향집이 있다. 그러나 과연 타관에서 사귄 여자를 데리고 가서 보여줄 집은 못 된다. 누가 나의 고향집을, 그 고향집의 가슴 저린 감동을 이해하겠는가. 아무도 남의 '고향집'을 이해할 수는 없는 법이다. 그것은 넓이로도 크기로도 값으로도 헤아릴 수 없는 마음의 집, 육안으로 볼 수 없는 기억의 집이기 때문이다. 그런 집은 남의 눈에 보이지 않는 옹이구멍이다. 해묵은 종이쪽지를 어디엔가 숨기고 있는 것이다. 그 집은 오랜 세월의 시간과 오랜 세월 동안의 그리움으로 지은 집이어서 형태와 용적과 물질적 가치평가의 척도로 보는 눈에는 드러나지 않는 집이다.

어린 시절로 돌아가 찾는 고향

드넓은 평야를 가로질러 가다가 큰 도시들을 지나 마침내 툭 터진 바다에 이르는 경부선이나 호남선처럼 나의 고향길은 서울역에서 떠나지 않는다. 언제 보아도 매양 그 턱인, 도무지 무슨 '개발'이나 '개화'의 혜택을 볼 것 같지 않은 채 어딘가 촌티가 가시지 않고 있는 청량리역을 떠나 끝도 없이 강과 산과 굴을 지나는 중앙선, 경기도 강원도 충청도 갖은 산간을 다 지나 죽령을 넘는 중앙선, 화통 기관차에서 뿜어나오는 그을음이 차창 밖에서 날아들곤 하던 구식 기차로 다섯 시간, 이윽고 영주(榮州)역에 내려서(지금은 수재로 인하여 다른 곳으로 옮겨버린 옛날의 영주역, 내 어린 시절의 기억 속에만 서 있는 그 영주역) 다시 다 낡은 시골버스로 한 시간, 아직도 전국에서 가장 낙후된 면단위 지역이어서 집중개발 대상지역 리스트에 올라 있는, 단산(丹山) 정거장에 하차한다.

이제부터 어린 나는 휘파람을 불며 호젓한 산길, 고갯길 십리
를 걸어서 넘어야 한다. 사람이 살지 않는 무인지경, 길가에 아
무도 돌보는 이 없이 주저앉아가는 무덤이 두엇, 묏골의 천수답,
웅덩이보다는 크고 저수지랄 것은 못 되는 연못에 푸드득 날아
내려앉은 들오리떼, 혹은 가까스로 무섬증을 달래며 억지 콧노래
를 부르며 걷는 내 가슴이 철렁 내려앉도록 요란스레 튀어오르
는 꿩……

마침내 언덕바지 발 아래로 신작로가 나오고 그 신작로를 따
라 마을이 나타나는가 하면 멀리 앞산과 그 아래로 감돌아 흐르
는 시냇물까지 평촌(平村)들이 확 터지면서 눈앞에 펼쳐진다.
이제부터는 신작로길이다. 북쪽으로 십 분만 따라가면 내 어린
시절 철자법의 신비가 풀리던 작은 국민학교가 나타난다. 오랜
동안 국민학교 운동장으로 올라가는 넓은 비탈에는 늦여름부터
코스모스가 만발했었다. 오늘날 먼지를 팍 뒤집어쓰고 피는 국도
변의 그 볼품 없고 키 작은 코스모스가 아니다. 그것은 적어도
어린 내겐 '왕자같이 뛰어놀던 아카시아숲' 만큼이나 무성한 밀
림이었다. 우리는 그 코스모스 숲속에서 숨바꼭질을 하다가 길을
잃곤 했다.

그 국민학교 모퉁이를 돌아서면 곧 신작로의 좌우로 작은 마
을이 나온다. 여기가 내 고향 도탄(桃灘). 복숭아꽃이 물결치는
여울처럼 만발했었단다. 그러나 내가 복숭아꽃 물결 속에 잠기게
된 것은 그보다 훨씬 후, 국민학교 옆 과수원 속의 외딴집으로
이사하고 난 뒤였다. 지금 말하는 이 마을은 도탄리(桃灘里) 중
에서도 우거진 소나무에 에워싸였다고 하여 '솔안[松內]'이라
불리는 작은 동네다.

길 오른쪽 마을 한가운데 정자가 보인다. 매학당(梅鶴堂)이다.

공연히 붙인 당호는 아닌 듯싶다. 정자 뜰에는 내 어린 시절에 피던 매화꽃이 지금도 봄철이면 어김없이 가득 피어나고 정자 마루 위에 서서 건너다보면 시냇물 건너 선산에 하얀 학의 무리가 자욱이 내려와앉은 것이 보인다(멀리서 보기에 그토록 아름다운 이 학의 무리는 사실 가까이 가보면 아름답기만 한 것은 아니다. 그들 삶이 풍겨내는 비극적인 비린내와 그 요란한 울부짖음, 그리고 그들이 서식하는 아름드리 소나무를 완전히 말려죽이고 마는 독한 배설물 —이것이 성묘를 해야 하는 사람 쪽에서 맞이하는 현실이다).

신작로에서 이 정자를 향하여 오른쪽으로 접어들어 다시 오른쪽으로 첫번째 기와집. 도랑 위로 덮인 작은 다리를 건너면 지금은 헐어버리고 없는 일각대문, 좌우로 채전이 나 있고 곧 바깥마당과 사랑채. 아랫방과 윗방은 미닫이문으로 막힐 수도 있고 트일 수도 있다. 마루 안쪽, 양쪽 귀기둥 사이로 아랫방과 윗방 각각으로 통하는 분합문의 가지런한 띠살들이 눈에 들어온다. 사랑채 왼쪽으로 난 큰 대문을 열고 들어서면 큰 무궁화나무가 한 그루 서 있는 안뜰과 안채, 그리고 곳간이 나온다.

이제 우리의 필요 이상으로 좀 장황했던 여행은 끝났다. 나의 고향집에 마침내 당도했다.

사진 한 장이 잇는 40년 세월

지금 내 앞에는 엽서 반장만한 크기의 노랗게 바랜 사진 한 장이 놓여 있다. 솔안의 그 생가(生家), 사랑채 마루, 분합문은 활짝 열려 있고 창호지가 고즈넉한 미닫이문만이 닫혀 있다. 마루 위에는 스물이 미처 못 되어 보이는 키 작고 땅땅한 여자가 검정 치마 저고리 차림으로 아당지게 무릎을 꿇은 채 주먹 쥔 두 손을 무릎

위에 올려놓고 단정히 앉아 있다. 옆에는 20대 초반쯤일 듯한 남자가 일제시대 특유의 국민복 차림에 거의 까까머리에 가깝도록 짧게 머리를 깎고 안경을 쓴 채 마루 끝에 걸터앉아 있다.

그의 왼쪽 무릎에는 두세 살 가량 먹어 보이는 사내아이. 아이는 젊은 남자의 왼쪽 팔에 비스듬히 몸을 기대고 이쪽을 물끄러미 바라보고 있다. 아마도 이 궁벽한 촌마을에 불리어 온 사진사의 세 발 달린 사진기나 그 사진사의 신비스런 손놀림을 바라보고 있는 것이리라. 그들 모두가 올라앉은 마루 밑에는 낡은 멍석이 둘둘 말린 채 길쭉하니 놓여 있는 것이 유난스럽다.

무릎을 꿇고 앉아 있는 처녀는 나의 막내 고모이고 아이를 안고 있는 젊은이는 둘째 숙부다. 그리고 그의 품에 비스듬히 안겨 있는, 흰 무명저고리에 두 다리가 꼭 끼이는 검은색 바지, 발목에 두 개의 줄무늬 장식이 되어 있는 양말을 신은, 두 살 혹은 세 살쯤 먹은 아기는 바로 나 자신이다.

이렇게 바랜 사진 속에 앉아 있는 40여 년 저쪽의 어린아이는, 그리고 그 아이의 무심한 눈빛은, 확실성 속에 견고하게 세워놓은 나의 현실감을 뿌리째 흔들어놓는다. 이 사진을 가만히 들여다보는 나의 시선과 사진 속에 비스듬히 안겨 있는 어린아이의 저 무심한 눈빛 사이의 현기증 나는 40여 년의 시간—그 시간의 아지랑이가 보이지 않는다. 노랗게 바랜 사진 속에서 마치 잠시 정지시켜둔 영화필름이 다시 작동하듯 어린아이가 벌떡 일어나 이리로 걸어나올 것만 같다. 내가 지니고 있는 가장 오래 된 과거의 자취인 사진 속에 그러나 아이는 가만히 앉아만 있다.

마루 위에 앉아 있는 사람들로부터 시선을 위로 높이면 분합문의 상인방(上引枋)과 도리 사이의 가장 높은 담벼락면에 현판 글씨 석 자가 커다란 백지에 쓰여져 붙어 있는 것이 눈에 들어온다. 마루 밑에 둘둘 말려 놓인 멍석과 엇비슷하게 아래위 대칭을 이룰 만큼 큰 폭의 종이에 쓴 글씨다. 사실 이 낡은 사진을 처음 보게 되는 사람의 경우 가장 먼저 눈에 들어오는 것은 사진 속의 세 사람보다 오히려 이 세 글자의 당호다. '무산재(武山齋)'. 武山은 내 고조부 가선대부(嘉善大夫)의 아호다. 나는 이분이 지으신 솔안집에서 태어났다. 무슨 연유인지 저 머나먼 북쪽나라 함경도 청진에서 내 어머니의 뱃속에 담겨져 있다가 낯설고 물선 경상도 땅, 고조부가 손수 지으신 매학당(梅鶴堂) 정자 옆 고향집에까지 실려와 마침내 세상에 부려놓은 것이다. '武山齋'라는 석 자의 굵은 글씨가 붙은 마루 위에 올라앉기 위함이었던가.

끝없이 떠돌다 만난 글씨

나는 국민학교에 들어가면서 곧 이 생가를 떠나 국민학교 옆 과수원 속의 새로 지은 집으로 옮겨왔다. 그러고는 달음박질이 시작되었다. 나는 고향을 떠났다. 영주(榮州) 읍내로, 그리고 다시 기차를 타고 서울로, 충무로로, 제기동으로, 수유리로, 그리고 또다시 비행기를 타고 프랑스로 끝없이 떠돌기만 했다. 전쟁은 끝났지만 나의 삶은 정착을 몰랐다. 가재도구는 점점 줄었고 손때 묻은 옛 물건들은 자취도 없이 사라지고 팔려가고 부서져버렸다. 도처에서 짐을 꾸렸다. 때로는 조그만 손보따리, 손가방, 혹은 수레에, 트럭에 실린 작은 짐이었다. 한번도 내 머리 위에는 '武山齋' 현판이 걸려 있은 적이 없었다. 이리하여 나는 어떤 '한 점'의 물건에 애착을 가져본 적도 없이 젊은 날을 떠돌며 보냈다. 그저 떠나면 그만이었다. 남의 집 헛간에서도, 합숙소에서도, 기숙사에서도, 여관에서도, 호텔에서도 잠자는 데 까다롭지 않았다.

그런데 웬일일까. 40여 년이 지난 오늘 내 서재에는 그 옛날의 당호인 그 '武山齋' 그 글씨가 액자에 끼어 걸려 있다. 십여 년 전 선친께서 작고하시고 난 후 다 무너진 살림살이 가운데서 어린 시절부터 눈익었던 큰 반다지 궤짝 하나를 난파물처럼 건졌다. 그 속에 든 잡동사니들을 정리하다가 그 가운데서 곱게 말아 간직해둔 옛 고향집의 그 글씨를 발견한 것이었다.

자세히 들여다보면 이 힘찬 글씨를 써주신 이가 누군지 알 수 있다. 조선조말 철종(哲宗) 때 조선 명필로 널리 알려진 석재 서병오(石齋 徐丙五) 선생이다. 낙관의 붉은 인주가 아직도 선명하다.

이 석 자의 글씨가 나의 '아끼는 한 점'일까. 그럴 수도 있으리라. 이것 덕분에 비로소 내가 살고 있는 집이 '나의 집'이 된 것 같기도 하니 말이다. 사십여 년 만에 나는 비로소 고향집에 돌아온 기분이 되는 때도 있으니 말이다.

그러나 아마 이런 것조차도 부질없는 것인지 모른다. 한 폭의 글씨, 한 폭의 액자가 —그것이 비록 명필인들 —무엇이란 말인가. 진정한 고향집은 사진 속에도 글씨 속에도 아닌 마음속에 지어져 있는 것을. 남의 눈에 보이지 않는 기억 속에 덩그렇게, 복숭아꽃 물살 속에 찬란하게, 소나무숲 솔바람 소리 속에 아늑하게, 그렇게 지어져 서 있는 것을.

내가 가장 아끼는 것은 그러므로 현실 속의 그 어느 것보다도, 내 마음속의 그 고향집이요, 그 고향집 사랑채 분합문 위에 높다랗게 붙어 있는 '武山齋' 그 글씨 한 폭이다. 머나먼 시간의 저쪽에 서 있기에 그만큼 더 아름다운 고향집, 그러나 결코 무너지지 않는 그 고향집에는 그 선연한 세 글자가 드높이 붙어 있다.

(1990)

정의와 어머니

파리가 독일에 점령되어 점령군의 서슬이 푸르던 시절의 이야기다. 지하철 정거장에서 차를 기다리던 두 사람의 프랑스 청년들 중 하나가 그의 친구에게 말했다.

—자신이 믿는 정신적 가치를 위해서 목숨까지 바친다는 것은 어리석기 짝이 없는 짓이야.

이때 그 옆을 지나가던 독일군 장교가 그 말을 듣고 그에게 다가가서 권총을 빼들고 청년을 위협했다.

—이제 금방 한 그 따위 말을 한 번만 더 했다가는 당장에 이 총으로 쏴 죽여버리겠다.

그러자 프랑스 청년은 독일 장교를 정면으로 노려보면서 말했다.

─나는 이제 금방 이렇게 말했소. 자신이 믿는 정신적 가치를
위해서 목숨까지 바친다는 것은 어리석기 짝이 없는 짓이라고
말이요.

독일군 장교는 권총을 청년의 이마에 들이대면서 말했다.

─당신은 이제 막 당신 스스로의 말과 행동이 서로 모순된다
는 것을 증명해 보인 셈이요.

그는 웃으면서 총을 거두고 사라졌다. 그렇다. 프랑스 청년은
바로 총칼로 위협받으면서도 그 공포를 극복하고 위협에 굴하지
않는 '말할 수 있는 자유'를 지켜 보인 것이다. 그에게 있어서
자유, 그리고 위협에 굴하지 않는 자존은 그의 귀중한 가치였던
것이다. 그는 결국 자신이 귀중하게 여기는 그 정신적 가치를 위
하여 순간적으로 목숨을 바치는 쪽을 선택했다. 그러므로 그의
행동은 그가 했던 말과 모순된다.

여기에 소개한 이 짤막한 이야기는 아마도 사실이 아니고 지
어낸 것인지도 모른다. 하여간 이 일화는 프랑스의 작가 알베르
카뮈가 친구들과 어울려 담소하는 자리에서 가장 즐겨 꺼내는
이야기였다.

어쩌면 이 이야기는 직업적인 이야기꾼이요, 배우인 카뮈 자
신이 만들어낸 의미심장한 우화인지도 모른다. 사실 카뮈 자신도
그의 유명한 철학적 에세이 『시지푸스의 신화』에서 그 프랑스
청년과 유사한 말을 하고 있으니 말이다. "나는 존재론적인 논
리를 옹호하기 위하여 목숨을 건 사람은 한 사람도 본 일이 없
다. 중대한 과학적 진리를 주장한 갈릴레이는 이 진리로 말미암
아 생명의 위험을 느끼자 쉽사리 이를 부인해버렸다. 어떤 의미
에서 그는 옳았다. 화형을 당할 만한 진리는 아니었던 것이다.
지구와 태양 중 어느 것이 회전하느냐 하는 것은 실로 아무래도

좋은 것이다. 말하자면 무용한 문제이다.”

그렇다면 카뮈는 죽음 앞에서 자신의 신념을 부정하는 인간의 비겁함을 두둔하는 것일까? 물론 그렇지는 않다. 그 역시 프랑스 청년처럼 ‘행동’했다.

다만 여기서 그는 “세계가 3차원으로 이루어져 있는가. 이성이 아홉 개 혹은 열두 개의 범주로 나누어지는가” 따위의 문제보다도 인생은 과연 살 만한 가치가 있는가라는 근본적인 문제에 대한 성찰이 선행해야 한다는 것을 강조하자는 것이었으리라.

관심을 다시 처음의 프랑스 청년의 말과 행동으로 옮겨볼 때, 카뮈는 왜 그 일화에 대해서 그토록 깊은 흥미를 느꼈던 것일까 하는 의문을 가져보게 된다.

카뮈는 우선 인간의 내면에 존재하는 서로 모순된 양면적 세계에 민감한 작가다. 파리 지하철의 그 프랑스 청년은 바로 그 양면성을 동시에 보여주고 있기 때문에 진실한 인간이며, 카뮈는 바로 그 진실성에 주목한 것이다. 한편으로 그는 세상의 그 어느 것보다도 인간의 생명을 최상의 가치로 제시하고 있다. 사실 그 어느 가치도 인간의 귀중한 생명과 맞바꿀 만한 것은 없다고 청년은 선언한 것이다. 그러나 그와 동시에 생명에 참다운 값을 부여하는 것은 또한 인간 특유의 존엄과 자유라는 사실을 그는 증명해 보인 것이다. 이리하여 일견 귀중한 생명과 인간의 자존은 서로 모순을 일으키는 것 같아 보인다. 그런데 세상에는 반드시 부정적인 모순만 존재하는 것은 아니라는 것을 프랑스 청년은 행동으로 보여주었다. 입으로는 생명을, 행동으로는 자유라는 가치를 옹호한 이 청년의 언행불일치는 바로 인간의 가장 아름다운 현실을 드러내 보였다는 점에서 귀중하다.

만약, 우리들이 주위에서 흔히 목격하듯이, 입으로는 끊임없이 자신이 믿는 진리를 위하여 목숨이라도 바쳐야 한다고 근엄한 윤리를 부르짖으면서 행동으로 가장 먼저 자신의 목숨부터 구하려하는 위선적 모순에 비한다면, 그 프랑스 청년의 모순이야말로 감동적인 모순인 것이다.

여기서 한걸음 더 나아가 생각해보면 의로운 모순 쪽을 선택해야 한다는 당위성보다도 인간이 처해 있게 마련인 복합적, 모순적인 진실의 깊은 통찰을 이 에피소드는 요구하고 있다는 생각이 든다. 그래서 카뮈는 노벨상 수상연설에서 말한 바 있다.

"나는 정의를 사랑한다. 그러나 그 정의가 나의 어머니에게 총부리를 겨눈다면 나는 어머니의 편을 들겠다!"

여기에 카뮈의 '인간적인' 교훈이 있다. 인간에게는 인간의 척도를 넘어서는 추상적 윤리를 거부할 권리가 있다. 인간의 근원적 한계를 넘어서는 힘이 날로 더욱 우리들을 억압하는 이 세상을 살면서 다시 한번 뜨거운 열정으로 음미해야 할 사상이 바로 카뮈의 이런 인간관이다.

(1989)

카뮈의 '이방인'과 백포도주

프랑스 파리에서 그 나라 중앙을 남북으로 관통하는 이른바 '태양도로', 즉 리옹을 거쳐 니스로 통하는 고속도로 6번을 타고 지중해 쪽으로 내려가다가 보면 옛날의 정치적 위용과 문화적 긍지, 찬란한 식탁문명, 특히 고급 포도주를 자랑하는 부르고뉴 지방을 통과하게 된다. 그 중에서도 부르고뉴 지방의 꽃이라고 할 수 있는 고도(古都) 본(Beaune)은 프랑스의 조상 고올 족(族)의 물의 신(神)에서 그 이름을 얻은 예술과 포도주의 고장이다. 좋은 물은 감미로운 술을 낳는다던가?

본에서 74번 국도를 타고 남으로 8킬로미터쯤 내려가다가 로피탈 네거리 갈림길에서 오른쪽으로 접어들면 아담하고 고풍스러운 마을이 나타난다. 이 지대가 부르고뉴 지방에서도 코트 드

뉘 지역과 더불어 포도주의 최고 명산지로 꼽히는 코트 드 본 지역이다. 그 지역 가운데서도 작은 마을 뫼르소(Meursault)는 프랑스 전역에서 그 명성이 자자한 백포도주의 생산지다. 부르고뉴의 명산 달팽이요리를 먹는다면 물론 그것에 걸맞는 가장 세련된 술이 바로 백포도주 뫼르소다. 그것도 이 마을의 가장 유서깊은 식당 '라 크레마이예르'에서 즐기는 식사라면 더 바랄 것이 없으리라.

지금은 우리나라도 포도주의 수입을 허락하고 있다. 값이 너무 비싼 것이 흠이지만 주머니 사정만 괜찮다면 멀리 프랑스까지 가지 않고서도 '뫼르소'를 맛볼 수 있다.

지난 겨울 부산 해운대에서 문을 연 P호텔의 오픈 파티에 초대받는 행운을 얻었다. 저녁식사 때 말쑥하게 차린 급사장이 포도주 주문을 받는다기에 농담삼아 뫼르소가 있느냐고 물었다. 급사장은 만족한 미소를 띠면서 물론 있다고 대답했다. 잠시 후 빛나는 은그릇 속에 새하얀 냅킨에 싸인 문제의 뫼르소가 식탁 옆으로 도착하는 것이 아닌가! 지난날 학생 시절 프랑스의 부르고뉴 지방 뫼르소 마을을 힘들게 찾아간 적이 있다. 지하의 포도주 창고를 안내 받아 구경하고 나서도 값이 너무 비싸서 맛보지 못했던 그 백포도주 뫼르소를 내 나라에 앉아서, 그것도 고급 호텔 식당에서 서비스 받고 보니 그 감회가 각별하지 않을 수 없었다.

백포도주 이야기가 장황해지긴 했지만, 여기서 이야기하려는 것은 식도락이나 포도주 감정이 아니라 20세기 프랑스 소설사에서 한 획을 그은 소설 『이방인』에 관한 것이다. 나와 동갑내기로 1942년에 탄생한 이 소설의 주인공 이름이 바로 앞에서 길게 설명한 백포도주와 같은 이름인 '뫼르소'다.

작가 알베르 카뮈가 소설의 내레이터요 주인공인 이 인물의 이름을 짓게 된 내력은 그 자체로도 매우 흥미로운 동시에 작품의 해석에 매우 의미심장한 빛을 던져준다. 카뮈는 『이방인』을 쓰기 전인 1936년에서 1938년 사이에 『행복한 죽음』이라는 최초의 소설을 구상하여 탈고했다. 같은 무렵에 그가 쓴 시적인 산문집 『안과 겉』, 『결혼』은 책으로 나온 반면 처녀작 소설 『행복한 죽음』은 작가가 살아 있는 동안 줄곧 그의 책상서랍 속에 파묻혀 있었다. 그러다가 작가가 죽은 뒤 십여 년이 지난 뒤인 1971년에야 유고작으로 출판되었다.

『행복한 죽음』은 제1부 「자연사」와 제2부 「의식적인 죽음」으로 나누어져 있다. 말단 회사원으로 평범하기 짝이 없는 생활을 하고 있는 파트리스 메르소에게는 마르트라는 애인이 있다. 그녀의 첫애인이었던 불구자 롤랑 자그뢰즈와 알게 된 메르소는 그에게 돈이 많다는 것을 알게 되자 그를 살해한다. 그리고 그는 건강이 악화된 몸으로 자그뢰즈의 많은 돈을 수중에 지니고 여행을 떠난다.

제2부 「의식적인 죽음」에서 메르소는 프라하를 여행하고 제노아를 거쳐 고향 알지에로 돌아온다. 바다가 바라보이는 언덕 위의 '세계 앞의 집'에서 여자친구들과 젊음이 넘치는 즐거운 생활을 하던 그는 마침내 슈누아의 바닷가 외따로 떨어진 집에서 고적하고 금욕적인 생활을 하다가 폐렴에 걸려서 죽는다. 그는 이렇게 행복을 얻었고 죽는 순간까지 그 행복을 간직한다.

요컨대 이 소설에는 '행복'과 '죽음'이 가득하다. 책 전체의 제목 자체가 그러하다. 그런데 아이러니컬하게도 작가는 불구자 자그뢰즈를 살해하는 제1부에 「자연사」라는 이름을 붙였고, 주인공이 폐렴으로 죽는 제2부에는 오히려 「의식적인 죽음」이라는 제목을 달아놓았다.

두 다리가 다 잘려나간 불구자 자그뢰즈는 메르소에게 말한다.

"나를 잘 보시오. 나는 남의 도움을 받아 용변을 보지요. 그러고 나서는 몸을 씻고 닦아준답니다. 어이없는 것은, 그런 도움을 얻자고 돈을 지불한다는 사실입니다. 그렇지만 내가 이토록이나 굳게 믿고 있는 삶을 조금이라도 생략하기 위해서라면 나는 손끝 하나 까딱하지 않겠어요. 나는 그보다 더한 것도 감내하겠어요. 장님이 되어도 좋고 귀가 먹어도 좋아요. 내 뱃속에서 저 어둡고도 뜨거운 불꽃을 느낄 수만 있다면, 내가 살아 있음을 느낄 수만 있다면 말입니다. 내가 아직도 더 타오를 수 있도록 허락해준 인생에 나는 감사할 따름이지요. 그러니 메르소, 당신 같은 그런 육신을 지니고 있고 보면, 당신의 유일한 의무는 오로지 사는 것이요 행복해지는 것이랍니다."

자그뢰즈가 들려주는 삶에의 사랑, 행복에의 권유에 따라 메르소는 자그뢰즈를 살해한 것이다. 가난하고 젊은 그에게 돈은 곧 시간이기 때문이다. 더 치열하게, 더 많이 살기 위하여 그는 자그뢰즈의 돈을 손에 넣었다. 이렇게 살해당한 자그뢰즈의 죽음은 '자연사'인데 비하여 행복을 획득하기 위한 치열한 구도의 길로 들어섰던 메르소의 죽음은 '의식적인 죽음'이다.

그가 죽는 순간의 찬란한 풍경을 보라.

"밝아온 아침은 새들과 신선함으로 가득했다. 태양은 빠른 속도로 지평선 위로 튀어올랐다. 대지는 황금빛과 더위로 뒤덮였다. 아침 속에서 하늘과 바다는 크게 튀어오르는 반점들을 통해서 푸르고 노란 빛을 흩뿌리고 있었다. …… 그는 침대에 쓰러진 채 그의 내면 속에서 무엇인가 천천히 솟구쳐오르는 것을 느꼈다. 그는 뤼시엔느의 팽창한 두 입술을, 그리고 그녀의 뒤로 대지의 미소를 바라보았다. 그는 그들을 똑같은 눈길로, 욕망으로 가득한 눈길로 바라보았다."

그는 이렇게 여인의 육감적인 입술에, 태양과 바다에 최후의 순간까지 욕망과 사랑의 시선을 던지며 숨을 거둔다. 마지막 순간까지 태양과 바다를 크게 뜬 눈길로 껴안으며 맞이하는 죽음이 바로 '행복한 죽음'이며 '의식적인 죽음'이다.

메르소(Mersault)는 그 이름부터가 이미 바다(Mer)와 태양(Sault)으로 상징되는 이 지상의 행복을 위하여 태어난 인간이었다. 여기에 이 주인공의 이름이 지닌 비유(알레고리)가 있다. 프랑스 사람이라면 메르소라는 이름이 자연스러운 이름이 아니라 태양과 바다의 의미를 너무나도 노골적으로 드러내고 있는 매우 어색한 이름이라는 것을 곧 느낀다. 카뮈가 생전에 이 처녀작 소설을 끝내 출판하기를 거절한 채 원고를 책상서랍에 묻어둔 까닭은 너무나도 자신의 개인적 경험들이 걸러지지 않은 채 그대로 옮겨져 있기 때문이었고 또 작품의 구성이 서투른 것을 깨달았기 때문이었다. 이 처녀작의 서투른 점 중에는, 지나친 알레고리가 겉으로 드러나고 있는 주인공의 이름도 한몫을 차지하는 것 같다.

소설 『이방인』은 『행복한 죽음』의 실패를 딛고 탄생한 걸작이다. 이 두 가지 소설을 구성하는 이야기들은 아주 다르지만 자세히 살펴보면 닮은 점이 많다.

우선 1937년 8월의 『작가수첩』에는 『행복한 죽음』을 쓰기 위한 기록으로 다음과 같은 내용이 적혀 있다.

"사람들이 흔히 생활의 의의를 구하는 그곳, 즉 결혼 출세 등에서 삶을 찾으려고 했던 남자가 돌연 패션잡지의 카탈로그를 읽다가 자신이 스스로의 삶(패션잡지 카탈로그에서 고려의 대상이 되고 있는 바의 삶)에 대하여 얼마나 '이방인'인가를 깨닫는다.

과연 이것은 소설 『이방인』의 주제가 되고 있는 습관적인 삶으로부터의 각성, 즉 '부조리의 각성'과 깊숙이 관련된 내용이다. 다시 말해서 『행복한 죽음』 속에는 벌써부터 『이방인』의 그림자가 어른거리고 있다는 의미로 해석될 수 있는 것이다.

어디 그뿐인가? 『이방인』의 주인공 뫼르소(Meursault)는 『행복한 죽음』의 메르소(Mersault)의 정신적인 동생임에 분명하다. 전해지는 일화에 따르면 너무나 의미가 노골적이고 억지로 지은 인상이 짙은 '메르소' 대신에 작품의 의미에 어울리면서도 자연스러운 주인공의 이름을 찾아 고심하던 카뮈는 어느 날 식당에서 내온 백포도주 '뫼르소'를 발견하고 무릎을 쳤다고 한다. 백포도주 이름이라면 그것은 곧 그 술을 생산한 마을의 이름이다. 프랑스 사람의 이름(여기서는 물론 성姓을 두고 하는 말이지만)은 흔히 지명에서 온 것이 많다. 따라서 마을 이름(포도주 이름)을 따서 주인공의 이름을 짓는다면 그만큼 더 자연스러운 것이 된다.

그런데 중요한 것은 단순히 그 이름의 자연스러움만이 아니다. '뫼르소'라는 이름의 가치는 그것이 함축하는 의미에 있다. 메르소가 '바다'와 '태양'이라는 긍정적인 의미, 즉 삶의 행복을 의미한다는 점에서 한쪽으로 치우쳐진 느낌이 있다면 뫼르소는 죽음(Meur)과 태양(Sault)이라는 카뮈 특유의 긍정과 부정을 균형 있게 종합하고 있다는 점에서 매우 탁월한 이름이라고 평가될 수 있다. 『행복한 죽음』이라는 주제 중에서 메르소에 끈끈하게 붙어 있던 죽음이 여기서는 그 전면에 나타난 것이다.

과연 『이방인』의 뫼르소는 그 이름이 함축하는 운명에 따라 바닷가에서 태양 때문에 사람을 죽이게 된다. 만사를 인위적이고 이성적인 논리로 설명하지 못하면 어느 것 하나 믿지 못하는 법정의 검사와 판사는 "태양 때문에 사람을 죽인다"는 것을 이해하지 못한다. 그러나 작품의 신화적 의미를 이해하는 참다운 독자는 카뮈의 세계가 죽음과 치열한 삶(태양)의 상관관계로 설명된다는 것을 이해한다.

이름 속에 태양과 죽음을 담고 있는 저 순진한 젊은이 뫼르소의 이야기인 소설 『이방인』에는 과연 빛과 죽음이 가득하다. 모든 인간의 삶의 여정 저 끝에 필연적으로 기다리고 있는 죽음은 삶의 의미를 지워버리는 것이 아니라 바로 너무나도 짧아서 아깝기 그지없는 삶을 작열하는 태양의 빛으로 만든다.

소설의 초입에는 어머니의 죽음("오늘 엄마가 세상을 떠났다. 아니 어제였는지도 모른다. 나는 양로원으로부터 전보를 받았다"), 소설의 한가운데는 바닷가의 살인, 소설의 마지막에는 주인공 뫼르소의 사형, 이렇게 처음과 중간과 끝에는 죽음(자연사―살인―사형)이 배치되어 있다. 그러나 그 세 가지 죽음 사이에 가득한 것은 어둠이나 절망이 아니라 작열하는 태양과 푸르른 바다다. 이리하여 뫼르소는 우리에게 절망을 가르쳐주는 것이 아니라 삶의 저 끝에 기다리는 필연적 죽음으로 인하여 더욱 찬란한 값을 지니게 되는 삶의 빛을 가르쳐준다. 부르고뉴의 명산 백포도주 '뫼르소'는 그래서 한여름날, 너무나 짧고 행복한 한여름날, 싸늘한 얼음에 식혀서 마시면, 충천하는 태양의 맛이 나는 생명의 술이다.

(1988)

'화전민'의 달변과 침묵

　　지금 서울 종로구 화동 언덕에는 정독도서관이 있다. 1958년에 그곳은 도서관이 아니라 고등학교였다. 나는 그때 여드름이 무성한 문학소년이 되어 겨울철에는 꺼먼 무명 상하복, 여름에는 청색 상의와 회색 점박이 소창지 바지를 입고 그곳을 드나들고 있었다.

　　그 무렵 우리는 인사동 골목을 지나 풍문여고, 그리고 무엇보다도 매혹적인 덕성여고 앞을 지나면서 여학생들에게 호기심을 표시해보는 것이 즐거움이었고, 한편으로는 문학소년으로서 서정주, 김동리 같은 신을 섬기는 것이 은근한 긍지였었다.

　　그리고 문학이라는 종교와 제신들에게로 우리들을 인도하는 엄격하고도 성실한 사제로서 「요한시집」과 「현대의 야(野)」로 문명을 떨치는 장용학 선생님을 모신 것이 자랑이었다. 이 같은 우리들의 신전에 미지의 '화전민'이 횃불을 들고 우리들 앞에 불쑥 나타난 것이다.

"그러나 우리가 이대로 패배하기엔 너무나 많은 내일이 남아 있다. 천치와 같은 침묵을 깨치고 퇴색한 옥의를 벗어던지지 않고는 견딜 수 없는 유혹이 있다. 그것은 이 황야 위에 불을 지르고 기름지게 밭과 밭을 갈아야 하는 야생의 작업이다. 한 손으로 불어오는 바람을 막고, 또 한 손으로 모래의 사태를 멎게 하는 눈물의 투쟁이다. 그리하여 우리는 화전민이다. 우리들의 어린 곡물의 싹을 위하여 잡초와 불순물을 제거하는 그러한 불의 작업으로서 출발하는 화전민이다. 새세대 문학인이 항거해야 할 정신이 바로 여기에 있다. 항거는 불의 작업이며 불의 작업은 미개지를 개간하는 창조의 혼이다."

그러니까 내가 이 선동적이고 화려한 글을 처음 읽은 것은 열일곱 살쯤 된 사춘기였다. 그 전에는 한번도 접해 본 적이 없었던 새롭고도 도전적인 어조는 그야말로 감당할 길 없는 방화와도 같았다. 그때의 전율이 아득한 세월의 저 끝에서 아직도 신선하다.

필자인 '화전민'은 약관 25세. 당시 막강한 배경과 관록을 자랑하던 김원규 교장께서 우리 명문고교의 국어교사로 초빙하는 데 성공했다는 당대 문단의 '제임스 딘'.

오척 단구에 날씬하고 빳빳하고 다부진 체격에 눈빛이 광채를 발했다. 서울대학교 출신. '저항의 문학'이라는 야심만만한 기치 아래 서정주, 김동리의 우상을 파괴하겠다고 나선 문제의 문학평론가 이어령. 50년대 말의 문단을 '황야'로 선언하고 나선 그 횃불을 신명나게 지켜보면서 우리의 가슴은 설레었다. 불이여 붙어라, 불이여 타올라라!

나는 즉시 이어령 선생님의 시야 속으로 뛰어들어갔다. 교내 문예지를 통해서 발표하는 시나 소설에 대하여 격려를 받으면 밤에 잠이 잘 오지 않는 것이 탈이었지만 잠 못 이루는 것이 곧 문학의 훈장이라고 생각할 때였다.

「탑에 기대서서」라는 시로 서정주 선생의 심사를 거쳐 교내 문학상을 받았는데, 그 시를 읽으신 '화전민'께서는 현대문학 같은데 추천받은 시 못지않은 수준이라고 과분한 칭찬을 해주셔서 그 나이답게 우쭐해졌다. 이때부터 친구들에게도 나는 이어령 선생님과는 특수 관계로 간주되었다. 교실에서의 수업보다는 교실 밖에서 나는 훨씬 흥미로운 것을 보았고 더 많은 것을 배웠다.

어느 날 교실에서 불상사가 생겼다. 뒷자리에 늘어앉은 왈패 친구들이 신임 국어교사 '제임스 딘'을 시험하기 위하여 고의로 소란을 피운 것이다. '문학'을 한다는 국어교사란 원래 지나치게 '감성적'이고 '나약한' 성격이라는 평을 듣기 쉽다. 따라서 한 번쯤 테스트를 거쳐볼 만도 한 것이다.

그런데 반응은 의외로 강했다. 이어령 선생님은 들고 있던 국어 책을 교탁 위에 탁 팽개치면서,

"이런 분위기에선 나 수업 못 해! 주동자는 교무실로 와!"

이리하여 소문난 '어깨'인 N군이 교무실로 불려갔다. 걱정스럽기도 했지만, 한편으로 귀추가 궁금하기 짝이 없었다.

교실에서는 의견이 분분했다. 누군가는 '감성적'인 줄로만 알고 있던 국어 선생님이 운동장의 평행봉에서 빳빳이 거꾸로 서는 고난도 시범을 보이는 장면을 목격했다고 했고, 또 누구는 국어 선생님이 소싯적에 대천 해수욕장에서 맥주병을 깨어 들고 상대편 텐트를 습격한 경력도 있는 '무시 못 할' 인물이라고도 했다. 그러니 불려간 N군의 운명이 자못 불길하게 느껴졌다.

그런데 그는 얼마 후 웃는 얼굴로 돌아와서 말했다.

"말 잘하는 국어 선생한테 걸렸으니 밤새도록 훈시만 듣겠구
나 싶어서 들어가는 길로 무조건 울었지 뭐. 그랬더니 감동했는
지 보내주더라."

광채 나는 눈을 가진 그 '화전민' 선생님이 과연 N군의 말처
럼 그렇게 쉽사리 속아넘어갔을까?

그러나 '말 잘하는'이란 수식어 하나만은 N군의 말이 틀림없
다. 단순한 '달변'이 아니라 문학의 본질과 깊숙이 관련된 차원
에서 그렇다. 나는 그 무렵 이래 "문학이란 인간이다"라던 오상
순 선생의 말씀보다는 "문학은 말이다"라는 믿음 쪽으로 더 많
이 기울어지게 되었다.

거기에는 후일에 만난 말라르메나 일반 언어학, 누보로망, 구
조주의, 바슐라르 이전에 이어령 선생님의 영향이 적지 않았다고
여겨진다. 말의 매혹, 말의 신비, 말의 창조력, 말의 광채, 말의
지혜, 그리고 말의 무력함과 무의미.

이어령 선생님의 '글'뿐만이 아니라 '말'을 접할 기회는 계속되었
다. 고등학교를 졸업하고 대학교를 들어가니 또 거기에도 출강하고
계셨다. 그때 역시 강의실보다는 강의 후 '학림다방'에서 더 많은 것
을 배웠다. 그리고 한국일보, 경향신문 등의 논설위원실을 심심치
않게 드나들면서 등록금도 안 내는 강의를 무진장으로 들었다.

1963년 군에서 제대하고 돌아와 내가 월간 『세대』지의 제1회
이상문학상(『문학사상』을 창간하여 단편소설상을 제정하기 훨씬
전에 시에 대하여 '이상문학상'을 수여하는 제안을 하신 분도 바로
이어령 선생이다)을 통하여 시로 등단하게 된 것도 이 선생님의
권유 덕분이었다. 물론 이때도 심사는 서정주 선생이 맡으셨다.
그리고 문학사상사의 주간실, 얼마 전에는 문화부 장관실에서 독
특하고 감탄스러운 '말' 잔치는 여전히 계속되었다.

나는 가끔 카뮈가 그의 스승 장 그르니에의 산문집『섬』의 서문에서 한 말을 떠올린다.

"오늘에 와서도 나는『섬』속에, 혹은 같은 저자의 다른 책들 속에 있는 말들을 마치 나 자신의 것이기나 하듯이 쓰고 말하는 일이 종종 있다. 나는 그런 일을 딱하다고 생각하지 않는다. 다만 나는 스스로에게 온 이 같은 행운을 기뻐할 뿐이다."

이와 유사한 일이 나에게도 있었다.

대학 졸업이 가까웠을 무렵인 60년대 중반 어느 날, 친구가 원고 뭉치를 가지고 왔다. 출판할 길이 없느냐는 것이었다. 원고의 필자는 그때 막 자살한 독문학자 전혜린. 그 가족들이 내놓은 미정리 상태의 원고와 일기장이었다. 백방으로 알아보았으나 당시 사정으로는 출판할 가망이 없었다. 만용을 부렸다. 같은 불문과 동기생 여학생 여러 사람을 선동하여 '출자'를 허락받았다.

출판은 같은 클래스메이트인 여학생이 아르바이트로 다니는 PR출판사가 맡기로 했다. 나는 원고를 가지고 온 친구와 둘이서 원고정리(상당부분은 아예 뜯어고쳤다), 제목달기, 에피그라프 첨가, 편집 등을 맡았다. 고심 끝에 책의 제목은 전혜린이 번역한 독일 소설의 제목을 차용하였으니 그 책이 바로 한때 출판가에 유명해진『그리고 아무 말도 하지 않았다』이다. 그 초판, 폴 클레의 그림이 찍힌 표지 장정은 나의 처녀작이다. 제목의 붓글씨 또한 나의 졸필이었다.

그러나 생전에 명동의 명문 대포집 '은성'에서 단 한번 만난 것이 기억의 전부인 전혜린씨를 위한 나의 헌신은 거기서 그친 것이 아니다. 아무리 생각해도 이 책을 성공시키려면 명사의 발문이 필요했다. 생각다 못해 내가 직접 발문을 썼다.

"박명 속에 전혜린은 서 있다" 운운하는 암울한 텍스트였다.

이어령 문체를 닮았다고 믿은 나는 그 글을 가지고 선생님을 찾아가 존함을 좀 빌려달라고 청했다. 뭘 모르면 이렇게 대담해지는 법. 그런데 뜻밖에도 선생님은 단 한 군데만을 고치고 나서 당신의 서명을 사용해도 좋다는 것이었다. 나 역시 이런 일을 '딱하다고 여기지 않았다'. 나 역시 "스스로에게 온 이 같은 행운을 기뻐할 뿐이었다".

전혜린의 유작집은 대성공이었다. 그러나 출판에 헌신했던 나와 나의 친구는 '출자'한 동기생들의 원금을 찾아주는 데도 여러 달이 걸렸다. 노회한 출판사 사장이 철부지 대학생들을 완전히 가지고 놀았던 것이다. 인생의 초년기란 대체로 이렇게 시작되기에 흥미로운 것이다.

그후 나는 프랑스 유학 시절에 눈 덮인 파리에서 선생님을 다시 만났다. 동백림 사건으로 유명한 중국집 '광명'에서 두부찌개를 먹으면서 나는 오랜만에 선생님의 흥미진진한 '말'에 귀를 기울일 기회가 있었다. 그때 이후 지금까지 나는 이미 이야기의 서두만 들어도 수사와 논리, 어조, 표정을 미리 예측할 수 있을 만큼 길이 들어 있었고, 또 그만큼 이심전심의 공통분모가 생겨 있다. 그래도 매번 착상과 표현은 놀라웠고 인식의 방식은 독창적이어서 신비스럽기만 했다.

선생님의 시선이 빛을 발하면서 빠른 손가락이 허공을 찌르고 입이 열리면 사방에 어지럽게 흩어져 있던 사람, 사물, 현상, 관념, 흐름, 엉킴…… 이런 모든 것이 돌연 어떤 사령관의 구호나 구령에 따르듯이 두 줄로 재빨리 제자리를 찾아 도열하는 느낌이 든다. 카뮈가 그르니에에 대하여 말했듯이 "적절한 말, 정확한 지적을 에워싸고 모순이 풀려 질서를 찾게 되고 무질서가 멈춰버린다."

관념과 관념이 대립하고 관념과 현상이 조응한다. 추상화를 위하여 다양한 우화와 일화가 동원된다. 폭넓은 교양과 기발한 착상과 신기한 기억력의 압권이다. 글의 제목들만 보아도 그 수사의 틀이 엿보인다.

「지성의 오솔길」「결핍이 만드는 풍요의 꽃들」「알을 깨는 두 방법」「보행과 춤」「두 개의 머리와 하나의 아픔」「반대어의 창조」 그리고 말과 글의 도처에서 발견되는 대립과 조응의 구조들, 단순화한 논리의 속도와 정확성은 감탄의 대상이 아닐 수 없다.

'베르테르와 살로메' '발톱의 문화와 부리의 문화' '업는 것과 포옹하는 것' '워크와 플레이' '프랑스 인형과 선교사 부인' 그리고 저 수많은 은유들의 향연…… "세대는 태양이다. 세대는 바람이다. 세대는 강물이다." "역사의 종기와도 같은 통증의 문화……"

그리고 때로는 가슴을 흔드는 낮은 목소리.

"누구나 어린 시절에 감기에 걸리면 결석을 하고 그 결석의 체험을 통해서 질서에서 벗어난 불안스러운 인생의 자유를 처음으로 체험하게 되기 때문이다. 이렇게 감기를 통해 우리는 자유의 목소리와 최초로 인사를 나눈다. 감기의 신열은, 체온기의 숫자는, 우리들에게 하나의 생의 흔들림을, 빈 의자의 공허를, 번호가 등록된 출석부의 사선, 고무 같은 것으로는 결코 지울 수 없는 그 사선의 의미를 가르쳐준다. 그러한 흔들림이 있기에 우리는 아직도 공장이나 서류나 통계표나 규격이 똑같은 아이비엠 카드나 제복이나 절망적일 정도로 정확한 법 조목의 문자들로부터 나 자신을 도피시킬 수 있는 생의 부름 소리를, 그 유혹을 들을 수 있는 것이다."

그러나 달변이나 수사의 탁월한 자질은 함정이 될 수도 있다. 나처럼 이미 이심전심이 되어 공감하고 감탄하는 사람에게도 때로는 적절한 침묵의 기다림이 더 감동적일 것 같다고 느껴지는 때가 있는 것이다. 또 '대화'가 이루어지려면 때로는 지금까지 경청하기만 하던 이쪽의 어눌하고 수줍은 목소리도 들려주고 싶을 때가 있는 법이다.

언제나 눈에서 광채가 발하고 입에서 적절한 표현이 거침없이, 그침없이 이어질 때의 견고한 확신보다는 문제 앞에서의 진실한 당혹, 주저 혹은 흔들림이 더 감동적일 때도 있는 것이다. 너무나 적절하고 너무나 명쾌하여 오히려 여운이나 향기가 아쉬워지는 논리도 있는 것이다. "그와 동시에 벌써 완벽한 언어에 대답이라도 하려는 듯 수줍고 더욱 어색한 하나의 노래가 존재의 어둠 속에서 날개를 푸득거린다"라고 카뮈가 그르니에에 대하여 한 말이 생각나는 것이다.

그런데 이 선생은 좀처럼 회화에서 '결석'하시는 일이 없고 좀처럼 '흔들리는' 일이 없다. 언제나 적절한 일화나 예문이 나열되고 빈틈없어 보이는 대립구조가 드러난다.

하기야 이어령 선생님이 우리들 앞에서 말수가 적어져서 '침묵'하거나 흔들리는 것은 곧 이어령 선생님이 되기를 그쳐버리거나 늙어버렸음을 뜻하는 것일지도 모른다. 60세의 청년 이어령 선생님에게는 그런 장면이 도무지 상상되질 않는다.

그러나 이 달변의 선생님이 늦은 밤 불빛 아래 홀로 앉아 얼마나 많은 침묵과 주저와 흔들림의 시간을 보냈겠는가는 충분히 짐작할 수 있다. 오히려 혼자만의 고독과 침묵과 마음의 흔들림을 우리들 앞에서의 달변으로 가리는 것이 선생님 특유의 '수줍음'의 표시인지도 모르겠다.

(1993)

Ⅱ 책, 글읽기, 문학

<h1 align="center">책, 독서, 교육</h1>

책이 없는 방

가끔가다가 혼자 여행을 가서 여관방이나 호텔방에 들면 돌연 머릿속이 맑아지고 고요해지는 것을 느낀다. 일상생활로부터 문득 비켜선 낯설음, 일탈, 자신과의 대면 등 여러 가지 변화가 만들어내는 정신의 공터가 휴식과 도전이 된다. 그러나 나의 경우는, 우선 물리적인 큰 변화로 다가든다. '책이 없는' 빈방은 얼마나 오랜만인가. 돌연 방이 신선하고 아름다워 보인다. 그런 면에서는 안락한 호텔방보다는 오히려 정갈한 여관의 온돌방이 더 좋다. 주전자와 물컵 하나, 구내용 전화기 하나가 전부인 저 헐벗은 방. 책이 전혀 없는 방. 전화벨이 울리고 친구들이 들이닥치기 전까지 한동안 침묵만 고여 있는 객지의 빈 여관방. 그 낯설음과 적막을 나는 사랑한다.

몇 해 전에 세상을 떠나셨지만, 나의 고향에는 존경하는 한학자 할아버지 한 분이 계셨다. 고향에 갈 때마다 인사차 들르곤 했는데 늙으신 분이라 기동이 어려워 대개 방에 누워계시거나 앉아서 책을 읽는 것이 생활이었다. 나는 그분의 방을 좋아했다. 남향받이라 볕이 밝았다. 방 안에는 정확하게 목침 하나, 놋재떨이 하나, 장죽 하나, 놋요강 하나, 그리고 펼쳐진 채 있는, 그러나 매번 다른 한서 한 권, 그리고 물론 간간이 방 안의 햇살을 가볍게 흔드는 노인의 기침소리. 그것이 전부였다. 꼭 필요한 것 이외에는 아무것도 허락하지 않는 그 헐벗은 방이 그분의 내면 풍경 같아서 좋았다. 거기에는 정신의 긴장과 휴식이 함께 있었다.

나는 태어난 이래 지금까지 책 속에서 살았고 지금도 살고 있다. 집에도 책, 학교에도 책. 매일같이 우편으로 도착하는 책. 외국에 주문한 책. 서점에 가서 사온 책, 친구가 서명해서 준 책. 책상 위에, 책장에, 방바닥에, 화장실에, 침실 머리맡에 날로 쌓여만 가는 책은 내가 숨쉬는 공기와 같다. 그러나 공기치고는 몹시 무거운 공기요 거추장스러운 공기다. 오직 백지 뭉치와 만년필만 가지고 파리나 로마의 카페 한구석에 홀가분하게 가 앉아서 글을 썼다는 사르트르가 신기하기만 하다. 옆에 책 한권 없이 그냥 머릿속의 수많은 골방들에 쌓여 있는 생각들을 누에처럼 술술 뽑아내다니.

책의 요새, 책의 감옥

프랑스 유학 시절에 유명한 교수가 한 분 계셨다. 기호학을 강의했다. 옷이라곤 한 벌뿐인지 사시사철 같은 옷이었고 청색인지

흑색인지 분간키 어려운 바지엔 항상 분필가루가 허옇게 묻어 있었다. 강의실에 들어서면 크고 불룩한 가방에서 책과 노트와 카드들을 교탁 위에 매우 기능적으로 배치 진열한다. 그리고 강의가 시작되면 "지난 시간에 이어서 오늘은 제2부 제3장 다섯번째 패러그라프(문단)부터입니다" 하는 식으로 예고한다. 마치 무슨 인쇄된 교과서가 교수와 학생들의 눈앞에 펼쳐져 있어서 그 진도를 가리키는 것 같지만, 그것은 오직 교수 자신의 머릿속에만 있는 강의 내용의 총체적 질서에 따른 것일 뿐이다. 그리고 일사천리로 빈틈없는 논리가 전개된다. 그의 기억력은 '사진식 기억력'이라고 언어학 교수인 조르주 무냉 씨는 말하곤 했었다. 가령 어떤 학자의 논리가 옳지 않다고 말할 경우 그 예와 증거를 제시하기 위하여 그 학자의 저서에서 한 페이지 분량은 족히 될 내용을 줄줄 외워서 인용했다. 인용문은 프랑스 말이 대부분이었지만 영어나 독일어나 스페인어나 이탈리아어일 경우도 없지 않았다. 자신이 좋아하는 시나 감명 깊은 산문을 암송하는 사람들은 더러 보았어도 틀린 것을 지적하기 위하여 책의 한 페이지씩을 암기하는 경우는 전에도 후에도 나는 본 적이 없다. 그런데 그분은 약간 정신을 차려서 한번 텍스트를 읽으면 한 페이지 정도는 통째로 사진처럼 기억 속에 찍어둘 수 있다고 해서 나를 절망시켰다.

그런데 어느 날 나는 그 교수의 집을(댁이 아니라 그냥 집이다) 방문하게 되었다. 학교에서 그리 멀지 않은 곳에 있는 아담한 단층 주택이었다. 모래와 자잘한 돌들이 깔린 마당과 몇 그루의 나무. 그런데 현관에 들어서자마자 나는 눈이 뚱그레지고 말았다. 방에 놓인 침대, 서재의 책상과 의자를 위한 공간을 제외하고는 온 집안이 문자 그대로 책뿐이었다. 그것도 벽에 붙여 세운 서가에 책을 꽂은 것이 아니라 도서관의 서고처럼 방마다 여러 줄로 세운 서가에 책들이 숨막히게, 숨막히게 도열하고 있었다. 그리고 교수는 자기 책상 위에 쌓인 책들과 메모지들을 쓱 밀쳐놓고 그 위에 걸터앉으면서 나는 손님이라고 당신의 하나뿐인 의자에 앉도록 했다. 그 서고 속에 들어앉아서 내가 그날 그 교수와 무슨 말을 주고받았었는지는 전혀 기억할 수 없다. 요새처럼 포위하고 있는 책들의 삼엄한 무게에 눌려 나의 모든 사고 기능이 정지되는 듯하던 고통스런 기억이 남아 있을 뿐이다. 더군다나 내 눈에 보이는 이 수많은 책들보다도 더 빽빽한 책들이 그 교수의 머릿속에도 가득 들어차 있을 것을 생각하니, 어서 이곳을 빠져나가야겠다는 생각이 위기의식처럼 다가들었다.

내가 처음으로 대학 강단에 섰을 무렵 이미 졸업이 가까운 나이 많은 학생이 하나 있었다. 그는 거의 학교에 나오지 않고 무슨 무역회사를 차려서 사업을 한다고 했다. "어제는 외국 바이어가 찾아와서 그 사람을 접대하느라고……" 운운하는 것이 긍지의 일부를 이루던 시절이었다. 그가 내게 찾아와서, 그 동안 강의에는 거의 나오지 못했지만 졸업이 다 되었으니 그냥 '리포트'만 내도록 하고 학점을 받을 수 없겠느냐고 간청했다. 나는 거절했다. 그래도 그는 다행히 졸업을 할 수 있었는지 사은회라는 데를 나왔다. 장래의 포부를 말하는 순서가 되자 그는 일어서서 말했다. 지금 하고 있는 사업에 기반이 잡히면 만년에는 사방의 벽을 가득 메우는 서가에 멋있는 불어책들을 가득히 꽂아두고서 음악 같은 것을 들으며 지내고 싶다고 했다. 지금 그가 옛날의 꿈을 이루었는지 어떤지 그 뒤 나는 아무 소식도 듣지 못했다.

책읽기의 수도승

책상 위에 여러 권의 책을 잔뜩 쌓아놓고 이 책을 읽다 말고 또 저 책을 들춰보는가 하면 그건 또 까마득히 잊어버리고 또다른 책을 가방에 넣어가지고 집을 나서는 것이 나의 무질서한 독서습관이다. 어렸을 때 방학이 되면 책가방이 터져라고 책을 가득 넣어가지고 고향집으로 떠났었다. 그러나 개학이 되어 돌아올 때 보면 실제로 읽은 책은 엄숙한 결심과 함께 가방 속에 넣어가지고 간 서적들이 아니라 시골집 책장에 이미 꽂혀 있던 소설책이 대부분이었다.

그래서 나는 늘 친구 **K**가 부러웠다. 물론 지금은 유명한 교수가 되어 있는 그는 프랑스 유학 시절 공부벌레로 유명했다. 그런데 그의 기숙사 방에 가보면 책장에 꽂혀 있는 책이 별로 많지 않았다. 도서관에서 빌려다 보기 때문이 아니었다. 그는 한 가지 책을 읽기 시작하면 꾸준하고 꼼꼼하게 그 책을 끝까지 다 읽었다. 다 읽은 책들이 어느 정도의 분량으로 쌓이면 종이상자 속에 집어넣어 치워놓고, 아직 읽지 않은 책들만 책장에 꽂아두고서 하나씩 읽기 시작한다는 것이었다. 나는 그의 모범을 따르려고 노력했지만 끝내 성공하지 못한 채 오늘에 이르렀다. 그 결과가 신통하지 못한 것은 물론이다.

대학에서 지금은 정년으로 퇴직한 선배 선생님 한 분이 또 그랬다. 그분은 하루 일과가 한결같았다. 아침 이른 시간부터 종일토록 연구실에서 일하고 오후 다섯시면 어김없이 테니스를 했다. 그분의 연구실 벽은 빈틈없이 책으로 가득했다. 어느 날 그분은 내게 책장 맨 위칸을 가리키면서 설명해주셨다. 여기까지는 다 읽은 책이고 여기서부터는 장차 읽을 책들이고 또 저기서부터는 중요하다고 생각되어 사놓기는 했지만 끝내 읽지 못할 책들이라고 분명하게 말했다. 나는 듣기만 했을 뿐 그분의 모범을 따를 엄두를 내지는 못했다.

한때는 교황이 살고 있었던 프랑스의 자그마한 도시 아비뇽은 드넓은 론 강가에 있다. 긴 다리를 지나 강을 건너면 빌뇌프 레스 아비뇽이라는 마을이 있고 그 마을 한가운데 유명한 옛 수도원이 있다. 나는 그 수도원 깊숙이 옛날 수도승이 거처하던 방을 찾아가 구경한 일이 있다. 좁고 아름다운 방에 밖으로 통하는 작은 문이 하나 뚫려 있었다. 한번 들어가면 아무 말도 하지 않은 채 혼자 지내는 수도승은 그 작은 문을 통하여 종이쪽지에 제목을 적어 책을 신청하면 매번 한 권씩만 책이 들어와 그걸 받아 읽으며 살았다고 한다. 일용할 양식으로서의 책을. 나는 그 수도승의 방에서 친구 K를 생각했다. 책을 읽는 사람들 중에도 그와 같은 수도사가 있는가 하면 나와 같이 난만한 속인이 있는 것 같다.

고전의 귀중함

필요해서 찾으면 없는 책이 너무나 많아서 아쉽고 안타까운 일이 한두 번이 아니다. 그러나 그것은 직업적인 필요 때문이다. '연구서적' '참고서적'으로서의 직업적인 면을 떠나서 생각해보면 오히려 책이 너무 많아서 주체할 길이 없다. 더군다나 읽어야 할 책은 너무나 많은데 앞으로 남은 삶의 시간은 제한되어 있다. 어떨 때는 직업적인 필요가 아닌, 참으로 마음을 끌어당기는 책을 찾느라고 많은 시간을 헛되이 보내기도 한다. 책은 많으나 나를 휘어잡거나 나의 존재가 방향을 선회하게 될 만한 책은 이제 거의 없다. 정보를 얻거나 아이디어를, 자료를, 인용문을, 문제성을 취하고 나면 그만인 책들이 대부분이다.

그래서 고전을 다시 찾곤 하는 모양이다. 고전이란 바로 다시 읽고 또다시 읽는 책, 읽을 때마다 새로워지는 그런 책이 아니겠는가. 부드러운 가죽표지로 정성스럽게 제본을 하고 금박의 제목을 붙인 저 해묵은 책들. 왼쪽 손바닥 위에 책등을 올려놓고 오른쪽 손의 둘째와 셋째 손가락으로 책의 윗부분을 아주 살짝 들어올려서 페이지를 넘기는 책. 손가락에 침칠을 하여 페이지의 오른쪽 한 귀퉁이가 구겨지도록 거칠게 다루어서는 절대로 안 되는 책. 유리를 끼우고 자물쇠로 잠그게 되어 있는 책장 속에 애지중지 간직했다가 대대손손 물려주는 책.

그러나 이것은 어느 먼 옛날 이야기였던가? 이제 문자정보와 도상정보는 필름이나 컴퓨터 속에 저장해두었다가 꼭 필요로 하는 부분만을 신속히 꺼내어 읽는 편리한 시대로 접어들고 있다. 조형적, 물질적 오브제로서의 책이 언제까지나 우리들에게 매혹의 대상이 될 수 있을 것인가. 저 무겁고 거추장스러운 호화 양장의 미술전집이나 그윽한 색판화를 곁들인 옛날 책들의 귀중함을 실감하는 세대는 과연 언제까지 계속될 것인가? 시대와 함께 가야 한다는 것을 모르는 바 아니다. 전자정보의 효율성을 모르는 바 아니다. 그러나 책은 과연 '정보'일 뿐일까?

학교와 읽기 쓰기

말하는 것은 외국어가 아닌 한 따로 배우지 않아도 자연스럽게 할 수 있다. 그러나 글을 읽고 쓰는 것은 반드시 따로 배워야 한다. 학교의 가장 근본적인 역할은 바로 글을 읽고 쓰는 데 있다. 인생의 초년기에 처음 배운 모음과 자음, 그 철자법의 신비에서부터 시작하여 최고의 교육기관에 이르기까지 읽기와 쓰기의 훈련은 그 정도와 수준을 달리할 뿐 줄기차게 계속된다. 세계에서도 문맹자가 가장 적은 수에 속하는 나라에 살고 있는 만큼 우리들은 대부분 글을 읽을 줄 모르는 상태가 어떤 것인지를 잘 상상하지 못한다. 마치 어머니의 뱃속에서부터 글읽기를 배워가 지고 세상 밖으로 나온 듯이 느끼고 있는 것이다.

나 역시 오랫동안 그렇게 생각하고 지내왔다. 그러다가 나는 군복무 시절에 공민교육대라는 이름의 군사학교에서 임시 교사 노릇을 하게 되었다. 지금은 그런 일이 없지만 60년대만 해도 문 맹자들이 군에 입대하는 일이 간혹 있었다. 그리하여 나는 문맹 의 성인들을 모아놓고 이른바 '영희와 바둑이의 철학'을 가르치 는 일을 맡게 되었다. 그때 나는 처음으로 사람이 글을 읽지 못 할 수도 있다는 기막힌 사실과 정면으로 마주쳤다.

글자를 깨치는 것이 느린 피교육자들은 가령 고향에 있는 자 신의 아내에게서 편지가 오면 나에게 그 편지의 내용을 읽어달 라고 몹시 부끄러워하면서 사정하는 일이 종종 있었다. 부부 사 이의 가장 은밀한 마음의 표현을 제3자를 통해서 해독해야 하는 딱한 사정에 내가 참여한 것이다. 하루는 봉투 속에서 편지를 꺼 냈더니 백지 위에 손바닥을 펴서 짚은 채 각 손가락의 윤곽을 따 라 연필로 서투르게 줄을 그은 손의 그림이 커다랗게 떠올랐다. 그 밑에는 어렵사리 판독한 결과 "저의 손이어요. 만져주어요" 라는 뜻으로 읽혀지는 애틋한 글이 딱 한 줄 씌어져 있었다. 내 가 읽은 것 중에서 가장 감동적인 사랑의 편지 중 하나였다.

마침내 그 편지의 수신인이 더이상 나의 도움을 빌리지 않고 도 아내의 편지를 읽을 수 있게 된 날이 왔다. 그날 그는 아내의 편지를 손에 펴든 채 감격하여 큰 소리로 울었다. 거룩한 독자들 의 대열 속으로 들어가는 입문의 통곡이었다. 그에게는 이제부터 새로운 신비의 세계가 눈앞에 열린 것이다. 내가 지금까지 남을 가르치는 일에서 이만큼 보람을 느낀 일은 한번도 없었다.

책과 교육

우리말에서 흔히 '책 읽는다', '글 읽는다'라는 말은 단순히 책에 기록된 기호의 의미를 풀이한다는 의미에서 한걸음 더 나아가서 '공부한다'는 뜻을 가진다. 독서는 그 말 속에 이미 이처럼 학교나 서당의 교육을 함축하고 있다. 프랑스 말에서도 독서, 책읽기를 뜻하는 'lecture'는 동시에 교육적 훈련(leçon)을 의미한다. 지금은 낡은 의미가 되었지만 중세시대에는 독서의 의미보다 '공부'의 의미가 우선했고 19세기까지는 계속 '공공교육'의 뜻으로 쓰여왔다. 또 '책을 읽는 사람(독자)'를 의미하는 것은 'lecteur'는 교사, 학급담임을 의미했고 왕이 임명하는 책 읽는 사람(Lecteur royal)은 오늘날의 콜레주 드 프랑스의 교수를 가리키는 말이었다. 여기서 유래하여 현재까지 계속 쓰이고 있는 말이 고등학교나 대학교에서 자신의 모국어를 외국인 학생들에게 소리내어 발음하면서 가르치는 교사나 교수를 의미하는 'lecteur'이다. 이와 유사한 경우가 영어에서 대학강사를 뜻하는 'lecturer'이다.

학교교육이 독서에 접근하는 가장 주된, 아니 유일한 통로가 되어온 역사적 사실은 이처럼 언어 속에 깊은 흔적을 남기고 있다. 그러나 점차 학교제도의 확대를 통하여 독서가 실제로 누구나 다 향유할 수 있는 문화활동이 되고 보니 전혀 뜻밖의 역설적인 효과가 발생한다는 사실 또한 부인할 수 없게 되었다. 앞에서 이야기한 공민교육대의 병사에게 있어서 읽는다는 것, 아내의 편지를 읽는다는 것은 그 무엇과도 비길 수 없는 필요인 동시에 감동이었다. 독서에 관한 역사적 연구나 보고에 의하면, 학교의 정규교육을 통하지 않고 독학에 의하여 문자를 습득한 과거의 예에서 볼 수 있듯이 사람들은 책에 마술적, 기상학적(농사 짓는 사람들의 경우), 생물학적 비의가 담겨 있는 것으로 기대한 나머지 책을 삶의 지침으로 삼았다고 한다. 예컨대 그러한 책들 중의 하나가 바로 성서였던 것이다.

그러나 학교교육의 생활화, 일반화로 인하여 독서는 즐거움일 수도 있지만 동시에 무감동한 습관, 과제, 심한 경우에는 억압이 되기도 한다. 따라서 중요한 것은 독서의 원초적인 필요와 즐거움을 되살려내는 일이라 할 수 있다. 『독서술』을 쓴 모티머 아들러 교수의 비유는 흥미롭다. "일반적으로 사람들을 관찰해볼 때 직업이나 특별한 관심사가 있을 때를 제외한다면 그들이 자발적으로 나서서 평소보다 훨씬 더 낫게 글을 읽으려고 노력하는 상황은 단 한 가지뿐인 것 같다. 그것은 다름아닌 연애편지읽기다. 사랑에 빠져서 연애편지를 읽을 때 사람들은 자신의 실력을 최대한으로 발휘하여 읽는다. 그들은 단어 한마디 한마디를 세 가지 방식으로 읽는다. 그들은 행간을 읽고 여백을 읽는다. 부분의 견지에서 전체를 읽고 전체의 견지에서 부분을 읽는다. 콘텍스트(문맥)와 애매성에 민감해지고 암시와 함축에 예민해진다. 말의 색깔과 문장의 냄새와 절의 무게를 알아차린다. 심지어 구두점까지도 고려에 넣는다."

그런데 학교제도는 이러한 기대와 욕구를 역설적이게도 뿌리째 뽑아버리고 그 대신 그와 전혀 다른 성질의 욕구를 대체시킨 것이다. 최근에 나온 어느 프랑스 잡지는 '문학과 교육'이라는 주제의 특집을 꾸미면서 문학교사와 교수들의 경험과 관련된 글을 실었다. 어느 교수는 이렇게 술회하고 있다. "즐거워하면서 혹은 증오하면서, 아니 적어도 어떤 흥미와 관심을 가지고 읽을 때라야만 제대로 읽는다는 것은 누구나 알고 있는 사실이다. 독서의 기쁨을 아는 학생은 별로 없다. 문체의 오묘함, 아이러니, 심지어 유머도 이제 그들에게는 느껴지지 않는다. 그들에게 있어서 독서의 흥미란 — '기쁨'이 아니다 —시험의 공포에 의해서 인공적으로 지탱되고 있다. 학생들은 오직 성공하기 위하여, 학점을 잘 따기 위하여, 혹은 선생에게 잘 보이기 위하여 필요한 것밖에 읽지 않는다.”

우리나라의 경우도 예외는 아니다. 아니 예외가 아닌 정도에 그치지 않고 한걸음 더 나아가서 최악의 상태에 이르렀다고 해야 옳을 것이다. 우리나라의 치열하다 못해 거의 살인적이라 할 수 있는 교육열은 누구나 다 아는 터이다. 이 무시무시한 교육열의 지향점이 대학입시라는 사실도 누구나 다 아는 터이다. 따라서 시기적으로 대학입학시험에 가까워질수록 학생들이 공부에 바치는 시간과 노력과 경제적 부담은 기하급수적으로 상승한다. 그러나 학생들의 독서는 그 양과 질이 거기에 비례하여 증대된다고 말하기 어렵다. 아니 오히려 어느 면에서는 그와 반비례한다고 보는 것이 정확할 것이다.

어떤 일간신문이 주최하는 독후감 현상모집의 심사를 수년간 맡아본 개인적 경험은 우울하기 그지없는 것이었다. 국민학교, 중고등학교, 일반 등 세 가지 부문으로 나뉘어진 심사에서 응모 편수에 있어서나 글의 수준에 있어서나 선택한 책의 종류에 있어서나 중고등학생, 특히 고등학생들의 경우는 상대적으로 황폐하기 이를 데 없었다. 세 부문 중에서 단연 돋보이는 국민학생들의 창의적인 사고와 거침없이 자유로운 표현에 감탄하면 할수록 그 신선하고 총명한 자질을 대학입시를 겨냥한 중고등학교 교육이 얼마나 무섭게 파괴하고 있는가를 실감하게 된다. 가장 감수

성이 예민한 청소년 시절의 그 귀중한 시간과 정력 그리고 비용
을 다 바쳐서 그들의 내면에 살아 있던 창의력과 감성과 지성의
싹을 말라죽게 함으로써 거국적인 정신의 황무지를 만들고 있어
도 이젠 아무도 놀라지 않는다.

시험과 교과서

시험기간만 되면, 해야 할 시험공부보다 소설책 읽는 재미에
팔려 있던 학생 시절이 있었다. 금지된 세계를 들여다보는 듯한
쾌감은 거의 에로틱할 정도였다. 그러나 무엇보다도 시험이라는
제도 자체에 대한 권태로부터 도피하고 싶은 마음에 소설책 속
으로 달려갔던 것 같다. 학교에서 글쓰기와 글읽기를 배운다지만
그 배움은 항상 어떤 억압을 동반한다. 시험이란 바로 그 억압의
가시적 형식으로 받아들여진다. 소설도 시험의 대상이 되면 재미
가 없다. 소설을 읽는 태도가 달라지기 때문이다.

억압의 또다른 형태의 하나가 '교과서'라는 것이다. 교과서는
독서의 알리바이다. 교과서는 독서를 권장하는 대신 독서를 방해
한다. 특히 국어교과서가 그렇다. 잡다한 짧은 글들을 모아 따분
한 방식으로 조판한 단 한 권의 책으로 학생들은 그 밖의 모든
독서를 면제받는다(그러나 시험준비용 연습문제집의 '독서'만은
치열하게 계속된다). 교과서는 독서의 시작이 아니라 독서의 끝
이다. 교과서는 책이 아니라 시험범위다. 옛날 국어교과서에 실
렸던 서정주의 「국화 옆에서」와 안톤 슈낙의 「우리를 슬프게 하
는 것들」을 인상적으로 기억하는 이들이 많겠지만 그것은 나와
같은 세대에 속하는 상당수의 사람들에게 있어서 독서와의 마지
막 작별인사였을지도 모른다. 「마지막 수업」이나 「별」이 알퐁
스 도데의 대표작인 줄로, 아니 알퐁스 도데가 프랑스 최고의 작

가인 줄로 알고 있는 사람이 많겠지만 그것은 다만 교과서에 실리기 알맞을 만큼 쉽고, 무엇보다도 길이가 '짧은' 글이었을 뿐이다.

그러나 정작 알퐁스 도데의 나라인 프랑스에는 국어교과서란 없다. 고등학교 졸업자격시험에 합격하려면 반드시 읽고 연구해야 할 수많은 저자들과 책들의 목록이 있을 뿐이다. 그리고 그 책들을 효과적으로 풍부하게 읽는 안내서들이 있을 뿐이다. 딱 한 권 속에 모국어의 재화가 통조림되어 있는 '교과서'를 정해놓고 그 안에서 출제하느냐 밖에서 출제하느냐로 해마다 난리법석인 곳에서 진정한 독서의 희망은 과욕이다. 따라서 학교에서 교과서가 아닌 고전과 현대, 그리고 국내와 국외의 융통성 있고 개성 있는 독서목록의 활용과 그 실질적인 평가가 교육의 중심축으로 연결되도록 하는 방법이 연구되지 않으면 안 된다.

시험문제와 독서

중요한 것은 내신성적이냐 수학능력시험이냐 아니면 대학별 본고사냐가 아니다. 시험관리의 주체가 고등학교냐 교육부냐 대학이냐도 아니다. 정작 중요한 것은 시험문제를 어떤 내용과 방식으로 출제하느냐이다. 좋건 싫건 간에, 옳건 그르건 간에 한 일생의 가장 꽃다운 시절의 시간과 정열의 투자 방법과 방향을 결정하게 되어버린 것이 이 나라의 대학입학시험이다. 고등학교의 교육방식과 그 방향에 암암리에 지대한 영향을 끼치는 것이 대학입학시험이다. 그런데 과연 그 시험의 내용과 형식은 어떠한 것인가?

언제부터인가 이 나라는 사람이 아니라 기계를 더 신뢰하기 시작했다. 사지선다형 문제들을 나열해놓고 컴퓨터용 답안지에 컴퓨터가 읽을 수 있는 방식으로만 답안을, 그것도 제한된 시간 안에 빨리빨리 제시하도록 수험생들은 강요받는다. 공정하고 객관적이고 과학적이기 위해서란다.

우선 이런 유형의 시험이란, 어떤 문제에는 반드시 '정답이 있다'는 확신을 전제로 하고 있다. 과연 그럴까? 실제의 삶 속에서, 실제의 사유 속에서, 그리고 우리가 읽는 지혜로운 책들 속에서 얼마나 많은 문제와 의문들이 답을 찾지 못한 채 열려진 의문과 숙제로 남아 있는 것인가? 답을 찾지는 못한 채로나마 답을 찾아서 더듬어간 사유의 과정은 아무런 의미나 가치가 없는 것인가? 더군다나 사지선다형 문제는 답들 중에서 오직 '하나'의 답만을 허용한다. 그것도 수험생 자신이 찾아낸 답이 아니라 남이 만들어놓은 네 가지 답을 선택하라는 것이다.

이 같은 발상은 획일과, 폭력적 전체주의적 선택으로 가는 첫 걸음일 수도 있다. 마음속의 떨림도, 사색의 신중한 망설임도, 언어의 여운도 허락하지 않는다. 해결에 이르는 고통스럽지만 흥미로운 과정보다는, 무한히 연속되는 가치의 스펙트럼보다는, 사고의 변증법적 지양보다는 최종적으로 도달한 결과 그것도 단 한 가지만의 결과를 강요한다. '순간의 선택이 일생을 결정한다'라는 속된 표현이 여기서처럼 어이없고 심각하게 진실로 입증되는 순간은 다시 없다. 과연 우리는 안타까운 사색의 궁지에서 최선의 갈 길을 찾지 못한 채 하는 수 없이 차선으로 만족하는 일은 없는가?

더러 입학시험장의 감독관으로서 가령 국어시험 문제를 읽어보는 때가 있다. 혹은 아침마다 배달되는 일간신문 간지에 실린 모의시험문제 중 국어과목을 유심히 읽어보고 또 때로는 모의 수험생이 되어 문제를 풀어보기도 한다. 우선 나 자신의 국어실력에 절망한다. 고문과 문법은 고사하고라도 현대문학 문제에서 반을 맞힐 자신이 없다. 네 가지 답 중에서 정답을 잘못 짚었거나 나로서는 답이 둘이거나 답이 없다고 판단되는 경우, 혹은 문제가 불분명하거나 문제의 표현이 부정확하다고 판단되는 경우가 허다하기 때문이다.

그러나 자신의 무능에 절망하면서도 마음 한구석에서 솟아오르는 의혹을 억제하기 어렵다. 대학에 입학하기 위하여 거쳐야 하는 통과의례로서의 국어시험이 반드시 국어에 대한 '보편적' 이해와 표현의 평가가 아닐 것 같다는 의구심이 그것이다. 마치 국어시험 출제자와 고등학교나 학원의 국어교사와 수험생, 그리고 입시 참고서 집필자들이, 그 밖의 대다수 국어사용자들(혹은 범위를 좁혀서 지식인)과는 아무 관계가 없이, 자기들끼리만 알고 있는 어떤 신비한 암호풀이의 유희를 하고 있다는 느낌을 지우기 어렵다. 그렇지 않고서야 그 피 나는 노력을 거쳐서 대학에 들어온 신입생들이 어째서 소설책 한 권을 끝까지 읽고 그 속에 담긴 내용을 제대로 요약하지도 못한단 말인가?

끝으로 이 객관식 시험제도는 수험생들로 하여금 제한된 시간 안에 정확한 기계식 해답을 제시할 것을 요구한다는 점에 주목할 필요가 있다. 오랜 세월 동안 학교에서 배우고 익히고 훈련해온 읽기와 쓰기의 끝에 요구받는 것이, 논리적이고 세련된, 그리고 무엇보다도 개성 있는 자기표현이 아니라 고작 수성펜으로 정확하게 구멍을 메우는 컴퓨터 기호인 것이다. 기계는 오직 흔들림 없는 순발력과 공격적 속도와 로봇 같은 무감동, 그리고 정확성을 요구할 뿐이다. 사람에 비하여 더욱 공정하고 신속하고 시간과 비용이 절약된다는 이유로 마땅히 인간이 떠맡아야 할 책임과 판단을 컴퓨터에 전가하고 있는 불모지에 독서가 발들여놓을 여지는 없을 것이다.

　이와 같은 결점을 보완하기 위하여 생각해낸 것이 바로 시험 문제의 일정 비율을 할애한 '주관식' 문제라는 것이다. 그러나 이것 역시, 문제에는 반드시 정답이 있으며 정답은 반드시 하나뿐이다라는 이데올로기에서 한치도 벗어나지 않고 있다. 답을 컴퓨터용의 기호가 아닌 인간의 언어로 표현한다는 것뿐, 그리고 이미 만들어진 답들 중에서 선택하는 대신 스스로 마련한 답이라는 것뿐, 단 하나의 답을 요구하기는 마찬가지이다. 답은 한 개의 단어, 길어야 하나의 문장으로 표현하도록 되어 있다. 그러나 실제로 채점지를 검토해보면, 단 하나의 단어나 문장이 고작인 단답을 위해서 동원된 표현의 차이가 수험생에 따라서 얼마나 다양한가에 황홀해지는 동시에 당혹을 느끼지 않을 수 없다.

　기계는 옳은 것과 그른 것, 밝은 것과 어두운 것만을 가려내지만 인간은 그 양자 사이의 유동적인 세계, 밝지도 어둡지도 않은 완충적 박명의 세계 속에 몸담고 있는 인간의 그 다양성을 음미하고 헤아릴 줄 안다. 물론 여기에는 주관적 판단에서 생기는 공평성의 문제가 제기될 수도 있을 것이다. 그러나 적어도 이 같은 시험방식은 사고하는 인간인 수험생의 표현과 사고하는 또다른 인간인 채점자의 판단이 서로 만난다는 상징적 의미가 있다. 또 공평성의 문제 역시 어떤 해결방식을 찾아낼 수 있을 것이다.

　우리나라에서도 전에 이미 '작문시험'이라는 형식으로 이보다 훨씬 복잡한 채점을 여러 해 동안 시행한 경험이 있으며 프랑스의 오래 되고 권위 있는 전통인 대학입학 자격시험은 본격적인 논술시험을 그 주된 골격으로 삼고 있지만 공평성의 문제가 제기되지는 않는다. 근본적으로 생각할 때, 사실 이 나라 교육의 실질적 내용을 풍부하게 하는 일과 공평성의 문제 중 어느 것이 우선해야 할 것인가를 생각해야 할 때는 바로 지금이다. 인간이 교육 평가의 의무와 권리를 기계로부터 되찾아오지 않고서 독서를 이야기한다는 것은 무의미하기 때문이다. 독서는 인간이 하는 것이다. 독서는 사고하고 판단하고 인식하는 인간의 문화적 활동이다.

독서의 실천

컴퓨터 채점을 전제로 하는 사지선다형 시험방식이 실시된 지는 여러 해가 되었지만 그 부정적 효과가 대학 신입생들의 독서행태에서 충격적으로 체감되기 시작한 것은 특히 최근 3~4년 전부터가 아닌가 한다. 이런 막연한 느낌은 물론 보다 체계적인 사회학적 검증을 거쳐야 할 것이고 또 대학생들의 독서행태에는 입학시험의 방식과 그에 따른 고등학교 교육의 방향설정 이외에도 여러 가지 사회적 문화적인 요인들이 다각적으로 작용한다고 볼 수 있다. 어쨌든 최근 대학 신입생들은 독서라는 문화행위에 대하여 매우 불안정한 반응을 보이고 있다는 점만은 분명하다. 교과서와 참고서와 연습문제집, 그리고 '과외' 등을 통하여 일종의 '작전'으로 변한 오랜 입시준비의 어두운 터널을 통과해온 그들은 독서의 구체적인 경험의 부족으로 인하여 새로운 책, 낯선 책 앞에 호기심과 동시에 두려움을 느낀다. 두려움을 느끼면 재미도 쾌락도 없어진다.

사실 독서가 가장 많은 수의 사람들에게 친숙한 것이 되려면 비록 인격형성이라는 엄숙한 욕구에서 출발한 것이라 하더라도, 그것이 어떤 놀이, 어떤 기쁨, 어떤 쾌락이 되어야 할 것이다. 그런데 엄격하기 짝이 없는 학교 공부는 바로 그 자체의 강박관념과 엄숙주의로 인하여 대개 독서를 방해하는 경우가 많았다. 거기다가 또 산업사회의 생산 제일주의 이데올로기가 즉각적인 공리성과 이윤추구에 급급한 나머지 독서의 가치를 격하시켜놓고 있는 것이다. 롤랑 바르트가 말하는 '텍스트의 쾌락'은 프랑스만이 아니라 우리나라의 독서계에서도 심각하게 실종되어가고 있는 것이다. "프랑스 사람 둘 중의 하나는 책을 읽지 않는다고 한다. 프랑스의 반이 텍스트의 기쁨을 박탈당하거나 스스로에게서 박탈한다는 말이다. 그런데도 사람들은 이러한 국가적인 불행을 오로지 인문주의적인 시각에서만 개탄하고 있다. 마치 프랑스 사람들이 책을 멀리함으로써 오직 정신의 재화, 고상한 가치를 포기하는 것뿐이라는 듯이 말이다. 그보다는 차라리 사회가 반대하거나 포기하는 모든 기쁨들의 우울하고 어리석고 비극적인 역사를 쓰는 것이 나을 것이다."

독서의 어려움은 우선 독서의 습관이 되어 있지 않은 데서 온다. 책을 읽는 습관을 상실한 사람은 책을 앞에 놓고 어떻게 해야 효과적으로 주의를 집중할지를 모른다. 집중의 어려움은 부수적인 불안감을 낳는다. 주의를 집중하려다가 그만 텍스트의 의미가 사라져버릴 지경이 된다. 평소에 자주 대하지 않던 단어나 표현을 만나면 그만 이해하지 못할까봐 겁이 나고 특히 모든 것을 다 이해하지 못할까봐 두려워진다. 읽어나갈수록 이제 금방 읽은 것을 잊어버리게 되고, 어렴풋한 전체 속에서 그저 몇 가지 디테일만 기억날 뿐 결국은 아무것도 머릿속에 남는 것이 없어서 전체 줄거리를 따라가지 못할까봐 불안해진다.

이런 호소에 귀를 기울이거나 이런 독서행태를 유심히 관찰해보면 그 어려움은 다음 세 가지에서 기인한다는 것을 알 수 있다.

1) 책을 너무나 성스러운 것으로 생각한 나머지 이미 만들어

져 있는 그 '진리'의 덩어리를 어떻게 손대야 할지 엄두가 나지 않는다.

2) 올바른 독서에 반드시 필요하다고 여겨지는 올바른 태도에 지나치게, 그리고 끊임없이 집착한 나머지 책 내용의 파악과 독서의 즐거움에 방해를 받는다. 마치 수영의 초심자가 상황의 전체적인 역학보다 자기의 손발의 놀림에 너무 신경을 써서 물 위로 뜨지 못하는 것과 같다.

3) 글쓰기에 대하여 너무나 모른다. 그래서 씌어진 글 앞에서는 정신이 굳어져버린다. 이를테면 글읽기 가운데에서 일종의 쥐가 난 상태가 되는 것이다.

따라서 독서에 앞서 무엇보다 중요한 것은 자유롭고 열려진 정신상태이다. 책을 눈앞에 펼쳐놓고 있는 독자는 요지부동의 진리 앞에서 벌을 서거나 수동적으로 고문당하고 있는 것이 아니라 유동적이며 생성변화하는 의미의 기능성 앞에, 그리고 무엇보다도 살아 있는 정신과의 대화를 위하여 즐겁게 마주하고 있다는 사실을 깨달을 필요가 있다.

독서란 무엇인가?

많은 독자들이 글쓰기에 대하여 오해하고 있다. 그 오해로 인하여 독서를 가로막는 빗장이 생긴다. 많은 사람들이 글은 단어와 문장이라는 딱딱하게 굳은 물질성 속에 의미들을 담고 있는, 어떤 견고하고 생명이 없는 이미 규정된 현실이라고 생각한다. 그래서 이미 존재하고 있는 그 의미들을 투명한 모습 그대로 받아들여야 한다고 믿는다. 교육관행과 가정은 독서의 의지주의적 덕목을 발전시켜 급기야는 그것을 제도적 상징으로 삼는다. '언어가 어머니라면 텍스트(책)는 아버지다 : 책 속에는 그 어느 누구도 벗어날 수 없는 법이 들어 있다'라는 식이다. 그래서 (신문이나 잡지가 아니라) 책을 읽는 어린아이는 부모를 안심시킨다. 그는 '가치' '모범', 그리고 '규범' 속으로 들어갔으니 말이다.

독자의 이와같이 널리 퍼진 수동적 편견 때문에 텍스트는 단단히 문을 걸어 잠그고 있어서 도무지 '놀지' 않는다. 따라서 그 속에 들어가기가 너무나 어렵고 두려운 것이다. 여기서 논다는 개념은 매우 중요하다. 엄숙주의자들은 노는 것을 부정적으로 생각한다. 그것은 '논다'라는 개념에 대한 오해에 기인한다. 논다는 것은 한편으로 유희, 오락, 즐거움과 관련되어 문화의 가장 중요한 기능 중의 하나로서 '호모 루덴스'의 세계다. 그것이 없다면 독서는 지옥이 된다. 다음으로 텍스트의 해석과 이해가 독서라면, 텍스트는 또한 언어기호의 체계이다. 이 기호들의 결합은 어떤 코드에 의거하지만 그 의미의 생산은 기호들 사이의 유동적인 관계의 여백 속에서 이루어진다. 이 여백이 '놀이'의 공간이다. 흔히 '나사가 논다' '이가 논다'고 할 때 거기에는 약간 헐겁게 남는 공간이 전제되어 있다. 이 노는 여유공간이 확보되어야 의미는 살아 움직이는 상태로 생산될 수 있고, 그래서 억압적이거나 절대적(배타적)인 진리가 아니라 인간들의 역사의 일부가 되는 것이다.

텍스트 속에는 그것이 글로 씌어진 것이기에 어떤 놀이, 그것이 담고 있는 생각과 의미들과의 거리, 결코 직접적으로 다가갈 수 없는 말을 추적하는 가운데 점점 더 안타깝게 가로놓이는 공간이 있는 것이 아닌가? 그래서 마치 독자 자신을 위하여 마련된 것만 같은 그 공간 속에서 그 나름의 편견과 전제와 수없는 되풀이와 재음미와 해석을 동반한 글읽기의 행위가 실천되는 것이다.

독서사회학과 관련하여 로베르 에스카르피가 적절하게 강조한 바 역시 이러한 놀이의 공간과 독자의 능동성이다. 그는 독서공간을 수동적 수용의 공간이 아니라 일종의 대결의 공간으로 해석하면서 그때의 긴장감이 쾌락을 가져온다고 본다: "책이라는 물건은 물론 생각과 말의 흔적을 받아서 고스란히 간직한다는 의미에서 메디움의 역할을 하는 것이지만 그것은 또한 대결의 장소로서도 역할한다. 거기에 부재하는 수천 수백의 표현의지들이 다른 표현의지들과 맞부딪치는 대결의 장 말이다. 이때 저자의 표현의지는 그 밖의 모든 표현의지들과 대결하는 형국이다. 이러한 유희는 커뮤니케이션의 한 형태이다. 그리고 바로 거기에 쾌락이 개재하는 것이다. 쾌락을 가져오는 것은 바로 타자와의 투쟁이다…… 독서가 주는 쾌락은 직접적으로 저자의 의지와 독자의 그것 사이의 대결의 유희와 관련이 있다." 따분한 독서란 아무런 저항도 일으키지 않거나 너무 많은 저항을 일으키는, 요컨대 '놀지' 않는 독서이다. 좋은 책 나쁜 책이 있는 것이 아니라 독자를 유희 속으로 많이 혹은 적게 끌어들이는 책이 있을 뿐이다.

다음으로 독자의 능동적 정신활동으로서의 독서와 관련하여 주목해야 할 것은 독서가 일종의 '문화적 인용행위'라는 사실이다. 자크 뒤부아는 독자가 능동적으로 개입하는 생산적 기능으로서의 독서를 강조하면서 이렇게 말한다. "일단 최초의 행위에 의하여 문자로 고정되고 나면 텍스트는 사용자들 가운데 유통되고 사용자들은 점차적으로 그 공적 의미를 확정시켜나간다. 그러나 그 의미란 것도 항상 다시 고쳐야 할 의미이다. 독자는 텍스트라는 교직 속에서 어떤 '의미 있는 총체'들을 인지하며 활성화하고 그것들을 자신의 '개별적인 콘텍스트'를 구성하는 '이념적 시리즈들' 속에 새겨 넣는다. 이런 종류의 전이는 어떤 '인용'의 성격을 지닌다."

자크 데리다 역시 텍스트의 속성들 중의 하나는 독자의 주체적인 뜻에 따라서 언제나 '인용'될 수 있다는 점이라고 말했다. 그 말은 즉, 어떤 의미 있는 발췌문은 언제나 다른 어떤 텍스트의 문맥 속에 옮겨놓일 수 있으며 작품의 전체 혹은 부분은 다른 어떤 역사적 콘텍스트 속에 놓일 수 있다는 뜻이다. 궁극적으로는 동일한 독자에 의한 동일한 텍스트의 모든 재독(다시 읽기)은 일종의 인용이다. 왜냐하면 그것은 그 텍스트를 독자의 새로운 인식과 창조의 콘텍스트 속에 삽입하는 행위이기 때문이다. 독서란 그러므로 텍스트 속에서 의미론적 총체들을 점찍어내어 분리시킨 다음 그 총체들을 '가치'로서 고정시키고 '기호'로서 재사용하는 것을 말한다(가령 내가 어떤 소설 속에서 사랑은 비록 불행한 것이라 하더라도 승리한다는 사실을 읽고 인지할 경우 나는 그 개별적인 의미를 일반화가 가능한 것으로 파악한다. 즉 그것을 어떤 '가치체계' 속에 편입시킨다. 나아가서 나는 그것을 다른 유사한 요소들에 연결시켜 그것을 어떤 질서의 정당화로서, 나의 위상의 확인으로서, 나의 사회적 소속의 인정으로서 기능하도록 함으로써, 그것에 '기호'의 자질을 부여한다). 이런 의미에서 독서는 타자와의 커뮤니케이션인 동시에 세계 속의 나의 발견이요 확인인 것이다.

(1994)

현대 프랑스 지성(知性)의 요람 '갈리마르'
-『NRF』와 갈리마르 출판사의 발자취

1975년 12월 25일 파리 뇌이이 미국병원에서 한 노인이 고요히 숨을 거두었다. 고통 없는 죽음이었다. 복잡한 의식을 싫어했던 고인의 유언에 따라 그는 소유지가 있는 시골 마을 프레사니-로르괴이유의 작은 공동묘지에 매장되었다. 참석한 사람은 외아들과 며느리, 손자들, 그리고 오랜 친구였던 D부인이 전부였다. 이튿날 그의 외아들은 친지들에게 가스통 선생이 사망하여 매장했음을 알렸다. 이리하여 프랑스 현대문학사의 중요한 한 페이지가 넘어갔다.

여섯 사람의 창간 멤버로 출발
가스통 갈리마르(Gaston Gallimard), 향년 94세. 사람들은 그를 '가스통 선생'이라고 불렀다. 갈리마르는 그의 이름이라기보다는 20세기 프랑스문학의 이름이기 때문이다. 미국의 『퍼블리셔스 위클리』 1968년 1월 15일자에 허버트 로트만은 "갈리마르는 프랑스 문학의 동의어(同義語)"라고 썼다. 아무도 이 말을 부정하지는 못한다. 심지어 우리나라에서도 프랑스문학에 대하여 관심을 가진 사람이라면 갈리마르의 이름을 모르는 이는 없다. 백색 바탕에 가느다란 검은 줄로 테두리를 치고 그 안쪽에 다시 가느다란 두 줄의 붉은색 테두리, 그 속에 단정하게 찍힌 붉은색 굵은 글자의 제목, 더 작은 검은색 글자로 저자명, 그리고 아래쪽에 더 작은 검은색 글자로 찍힌 출판사 이름 Gallimard. 나도 그 유명한 '백색(白色) 총서' 판으로 지드의 『좁은문』을, 카뮈의 『이방인』을 읽으면서 프랑스문학 수업을 시작했다. 또한 갈리마르의 명성과 더불어 세계 출판사상의 걸작이라 할 수 있을 '플레이아드 총서'의 권위와 포켓판 '폴리오 문고'의 친근감…… 손꼽을 것은 한두 가지가 아니다.

1985년 파리의 그랑 팔레에서 열린 북 페어를 관람하는 기회에 나는 가장 먼저 갈리마르 관에 찾아가보았다. 우리들 경우로 치면 꽤 큰 서점 규모의 홀 안에는 갈리마르 사가 펴낸 모든 페이퍼백 판의 책 견본들만이 벽과 진열대에 가득했다. 80년 동안에 이룩한 그 찬란한 책의 궁전은 황홀 그 자체였다. 그러나 중요한 것은 물론 그 방대한 출판물의 양만이 아니다. 갈리마르의 가치는 문학예술 자체가 그러하듯이, 무엇보다도 질의 우수성이다. 이 출판사가 독점으로 출판했거나 발굴하여 키운 작가들 중 노벨문학상 수상자가 무려 18명, 그 중 프랑스 작가와 시인이 6명, 공쿠르 상 수상자가 27명, 아카데미 프랑세스 소설대상 수상작가가 18명, 앵테랄리에 상 수상자가 12명, 르노도 상이 10명,

페미나 상이 17명에 달한다.

모든 것은 지금으로부터 꼭 80년 전인 1908년 말에 시작되었다. 당시 파리 문단에는 수많은 군소 문예지들이 나타났다가 소리 없이 사라지곤 했다. 그 중 몇 가지는 그런 대로 버티면서 젊은 전위 작가들의 온상이 되곤 했다. 『르뷔 드 파리』『메르퀴르 드 프랑스』『르뷔 블랑슈』 등이 그것이었다. 이런 잡지에 간혹 기고하던 일단의 문학인들이 새로운 문예지를 창간하기로 뜻을 모았다. 『레 마르주』라는 작은 잡지를 내던 비평가 으젠 몽포르는 잡지 이름을 『누벨 르뷔 프랑세즈 Nouvelle Revue Française』(이 이름은 장차 그 약자인 『NRF』로 더 널리 알려진다)로 지어주었다. 창간호는 1908년 11월 15일에 나왔다. 그러나 막상 나온 잡지에는 단순히 자문역에 불과했던 몽포르가 그의 친구들의 글을 몇 편 끼워넣음으로써 창간 멤버들의 불만을 샀다. 이를 계기로 그들은 몽포르와 손을 끊고 처음부터 다시 시작하기로 했다.

창간 멤버는 장 슐룸베르제, 알자스 부호의 아들로 은근하고 섬세한 지식인, 당시 31세, 그의 콩도르세 고등학교 동창인 자크 코포(후일의 유명한 극작가), 영국 문학에 심취한 벨기에 출신의 앙드레 뤼테르, 앙리 게옹이라는 필명을 사용하며 연극에 관심이 많은 의사 앙리 방종, 미셸 아르노라는 필명으로 글을 쓰며 샤를 르 페기와 고등사범학교 동창으로 앙리 4세 고등학교 철학교사인 마르셀 드루엥, 그리고 끝으로 드루엥과는 인척관계인 앙드레 지드, 이렇게 6명이었다.

그룹 안에는 조직도 서열도 없었다. 슐룸베르제가 『NRF』의 제호를 도안했고, 뤼테르가 브뤼주의 인쇄업자 에두아르 베르베케(The St Catherine Press Ltd.)를 찾아냈다. 저렴한 가격으로 양질의 활자를 사용하는 실력 있는 인쇄업자였다. 앙드레 지드는 목차의 레이아웃만을 맡는 것으로 그치지 않았다. 책 뭉치를 포장하고 끈으로 묶는 잡역도 마다하지 않았다. 그가 이제부터 『NRF』를 이끄는 기관차가 된다.

으젠 몽포르 때문에 불발이 되고 만 창간호를 무시하고 두번째 창간호가 나온 것은 1909년 2월이었다. 서투른 편집에 오자 또한 없지 않았지만 지드의 『좁은문』 제1부가 바로 이 창간호에 실렸다는 사실 하나만으로도 돌이켜 생각해보면 그 잡지의 중요성은 충분히 가늠할 수 있다. 여섯 사람의 창간 멤버들은 비교적 부유한 가정의 출신들이었으므로 채산성보다는 내용의 질과 윤리적, 미학적, 지적 원칙을 늘 앞세웠다. 점차 잡지의 목차에는 지로두, 클로델, 리비에르, 프랑시스 잠, 에밀 베르에랑 등의 빛나는 이름들이 등장하기 시작했다.

1910년 『NRF』가 24호를 내게 될 무렵, 목차는 화려해졌고 독자들의 수도 늘어났다. 이렇게 되자 처음에는 간단하게 생각했던 회계 업무의 문제가 생겼다. 더이상 슐룸베르제와 지드의 주머니 속에 주먹구구식의 계산서가 드나드는 식으로는 감당할 수가 없는 일이 되었다. 이리하여 여섯 사람의 창간 멤버들은 본격적으로 잡지를 경영하고 나아가서는 출판사도 하나 만들어 운영할 수 있는 적격자를 물색하기로 합의를 보았다. 재정적으로 충분한 여유가 있어서 출자가 가능할 것, 단기적으로 이윤을 얻지 못해도 장기적인 전망을 기대하며 참을 줄 아는 사람일 것, 사업수완이 있되 문학에 대한 안목이 높아서 수지계산보다 질을 우선적으로 고려할 줄 알 것, 충분한 역량을 갖추되 그룹의 지도노선, 즉 지드의 지도노선을 고분고분 실천에 옮길 것 ─ 이런 것이 바로 물색하는 경영자의 자질이었다.

이때 자크 코포가 잘 아는 사람으로 추천한 사람이 바로 가스통 갈리마르였다. 화가 오귀스트 르누아르의 절친한 친구이며 유명한 미술품 수집가인 폴 갈리마르의 아들인 그는 당시의 유명한 극작가 로베르 드 플레르의 개인비서로 소일하며 이따금씩 신문에 연극평을 쓰곤 하는 인물이었다. 논란 끝에 결국 가스통 갈리마르가 경영책임자로 선정되었다. "스물다섯 살에 전문지식은 없지만 어떤 작품의 수준을 가늠하는 데는 실수하는 바가 없으며, 이리저리 따져보고서가 아니라 일종의 왕성한 식욕이 가리켜보이는 대로 곧장 최고의 목표를 향해 달려갈 줄 아는 그 예민한 코를 지닌 인물"이라는 것이 그 선택의 이유였다.

좋은 필자 발굴에 혼신의 노력

1910년대 프랑스 출판계는 19세기에서 물려받은 유산의 계속이었다. 피르맹-디도(Firmin-Didot), 아셰트(Hachette), 샤르팡티에(Charpentier), 플롱(Plon), 플라마리옹(Flammarion), 에첼(Hetzel), 칼만-레비(Calmann-Levy), 알뱅-미셸(Albin-Michel) 등이 굴지의 출판사였다. 1889년에 르 메르퀴르 드 프랑스(Le Mercure de France) 사를 창설한 알프레드 발레트가 상징주의의 아성을 좌지우지하고 있었다. 그의 잡지에는 지드, 클로델, 잠, 모레아스가 글을 쓰고 있었다. 가스통 갈리마르에게 가장 깊은 인상을 준 출판업자는 단연 발레트였다. 그 외에 가스통과 같은 세대의 인물로 이제 막 출판계에 뛰어든 베르나르 그라세가 있었다. 1911년, 출판사 경력 4년의 그라세 사는 『NRF』지의 기고가인 지로두의 작품을 출판했고 프랑수아 모리악, 샤를르 페기와 계약했다. 이때부터 그라세는 가스통의 경쟁목표였다.

오늘날 파리 생 제르맹 데 프레 거리에 있는 저 유명한 세바스티엥 보탱 가의 사옥에서 지척간인 생 브누아 가 1번지에 조그만 사무실을 얻은 가스통 갈리마르는 전화도 타자기도 없이 카본지와 등사판 하나를 가지고 개업했다. 이제부터 이 유유자적하던 부잣집 아들 가스통에게 전람회, 카페, 러시아 발레단의 자길레프, 파리 장안의 문학 미술 정치판에서 내로라하는 인사들과의 교제, 이 모든 것은 정리해야 할 과거에 지나지 않았다.

그는 '부유한 보헤미안'들인 세 친구의 협력을 얻었다. 지드가 소개한 보르도 출신의 자크 리비에르, 그는 정치지향적인 슐룸베르제와는 반대로 '순수문학' 애호가였다. 다음으로는 가스통과 동갑인 발레리 라르보, 스페인어와 영어에 능통하고 외국문학에 조예가 깊었다. 문학은 직업이 아니라 유희라고 여긴다는 점에서 가스통과 통했다. 끝으로 자신의 생활을 체계 있게 꾸려나갈 능력이라고는 조금도 없고 끝없이, 한없이 파리 시내를 떠돌아다니는 시인 레옹 폴 파르그. 이 '위대한 게으름뱅이' 시인에 대해서 일찍이 발레리 라르보는 말한 적이 있다. "파르그는 그 자신의 작품을 출판하는 데 방해가 되는 유일한 장애물이다! 참 희귀한 경우지만."

이 기이한 회사의 사실상의 출자자는 세 사람이었다. 슐룸베르제와 지드가 각기 2만 프랑씩 내놓았고, 가스통은 사이가 좋지 않은 부친에게 의존하는 대신 삼촌 뒤셰에게서 자금을 차용했다. 앞서의 두 사람이 회사의 정신적인 보증이라면 애초부터 사장은 갈리마르였다. 이때부터 1975년 사망하는 날까지 가스통의 치열한 '사냥'은 시작된다.

그는 발레트의 모범에 따라, 다른 협력자들이 원고를 가지고 와서 소개할 때까지 기다리는 대신 항상 선수를 쳐서, 이 그룹의 원칙에 부합하는 글의 저자들을 발굴하는 데 모든 정력을 쏟았다. 그는 무엇보다도 수많은 잡지와 신문을 구독하면서 능력 있는 필자의 탐색에 심혈을 기울였다. 시골 루앙에서 발간되는 『데페슈 드 루앙』 지에서 그는 샤르티에라는 낯선 필자가 쓴 「프로포」라는 글을 읽고는 즉시 NFR 사의 이름을 찍어 책을 출판할 의향이 있는지를 묻는 편지를 냈다. 그에 대한 답장은 다음과 같았다.

"친애하는 선생님, 주신 편지를 읽고 깊이 감동받았습니다. 그러나 제가 쓴 글은 이제 저의 것이 아닙니다. 그것을 가지고 무엇을 하시건 좋을 대로 하십시오. 그러나 제발 저작권 같은 이야기는 꺼내지도 말아주십시오."

그러나 모든 필자가 다 이렇게 너그러운 것은 아니다. 이 욕심 없는 필자는 후일 알랭이라는 필명으로 갈리마르의 이름을 빛내게 된다.

출판과 작가발굴에 얽힌 에피소드

1911년 6월 16일 「프랑스 서지(書誌)」는 NRF 출판사가 낸 다음 세 종류의 신간을 소개하고 있다. 폴 클로델의 시극(詩劇) 『볼모 L'Otage』, 샤를르-루이 필립의 『어머니와 아이 La mère et enfant』, 앙드레 지드의 『이자벨 Isabelle』, 이것이 출판사 갈리마르의 첫 작품이다.

가스통은 불안하기 짝이 없다. 혹시 첫 출산에 흠이나 없을까? 첫 권을 책상 위에 올려놓고 그는 지드를 부른다. 유별나게 까다로운 지드는 책을 손에 들고 이리 보고 저리 보고 훑어보고 살핀다. 자신의 저서 『이자벨』의 책장을 넘기다가 지드는 펄쩍 뛴다. 어느 페이지는 전체가 26행이고 어느 페이지는 27행인 채 들쭉날쭉인가 하면 필자의 잘못이 아닌 오자, 낙자들이 발견된다. 브뤼주의 식자공들은 벨기에 사람들이라 프랑스어에 완벽한 지식이 부족할 수도 있다. 가스통은 그를 달래려고 애를 쓴다. 그러나 아무 소용이 없었다. 성난 지드는 가스통을 NRF 사의 창고로 데리고 갔고, 작자의 요구에 따라 두 사람은 그 소설의 발행된 전량을 파기했다. 가스통은 시키는 대로 찢어대기만 했을 뿐 그 중 몇 부를 남겨 지닐 생각은 하지도 못했다. 반면에 지드 자신은 그 중 대여섯 부를 수중에 남겨둔 결과 후일 이 특이한 초판, 다시는 구할 수도 없는 희귀본을 매우 비싼 값으로 팔았다. 반면에 가스통은 유명한 희귀본 수집가의 아들인데도 이 방면에는 아직 '코'가 발달하지 못했던 것이다.

잡지사 및 출판사로서 문을 연 이래, 즉 1911년부터 1차대전까지 NRF 사는 약 60여 종의 책을 냈고, 한 가지 종류의 책의 최대 발행부수는 약 1500부 정도였다. 잡지는 1914년 여름에 벌써 약 3천여 독자를 확보했다. 그러나 가스통 갈리마르의 가장 중요한 관심사는 '좋은 작가'였다. 가치 있는 책이나 저자가 NRF가 아닌 다른 출판사로 가버리도록 방치한다는 것만큼 그를 우울하게 하는 일은 없었다. 이 집요한 관심은 잡지와 출판사의 명성 및 관록과 더불어 더욱 치열해져갔다. 그 유명한 예가 마르셀 프루스트의 『잃어버린 시간을 찾아서』이다.

1913년 초 결혼한 지 얼마 되지 않은 갈리마르 부부가 눈 덮인 산간의 별장에서 휴가를 즐기고 있을 때 파리 사무실에서 연장 배달된 우편물 속에는 마르셀 프루스트의 편지 두 통이 끼여 있었다. 수년 전 시골집에서 우연히 만나 인사를 했을 때 좋은 인상을 받은 적이 있었던 작가 프루스트가 각기 550페이지에 달하는 두 권의 책을 갈리마르 사에서 출판하고 싶다는 내용이었다. 당시 프루스트는 갈리마르를 매우 신뢰하고 있었던 것으로 보인다. 그는 자크 코포에게 보낸 편지에서 이렇게 썼다.

"나의 독자, 내 책의 출판인이 갈리마르씨가 될 것이라는 이야기를 당신에게서 전해 듣고부터 내 작품이 NRF에 나온다는 것이 더욱더 매력 있게 느껴집니다. 나는 전에 그를 만난 적이 있는데 그에 대해서 몹시 좋은 기억을 지니게 되었습니다. 병을 앓고 있는 탓인지 출판인과 관계를 갖는다는 사실에 벌써부터 덜컥 겁을 집어먹고 있는 터라 그분이 만약 출판인이 되어준다면 만사가 간단하고 매력 있어질 것입니다."

마침내 프루스트는 '잃어버린 시간을 찾아서'라는 제목의 두꺼운 노트 뭉치를 갈리마르에게 건넸다. 슐룸베르제의 집에서 갖는 목요일 모임에 참석한 편집위원들의 의견 :

―갈리마르가 가져온 노트 뭉치는 어때?

―온통 공작부인들로 가득 찬 얘기야…… 우리한테는 안 맞아. 게다가 『피가로』지 편집국장 칼메트에게 바친 책이라니……

마르셀 프루스트와의 인연

이 같은 부정적인 평은 앙드레 지드의 입에서 나왔다고 전해진다. 가스통은 노트 뭉치를 프루스트에게 돌려주었다. 그러나 자신의 작품에 대해 확고한 신념을 가진 작가는 포기하지 않았다. 그를 소개받은 젊은 출판업자 베르나르 그라세는 그 방대한 분량의 원고를 읽어보지도 않은 채 출판할 것을 수락했다. 왜냐하면 출판에 따르는 상업적 위험부담은 작가 쪽에서 지기로 했기 때문이다. 즉 자비출판이었던 것이다.

1913년말에 이리하여 『잃어버린 시간을 찾아서』의 첫 권인 『스왕가 편』이 나왔다. 대체로 호평이었는데, 가장 놀라운 것은 바로 1914년 『NRF』지 1월호에 실린 앙리 게옹의 서평이었다. 그는 리비에르에게 책을 읽어보라고 전했고 리비에르는 또 지드에게 그 책을 '다시 한번' 읽어보는 것이 어떨지를 물어보았다.

갈리마르와 리비에르는 자신들이 저지른 실수를 인정하지 않을
수 없었다. 인쇄되어 나온 책을 다시 한번 읽은 지드 자신도 자
신의 잘못을 솔직히 시인했다. 그는 프루스트에게 보낸 편지에서
말했다. "이 책의 출판을 거절한 것은 NRF의 가장 심각한 오류
로 남을 것이요, 내 생애에서 가장 쓰라린 후회와 아쉬움들 중
하나로 남을 것입니다." 잘못은 저질렀지만 너무 늦지는 않았는
지도 모른다. 이제 갈리마르가 나설 차례다. 그런데 천만다행으
로 소설의 첫 권이 자비출판이었음을 알게 된 것이다. 프루스트
는 아직 그라세에게 매인 작가가 아니었다.

프루스트 사건은 가스통 갈리마르가 동업자, 즉 잠재적 경쟁
자에게서 작가를 빼돌리기 위한 최초의, 그리고 가장 성공적인
시도로 기록된다. 이제부터는 처녀작 속에서 엿보이는 젊은 재능
이 갈리마르의 사활을 결정하게 된다. 최고의 작가가 NRF 아닌
다른 곳에서 책을 낸다는 것은 있을 수 없는 일이요, 있어서는
안 될 일이다.

프루스트의 허락을 받은 가스통 갈리마르는, 처음으로 베르나
르 그라세에게 편지를 썼다. 1917년 10월 15일. "마르셀 프루스
트씨의 출판인 자격으로 『잃어버린 시간을 찾아서』의 모든 연작
들을 완간중에 있는 본인은 작가의 동의를 얻어 귀사에 남아 있
는 『스왕가 편』의 모든 재고분을 매입코자 합니다." 이 기회에
두 출판업자는 처음으로 서로 만났다. 두 사람의 세기적인 라이
벌 관계는 여기서 막을 올린다.

갈리마르의 작가가 된 프루스트
갈리마르가 그라세에서 인수한 약 600권에 달하는 프루스트의
『스왕가 편』 재고분의 가격은 호된 것이었다. 그러나 갈리마르

는 그 문제를 깨끗이 정리하고 싶었다. 이리하여 오늘날까지도 변함없이 그 자리인 생페르 가의 그라세 출판사에서 마담 가의 갈리마르 사로 손수레 한 대가 수십 킬로그램의 『스왕가 편』 재고분을 운반해 왔다. 갈리마르는 즉시 그라세의 표지들을 뜯어내고 NRF의 표지로 교체했다.

파리 장안에는 소문이 떠돌았다. 그라세는 "작가의 장래성을 믿지 않았기 때문에 경쟁자에게 양보함으로써 프루스트를 놓쳐버린 출판업자"라는 명예롭지 못한 구설수였다. 그라세는 일생을 두고 이 소문을 부인하려고 애를 썼다. 작품의 길이가 너무 길었고 제작비가 많이 드는 일이었으므로 자비출판은 불가피했다. 1차대전만 아니었더라면 조판이 거의 끝나가고 있던 후속작품인 『게르망트가 편』도 곧 나왔을 것이다. 이것이 그라세의 변이다. 한편 갈리마르는 일생을 두고 강조했다. 내가 프루스트를 먼저 알았다(1907년 블롱빌). NRF가 원고를 거절한 것은 유감스러운 오해 때문이었다. 아직 역사가 일천하고 출판사의 조직상태가 허술했던 탓이다. 하여간 프루스트 에피소드는 이 두 출판사의 역사에서 길이 잊을 수 없는 사건이었다. 그들의 치열한 경쟁은 바로 이 1917년 10월에 시작되기 때문이다.

이제 프루스트는 갈리마르의 작가가 되었다. 1919년에는 『잃어버린 시간을 찾아서』 중의 『꽃핀 처녀들의 그늘에서』가 나왔다. 『스왕가 편』에 필적하는 성공이었지만 작가에게나 출판인에게나 다같이 그 정도로는 성이 차지 않았다. 오직 공쿠르 상만이 독자들에게 그 길고 어려운 작품을 먹혀들게 만드는 계기가 될 수 있을 것이었다. 과연 이 작품은 길고 어려웠다. 74세의 아나톨 프랑스는 이 소설을 받아들고 한숨을 쉬면서 말했다. "인생은 너무 짧고 프루스트는 너무 길도다……"

그러나 이 너무 긴 소설이 1919년 공쿠르 상 수상작으로 지명
되었다. 이 소식을 전하기 위하여 프루스트의 집으로 가장 먼저
달려간 사람은 물론 가스통 갈리마르였다. 이 책의 초판은 며칠
안에 다 품절되었다. 갈리마르는 수상소식을 들은 지 열흘 만에
가까스로 재판을 찍어 공급할 수 있었다. 재판에는 **NRF** 역사상
최초로 '공쿠르 상'이라는 붉은 띠가 둘러져서 서점에 진열되었
다. 『꽃핀 처녀들의 그늘에서』의 성공을 기점으로 하여 갈리마
르 사는 1920년대의 호황을 맞게 된다. 라스파이유 대로에서 직
영하는 대형서점을 연 것도 이때이고, **NRF**와 병행하여 『라 르
뷔 뮈지칼 **La Revue Musicale**』이라는 음악잡지를 창간하게 된
것도 이때다.

주간지 『마리안느』가 출판인들에게 특히 좋아하는 작가를 꼽
아보라고 했을 때 갈리마르는 물론 프루스트를 꼽았다. "마르셀
프루스트는 정말 착한 사람이었어! 한번도 선불을 해달라고 한 적
이 없고 광고를 내라는 요구도 없었거든." 그러나 출판인의 마음
에 꼭 드는 작가만 있는 것은 아니다. 폴 모랑, 루이 아라공, 레옹-
폴 파르그, 클로델은 그들의 글이나 인물 됨됨이로 볼 때는 도저
히 상상할 수도 없는 문제들을 일으킨 작가들이었다. 파르그로 하
여금 작품을 빨리 쓰도록 독촉한다든가, 자신의 책에서 오자를 발
견한 클로델의 무서운 분노를 진정시킨다든가, **NRF**에서 출판하
는 책 속에다가 **NRF** 사람들을 정면으로 겨냥한 폭언을 서슴지
않고 기록하는 아라공을 말리는 일은 가스통 갈리마르에게는 무
엇보다도 어려운 일, 혹은 아예 불가능한 일이었다.

훌륭한 작가, 탁월한 필자 발굴
어쨌든 훌륭한 작가, 탁월한 필자를 자신의 출판사로 끌어들

이겠다는 으뜸가는 목표에 가스통 갈리마르는 자신의 모든 관심과 노력을 종속시켰다. 그의 대부분의 시간과 자질은 필자들과의 인간적 관계에 바쳐졌다. 단 한 사람의 중요한 작가도 다른 출판사에 뺏기지 않으려고 그는 동원할 수 있는 모든 인간관계의 그물망을 사방으로 쳐놓고 있었다. 오늘날 갈리마르 출판사가 자랑하는 저 화려한 출판도서목록은 우선 『NRF』라는 권위 있는 잡지, 앙드레 지드와 리비에르, 폴랑 같은 혜안을 지닌 편집위원들에 힘입은 바 크다. 그리고 이미 확보되어 있는 작가들이 또다른 탁월한 작가들을 갈리마르로 이끌어오기도 했다. 앙드레 살몽은 알랭 푸르니에의 권고를 가져왔다. 그라세 출판사에서 차츰 명성을 얻기 시작하는 엠마뉘엘 베를르를 갈리마르로 옮겨오게 만든 사람은 앙드레 말로였다. 갈리마르의 저자요 『NRF』지의 필자인 장 프레보는 앙투안 생텍쥐페리를 소개했다. 갈리마르는 그가 쓴 한두 편의 단편을 읽어본 후 보다 대담하게 장편을 써보도록 권했다. 그 권고에 따라 쓴 것이 『남방우편기』였고, 그 책은 1929년에 갈리마르 사에서 출판되었다. 미국에 살면서 미국 문학에 심취한 스페인문학 교수 모리스-에도가르 쿠엥드로는 자신이 번역한 도스 파소스의 『맨하탄 트랜스퍼』의 처음 몇 페이지를 보내왔다. 갈리마르는 대담하게도 538페이지에 달하는 그 책을 출판한 데 이어 쿠엥드로를 깊이 신뢰한 나머지 윌리엄 포크너, 존 스타인벡, 어스킨 콜드웰, 어니스트 헤밍웨이를 연달아 출판했다. 오늘날에는 누구나 이런 작가들을 출판하고자 경쟁을 하지만 1930년대에는 탁월한 눈과 예민한 코를 가진 사람만이 내릴 수 있는 어려운 결단이었다.

가스통 갈리마르에게 젊은 신인 극작가 아르망 살라크루를 소개한 것은 샤를르 딜렝이었다. 갈리마르의 저자로 영입된 지 얼

마 안 되어 앙토넹 아르토는 초현실주의자들을 NRF의 아성으
로 이끌어들이는 임무를 맡았으나 끝내 성사되지 못하고 말았다.

1914년 이전에는 출판사들 사이에 예절과 페어 플레이가 존중
되었으나 그후에는 노골적인 전쟁이 시작되었다. 전에는 상대방
출판사의 작가를 빼돌릴 때는 미리 예고라도 했었다. 그러나 이
제는 자기네 출판사 사람이었던 한 작가의 신작이 다른 출판사
에서 나왔다는 사실을 신작 도서목록에서 발견하는 상황이 되고
말았다. 출판계에서 그라세와 갈리마르는 흔히 이런 면으로는 불
한당으로 통하지만 그들 두 사람은 이런 악명 드높은 평판 따위
에는 조금도 개의치 않는다.

프루스트 사건 이후 갈리마르와 그라세는 자신들이 거의 동일
한 영역에서 상대방을 제압해야 하는 경쟁상대임을 깨달았다. 두
사람은 서로를 존중하고 있으며, 여러 차례에 걸쳐 불가침협정을
맺곤 했지만, 그때마다 새로운 전면전쟁이 불가피했다. 프루스트
사건으로 크게 충격을 받았던 그라세는 같은 해에 다시 한번 강
한 펀치를 맞았다. 1911년 이전까지 샤를르 페기의 책을 출판해
온 그라세는 작가의 사후에도 계속 판권을 가질 수 있을 것으로
예상했다. 그러나 작가의 사후, 갈리마르는 재빨리 미망인에게
손을 써서 전집(全集)의 판권계약을 체결해버린 것이었다. 살아
있을 때 그라세의 작가였던 페기는 죽어서 길이길이 갈리마르의
도서목록에 빛나는 이름을 추가했다. 자크 드 라크라텔의 처녀작
소설을 출판해준 사람은 그라세였다. 그러나 1922년 그가 『실베
르만』을 낸 곳은 갈리마르 출판사였고, 그 책은 그해 페미나 상
을 수상했다. 같은 경우가 또한 앙드레 말로, 그리고 엠마뉘엘
베를르였다. 입이 사나운 사람들은 이렇게 말했다. 씨는 그라세
가 뿌리고 추수는 갈리마르가 한다고. 어떤 비평가는 이 말을 그

보다 훨씬 더 재치있게 번역했다. 가스통 갈리마르는 두번째로 작가를 발견하는 재능을 가진 최초의 출판업자다!

공쿠르 상을 '빛낸' 앙드레 말로

이런 식으로 빼돌린 작가들 가운데 프루스트와 함께 길이 기억될 작가가 앙드레 말로다. 이 작가는 1924년에 그라세와 서명한 계약에 따라(그를 이 출판사에 소개한 사람은 프랑수아 모리악이었다) 연속적으로 세 권의 책을 출판하도록 되어 있었다. 그 첫 권인 『서양의 유혹』은 호평이었다. 잇달아 말로는 『정복자』 『왕성(王城)의 길』 두 권의 소설을 내놓았다. 갈리마르는 네 권째의 책이 나오기만을 기다렸다. 지드의 소개로 『NRF』지의 필자가 된 이 젊은 작가에 대하여 갈리마르는 깊은 흥미를 느꼈고 급기야는 자기 출판사의 미술부장 자리를 제안했다. 작은 출판사를 직접 경영하다 실패한 경험이 있는 이 작가의 출판에 대한 애착을 재빨리 간파한 제안이었다. 이리하여 말로에게는 장차 낼 저서에 대한 선금 이외에 일정한 출근시간도, 보고서를 제출할 의무도 없이 매월 봉급이 지불되기 시작했고, 더구나 누구나 한번쯤 꿈꾸게 마련인 갈리마르의 편집위원이 되었다. 그뿐이 아니다. 그는 자신의 중학교 동창생인 루이 슈바송까지도 편집위원으로 앉히는 데 성공했다.

역시 갈리마르의 예측은 적중했다. 말로는 그를 문자 그대로 대중 속에 널리 알릴 수 있는 강력한 작품을 내놓은 것이다. 『인간조건』은 갈리마르의 모든 기대를 골고루 만족시키는 작품이었다. 중국이라는 이국풍정의 무대, 중국혁명이라는 극적 밀도, 인간은 자신의 운명과 인간조건에서 벗어날 수 없다는 윤리적 반성, 공산주의적 행동성이라는 정치적 앙가주망, 그리고 자유 · 충실성 등의 거대한 주제 등 모두를 갖춘 고압(高壓)의 걸작. 거기에는 『정복자』『왕성의 길』에서 엿보이던 말로 특유의 정열에 넘치는 가쁜 호흡이 엄청난 위력으로 실려 있었다. 약관 27세에 이 소설로 말로는 최연소 공쿠르 상 수상자가 되었다. 후일 사람들은 되풀이하여 말하게 되리라. "말로가 공쿠르 상을 받아서 영광이 아니라 공쿠르 아카데미가 말로에게 상을 줄 수 있었던 것이 영광이다." 이리하여 갈리마르와 인연을 맺게 된 말로는 후일 항독지하운동의 영웅으로서, 문화성 장관으로서, 탁월한 지성인으로서 갈리마르와는 뗄 수 없는 인물이 된다. 또한 후일 이 출판사의 간판스타요 중요한 편집위원이 될 알베르 카뮈와 그의 처녀작 『이방인』을 갈리마르에 추천한 사람도 바로 말로였다.

갈리마르가 놓친 작가들

그러나 갈리마르에도 쓰라린 실패의 경험이 없는 것은 아니었다. 1930년 초, 매우 능동적인 젊은 출판인 로베르 드노엘은 900페이지에 달하는 소설원고를 받아들고 밤을 새워 읽었다. 그는 완전히 매혹되었다. 루이-페르디낭 데투슈라는 이름 없는 작가가 쓴 『밤의 끝으로의 여행』이었다. 한편 같은 원고는 갈리마르 출판사에도 보내졌다. 이 소설의 작가는 셀린느라는 필명으로 『교회』라는 희곡과 2년 후에는 또다른 작품을 갈리마르에 보냈다가 거절당한 바 있었다. 이번의 원고에 대해서 편집위원들의 판단이 내려지는 데는 시간이 걸렸다. 마침내 셀린느는 드노엘로부터 열광적인 긍정의 회답을 받은 데 비하여 뒤이어 도착한 갈리마르의 편지는 미온적인 것이었다. 문제의 소설을 출판할 의향이 있지만 너무 긴 부분을 '삭제'하고 구성을 부분적으로 손질해야 한다는 조건으로만 가능하다는 회답이었다. 따라서 즉각적인 열의를 보인 드노엘에서 출판된 이 문제작은 짧은 기간 동안에 1만여 부가 팔렸고 공쿠르 상 후보에 올랐다. 결국은 르노도 상으로 낙착되었지만, 불과 2개월 동안에 5만 부가 판매되고 5천 종의 서평이 발표되는 공전의 기록을 올렸다. 가스통 갈리마르는 자신보다 더 유연하고 더 민첩하게 움직인 젊은 출판인 드노엘을 결코 용서할 수 없었다. 오늘날 드노엘 출판사는 겉으로 독립된 회사로 남아 있지만 실제로는 갈리마르가 장악한 또하나의 방계회사에 불과하다.

그 밖에도 갈리마르가 놓친 중요한 작가들은 여럿이 있다. 프랑수아 모리악은 처음부터 갈리마르에 들어오고 싶어했으나 리비에르 때문에 실패하고 그라세의 작가가 되어 공쿠르 상을 받았다. 마침내 모리악을 영입하기 위해서는 1978년까지 기다리지 않으면 안 되었다. 그해에 갈리마르 출판사는 그 유명한 플레이아드 전집에 모리악을 추가하는 데 성공했다. 1914년 자크 코포는 장 콕토의 시를 『NRF』지에 싣는 데 결정적인 비토권을 행사하는 실수를 저질렀다. 루이 푸아리에라는 신진작가가 『아르골의 성(城)에서』를 보내왔을 때 갈리마르 출판사는 이 원고를 거절하고 말았다. 후일 쥘리앙 그라크라는 이름으로 널리 알려질 이 작가는 그때 이후 저 개성적이고 용기 있는 조제 코르티 사의 간판스타로 군림하게 된다. 이렇게도 중요한 작가들을 놓치게 된 책임은 누구에게 있는 것일까? 소문에 따르면 프루스트는 지드 때문에, 셀린느는 크레미외 때문에 놓쳤다고 한다. 그러나 실수는 편집위원들에게만 있는 것이 아니라 갈리마르 자신에 의하여 저질러지기도 했다. 갈리마르는 『NRF』지에 글이 실린 바 있는 앙리 드 몽테를랑의 소설을 출판하기를 거절했다. 그리하여 이 위대한 작가는 20여 년 동안 그라세의 출판목록을 빛내주었다.

실제로 갈리마르의 오늘이 있게 한 것은 막후에서 가장 중요한 역할을 담당해온 편집위원회(comité de lecture)였다. 최초의 구성 멤버는 『NRF』지의 창간위원 여섯 명과 갈리마르, 트롱슈, 리비에르 이렇게 아홉 명이었다. 출판사가 어떤 원고를 출판하느냐 않느냐는 결국 이 편집위원회의 결정에 달려 있다. 처음에는 다사스 가에 있는 슐룸베르제의 집에서 매주 목요일에 모여서 원고를 소리내어 읽으며 토론했다. 그러나 이 원시적인 방법은 시대에 발맞추어 보다 효과적으로 개선되었다.

『NRF』는 실험실, 편집위원회는 재판정

1920년대부터는 항상 매주 화요일 17시, 작가가 직접 가지고 왔거나 우송했거나 친구 관계를 통해 맡긴 원고들을 집에서 읽고 난 편집위원들은 가스통과 그의 동생 레몽이 공동으로 사용하는 사무실로 원고뭉치들을 가지고 와서 회의를 한다. 이 회의는 무슨 비밀결사의 의식처럼 정해진 시간, 정해진 좌석에서 행해진다. 각자는 자신에게 맡겨진 원고에 대하여 소견을 말한다. 소견발표는 간결하고 선택된 어휘에 의하여 신속한 결론으로 직행해야 한다. 때로는 격론이 벌어지기도 한다. 한 가지 원고에 의견이 여럿으로 갈라질 경우에는 여러 위원이 돌아가면서 읽고 다시 의견을 종합한다. 『NRF』 잡지가 이 출판사의 실험실이라면 편집위원회는 재판정이다. 여기서 피고(작가, 원고)는 재판을 받고 선고를 받는다. 최종적인 결정은 물론 가스통 갈리마르가 내린다. 모든 원고에는 원고를 읽은 위원이 점수를 매긴다. 1은 원고가 출판되어야 한다는 뜻, 2는 저자에게 원고를 좀 수정보완하게 한다는 뜻, 3은 매우 강한 유보, 4는 반송의 뜻이다.

어느 학교에도 이런 편집위원(lecteur)을 양성하는 과정은 없다. 아무도 어떻게 하면 편집위원의 자질을 갖추게 되는지 말할 수 없다. 단 한 가지 조건은 잘 읽어내는 능력, 즉 예민하게 냄새를 맡고 깊이 있게 연구, 분석, 설명, 비판하여 문제의 원고를 옹호하거나 버리도록 설득하는 능력이다. 편집위원회의 소견은 철저하게 비밀에 붙여져 있고 문제의 소견을 낸 사람의 정체 또한 비밀이다. 파리의 문학, 정치, 예술, 언론계에서 원고의 출판여부를 결정한다는 것은 명예인 동시에 엄청난 위험을 무릅쓰는 일이기 때문이다. 편집위원회는 원고의 출판 여부만을 결정하는 것이 아니라 원고를 어떤 '총서'에 포함시켜 출판할 것인지도 결정한다.

오늘날 갈리마르가 자랑하는 총서는 수없이 많다. 가장 역사가 오래되고 유명한 '백색 총서' 이외에도 서양문학의 모든 위대한 작가들의 마지막 영예라고도 하는 '플레이아드 총서'가 있다. 1929년 쟈크 쉬프렝의 아이디어로 설립된 플레이아드 출판사는 1933년 갈리마르에 인수되었다.

그때부터 이 전집은 오늘날의 모습 그대로 세련된 그라몽 활자, 가죽표지의 양장, 성서용 종이, 최고로 권위 있는 비평과 주석 등 고급한 체모를 갖추었다. 오늘날에는 이 전집이 무려 300종에 이른다. 그 밖에 '르 슈멩(Le chemin)', 외국작품을 소개하는 '뒤 몽드 앙티에(Du Monde entier)', 동양문학의 보고인 '코네상스 드 로리앙(Connaissance de l'Orient)', 그리고 갈리마르의 정신적 상업적 자랑인 '역사 및 인문과학총서', 1970년대, 대량생산 체제를 갖추는 것과 동시에 아셰트의 '포슈' 문고에서 독립하면서 첫 권을 내기 시작하여 오늘날에는 무려 2000여 종에 이른 포켓판 '폴리오(Folio)' 문고, 그 밖에 '이데(Idées)' 문고, '포에지(Poésie)' '리마지네르(L'Imaginaire)' '텔(TEL)' '아르 쉬브(Archives)’ 문고 등 중요한 총서들만 나열하려고 해도 지면이 모자란다.

그 중에서 최고의 걸작은 2차대전 직후에 신설된 탐정소설문고인 ‘흑색 시리즈(serie noire)’. 검은 바탕에 황색선이 둘려 있는 이 유명한 문고는 체이니, 체이스 등 영국작가들의 작품들을 많이 소개했는데, 이 문고야말로 순수문학을 먹여 살리는 젖줄이다. 후일 가스통 갈리마르는 이 문고의 폭발적인 성공에 만족하면서 이렇게 술회했다. “사람들이 잘 이해하지 못하는 시인과 작가들을 발굴하여 출판할 수 있었던 것은 ‘흑색 시리즈’ 덕분이었다.”

1987년에 발행된 갈리마르 출판사의 도서목록은 총 632페이지, 오늘날 갈리마르의 마크가 찍힌 책으로 구입 가능한 책의 종수(種數)는 무려 10,000여 종, 동원된 저자의 총수는 알베르 카뮈에서 마르그리트 유르스나르에 이르기까지 약 3,500여 명.

금년 4월 15일자 『르 몽드』는 가스통의 사후 갈리마르 사를 운영해온 아들 클로드 갈리마르의 은퇴를 보도했다. 회사는 이제 창업주 가스통의 맏손자 앙투안 갈리마르의 손으로 넘어갔다. 클로드에 의한 회사의 70년대 대혁신에 이어 40세 앙투안의 시대가 이제 막 열린 것이다.

(1988)

좋은 책은 누가 만드나

중학교 시절 이래 나는 용돈 중 가장 많은 몫을 책을 사는 데 써왔다. 그러다 보니 어느새 책은 나의 삶 자체가 되고 말았다. 자고 깨면 오로지 책을 읽고, 책을 쓰고, 책을 펴놓고 이야기하고, 해석하고, 질문하고 가르치는 것이 나의 일상생활이 되었다. 심지어 책을 손에 든 채 자는 때도 없지 않다. 그리 좋은 버릇은 못 된다. 그러나 내가 있는 곳에는 거의 언제나 책이 있다. 앞에도 옆에도 뒤에도 발 밑에도 책이 있다. 나는 언제나 책에 둘러싸여 있다. 책은 나의 세계다.

그러나 이것이 언제나 즐겁거나 좋은 일만은 아니다. 나는 가끔 책이 없는 곳에 있을 때 기이한 해방감, 홀가분한 자유를 맛본다. 아무것도 지니지 않은 산책길, 물병만 지닌 산행, 낯선 도시에 당도하여 들어간 헐벗은 여관방, 정갈한 절방, 혹은 바람 부는 바닷가…… 이런 곳은 책이 없어서 좋다. 그 비어 있음은 또한 얼마나 아름다운가. 아무 생각 없이 사물을 바라보고, 벽을 마주한 채 비어 있는 공간에 시선을 기대는 그 순간에 나는 깊이 휴식함을 느낀다.

그런데도 나는 곧 읽을거리나 책을 지니고 있지 않음을 아쉬워한다. 오랫동안 몸에 밴 습관 때문이리라. 여행길의 기찻간, 자주 길이 막혀 지체하는 시외버스 안, 치과병원의 대기실, 심지어는 화장실…… 그런 곳에 앉아 있을 때 읽을거리가 하나도 없다면 얼마나 무료하고 답답할 것인가. 그러나 단순히 습관 때문만은 아니다. 책이 있어야 책으로부터 눈을 떼는 것도 가능하다. 세상을 잊은 채 빠져 있던 책에서 고개를 들고 저무는 빛이나 단풍 든 나뭇잎에 떨어지는 초가을의 광채를 그윽히 바라보면 그 깊이가 달라진다. 식자우환일까 먹물의 근성일까. 그래도 좋다. 나는 이토록 많은 책에 둘러싸여 있으면서도 여전히 장서의 부족함을, 내 책읽기의 불충분함을 아쉬워한다. 나는 책을 사랑한다. 그러나 아무 책이나 다 사랑하는 것이 아니라 깊은 생각이 담긴 글과 책을 사랑한다. 무엇보다도 아름답고 격조 있는 글의 스타일과 정치한 논리를 나는 사랑한다. 침묵으로 가득한 책 속의 목소리에 귀기울이기를 좋아한다.

여자들이 옷가게나 보석가게를 그냥 지나치지 못하듯이 나는 책방 앞을 그냥 지나치지 못한다. 직업과 무관하지 않겠지만 특히 프랑스에 갔을 때 그러했다. 파리의 서점들은 그곳 책들 속에 담긴 글이나 생각만큼 아름답고 정교하고 질서정연하다. 렌느 가나 레 알의 대형서점 '프낙(FNAC)'은 말할 것도 없고, 소르본느 대학 앞의 'PUF' '니제' 혹은 생 미셸의 '지베르', 팡테옹 앞의 '포켓북 전문서점Pochothèque', 뤽상부르 공원 정문 건너편 '조제 코르티' 같은 곳이 내가 즐겨 찾는 서점이다. 날이 갈수록 그곳의 점원들이 무지해지고 장삿속이 되어가는 것은 서운한 일이지만 그래도 아직은 대부분 충분히 유식하고 섬세하고 친절하다. 저자의 이름이나 책 제목의 일부만을 기억하고 가도 언제나 용케 책을 찾아준다. 책의 내용이나 정보나 생각과 글의 격조에 대한 전문적인 평가도 귀담아 들을 만하다.

그러나 점원의 도움을 받지 않고서도 웬만한 책이면 손님이 스스로 찾을 수 있도록 배열한 그들의 논리성을 나는 좋아한다. 파리의 모든 서점에는 모든 책들이 한결같이 각 분야별로, 저자명의 알파벳 순서에 따라 사전처럼 진열되어 있기 때문이다. 그래서 나는 특정된 책을 구할 일이 없을 때도 마치 정신적인 산책을 하듯이 서점 안에서 많은 시간을 서성거리며 보낸다. 참고서적 목록의 추상적 '정보'와는 달리 서점에서는 책의 표지, 두께, 종이의 지질, 활자의 모양, 판형 등 구체적인 책의 거의 관능적인 볼륨을 직접 접촉할 수 있어서 좋다.

그런데 우리나라의 서점은 어떠한가. 교보문고를 비롯해서 어느 서점을 가보아도 나 혼자서 어떤 질서나 순서에 따라 책을 찾을 수 있게 배열되어 있는 곳이 없다. 필요한 책을 꼬집어 말하면 점원은 그 무슨 신비한 자기만의 비결이 있는지 얼른 찾아준다. 그러나 내가 혼자서 막연히 둘러보고자 할 때는 어디서부터 어떤 순서로 찾아보아야 할지 그저 막연하기만 하다. 눈에 잘 띄는 곳에 늘어놓은 책들은 오직 그렇고 그런 베스트셀러뿐이다. 가끔 찾아오는 고객은 기껏 "요즘 무슨 책이 잘 나가요?" 하고 묻고, 주인은 서슴지 않고 일간신문에 연일 대문짝만한 광고를 '때리는' 히트작을 덥썩 집어준다. 논리적 과정이 생략된 채 뒤죽박죽인 책들의 이 같은 진열 방식은 마치 저자나 독자의 머릿속 풍경을 그대로 비춰 보이고 있는 것만 같아서 마음이 횅해진다. 그래서 내가 우리나라 서점에 들어가 서성거리는 일은 거의 없다. 왜 이렇게 되어 있는 것일까?

출판사나 서점 주인의 '상업주의'를 탓하기 전에 일차적인 책임은 독자들에게 있다. 독자들에게 양서의 판별능력과 왕성하고 조직적인 지적 욕구가 없는 한 오직 지구상에서 가장 비싸다는 신문 방송의 거대광고가 독서 경향을 주도할 수밖에 없다. 광고면의 크기가 책의 질이나 '재미'와 비례한다고 믿는 무지한 독자들과 더불어 독서계는 황폐해져간다. 한번 '소비된' 책은 가차없이 망각 속으로 사라진다. 그리고 독자들은 또다른 '히트작'만을 기다린다.

그러나 좋은 책은 한 번 읽고 버리는 책이 아니다. 책에서 얻는 단 한번의 재미로 말한다면 탐정소설만한 것이 없다. 그러나 살인범이 누군지, 범행수법이 어떻게 교묘했는지를 알고 난 뒤에 같은 탐정소설을 또다시 읽는 독자가 어디 있겠는가? 정보를 제공하는 책이라면 사실 구태여 책의 모습으로 존재할 필요도 없다. 오늘날에 발달된 컴퓨터를 활용하는 편이 훨씬 더 효율적이다.

읽고 다시 읽고 소리내어 또 읽고 더러는 몇 페이지를 암송하고 싶은 책, 다시 읽을 때마다 그 의미와 목소리와 깊이가 달라지는 책, 그것이 좋은 책, 창조적인 책이다. 밤에 자리에 누워 잠들기 전에 그 어느 한 페이지만을 네 번 다섯 번 천천히 다시 읽고 싶은 책이 많은 나라는 낙원일 것 같다. 그곳에서는 이렇게 기도할 것이다. '하나님 아버지 저희에게 일용할 책을 주시옵고……'

(1995)

책이 없는 방, 절간 같은 방

'취미'로서의 책읽기

요즘도 때때로 취미가 무엇이냐는 질문을 받고 '독서'라고 대답하는 학생들이 더러 있다. 도대체 사람을 만나서, 혹은 심한 경우엔 공문서 속에서, 줄기차게 남의 '취미'를 알고자 하는 그 기이한 호기심의 전통은 언제부터 우리들 가운데 생겨난 것일까? 하여간, 독서가 취미라는 대답을 들을 때면 옛날 대학 입학 때 구두시험 보던 때가 생각난다. 철학과의 박종홍(朴種鴻) 교수 앞에서 구두시험을 보다가 예의 취미 대목에서 예의 '독서'를 자신의 것으로 내비쳤다가 불호령이 떨어진 친구의 경험담이 두고 두고 기억에 남기 때문이다. 학생에게 책을 읽는 일이 그야말로 전문의 일이어야 마땅하거늘 어찌 한갓 취미일 수 있느냐는 질

책이었다. 그런데도 많은 경우 학생들에게, 혹은 학생이었던 사람들에게 취미를 묻고, 또 독서가 취미라고 대답하는 오랜 버릇은 오늘날에도 사라지지 않고 있다.

그런데 오늘날과 같이 모든 사람들이 텔레비전 쳐다보는 것을 거국적 취미로 삼고 있는 세상엔 그래도 '취미'로라도 독서를 한다는 사람을 보면 신기하고 또한 정답게 느껴진다. 물론 독서가 취미라고 대답하는 상당수의 사람들 중 많은 경우가 사실은 책과 별로 가까이하지 않는 삭막한 생활을 하고 있으리라는 것은 눈으로 보아서도 알 만하다. 그러나 구태여 사실과 다른데도 독서가 취미라고 대답하고자 하는 그 심정을 나는 오히려 귀중하게 여기고 싶다. 책과 가까이함을 귀중한 가치로 여기고 있고 그러지 못함을 안타까워하고 있음을 증명하는 일이기 때문이다. 그런 질문과 대답이 타성으로 변한다면 그것은 필경 딱한 일이겠지만, 책을 잘 안 읽으면서도 남에게는 읽는 것처럼 보이고 싶어하는 그 마음의 동기 자체는 아직도 책읽기를 하나의 가치로 믿는 데 있는 것이라 여겨지기에 오히려 일종의 공감마저 느끼게 된다. "책? 그런 걸 뭣 하러 읽어?" "책 같은 건 안 읽는다. 어쩔래?" 하고 거리낌없이 반문하는 사람들의 세상이 오고 있다는 느낌을 지우기 어려운 것이 요즘 세상이다.

다른 한편으로 생각해보면, 책읽기를 일로 여기는 것보다는 취미로 여길 때 더 살아 있는 독서, 건전한 독서를 할 수 있지 않을까 하는 의문도 생긴다. 가장 젊고 발랄해야 할 첫 반생을 입시지옥 속의 기나긴 터널 속에서 보내는 우리 사회에서 사실 우리는 얼마나 '취미'로서의 책들을 읽고 싶어하는가! 밑줄을 쳐가며 읽고 외고 참고서, 연습문제집 속에서 토막내어 읽고 또 읽고 외고 또 외는 독서내용이 아니라, 살아 있는 호기심과 깨어 있는 감수성을 동반하여 자발적으로, 자연스럽게, 밤 가는 줄 모르고 읽는 책 —그 신선한 충격과 감동이 사실은 얼마나 그리운 것인가?

황폐해져가는 우리들의 공공도서관들, 그리고 독버섯같이 자욱하게 돋아난 간판들의 숲속에 '전자오락실' '당구장' '카페' '속기, 암산, 속독, 붓글씨' '태권도' '헬스클럽' 사이 어디엔가 삭막하게 끼여 있는 '독서실' 간판을 볼 때면 우리들에게서 자연발생적인 욕구로서의 독서가 얼마나 멀어져가고 있는지를 실감하지 않을 수 없다.

버젓한 건물을 세워놓고 간판을 내건 도서관, 독서실보다는 오히려 허름한 버스에 손때 묻은 책을 가득 싣고 골목길을 누비는 이동도서관이 거짓 없이 싱싱해 보인다. 거기에는 한가한 주택가의 아침 나절 햇빛을 받으며 왕성한 호기심과 꿈, 혹은 건강한 갈증이 빛을 발하고 있는 것이다. 남편이 직장으로 떠나고 난 뒤의 잠시 한가해진 한동안 그 이동도서실 앞에서 책을 고르는 주부들을 보면 나는 문득 중학생 시절의 골목길 양지 바른 곳에 세워져 있던 대본점 생각이 난다. 말이 대본점이지 대여섯 칸 높이의 책장 하나가 전부인데, 그곳에 가득히 꽂힌 책들이야말로 나에게는 보물섬이었다

『마인魔人』과 『영랑시선永郎詩選』 사이

6·25전쟁이 막 끝나 환도한 서울거리에 청소년들을 위한 책들이 따로 기획 출판될 수도 없는 사정인지라, 그때 열심히 빌려다 읽은 책들은 물론 성인용이었다. 주로 김내성, 방인근, 정비석, 김동인 등이 내가 애독하는 서적들의 저자들이었다. 그 중 특히 김래성의 「마인(魔人)」이라는 탐정소설은 그 상권을 막 독파하

고 난 참인데 누군가 하권을 빌려가고 나서 며칠이 지나도록 돌리지를 않는지라, 급한 나머지 중학생의 가난한 용돈의 한달치에 가까운 거금을 투척하여 그 하권을 이를테면 '자가용'으로 구입하기에 이르렀다. 이리하여 내가 일생에서 최초로, 내 주머니를 털어 자발적으로 구입한 책은 탐정소설이었고 그것도 상권이 아닌 하권이었다. 그로부터 얼마 지나지 않아 어떤 대학생 누이의 심부름을 해주느라고 서점이란 곳에 가서 시집이라는 것을 한 권 사오게 되었다. 집으로 돌아오는 동안 나는 그 기이한 『영랑시선(永郞詩選)』을 들춰보았다. 탐정소설에 심취해 있는 그렇게도 산문적인 나에게 영랑의 시는 아무런 감동도 줄 수 없었다.

> 내 가슴속에 가늘한 내음
> 애끈히 떠도는 내음
> 저녁해 고요히 지는 제
> 머나먼 山 허리에 슬리는 보라빛

그렇게 아무런 감동도 주지 못했던 『영랑시선』을 무슨 심사에서였는지 나도 한 권(그 없는 돈을 다 털어서) 사서 가지는 일이 생겨버렸다. 지금 내 책장에 꽂혀 있는 수많은 책들 중에서 이 책이 그러니까 내가 스스로 산 최초의 책으로 아직껏 남아 있는 것이다. 너무나 감동적이어서 단숨에 읽어버린 『마인』의 하권은 어디론지 자취를 감추고 없고, 얄팍한 『영랑시선』만이 내 독서 역사의 순정한 첫 페이지처럼, 삼십여 년 동안의 잦은 이사와 보따리 싸기의 위기들을 겪고 나서도, 지금까지 남아 있다. 오늘날의 책들에 견주어보아도 손색이 없는 이 시집은 당시에 나온 다른 대부분의 책들과는 달리 서기(西紀)로 출판시기를 표시하고 있는데, 1956년 5월에 정음사에서 출판되었고 값은 400환으로 되어 있다. 당시의 다른 책들에 흔히 보이는 '우리의 맹세'도 기록되어 있지 않고, 시집의 '차례'는 책머리가 아니라 서정주의 '발사(跋詞)', 이헌구의 '재판의 序에 대하여'도 지나서 프랑스 식으로 책의 맨 끝에 갖다 붙여놓았다. 이상하게도 페이지가 매겨지지 않은 채 시편의 번호만이 표시된 30여 년 전의 책, 영랑의 시를 품에 안은 채, 어느새 그 자체가 시로 변하려고 하는 이 책의 어딘가를 펼치면 써 있으되,

　　내 가버린 뒤도 세월이야 그대로 흐르고 흘러가면 그뿐이오라
　　나를 안어길으는 山川도 萬年한 양 그모습 아름다워라.

　이 시집의 갈피에는 전쟁이 막 끝나고 난 서울 충무로 4가 어느 서점의 아늑한 실내공기와 골목길에 자욱하던 아이들의 노랫소리가 '만년한 양' 깃들어 있는 것 같다.

　이 시집을 산 이후 오늘날까지 나는 수많은 서점들을 들락거렸다. 중고등학교 시절에는 동대문 시장골목에 즐비한 할인서점들을 헤매고 다녔고, 대학 시절에는 구내서점 이외에 특히 동대문과 인사동의 고서점을 자주 찾았었다. 그런데도 세월이 흘러가버려서인가 전공 때문인가 내 머릿속에 새겨진 인상 깊은 서점들은 서울의 그것보다는 프랑스에서의 서점들이다. 프랑스 말로 씌어진 것이라면 헌 잡지책 하나도 국내에서는 귀하던 시절에 유학을 갔던 탓으로, 대부분의 용돈을 책값으로 다 써도 항상 부족한 것이 책이었다. 도서관에 빌려보면 될 책도 기왕이면 내것으로 갖고 싶은 마음에 얼마간의 돈만 생기면 서점으로 갔다. 서울처럼 엄청난 대도시도 아닌 한가한 작은 도시였던만큼 하오의

산책 코스에는 항상 그 '프로방스' 서점이 들어 있었다. 오늘날에는 프랑스에서도 찾아보기가 그리 쉽지 않은 서점풍경이었다. 그 서점은 요즘처럼 "무슨 책이 읽을 만합니까?" 하고 물으면 기껏 흔해빠진 베스트셀러나 꺼내주는 몰취미하고 무식한 서점이 아니었다. 여러 가지 분야에 골고루 박식한 서점주인에다가, 저 안쪽 골방에는 항상 책을 손에서 놓지 않고 있는 나이 지긋한 노인이 필요한 정보를 골고루 안내하고 카탈로그를 찾아가면서 각종 자문에 응해주었고, 책에 관한 것이라면 무엇이건 자기에게 물어보라는 듯 눈빛을 반짝이며 끝도 없이 자상한 설명을 해주곤 했다. 당시의 서점주인은 그냥 책을 파는 장사꾼이 아니라 자부심 강한 교양인들이었다. 이제는 그 교양인들이 모두 사라져버렸다. 남은 것은 입시생들을 상대로 참고서를, 아니면 여성잡지와 재탕삼탕한 인생론 수필집이나 파는 동네 서점 아니면 슈퍼마켓처럼 수레를 끌고 다니며 혼자 책을 골라가지고 계산기 앞에 와서 값을 치르는 대형서점들 뿐이다.

조제 코르티와의 만남

교양인이 경영하는 서점으로 두고두고 기억나는 것은 조제 코르티 서점이다. 가스통 바슐라르의 대부분의 저서들, 조르주 풀레, 샤를르 모롱, 네르발, 그리고 특히 초현실주의 시인들과 쥘리앙 그라크의 모든 저서를 펴낸 조제 코르티 출판사라면 프랑스 문학을 전공한 사람은 누구나 잘 알고 있다. 내가 그 출판사를 찾아가게 된 것은 1974년, 학위논문을 끝내고 장 사로키 교수를 만나게 된 것을 계기로 해서였다. 그는 아마도 코르티라면 내 논문을 출판해줄지도 모른다면서 찾아가보자고 했다. 파리의 생 미셸 대로에서 오데옹 극장을 향하여 뤽상부르 공원을 끼고 가다보면 오른편 길가에 아주 흐릿한 글씨로 문설주에 JOSÉ CORTI라고 써 있는 집이 보인다. 나는 그 서점이 곧 그 유명한 출판사 조제 코르티이기도 하다는 사실을 처음 알았다. 그렇다면 그 서점에 발 들여놓은 것이 내겐 결코 처음이 아니었다. 우리가 서점 안으로 들어갔을 때 책방의 저 안쪽 구석에 키가 자그마한 노인이 책들과 서류가 잔뜩 쌓인 책상을 앞에 놓고 앉아 있었다. 우리가 코르티씨를 만나러 왔다고 말하자, 그 노인은 무슨 일로 그러느냐고 물었다. 일개 서점주인치고는 별 참견을 다 한다 싶었지만 나는 책을 출판하고 싶어서 왔다고 했다. 이번에는 그가 어디 원고를 내놓아보라고 한다. 우리에게 잠시 앉으라고 권하는 법도 없이 우리는 서 있고 자기는 앉은 채로였다. 내가 건네준 원고를 대충 훑어보는 데 오랜 시간이 걸렸다. 그러고는 매우 흥미로운 듯하나 너무 길게 썼으니 한 반쯤으로 원고를 줄일 수 없겠느냐고 물으면서, 왜 그렇게 길게 썼느냐고 나무라듯이 말했다.

"짧게 쓸 시간이 충분하지 못해서요." 하고 내가 빈정대듯이 대답했다.

"오, 파스칼이 한 말이군요!" 하고 노인이 그제서야 자리에서 일어서며 자기 소개를 했다. 그가 바로 다름아닌 그 유명한 조제 코르티씨였다.

"파스칼 얘기가 나왔으니 말이지만, 사실은 지금 당신들이 서 있는 곳이 옛날에 파스칼이 살던 집의 정원이었답니다. 그래서 벌써 몇십 년 전부터 문설주나 벽 같은 데다가 그 사실을 기록한 동판이나 하나 만들어 붙일까 하는 생각이 없지 않았습니다만……그런 것 다 부질없는 짓이지요."

그후 나는 급히 귀국했고, 문제의 논문을 반으로 줄이는 작업은 끝내 손도 대지 못하고 말았다. 다만 코르티 서점이 낸 마르

셀 레몽의 대저 『보들레르에서 초현실주의까지』(프랑스 현대시
사)를 우리말로 번역해서 출판했을 뿐이고, 문제의 학위논문은
크게 줄이지 않은 채 우리말로 옮겨(『문학 상상력의 연구』) 펴냈
다.

　10년 후인 1984년 가을. 파리에 다시 찾아갔던 나는 비가 부
슬부슬 내리는 날, 조제 코르티 서점에 다시 들렀다. 마르셀 레
몽의 지적 자서전 『소금과 재』를 구입하기 위해서였다. 1976년
에 나온 이 책을 다른 어떤 서점에서도 구할 수 없었으므로 직접
출판사로 찾아간 것이었다. 그날따라 늘 보이는 젊은 점원은 보
이지 않고, 늙어 등이 꼬부라져서 더 왜소해 보이는 코르티 노인
이 힘겹게 사닥다리를 타고 올라가서 높은 곳에 꽂힌 그 책을 찾
아 꺼내어왔다. 내가 태어나기도 전인 1940년에 『보들레르에서
초현실주의까지』를 출판했던 그 노인이 『소금과 재』를 내게 건
네주며 늙은 얼굴 속에 섬찟할 만큼 맑은 눈으로 나를 물끄러미
바라보았다. 나는 아무 말도 하지 않은 채 밖으로 나왔다. 그 역
시 밖으로 나와서 가게문에 열쇠를 꽂아 잠그고 있었다. 점심시
간이었다.

　그리고 그로부터 불과 몇 주일 후 나는 『르 몽드』 지에서 파
리의 유명한 출판업자 조제 코르티가 사망했다는 신문기사를 읽
었다. 그후 상당히 오랫동안 뤽상부르 공원 옆 조제 코르티 서점
에는 잿빛 커튼이 내려진 채 문이 열리지 않았다.

　요즘도 가끔 비가 뿌리는 음산한 가을 오후면 등이 굽고 키작
은 노인 조제 코르티를 생각하며 한 시대가 마침내 끝났구나 하
는 감회에 젖는다.

　나는 가끔, 단 한 권의 책도 없이 텅텅 비어 있는 정결한 방,
절간 같은 방을 갖고 싶다는 생각을 한다. 어쩌다가 묵어가는 시

골 여관방, 주전자와 물그릇과 재떨이가 전부인 그런 금욕적인
방에 벌렁 누워 휘파람을 불고 싶은 그런 오후에, 그리하여 마침
내는 책이 그리움이 되는 그런 오후에.

(1987)

시와 침묵

몇 년 전 어느 출판사 사장실에서 사장과 어떤 시인이 주고받는 대화를 옆에서 듣게 되었다.

─지난번에 주신 시들로는 시집 한 권을 만들기엔 분량이 좀 적더군요. 전에 내신 시집은 거의 팔리지도 않은 채 묻혀버렸으니, 그 중에서 성격이 비슷한 몇 편을 추려서 더 보태면 어떨까요?

─글쎄요…… 그건 좀 곤란하겠는데요.

─그럼 선생님의 시를 좋아하는 시인 H씨한테 해설을 좀 길게 써달래서 붙이면 어떨까요? 아니면 선생님 자신이 시에 대한 생각을 정리해서 싣든가……

─내가 딱 몇 줄만 써서 붙일 수는 있겠지요.

―……

―그런데 역시…… 그것도 안 하는 게 낫겠는 걸요.

―그럼 시를 좀더 쓰실 계획이 있으시겠지요? 좀 여러 편 쓰셔서 더 보태면 좋겠군요.

―금년 가을이나 연말까지 딱 한 편 더 쓸 수 있을 거예요. 그러고는 쫑이에요.

―네?

―그러고는 쫑이라구요.

출판사 사장은 아무런 대답이 없었다. 쫑이라니까. 아마도 그 시인의 머릿속에서는 벌써 오래 전부터 그 마지막 남은 한 편의 시, 그 편린이 이따금씩 번뜩거리다가 지나가곤 하는 눈치였다. 그러고 나면 쫑이라는 것이었다. 쫑?

사무실 창밖으로는 앞 건물 옥상에 세워진 깃대에 녹색의 새마을 깃발이 여름 햇빛 아래서 후줄근하게 늘어져 있었다.

―저, 그런데 사장님께 부탁드릴 말씀이 있는데……

―……

―다름이 아니고, 한 삼천원 정도만 긴히 필요해서요……

사장은 봉투 한 장을 마련해서 그 시인에게 건넸다. 봉투를 받아든 시인은 그날분의 대포값을 갖게 된 흥분을 애써 감추면서 급한 볼일이라도 있다는 듯 사무실을 나갔다.

그로부터 여러 달, 아니 그보다도 더 긴 시간이 지나서, 나는 아름다운 시집 한 권을 받았다. 『누군가 나에게 물었다』라는 아홉 자의 제목이 삼등분되어 책 표지를 가득 메우고 있는 그 시집은 내가 받아 지니고 있는 시집 중에서도 가장 얇은, 불과 몇십 페이지의 시집이다. 표지와 간지를 열면 서문도 머리말도 없이 곧바로 행이 짧은 시편들이 많은 여백들 속에 단정하고 고독하게 찍혀 있다. 그리고 마지막 시 마지막 행을 다 읽고 나면 하얀 여백, 그리고 뒤표지가 나온다. 그렇게도 얇은 시집에 해설, 시의 세계를 소개하는 말 한마디 없다.

나는 이 시집의 고전적인 적막함을, 그 군더더기 없는 고독을 좋아한다. 시의 내용과 아울러 시집의 생김생김 그 자체가 나에게 감동을 주는 그 흔하지 않은 시집이 바로 이 책이다. 길쭉하고 메마르나 윤곽이 확실한 얼굴 위에 검은색 베레모가 덩그렇게 올려놓여 있던 그 시인의 모습을 연상시키는 적막한 시집─그 시집을 내고 얼마 되지 않아 그 시인 김종삼(金宗三)은 고인이 되어버렸다. 『누군가 나에게 물었다』라고 시인은 말했었다. 역시 시인이었던 그의 형 김종문이 죽어 있는 병원 영안실을 찾아가는 길에, 우연히 만난 누군가 그에게 물었다는 것이었다. 무엇을? 죽음으로 가는 길을, 침묵으로 가는 길을?

아무런 그림도 장식도 없이, 그냥 백지에, 책의 제목과 저자와 출판사 이름만이 찍힌 프랑스 시집을 좋아하듯, 기술적이거나 서술적인 트릭을 거의 쓰지 않는 그냥 담담한 장 르누아르의 흑백영화를 좋아하듯, 보시다가 펼쳐진 채 놓아두신 문집 한 권, 재떨이와 담뱃대, 윗목에 놓인 요강이 전부인 할아버지의 정결하고 고요한 방을 좋아하듯, 나는 그 시집을 좋아한다.

시의 세계로 들어갈 때는 떠들썩한 관광객들처럼 안내를 받아 들어가는 것이 아니라 혼자서, 그리고 저 침묵의 심연을 껑충 건너뛰어 들어서는 것임을, 시는 언어의 벼랑 끝에서 문득 마주치는 침묵의 충격임을 나에게 가르쳐주기 때문이다.

(1988)

인용과 천천히 읽기

　찬바람에 고양이 솜털처럼 하늘거리는 듯한 햇살 속으로 들어
서면서 마당 안을 이리 저리 걸어다녔다. 모퉁이에는 부서진 지
게, 거멓게 썩고 테가 떨어져버린 숯광주리, 아버지 어머니의 널
을 짜고 남은 치오푼 두께의 널빤지, 허옇게 바래진 채 보얗게 먼
지 앉은 시래기 다발이 담긴 산태미, 기대 세워놓은 찌그러진 사
닥다리, 금이 벌어진 도투마리, 거멓게 썩어가는 잉아걸이, 벌겋
게 녹이 슨 인두와 다리미, 자루가 썩고 중동이 부러진 낫, 다 닳
아빠진 호미들이 처박혀 있었다. 그걸 내려다보는 황두표씨의 얼
굴에는 검붉은 저승꽃들이 피어 있었고, 머리칼들에는 희끗희끗
서리가 앉아 있었다. 그는 꺼멓게 그을은 처마와 보꾹에서 그 너
저분한 고물들 위로 어지럽게 걸쳐져 있는 거미줄들을 헤치면서

뒤란을 한바퀴 돌았다. 이제는 비닐로 된 천막천 때문에 필요가 없게 된 멍석들이 둥그렇게 말린 채 두둑하게 쌓여 있고, 김건장 [海苔乾場]에 쓰는 대발들이 시체처럼 둘둘 말린 채 드러누워 있었다. 그것들은 모두 돌아가신 아버지가 짜고 절고 엮은 것들이었다. 그는 뒤란을 한바퀴 돌면서 몇 차례든지 거미줄을 얼굴에 뒤집어썼다. 집안에 절진해 있는 고적함처럼 거미줄은 촘촘히 주렁주렁 걸쳐져 있었다. 마당 주변의 남새밭에는 무성하게 군락을 이룬 실망초며 개망초며 명아주며 비름이며 강아지풀이며 독새풀이며가 말라진 씨들을 달고 있었다. 그늘에는 퇴색한 군청색의 이끼들이 말라붙어 있었다. 돌쩌귀가 떨어진 철대문은 아주 떼어다가 담에 기대놓았다. 양철 지붕은 붉은 칠들이 벗기어지고, 그 자리에 밤빛 녹이 슬어 있었으며, 차양은 군데군데 처져 늘어지기도 하고 떨어져나가기도 했다. 비가 샌 처마끝의 서까래는 검게 썩었고, 썩은 자리에 달걀빛 버섯이 돋아 있었다.

다만 막내아들 내외가 거처하는 부엌 건넌방의 방문에 발려 있는 장지가 새하얄 뿐이다. 그리고 그들 내외가 쓰는 치약 칫솔 세숫대야 하이타이 수건 팬티 러닝셔츠 청바지 젖동가리개 분홍빛 얇다란 천으로 된 여자의 웃옷 따위들이 그 부엌 건넌방을 중심으로 놓여 있고, 빨랫줄에 걸리어 있곤 할 뿐이었다. 오직 그것들이 곰팡내 풍기며 부식해가고 황량하게 퇴락해가고 있는 황두표씨의 집을 다시 움터나게 하고 있을 뿐이었다.

황두표씨는 여러 개의 여자용 팬티들과 젖동가리개가 널려 있는 빨랫줄 밑을 지나면서 쿵쿵 냄새를 맡았다. 새물내와 아릿한 복숭아향 같은 것이 콧속으로 스며드는 듯싶었다. 요즈음 얼핏 보아도 알아볼 만하게 불러지기 시작하던 앳된 며느리의 배와 실팍하고 두리두리하게 커지는 듯하던 엉덩이를 떠올리며 대문간을 나섰다.

　우선 '권두칼럼'이라는 자리에 썩 어울리는 것만은 아닐 듯한 이 장황한 인용의 까닭을 설명해야겠다. 무엇보다 남의 앞에 나서서 설치는 재주가 없다보니 등을 떠밀려 이처럼 책머리에 나서면 남달리 굵은 활자로 유별나고 무게 있는 발언을 해야 할 것 같은 강박관념 때문에 곤혹을 느낀다. 그래 나 자신의 것보다는 남에게 발언권을 한동안 넘겨주어 본 것이다. 하기야 독자나 겸손한 평론가의 할 일 중 중요한 몫의 하나가 적절한 대목에서 남에게 발언권을 넘겨주는 사회자나 진행자의 그것일 터이다. 이것이 바로 '인용'의 기능이다.

　까닭은 또 있다. 이번에는 좀더 적극적인 성격의 것이다. 퍽 오랫동안 경제적인 사정 때문에 우리는 책을 사 보기도 어려웠고 작가가 책을 펴내기는 더군다나 어려웠었다. 그러다가 어느새 우리는 책 속에 파묻혀 살게 되었다. 인쇄물의 홍수에 휘말림은 물론 시청각, 영상매체의 범람까지 합쳐, 정보와 말이 지천으로 널려 있는 세상이다. 이 같은 인플레이션 속에서 말, 더군다나 아름다운 글의 광채를 만나고 그 가치를 음미하기란 매우 어려워져버렸다. 요컨대 우리는, 문학의 영역에만 국한해 보더라도, 너무 쉽게 읽고 너무 빨리 읽는다. 그리고 너무 쉽게 너무 빨리 쓴다.

　"아아, 17세기 사람들! 얼마나 그들은 라틴어를 잘 알고 있었던가! 얼마나 천천히 읽었던가!" 하고 플로베르는 자기 시대의 경박함을 개탄했었다. 그러나 아아 플로베르 자신은 또한 얼마나 천천히 썼던가! 『보바리 부인』을 집필하고 수정하는 데 빈틈없이 꼬박 사 년 반을 소비하며 헐떡거리고 비명을 질렀던 플로베르였다.

　남의 나라까지 갈 것 없이 우리네 조상들 또한 얼마나 천천히 읽었으며 얼마나 되풀이하여 읽었던가. 같은 텍스트를 손수 육필로 베껴 쓰고, 리듬에 맞추어 소리내어 읽고 또 읽었다. 읊고 노래하고 주석을 달았고, 그리고 무엇보다 암송했었다. 서당의 선비들이 그러했고 부녀자들이 한데 모여 소리 높이 읽고 듣던 겨울밤의 독서가 그러했었다. 그런데 이제는 너무 빨리 읽는다. 정보를 얻거나 이야기의 줄거리를 파악하여 단물을 뽑아먹고 나면 버린다. 작품의 주제를 뽑아내어 주장하고 싶은 이념이나 이론 속에 편입시키고 나면 나머지는 그냥 디테일에 불과한 것이 되고 만다.

　그러나 오직 우리들의 젊은날 교과서에 선택받아 실려 있었던 덕분에 천천히 읽혀지고 반복적으로 음미되었던 행운의 시인들이나 소설가들의 경우를 생각해보라. 수많은 사람들의 경우 머릿속에 아직도 유일하게 남아 있는 현대시의 싯귀는 오직 "그립고 아쉬움에 가슴 조이던 / 머언 먼 젊음의 뒤안길에서 / 인제는 돌아와 거울 앞에 선 / 내 누님같이 생긴 꽃이여"뿐일지도 모른다. 국어교과서 덕분에 유일하게 천천히, 되풀이하여, 읽었기 때문이다. 물론 교과서의 경우는 그것 특유의 염증과 보수성이 동반되는 것이 결함이고, 대부분 그렇게 반복하여 읽고 암송한 글들은 반드시 행복하지만은 않은 시험준비의 시간이나 시험답안지의 따분한 정서체험과 더불어 연상되곤 한다는 점이 단점이긴 하다. 그러나 비록 참담한 답안지밖에 작성하지 못하고 말았을지라도 어느 날 오후, 대학의 시험문제지 속에 인용되어 있었던 어떤 정치하고 투명하면서도 유현하던 글의 한 대목은 얼마나 오랫동안 기억 속에 남아 빛나고 있는가. 여유와 절망, 그리고 자신이 보유한 모든 감수성의 촉각을 곤두세워 읽고 또 읽었던 시험문제 속의 아름다운 인용문은 작품전체 가운데서도 절묘한 한 대목만

이 잘려져서 인용되어 있었기 때문에 더욱 신비스럽고 아름다웠었다. 때로 아름다운 인용문은 마력이 실린 한 장의 사진과도 같은 것이다. 자연 속에 담긴 채 범상하게 놓여 있을 때는 눈치채지 못하였다가 사진기의 시야 속에 선택되어 주변과의 모든 관계가 잘려진 채 오두마니 인화지에 옮겨진 풍경이나 물건이나 얼굴은 간혹 얼마나 새롭고 각별한가. 우리가 시를 읽고 어록을 즐겨 찾는 이유 중의 하나는 바로 그것이 어느 면 지니고 있을 '인용'적인 기능과 특성에 있을지도 모른다. 나는 천천히 읽자고 앞서의 글을 인용했다.

그러면 이제 독자들이 너무나 빨리 읽어버렸을지도 모를 앞서의 '인용'으로 돌아가 차근차근 다시 읽을 차례다. 나는 지난 한 달 동안 줄곧 어떤 한 작가의 작품만을 줄기차게 읽었다. 감동도 했고 짜증도 났고 아쉬움도 많았고 배운 것, 놀라워했던 점도 많았다. 그 가운데서 나는 유독 이 대목을 골라냈다. 그 작가가 쓴 여러 권의 단편, 중편, 연작, 장편소설들 가운데서 유별나게 기억 속에서 빛나고 있던 이 대목은 몇 번이고 다시 읽어도 지루하지 않다. 무엇이 그렇게도 나의 마음을 끌었던 것일까?

처음부터 얻은 강한 인상으로 가장 오래도록 지워지지 않는 것은 무엇보다도 막내아들 내외가 거처하는 방문의 장지가 발하는 '새하얀' 빛이었다. 다시 한번 글을 정독해보니 그 빛의 유별난 인상은 작가가 철저하게 계산해놓은 대조의 장치로부터 오는 효과였다. 인용한 대목은 전체 3개의 문단으로 구성되어 있다. 첫 문단은 나중 두 문단을 합쳐놓은 것보다도 훨씬 길다. 숨막힐 듯이 길다. 그것이 첫 문단 전체를 지배하고 있는 어둠이나 검은 색, 그것과 관련된 피폐, 퇴락, 황량함의 그림자에 기인한다. 이 부정적이고 긴 안단테에 이어지는 막내아들 내외의 세계는 짧고 경쾌한 두 문단의 알레그로 비바체로서 강한 대조를 이루고 있다.

　이 인용문 전체의 운동은 물론 주인공 황두표씨에 의하여 주도되고 또한 연결된다. 그는 '마당 안'을 걸어다니다가 '뒤란'을 한바퀴 돌고 마당 주변의 '남새밭'을 바라보며 막내아들 영역인 '부엌 건넌방' 문 앞으로 해서 '빨래줄 밑'을 통과한 다음 '대문간'을 나섰다. 이 아름답고 길고 정교한 묘사는 바로 이 주인공의 운동과 시선에 의하여 정당성을 얻고 있다.

　우선 이 인물은 집안에서 '혼자' 돌아다니고 있다. 이 고독이나 침묵은 그에게 시선으로서의 기능을 강화시켜준다. 즉 그는 혼자이기 때문에 주변의 사물과 정경과 분위기를 하나도 놓치지 않고 자세히 바라볼 수 있는 것이다. 시선이 이처럼 자상한 묘사의 대상이 될 만큼의 사물들과 만나자면 시선의 고독 못지않게 조명장치가 필요하다. 그것이 바로 첫머리의 '찬바람에 고양이의 솜털처럼 하늘거리는 듯한 햇살'이다. 시선과 운동의 주체로서 황두표씨는 그의 아버지 어머니('널을 짜고 난 치오푼 두께의 널빤지'로 보아 이미 사망한)라는 과거의 세계와 막내아들 내외라는 미래 사이를 연결하는 고리인 동시에 대조적인 두 가지 의미의 생산주체이다. 그러나 그는 항상 시선의 주체만이 아니라 객체가 되기도 한다. "그걸 내려다보는 황두표씨의 얼굴에는 검붉은 저승꽃들이 피어 있었고……"에서 보이는 순간적 시점전환이 그것을 말해준다. 그는 이미 '거미줄'로 한데 묶여 부정적 의미로 통일된 과거의 세계 속에 자신마저 포함되는 객체인 것이다.

　'거미줄'에 묶인 흘러간 세대의 세계는 또한 서늘하게 '빨랫줄'에 걸려 있는 막내아들의 세계와 강한 대조를 이룬다. 거미줄에 묶인 채 열거된 열한 개의 오브제들(지게, 숯광주리, 널빤지,

산태미, 도투마리, 잉아걸이······)은 한결같이 잉여, 용도상실, 훼손, 버림받음을 의미하는 장황한 수식어들을 동반하고 있는 반면 막내아들의 방을 중심으로 놓인 물건들은 쉼표조차 찍히지 않은 채 아무런 수식어도 동반되지 않은 상태로 마치 '자명한' 존재라는 듯이 빠르고 경쾌하게 열거되고 있다. 전자의 오브제들이 이미 오늘날 산업사회의 도시인들에게는 사전을 찾아보아야 할 만큼 생소한, 이제는 용도가 상실된(황두표씨의 집안에서나 현대인의 어휘사전 속에서나 다 같이) 도구들인 반면에 후자의 오브제들은 외래어 표현들이 웅변으로 말해주듯 '팬티' '러닝셔츠' '하이타이' '치약' '칫솔'들로서 대량생산체제가 내놓은 완제 생필품들이다. 이들 득세한 완제품 상품들의 분홍빛은 '돌아가신 아버지가 절고 엮은' 수공업시대의 물건들(용도 또한 대량생산 완제품의 소비적 성격과는 달리 생산적 특성을 강하게 지녔었다 — 과거에는 말이다!)의 '벌겋고' '보얗고' '거멓게' 해체된 색채와 강렬한 대조를 보이고 있다. 이 인용문은 단순한 오브제들의 열거와 묘사만을 통해서 사회 경제적 구조와 갈등, 그리고 문명의 상태를 설득력 있게 총체적으로 드러내 보이고 있다. 이제 바야흐로 '알아볼 만하게 불러지기 시작하는 앳된 며느리의 배'의 시대가 오고 있는 것이다. 따라서 황두표씨는 '대문 밖'으로 밀려날 수밖에 없는 '억새풀'인 것이다. 이 인용문은 도대체 누구의 단편 소설에서 따온 것일까? 모름지기 천천히, 반복하여 읽는 이만이 그걸 알 터이다.(세월이 오래 지났으므로 이 책에서는 해답을 밝혀두는 것이 좋겠다. 이 인용문은 이상문학상을 수상한 한승원(韓勝源)의 단편 「해변의 길손」에서 뽑은 것이다.)

(1989)

고향에 가지 못한 추석에 읽는 글

열사흘 같은 바가지

낡은 억새지붕 밑으로 고주가 된 갓 모양으로 삐뜨럼하게 흙과 돌로 쌓아올린 굴뚝에서는 아침저녁으로 어김없이 파아란 연기가 모락모락 오르고 시큼텁텁한 토장국 냄새가 그래도 구수하다.

삭정이 울타리 밑을 헤비는 수탉이 때로는 장끼와 목벼슬을 치세우고 싸우는 때도 있지만, 돼지새끼는 매양 꿀꿀거리면서 먹을 것을 달란다. 나팔 같은 그의 주둥아리는 뜨물에 묻은 겨로 해 언제나 지저분하다.

지게 목발이 휘도록 보리거름을 지고 가던 출(出)이가 앞개울에서 푸성귀를 씻고 있는 필(必)이를 보자 지게를 받쳐놓고.

"머 하노?"

“보면서 몰라.”

“몰라서 묻나 머.”

“그러면……?”

“그게 다 인사말 앙이가, 이 바보야!”

“……”

“그 물 한 바가지 두가.”

필이는 열사흘 같은 바가지로 윗물을 두어 번 걷고는 한 바가지를 퍼서 바가지 밑을 왼손바닥으로 훔치고는 내민다.

출이는 바가지 물을 단숨에 벌컥벌컥 들이킨다.

“물도 체한다더라, 천천히 마시라.”

출이는 바가지를 돌려주고 또 가보자 하고 꼭두머리가 뚫어진 맥고모를 집어올린다.

머리며 등이며 온통 두엄투성이다.

“쪼끔씩 지지, 머 두움 내고 피난이라도 갈끼가?”

그러나 출이는 건너편 산비탈 보리밭만 바라본다.

몇 달 전 월간 『現代文學』에 실린 소설가 오영수(吳永壽) 선생의 유고 「낙향산고(落鄕散稿)」 속에서 만났던 이 짤막한 한토막이 유난히 기억에 새겨져 있어 여기에 잘라내어 옮겨보았다.

내일 모레면 추석(秋夕)이라 고향을 다녀오기로 굳게 마음먹었었는데 지난 주말여행 때 고속도로에서 견디기 어려운 경험을 맛본 데다가 신문에 머리 기사로 찍힌 민족 대이동의 교통지옥 엄포에 그만 주눅이 들어 귀향을 포기하고 말았다.

그래 아파트 이마 위에 걸린 달을 바라보며 앉아 있으려니 불현듯 그 글이 생각났다. 필이가 물 떠주는 그 ‘열사흘 같은 바가지’ 때문이었는지도 모른다.

자유연상이라는 것

정신분석학자들이 말하는 자유연상이란 것은 아닌게아니라 그 꼬리를 잡고 보면 꽤 신기한 것이다. 음력 팔월달의 '열사흘 달'을 쳐다보고 앉아 있다가 난데없이 몇 달 전에 읽은, 그것도 건성으로 책을 뒤적거리며 읽은 어떤 글의 한 토막을 상기하게 되었고, 막상 그 대목을 다시 들추어 자세히 읽다 보니 그 속에 '열사흘 같은 바가지'가 떠 있는 것이 아닌가. 처음에 읽을 때는 그 '열사흘 같은'이란 수식어의 뜻을 잘 모른 채로 지나쳤었다. 그런데 아아 이제는 그 뜻을 완연히 알겠다. 아니 이미 내가 알고 있었음을 이제야 알겠다. 이 또렷한 기억이 그것 아닌가.

그러나 이 글이 내 기억 속에 깊이 찍혀버린 것은 단순히 '열사흘 같은 바가지' 때문만은 아니다. 「낙향산고」라는 제목부터 그렇지만 꽤 긴, 그러나 토막토막난 작가노트 형식의 글 전체 분위기가 고향의 서늘한 바람결로 가득 차 있다.

"생미역 쌈으로 점심을 먹고 낚시를 간다."

"곤로에 엽차를 끓인다.

대숲에 사붓사붓 비가 내리다.

비가 내리는 밤에는 산비둘기가 바로 창가에까지 자리를 옮겨 자고 간다.

무서울 정도로 조용하다.

『춘추』를 읽다 잠이 들었다.

한밤중에 잠을 깨고 보니 엽차만이 찌이찡 끓고 있다."

"무논에는 보온 못자리 비닐 카바가 달밤에는 꼭 호수같이 보인다.

엉머구리가 암컷을 찾는지 수컷을 부르는지 꽈르르 꽈르르 운다.”

이렇게 인용을 하자면 끝이 없겠다. 지금부터 겨우 10년 전에 씌어진 글인데 ‘보온 못자리 비닐 카바’라도 없었더라면 너무나 아득한 옛날이야기 같아 실감이 덜했을지도 모르겠다.

그래 그런 것인가?

대도시에 사는 생활이 갑갑해서 훌쩍 낯선 시골을 한바퀴 돌아오는 일이 없지도 않건만 어쩐지 요즘 같은 세월에는 이 글 속에 담긴 떨리는 빛이나 고요 속의 시골풍경은 좀처럼 만나지지 않는다. 이제는 ‘억새지붕’을 만나기도 쉽지 않다. 함석지붕 아니면 시멘트 골판으로 대체되어버리지 않았던가. ‘삭정이 울타리’도 드물다. 시멘트 블록담이니 그 밑을 헤비는 수탉이 있을 리 없다. 수탉이 없을 제 장끼를 또한 어디서 만나랴. 또 돼지라면 출근길 대도시의 번잡한 대로에서 만난 트럭 속의 그 살찐 짐승들만 연상될 뿐이다. 그들은 도살장으로 가고 있었다. 나팔 같은 주둥아리에 ‘뜨물 묻은 겨’도 없이 작은 눈으로 교통신호등을 멍하니 바라보고만 있었다. 그러다가 갑자기 차가 움직이면 그 허연 살덩어리들이 출렁거리며 한쪽으로 쏠렸다. 끼익끼익하며 비곗덩어리의 비명이 자동차 소음 사이로 잦아들었다.

“지게 목발이 휘도록 보리거름을 지고 가는” 청년을 지금도 시골에 가면 만날 수 있는 것일까? 얼른 떠오르는 것은 오히려 경운기다. 그리고 새마을모자…… 아무래도 오영수 선생은 김유정 시대나 50년대쯤의 농촌을 덩그렇게 머릿속에 담고 70년대 후반의 시골을 살았던 것이 아닐까 모르겠다. 『춘추』를 읽다가 잠이 들었다니 그럴 수도 있겠다.

"푸른 하늘, 흰 구름, 물 뿌린 들, 흰 벽, 초초한 대 그림자……
이런 감각을 아는 사람이 과연 얼마나 될까? 안다고 하더라도 일
상생활과 직결된 생활인이 과연 몇이나 될까?"라고 작가는 적고
있다.

나는 이런 글을 대하면 눈이 번쩍 뜨인다. 아참, 그렇지, 그런
여유도 있었지, 그렇게 느릿느릿, 그러나 그윽하게 흐르는 시간
도 있었지. 그 적적함과 여백과 격조가 순간의 천국 같아 좋다.

그런데 이게 웬일인가. 식자우환인가, 도회인의 치유할 길 없
는 병인가, 불청객의 비판정신인가. 글의 격조에 실려 마음속에
서 얻는 잠시 동안의 위안과는 별도로 '일상생활과 직결된 생활
인'이라는 표현에 이르면 거리낌을 지우기 어렵다. 오늘의 '생활
인'에겐 이만한 팔자도 허용되어 있지 못하니 말이다. 고독함을
오히려 품격의 조건으로 삼으며…… "자고, 먹고, 뜰을 손질하
고, 손을 맞고, 낚시를 나가고, 원고를 몇 장씩 쓰고, 밤에는 엽
차를 끓이고, 교양 있는 이성을 아쉬워하면서 책을 읽다가 잠이
들고 이것이 내 여기 생활의 하루하루다. 참 단순하고도 간단하
다." 이상(李箱)의 어떤 산문을 상기시키는 이 같은 시골생활을
머릿속에 그려본 식자들, 문인들은 많을 것이다. 그러나 막상 그
생활을 실천에 옮기자면 적어도 일정한 연령에 이르러야 할 것
이다. 늙어지기 전에는 도회에서 청산해야 할 산문적인, 너무나
도 산문적인 생활이 있어서 쉽사리 시골의 그와 같은 시적 리듬
으로 옮겨 앉을 엄두가 나지 않는 것이다.

그래 그런 것인가?

요즘은 눈 닦고 보아도 소설 속에서 앞에 인용한 출이와 필이
의 그것 같은 대화를 찾아보기란 어렵다.

거 왜 있지 않은가? 잡지책이나 신문을 펼치면 석탄 캐는 탄

광처럼 촘촘히 들어찬 활자들 속에 돌연 나타난 시의 여백. 시는 행이 짧은 것과 행을 자주 바꾸어 넓은 여백을 남겨주는 것이 미덕임을 몇 번이나 깨달았던가. 그러기에 소설 속에서도 그 또한 많은 여백을 남겨두는 이런 짧은 대화들을 만날 때는 우선 반갑다. 그냥 변화를 주기 위하여 대화체로 바꾸어본 것도 아니요 어느 유식한 책에서 그대로 옮겨 쓴 듯한, 인물이 '책같이 말하는' 장황한 연설조의 대화도 아니다.

프랑스 영화로 치자면 자크 프레베르가 썼을 법한 경쾌하고도 감칠맛 나는 다이얼로그다.

말의 억양과 사투리, 말을 주고받는 속도, 그리고 무엇보다 말과 말 사이에 가득한 침묵과 그 침묵 속에 함축된 심리. 이런 대화는 한번 읽으면 끝내 잊혀지지 않는다. "그게 다 인사말 앙이가, 이 바보야!"(이 대목에서 독자들은 이 글 첫머리의 인용문으로 시선을 소급해주기 바란다. "……""그 물 한 바가지 두가.")

대화뿐만이 아니다. "윗물을 두어 번 걷고는 한 바가지를 퍼서 바가지 밑을 왼손바닥으로 훔치고" 내미는 필이의 행동 곳곳에 소설가의 예민한 시선이 닿고 있다. 이 시선이 이번에는 "꼭 두머리가 뚫어진" 출이의 맥고모에로 옮아간다.

작은 구석, 주름진 곳

소설을 읽는 재미는 여러 가지다. 흥미진진한 줄거리, 사건의 급전, 갈등, 그 밑에 깔린 인간미, 사상성, 문제의식 ─이런 모두에 독자와 비평가의 관심이 쏠린다.

그런데 나는 무엇보다도 이런 자질구레한 것, 사물과 행동의 작은 구석, 주름진 곳으로 파고드는 시선에서 참다운 작가정신을 발견한다. "바가지 밑을 왼손바닥으로 훔치는" 행위에 작가의 시선이 감으로 해서 필이의 물 떠주는 손길은 독자의 가장 생생한 삶의 현재 속에 편입된다.

소설 속의 디테일들이야말로 말로 만든 삶, 글로 지어낸 행동에다가 현실의 두께와 무게를 부여한다. 시간의 흐름도 이 같은 디테일로 인하여 추상적으로 건너뛰는 양적 시간으로부터 구체적이고 체험적이고 질적인 시간으로 전환되는 것이다. 이것이 베르그송의 체험적 시간이다.

길건 짧건 소설책을 다 읽은 후 덮고 나면 머릿속에 떠오르는 줄거리, 인물들 사이의 갈등, 그리고 대단원…… 이런 것들 못지않게 기억 속에 남아 번뜩이는 것은 바로 이런 구체적이고 섬세한 디테일들이다. 더군다나 작품을 읽고 시간이 오래 경과한 뒤, 줄거리를 거의 다 잊어버렸을 때에도 어떤 디테일들은 길바닥에 떨어진 은화처럼 따로 남아 번쩍거린다.

그리고 무엇보다도 이런 디테일들의 무게와 두께, 그 속에 서려 있는 작가의 체취와 마음의 진동 때문에 우리는 그 작품을 두 번, 세 번 읽고 또 읽는 것이다. 탁월한 문학작품은 어떤 것인가고 누가 묻는다면 나는 두 번씩 세 번씩 읽고 또 읽고 싶은 작품이라고 대답하겠다.

아무리 흥미진진한 줄거리, 인간미로 가득 찬 분위기, 혹은 뚜렷한 주제의식의 추진력에 힘입어 씌어진 작품이라 하더라도 한 번 읽은 것으로 족한 경우는 얼마든지 있다. 독자가 어떤 작품을 읽고 이념적으로 눈뜨고 사상적으로 각성하기를 기대하는 작가는 어리석다. 그러나 삶의 무게와 두께가 실려 있는 작품이 독자의 덧없는 생활 속에서 비길 데 없는 한순간들을 이루는 것은 충분히 가능하다. 그 순간은 단순한 오락의 순간이 아니다. 그것은 실제의 현실 속에서도 무엇인가에 의하여 간접화되어 있는 듯이 느껴져서 도무지 손에 잡히지 않던 삶이 돌연 어떤 의미와 영상의 결정체로 변하여 가슴에 직접 닿아오기 때문이다. 이런 순간에 우리는 가끔 삶의 우연성, 존재의 우발성으로부터 벗어나 어떤 진실의 핵심에 가 닿는 듯한 느낌을 받는다. 우리를 삶의 저 돌연한 통일성의 순간으로 데려가주는 것, 그것이 반드시 어떤 엄청난 사상이나 논리는 아니다. 그보다는 오히려 돌연 뚫리는 수직의 화살 같은 빛이 전에 보이지 않던 삶의 딴 모습을 드러내 보여주는 것이다. 예술이 현실을 모방하는 것은 사실이나 있는 현실을 그대로 그리는 것은 아니다. 예술은 존재하는 것에서 출발하여 존재하지 않는 것을 만들어낸다. 예술의 통로를 거쳐서 만나는 삶이 참다운 삶인 것은 그것이 '창조된' 삶이기 때문이다. 언어로 창조된 그것이 '삶'이 되는 것은 바로 디테일로 이루어진 '두께' 덕분이다.

새로운 몽상의 삶

추석이 되어도 고향으로 가지 못한 채 아파트 이마에 걸린 달도 이제 다른 건물에 가리어 보이지 않는 저녁, 나는 내 기억에 오래도록 남는 어느 글 한 페이지를 다시 펴놓고 그윽하게 재독한다. 이 한 폭의 묘사가 몇 년째 내 마음을 사로잡는 까닭은 무엇일까? 아마도 그 정경을 묘사하는 작가의 목소리, 혹은 시선 때문인 것 같다. 세상에 존재하지 않는(언어가 만든 것이니까) 풍경을 바라보는 그 시선이 마음을 흔들어놓는다. 여기가 바로 이 작품의 씨앗을 묻었던 곳이리라.

빤히 바라다뵈는 나지막한 산의 왼쪽 자락을 뒤덮는 숲은 눅눅한 산그늘에 잠기고 있었다. 마치 상록수와 관목의 생태를 연구하기 위한 의도로 조림을 한 듯 왼쪽의 소나무숲과는 달리 산의 오른쪽 자락은 떨기나무숲이어서 잎이 지는 계절이면 헐벗은 나무 사이로 산등성이 뒤를 감아 흐르는 강물은 한층 파랗게 보였다. 해질녘이면 강으로부터 소나무숲으로 길게 선을 그으며 날아가던 흰새의 모습은 보이지 않았다. 오후 다섯시와 여섯시 사이의― 그것은 명혜가 인생에 대한 어떤 막연한 느낌을 갖는 시간이기도 했다―한없이 느린 흐름과 불투명한 긴장 속을 흰새는 아직 햇빛이 흐르는 강으로부터 그늘에 잠기는 숲을 향해 날개를 퍼득이며 천천히 날아가곤 했다.

―오정희, 『야회(夜會)』

강으로부터 소나무숲으로 길게 선을 그으며 날아가는 '보이지 않는' 흰새는 가끔 이렇게 적요한 시간이면 내 시야의 저쪽에 하얀 줄을 그어놓곤 한다. 그러면 곧 그 뒤로 소나무숲과 떨기나무숲이 만들어지고 파란 강물이 보인다. 나는 그 풍경에 창틀을 하나 씌워놓고 그 이편에 앉아 새로운 몽상의 삶을 만난다.

(1990)

문예부흥과 고전

　책의 저술과 출판이라는 면에서 볼 때 지난 약 10여 년간은 이 나라 근대사에서 과연 문예부흥기라고 해도 과언이 아니다.

　록펠러 재단인가 하는 곳으로부터 종이를 원조받아 간신히 몇 권의 사전이나 단행본들을 찍어내고 잡지라면 종합교양지로『사상계』, 문예지로『현대문학』『문학예술』, 청소년지로『학원』『새벗』이 우리들에겐 일용할 양식의 전부였던 시절이 있었다. 을유문화사, 정음사, 동아출판사 등이 처음으로『세계문학전집』을 조금씩 선보이기 시작한 것이 60년 초였다. 흰색 두꺼운 표지에 금박의 음각으로 자필의 멋쟁이 제목을 찍은 김승옥의 유명한 소설집『서울 1964년 겨울』은 그 제목부터가 이 나라 문학사와 출판사의 한 이정표이다. 그때 우리는 출판사 '창우사' 단칸

편집실 무쇠 난로가에 둘러앉아 생전 처음 보는 햄을 항고 뚜껑
에 볶아놓고 소주잔을 기울였었다. 김승옥의 빛나는 얼굴이 눈에
선하다.

그때가 기억에서 그리 멀지도 않은 느낌인데 지금은 책이 그
야말로 '쏟아져' 나오고 있어 주체할 수가 없을 지경이다. 학교나
집으로 매일 배달되어 오는 각종의 잡지와 저작물의 증정본만
해도 연구실과 서재의 서가를 넘쳐나 방바닥에 걷잡을 수 없이
쌓인다.

즐거운 비명이 터져나올 만도 하다. 지난날 청계천 뒷골목 서
점가를 누비면서 할인가로 산 시집, 혹은 반값도 안 되는 돈으로
입수한 중고서적을 옆구리에 끼고 집으로 돌아오며 가슴 설레어
하던 시절을 생각하면 고급스러운 종이에 선명하게 찍힌 활자,
그것도 저자가 직접 서명까지 한 책을 무료로 배달 받았으니 왜
아니 즐겁겠는가.

사실 책을 받으면 예나 지금이나 즐겁다. 책을 써본 사람은 그
노고를 잘 안다. 더군다나 남이 쓴 책일 때는 그 속에 담긴 내용
에 대한 궁금증과 그 언어의 인력에 충동되어 당장이라도 만사
제쳐놓고 읽기 시작하고 싶을 때가 많다.

그러나 글을 읽고 글을 쓰는 것이 직업인 사람에게까지도 책
이 항상 기쁨의 대상일 수만은 없다. 그게 구체적인 현실의 제약
이다. 읽어야 할 책은 너무 많은데 그 많은 책을 언제 다 읽을
것인가? 그리고 어느 것을 먼저 읽을 것인가? 이리하여 수많은
책들을 기쁨과 함께 받았으되 틈이 나면 읽으리라 마음먹었을
뿐 서재 한구석에 다른 수많은 책들과 함께 쌓아두기만 하고 끝
내 다시 펴보지 못하니 얼마나 안타까운가.

그렇다고 항상 충동적인 독서만은 할 수 없는 노릇이다. 직업

때문에, 전공분야 때문에, 어떤 시기의 주된 관심사와 마음을 사로잡는 문제 때문에, 혹은 아주 구체적인 목적 때문에 읽을 책의 선택은 이미 내려져 있다. 꼭 읽어야 할 책만을 읽으려 해도 숨이 턱끝에 찰 판이다.

그런데 다른 한편 생각해보면 반드시 시간이 모자라서 책을 다 못 읽는 것은 아닌 듯하다. 어차피 쏟아져 나오고, 또 내가 선택하여 입수했건 밖으로부터 전해져왔건, 내 손으로 쏟아져 들어온 책들 가운데서 정작 제한된 시간을 바쳐 읽을 책은 선택을 할 수밖에 없는 일이다. 항상 어떤 '필요'와 '목적', 혹은 정보와 지식을 위해서만 책을 읽는 것은 아니다. 때로는 자신의 좁은 지적 정서적 울타리로부터 벗어나서 막연히 '다른' 어떤 세계 속으로 들어가보고 싶은 충동——그것이 책을 찾아 나서게 하는 경우는 (적어도 나의 경우에는) 자주 있다. 무슨 책을 읽을까? 한밤중에 잠이 깨어 이 책 저 책을 뒤적이며 마땅한 읽을거리를 찾느라고 많은 시간을 허비할 때가 있다. 물론 그것은 그 당시 내 마음의 망설임이나 욕망의 분산, 혹은 집중력의 결여에 책임이 돌아가야 마땅하다. 그리고 일종의 직업병이라 할 수 있는 것으로, 항상 어떤 문제나 주된 관심사의 설명과 관련되지 않는 글이나 책에 쉽사리 마음을 주지 못하는 탓도 있다. 그러나 그런 개인적인 이유 못지않게 나의 '독서의 결심'을 방해하는 것은 '책의 인플레'라고나 할 수 있을 현상과 관련이 있다.

좀 배부른 소리 같겠지만 요즘에는 책이 필요 이상으로 많이 나온다는 생각을 지우기 어렵다. 아름다운 책, 감동적인 책, 설득력이 강한 책, 눈을 뜨게 해주는 책을 찾지만 막상 만나고 보면 너무 수다스럽기만 하다는 느낌을 받는 경우가 있다. 아무나 다 그림을 그린다, 아무나 다 작곡을 한다, 아무나 다 연주를 한다는 느낌은 별로 가져본 적이 없는데 아무나 다 글을 쓴다는 느낌은 점점 더 자주 갖게 된다. 그만큼 글쓰기란 쉬워진 것인가? 아니 쉽다고 여겨지는 것인가?

사실 단순한 '발언'의 차원에서 글쓰기를 생각한다면 쏟아져 나오는 책은 인플레 현상의 노출이 아니라 민주주의의 표현이라고 볼 수도 있다. 신문에서 볼 수 있는 '독자의 소리'나 잡지의 끝부분에 실리는 독자란, 독자문예, 독자와 함께 만드는 페이지 따위가 거기에 속한다고 하겠다. 많은 사람들에게 골고루 발언권을 주자는데 누가 반대하랴?

그러나 이 돌연한 글쓰기와 발언의 민주주의는 그 이면에 또하나의 얼굴을 숨겨 지니고 있다. 텍스트는 물론 정신의 산물이지만 그와 동시에, 그리고 필연적으로 물질적인 산물이다. 간단히 말해서 자본주의 경제사회에서는 무엇보다도 상품인 것이다. 신문이나 잡지의 그 유별난 독자애호의 뒤에는 독자가 지불하는 구독료와 아울러 그것에 연계되어 있는 광고주의 시선이 어른거린다.

정신적 산물로서의 책이 지닌 또하나의 얼굴, 즉 경제적 상품으로서의 기능을 새삼스럽게 탓할 수는 없다. 다만 정신적 산물로서의 기능과 상품으로서의 기능 사이의 균형이 문제다.

수요와 공급면을 살펴보자. 오늘날 우리나라에서 객관적으로 평가하여 어느 정도 가치가 있다고 여겨지는 책을 쓴 사람이 마땅히 출판사를 찾지 못하여 책을 내지 못하는 경우는 없다고 나는 경험을 통하여 장담할 수 있다. 그만큼 좋은 원고에 대한 출판사측의 수요는 강하다. 특히 인기 있는 장르인 소설의 경우에 이르면 더욱 현저하다고 볼 수 있다. 그만큼 군소 출판사와 잡지사가 봇물 터지듯이 난립했는데도 불구하고 역시 정신의 산물인 글의 생산은 더딘 것이어서 그 수요를 따라가기엔 턱없이 부족하다. 이 수요와 공급의 불균형이 무리한 생산을 부추긴다. 그리하여 우리들의 출판계는 날이 갈수록 수다스러워지고 내용이 부실해지고 동어반복적이 되어간다.

그 결과, 문학의 경우를 예로 들자면 매우 흥미로운 현상들이 노출된다. 첫째로 장르상의 변화가 나타난다. 종래 월간잡지라는 매체를 중심으로 소설의 주종을 이루던 단편소설들은 나중에 단편집이라는 형식으로 다시 묶여 단행본으로 출간되지만 출판사의 수요를 따라가기엔 양적으로 적고 수적으로 너무 더디다. 그러나 신문연재소설이라는 19세기적 양식을 빌리지 않고는 거의 연습부족이었던 단편작가들이 돌연 장편소설을 써내기란 역부족이었다. 그 결과 단편에서 장편으로 넘어가는 예행연습이 중편이고 예행연습이 개막공연의 일부가 되는 지혜를 발휘한 장르가 옴니버스소설, 연작소설 따위다. 식탁 서너 개 놓고 시작한 냉면집이 인기가 있어 골방과 뒷방과 마루방을 달아내다 보니 기형적인 대형식당이 된 경우다.

둘째로 문체상의 특성을 눈여겨볼 수 있다. 좀 과장되게 말하면 이 나라에서 잘 팔리는 책을 쓰자면 가급적 자주 행을 바꾸면서 써야 한다. 수많은 인기 수필집은 종결부호가 찍힐 때마다 행을 바꾼다. 그만큼 사고와 감성의 비약이 심하다. 그만큼 논리를 뛰어넘는다. 그만큼 게으른 독자에게는 일관성이 있는 집중을 요구하지 않아서 편하다. 이 행바꾸기의 극치가 시(詩)다(물론 모든 시가 다 그런 것은 결코 아니지만 '쉬운' 쪽만을 지향하는 수다스러운 시는 반드시 이쪽에 가깝다). 그러나 산문(상품)으로서의 양을 유지하며 자주 행을 바꾸어 쓰고 싶기에 '연작시'라는 형태의 장시를 쓴다(이때 원고료 계산은 시의 편수에 따르는 것인지 산문과 같이 매수에 따르는 것인지 궁금하다). 이쯤 되면 이 수다스러운 세상에서 시의 매력은 돌연 허락된 저 여백과 침묵의 아름다움이라 믿었던 나의 생각은 질기고 질긴 산문의 벽에 부딪쳐 산산조각 나버린다.

세번째로 노출되는 현상은 바로 동어반복이다. 월평을 써야 하는 평론가가 아니라면 오늘날 잡지에 발표되는 단편소설이나 '전작' 장편의 '분재'는 그때그때 안 읽어도 된다. 얼마 있지 않아서 반드시 단행본 단편집이나 장편(길면 상하권, 아니면 번호 붙인 전질)이 되어 나올 테니까 그때 한꺼번에 읽는 맛이 오히려 더 낫다. 수필이라면 수필집에 묶여 나올 것이고 논문이라면 논문집에 묶여 나올 것이다.

어디 그뿐인가. 단편집으로, 장편으로 이미 나왔던 작품이 또한 머지않아 한국 문학전집이나 선집으로, 무슨 상 수상작품집으로, 그 작가 자신의 전집으로, 선집으로, 어머니, 아버지, 형님, 분단, 통일, 여성, 노동자, 교수, 여행…… 갖가지 주제별 문학선집으로, 문학특집으로 다시 묶여서 나온다. 같은 작품이 이번에는 출판사를 달리하여 또다른 전집이나 선집 속에 반복되기도 하고, 책이 상품임을 간접적으로 나타내 보이는 것으로 성이 차지 않은 듯 아예, 미원이나 넥타이나 양주나 햄이나 치즈와 똑같은 자격으로 추석선물 세트로, 입학시험 세트로, 고가의 음향기기나 전자제품의 보너스로 새로이 포장되어 시장에 나오기도 한다. 포장을 바꾼다고 해서 작품이 새로워지는 것은 물론 아니다. 오히려 많은 경우 새로운 포장을 할 때마다 참치통조림이 녹슬듯이 작품도 손상을 입기 십상이다.

물론 경제력과 인구에 비례하는 시장의 규모, 그리고 뜻있는 문화인들의 노력 덕분에 활력을 얻어가는 출판문화를 놓고 그 부정적인 측면만을 강조할 수는 없다. 이 분야의 왕성한 에너지는 이윤추구에서 비롯한 역기능에도 불구하고 작가와 문필가들의 상상력과 지성에 더 크고 드높은 불꽃을 점화하고 있다는 사실도 간과해서는 안 된다.

그러나 이러한 활력과 역동성의 소용돌이 속에서 한번쯤 돌이켜 생각해보아야 할 것은 출판물의 신뢰성 문제다. 오늘의 이 수많은 책과 저작물 속에는 내일의 '고전'이 담겨 있다. 그러나 오늘날의 이 성급한 생산과 동어반복적 재포장 속에서 과연 우리는 텍스트의 진실성을 어떻게 판별할 수 있을 것인가?

많은 작품과 글들이 판과 판을 거듭하면서 그 모습이 일그러지고 오자 낙자가 속출하고 문단이 제멋대로 해체되고 그릇되게 재배치되는 경우는 얼마든지 있다. 같은 글의 수많은 판본들 중에서 어느 것을 신뢰할 수 있을 것인가? 믿음의 근거는 어디에 있는가? 여기서 금방 생각나는 예는 현대소설의 교차로요 위대한 고전이라는 플로베르의 『보바리 부인』이다. 이 책은 작가가 집필을 위하여 준비한 여러 가지 '시나리오' 이외에도 오늘날 루앙 시립도서관에 고스란히 소장된 작가의 초고작과 자신의 자필 원고 결정본, 작가의 청을 받아 그 자필원고를 보고 옮긴 필생(筆生)의 사본, 그리고 1856년 말 『보바리 부인』의 '비평적 판본'들이 폭넓은 이문(異文)들과 함께 나와 있다. 『보바리 부인』의 독서·연구·비평은 여기서 비로소 시작된다.

오늘날 이 나라 문예부흥이 필요로 하는 것은 양에 따르는 질의 확보다. 그 질의 확보를 위해 당장 관심을 가져야 할 것 중 하나가 '비평적 판본'의 권위와 믿음일 것이다. 여기서 참다운 고전의 독서가 비로소 시작될 수 있기 때문이다.

(1990)

베스트셀러로부터의 해방

"드르륵 문을 열면 눈앞에 즐비하게 잡지들이 줄지어 있어요. 제일 착실하게 팔리는 것이 여성잡지, 새로운 성(性)의 기교 ─ 그림해설을 곁들인 「사십팔법」 부록이 달린 그거예요. 동네 주부가 그런 걸 사갖고 가서 주방 탁자 앞에 앉아서 숙독을 하곤, 바깥양반네가 귀가하면 당장 시험해보는 거지요. 그거 제법 볼 만하지 뭐야. 정말이지, 세상 부인네들 무엇을 생각하고 사는 건지 몰라. 그리고 또 만화, 이것 역시 잘 팔린다구. 『매거진』『선데이』『점프』. 그리고 물론 주간지들. 아무튼 거의 전부가 잡지란 말야. 얼마쯤 문고판은 있지만 대수로운 건 없고. 미스터리라든지, 역사물, 풍속물, 분재가꾸기, 결혼식 연설법, 이것만은 알아야 할 성생활, 담배는 곧 끊을 수 있다 등등. 그것뿐『전쟁과 평화』도 없고 『호밀밭』도 없어요. 그것이 고바야시 서점. 그런 것들의 도대체 어디가 부럽다는 거예요.”

이것은 일본작가 하루키의 소설 『노르웨이의 숲』에 나오는 인물이 자기집에서 경영하는 작은 서점을 자조적으로 소개하는 말이다. 그것도 20여 년 전 일본 동네 거리의 작은 서점 이야기다. 그러나 오늘날 우리나라 수도 서울의 작은 서점풍경도 이와 크게 다를 것이 없다. 나는 가끔 우리 아파트 상가에 있는 작은 서점을 아이들과 함께 찾아간다. 아이들의 읽을거리를 골라주기 위해서다. 책 제목과 출판사 이름을 알고 가서 찾으면 대개는 없다. 있는 것은 ‘잘 팔린다’는 어른들의 베스트셀러들뿐이고, 그것도 무질서하게 꽂혀 있어서 주인 자신도 ‘최근’의 베스트셀러가 아니면 잘 찾아내지 못한다.

대개는 고객이란 사람이 찾아와서, 요즘 무슨 책이 많이 나가요? 하고 물으면 주인은 서점 중앙에 잔뜩 쌓여 있는, 신문의 전단광고란에 매일 큼직한 얼굴이 찍혀 나오는 여류수필가의 수필집을 가리켜 보이기 일쑤다. 그런 책을 열어보면 으레 산문임에도 불구하고 한 줄 혹은 두 줄마다 행을 바꿔 쓰고 있어서 책장은 멍청한 머릿속을 공허한 바람소리를 내면서 잘도 넘어가게 마련이다. 그런 책은 소시민들에게 안도감을 준다. 인생이 무엇인지를 생각케 해준다는 핑계로 우리의 총명과 감성을 다독거리면서 잠재운다. 눈을 뜨고 잠들려면 이런 책을 읽으면 된다.

그렇지 않으면 하루키의 소설에서 말하는 고바야시 서점처럼 여성잡지 아니면 ‘실용적’인 책, 입시용 참고서가 주종을 이룬다. 공리성의 세계다. 어딘가 ‘목적’을 향하여 달려가는 사람들에게 도움을 주자는 것이다. 수영 잘 하는 법, 꽃꽂이 잘 하는 법, 주식투자하는 법…… 그런데 ‘좋은 책을 고르는 법’은 없다.

가령 교양인 필독서 100권 해제…… 따위가 있겠으나 이것은 책을 고르는 방법이 아니라 그 안내서만으로 만족하고 책읽기는 그만두라는 폐업권유다. 그러나 이런 현상이 이른바 후기산업사회라는 '오늘의 세계 전체'의 공통된 현실이라고 오해하는 사람들이 있어서 탈이다. 멍청한 베스트셀러 목록을 소개하는 신문 또한 이런 현상을 부추긴다. 그러나 그렇지 않다. 이것은 열등한 교육제도, 입시제도가 만들어낸 이 나라의 지적 사막의 황량한 풍경일 뿐이다.

이런 불모지에도 그처럼 '공리적 목적'과 관계없이, 베스트셀러와도 무관하게 깊이와 언어의 향기를 가만히 드러내는 책들이 없지 않다. 다만 그 수가 적을 뿐이다. "오늘은 시간이 없어 편지가 길어졌습니다"라고 끝맺는 현처(賢妻)의 긴 편지처럼 말을 아낄 줄 아는 책의 세상은 아직도 계속되고 있다. 가령 신영복의 『감옥으로부터의 사색』 같은 진실과 감동의 책들을 파는 서점이 이 땅 어느 동네엔가는 있을 것이다. 열심히 찾는 이에겐 반드시 그런 책이 눈에 보인다.

(1992)

『현대문학』과 나

한 인간을 어떤 삶의 행로로 접어들게 만드는 결정적 계기가 무엇인가를 밝혀내는 것은 쉬운 일이 아니다. 처음부터 어떤 방향으로 나아가겠다고 굳게 결심을 하고 노력하는 경우에도 일은 그렇게 뜻대로 되어주지 않는 경우가 많다. 하물며 나아갈 방향이 어느 쪽인지 알지도 못한 채 그냥 밖에서 주어진 길을 맹목적으로 따라가는 것이 보통사람들의 생활이다. 가령 우리는 태어나서 부모의 손안에서 행복하게 혹은 고달프게 성장한다. 그리고 일정한 나이에 이르면 오늘날 대부분의 경우가 그러하듯이 학교라는 궤도 위로 올라서게 된다. 여기서부터는 좋든 싫든 간에 고달픈 질주가 시작된다. 이미 모든 프로그램은 남들의 손안에서 결정되어 있다. 나는 그저 열심히 '공부'만 하면 된다는 것이다.

어디로 가기 위해서? 무엇을 위해서? 인생의 초년기를 이런 식으로 맞이하는 것은 즐거운 일일까 슬픈 일일까 당연한 일일까 기이한 일일까? 모를 일이다. 쉽사리 답이 나오는 것이라면 인생에 무슨 재미가 있겠는가. 그러나 내 개인적인 삶의 행로를 다시 거슬러가서 생각해보면, 나는 이와 같은 궤도에서 다소나마 벗어나와 나 혼자만의 '나들이'를 하면서 '바람'을 쏘일 수 있었던 것이 천만 다행으로 여겨진다.

얼마 전 어떤 외국 친구가 오랜만에 서울에 왔다면서 이른 아침에 전화를 했다. 공무로 짧은 여행길에 들렀는데 나와 함께 보낼 시간은 그날 오전밖에 없다고 했다. 우리는 일단 전화기를 내려놓는 길로 시내의 호텔에서 만나 아침식사를 같이 하기로 약속했다. 신문이나 텔레비전에서 가끔 '조찬모임'이라는 생소한 말을 들어보긴 했으나 내가 직접 해보기는 처음이었다. 해보니 아주 쾌적한 일이었다. 초겨울의 밝은 아침해가 창으로 비쳐드는 가운데 충분히 휴식을 취한 투명한 얼굴의 옛친구를 오랜만에 만나 가벼운 식사를 하면서 그 동안 지낸 이야기를 주고받는 것은 즐겁다. 아침식사를 끝내고 무엇을 할까 생각하다가 마침 가까운 국립박물관의 책과 인쇄술에 관한 전시회를 구경하기로 했다. 신문에서 소개하는 기사를 읽고 한번 가보아야겠다고 마음먹고 있었는데 이런 방면에 관심이 많은 외국친구와 함께 보게되어 다행이었다.

입장권을 사들고 전시실에 들어서자마자 나는 의외의 전시물을 보고서 한참 생각에 잠겼다. 팔만대장경이나 훈민정음 같은 것들이 전시되어 있으려니 하고 기대했는데 서론격으로 당장 보여주고 있는 인쇄물은 근래의 소설과 잡지들이었다. 가령 김승옥의 『서울 1964년 겨울』, 최인호의 『별들의 고향』, 조선작의 『영자의 전성시대』같은 한 시대의 분위기를 그 나름의 목소리와 색채로 특징지었던 작품들이었다. 나 역시 차례대로, 직접, 몸으로 겪어온 시대였다. 그런데 그 가운데서도 특히 나의 눈을 끄는 것은 바로 월간지 『현대문학』의 창간호였다. 기억이 흐려져 알 수 없어져버렸던 저 아득한 출발점, 혹은 실마리가 거기 있었다. 1955년 1월호. 그랬었던가?

1955년이면 전쟁이 막 끝나고 서울이 수복하여 겨우 폐허를 비집고 새 생활을 시작하는 때였다. 그해 봄에 나는 일생 처음으로 서울땅을 밟았다. 세상의 길을 따라 달려갔는데 그만 그 길이 끝나버리면서 그 어디로도 인도하지 않는 오지의 깊은 산골에서 어린 시절을 보내고 나서 나는 그때 사람들이 흔히 '청운의 꿈'이라고 부르는 것을 가슴에 품고 고향을 떠났다. 중학교 입학시험을 치르기 위하여 단신 상경한 것이다. 역에 마중나오시기로 한 아버지는 무슨 일 때문인지 오시지 않았다. 나는 상경 첫날부터 미아가 되었다. 기찻간에서 만난 어떤 낯설은 아저씨의 손에 이끌려 영천고개 비탈에 있는 엿장수 합숙소에서 하룻밤을 보냈다. 그런일 쯤은 별로 놀랍지도 않던 시절이 1955년이었다.

그후 나는 그 낯선 아저씨의 친절한 도움으로 아버지를 찾아냈고 산골 고향에서 말로만 듣던 명문 경기중학교에 합격했다. 6·25전쟁 후 간신히 수복한 서울인지라 말이 명문이지 지금의 조선일보사 뒤쪽으로 짐작되는 덕수국민학교 옆댕이에 나직하게 붙여 지은 몇 채의 판잣집이 경기중학교의 전부였다. 당시는 경기 고등학교도 별로 사정이 나을 것이 못 되어 지금 세종문화회관 빈터(당시는 '운남회관 불탄자리'라고들 불렀다)에 판잣집을 지어놓고 근근이 버티고 있었다. 중학생이 되는 즉시 나는 '어쩐 말'(서울말)을 힘겹게 길들여가면서 미술반에 들어가 신나게 그림 그리는 일, 전차표 살 돈과 인색한 용돈을 야금야금 빼내어 친구들과 군고구마나 거지빵을 사먹는 일 따위에 정신이 팔려 있었다. 덕분에 광화문 학교에서 내가 기식하는 외가가 있는 충무로 4가까지를 다리가 빠지도록 부지런히 걸어다녔다. 이 매일매일의 장거리 도보여행에 늘 길동무가 되어주곤 했던 사람이 당시 미술반장이었던 유규승형이었다. 그는 훗날 뉴욕시절 수화 김환기 선생과 가장 가까이 지낸 사람 중의 하나가 되어 그분의 일기장에 자주 등장하는 줄로만 알았더니 근래에는 가끔 서울에 돌아와 올림픽 선수촌 아파트도 설계하고 환기 미술관도 설계한다.

그 무렵 내게는 그림 그리는 것 이외에 또 한 가지 정열적인 관심사가 있었는데 그것은 바로 독서였다. 독서라면 매우 고상하게 들리겠지만 사실은 탐정소설과 애정소설의 걷잡을 수 없는 매혹에 완전히 중독되어가는 중이었다. 가령 김래성의 『인생화보』『청춘극장』『마인』아니면 몰래 숨어서 보았던 『벌레먹은 장미』따위가 그 조숙한 독서내용이었다. 물론 집앞 골목길에 책장 하나 달랑 세워놓고 빌려주는 대책점에서 빌려보는 책들이었다. 그 중에도 홍미진진한 탐정소설『마인』상하권의 경우는 특히 기억에 남는다. 상권을 빌려다가 단숨에 다 읽었는데도 누군가 딴 사람이 그 다음 하권을 빌려가서 도무지 돌려오지 않는 것이었다. 결국 기다리다가 애가 탄 나는 마침내 거금을 투척하여 그 하권을 서점에서 직접 사는 일생일대의 사건을 저지르게 되었다. 이리하여 나는 일생에 처음으로 산 책이 탐정소설, 그것도 '하권'이라는 한심한 기록을 보유하게 되었다.

당시 충무로 4가 외가의 2층에는 외숙의 친구분 아들딸들이 시골에서 올라와 학교에 다니며 살고 있었다. 그 사람들은 고등학생에서부터 대학원 학생까지 골고루 분포되어 있었는데 그 중 손위인 대학원생이 지금은 서강대학교 영문과 원로 교수이신 김용권 선생이다. 이분은 어린 나를 무척 귀여워해주셨다. 덕분에 나는 그분의 공부방에 종종 올라가서 구경하는 기회를 갖게 되었는데 어느 날 그분의 책상 밑 발치에 잔뜩 쌓인 책들 가운데서 여러 권의 『현대문학』 잡지들을 '발견'했다. 책상 위나 책장에 모셔진 하드 커버의 서양책들에 비하여 발치로 밀려난 그 기이한 책들을 나는 별 어려움 없이 집어다가 길들이기 시작했다. 김래성 방인근만큼 재미있지는 않았지만 우선 빌려 보는 비용이 들지 않는다는 장점이 있어서 차츰 나의 독서경향은 『현대문학』의 단편이나 장편 연재소설들로 이동하기 시작했다. 그 뒤부터 나는 상당히 오랜 동안 책상발치로 밀려나는 그 문예지의 끈질긴 애독자가 되어 있었는데 지금도 단편들로는 박경리의 「영주와 고양이」, 손소희의 「창포필 무렵」, 강신재의 「젊은 느티나무」 등이 오래 잊혀지지 않는다. 어느 날 학교에서 일찍 돌아와서 빈 집을 지키고 있었는데 옆집에서 불이야 하는 소리가 났다. 나는 반사적으로 불이 옮겨 붙을지도 모른다는 생각이 들었고 그와 동시에 귀중한 물건들은 밖으로 끌어내어야겠다고 마음먹었다. 그때 내가 판단한 귀중품 1위에 여러 권의 『현대문학』들이 포함되어 있었으니 가히 현대, 그리고 문학 쪽으로 나의 운명이 선회하는 순간이 아니었나 싶다. 마침 옆집의 불은 곧 진화되어 길바닥으로 끌어내었던 책들은 모두 제자리로 돌아갔지만 이때의 다급했던 기억은 지금도 생생하다.

이와 비슷한 무렵, 나는 학교의 미술반 친구들과 함께 당시 유명한 학생 잡지인 『학원』사 주최의 미술대회에 수채화를 몇 점 출품했다. 그 결과 나는 보기좋게 낙선하고 말았다. 어린 마음속

에 받은 이 실망은 곧 나를 그림 그리기에서 글쓰기로 바꾸도록
하는 데 결정적인 역할을 하고 말았다. 한편『현대문학』은 내게
이처럼 문학을 향한 방향 전환의 동기가 되어주고 나서 곧 임무
교대를 하기에 이르렀다. 내가 다른 동네로 이사를 했기 때문에
그 성인용 문예지의 무료 구독 혜택이 끝나버린 것이다. 그 대신
나는 당시 청소년들에게 선풍적인 인기를 끌었던 잡지『학원』의
애독자가 되었을 뿐만 아니라 그 잡지 문예란에 시가 실림으로
써 청소년 문단에 데뷔했다. 황동규, 이제하, 정규남…… 등 '하
늘같이' 보이던 선배들의 뒤를 이어 문학공화국의 소년병으로
출전하던 50년대가 시작된 것이다. 나는 남이 만들어놓은 궤도
로부터 신나게 일탈하기 시작했다. 바람이 분다. 살아보아야겠
다. 나는 마음속으로 이렇게 외치며 순간순간을 맞이하고 싶었
다.

　그후 나의 삶은 여러 가지로 모양을 바꾸었다. 그러나 시, 소
설, 평론, 한국문학, 불문학 등으로 내적인 변화와 회귀와 왕래를
거듭했지만 어느 한 순간도 '문학'이라는 커다란 테두리를 벗어
난 적이 없었다. 그리하여 나는 대학 시절의 문학공부에만 모두
13년을 바쳤고 그후 20년이 가까운 세월 동안 문학을 대학에서
가르치고 문학에 대한 글을 쓰고 마음에 드는 작품들을 번역도
하는 즐거움을 누리고 있다. 내가 좋아하는 소설과 시를 읽는 것
만도 즐거운 일인데 그 덕에 월급까지 받고 더러는 원고료라는
이름으로 용돈까지 얻어 쓰며 수많은 친구들을 사귈 수 있고 수
많은 젊은이들에게 영향을 끼칠 수 있다는 것은 아무리 생각해
도 너무 신기한 일이다. 특히 어느 한 순간도 문학이라는 길을
택한 것을 후회해본 적이 없었으니, 그 귀중한 일생의 선택이 이
루어지는 그 지점, 그 충무로 4가 어느 적산가옥 2층 책상 밑에

수북이 쌓여 있던 우리나라의 가장 오래 된 문예지『현대문학』
에 어찌 감사하지 않을 수 있으랴. 이 감사의 말과 더불어 오늘
처음으로『현대문학』에 이를테면 '데뷔'하기 위하여 나는 1955
년의 어린 소년 시절 이래 39년이라는 긴 우회의 도정을 거쳐온
것만 같은 느낌이다. 하기야 카뮈는 일찍이 이렇게 술회하지 않
았던가 : "한 인간이 이룩한 작품이란, 예술이라는 긴 우회의 길
들을 거쳐서, 최초로 가슴을 열어 보였던 한두 개의 단순하면서
도 위대한 이미지들을 되찾기 위한 긴 도정에 지나지 않는다."

(1995)

잃어버린 청춘에 바치는 슬픈 찬가

빈 속에 길 잃고 얼어붙은 채
외롭게 무일푼의
열여섯 살 소녀가
꼼짝않고 서 있는
콩코르드 광장
정오 팔월 십오일.

이것은 물론 자크 프레베르의 시다. 프레베르말고 누가 또 이
렇게 짧은 시를 쓸 줄 알겠는가? 프레베르말고 누가 또 이렇게
짧은 시 속에 이렇게 기나긴 여운의 이야기를, 아니 긴 여운의
분위기를 담을 줄 알겠는가? 이 시에는 '아름다운 계절'이라는

제목이 붙어 있다.

파트릭 모디아노의 소설 『더 먼 곳에서 돌아오는 여자』는 프레베르의 그런 시를 생각나게 하는 분위기의 소설이다. 한여름 뙤약볕이 내려쪼이는 파리를 고스란히 되살아나게 하는 소설이다. 7월 하순이나 8월의 파리는 여느때의 파리와는 다르다. 그때 모든 파리 사람들은 피서지로 떠나고 없고 오직 드넓은 광장에는 햇빛만이 가득하다. 이 햇빛과 고독과 정적 속으로 프랑스 말이 서투른 외국 관광객들이 찾아드는 때다.

소설의 주인공 장 데커도 바로 이렇게 햇빛만 쩌르릉쩌르릉 울리는 한여름의 파리에 도착한다. 그는 토박이 파리 사람이었었다. 옛날, 20년 전에 말이다. 그리고는 멀리, 도버 해협 저쪽에서 이제는 영국 사람이 되어 돌아온 것이다. 20년 만에 처음으로 돌아온, 지금은 낯설어진 파리에 가득한 것은 한여름의 햇빛뿐이다. "일요일의 오후 두시. 대로에는 7월의 햇빛이 쏟아질 뿐 인적이 없었다. 혹시 폭격을 맞고 주민들이 모두 다 소개되어 떠나고 난 유령 같은 어떤 도시를 통과하고 있는 것이나 아닌가 하는 생각이 들었다." "바람결 하나 없는 숨막히는 밤이었다." "공기는 방안 것보다 바깥 것이 더 더웠다." "찌는 듯한 삼복의 파리에서 너무 적적한 느낌이 들었다." 이처럼 이 소설의 도처에서 더위와 햇빛과 고독은 후렴처럼 반복되고 있다. 안톤 슈낙이 왜 오뉴월의 장례식은 우리를 슬프게 한다고 했는지, 왜 낙엽 지는 가을날의 장의 행렬이 아니라, 여름의 뙤약볕 속을 지나는 장의 행렬이 우리를 슬프게 한다고 했는지 이 소설을 읽어보면 알 수 있다.

『더 먼 곳에서 돌아오는 여자』는 잃어버린 청춘의 소설이다. 영국의 이름난 탐정소설 작가 장 데커가 돌연 20년 만에 파리로

와서 만난 것은 단순히 한여름의 햇빛만이 아니다. 그 뜨겁고 숨
막히는 햇빛 속에서 조금씩조금씩 되찾게 되는 것은 무엇보다도
그가 그 도시 속에 두고 간 청춘의 영상이요 청춘의 잔해들이다.
그가 돌아온 한여름의 파리는 그냥 하나의 공간만이 아니라 공
간이라는 그릇 속에 담겨 있는, 아니 매어져 있는 어떤 시간이
다. 노자(老子)가 그랬던가? 사람들은 진흙으로 항아리를 빚어
만들지만 정작 유용한 것은 항아리가 아니라 그 항아리 속의 비
어 있는 공간이라고. 파리는 꽃을 꽂는 빈 항아리에 불과하다.
중요한 것은 그 비어 있음을 읽어내는 마음의 눈, 추억의 눈이
다. 이리하여 장 데커는 파리로 돌아옴으로써 돌연 20년의 세월
을 건너뛰어 과거의 시간 속으로 회유하는 것이다. 원래 『잃어
버린 거리』라는 제목이 붙어 있던 이 소설을 번역하면서 내가
『더 먼 곳에서 돌아오는 여자』라는 제목을 새로이 만들어 붙인
까닭은 바로 여기에 있다. '더 먼 곳'이란 바로 저 심연 속에 묻
힌 과거, 우리들 모두의 청춘을 뜻하는 것이다. 그런 과거 속으
로 돌아가는 길은 수평적인 길이 아니라 수직적 하강의 길이다.
20년의 세월을 거슬러 문득 파리에 돌아온 장 데커는 이렇게 말
한다. "꼼짝도 하지 말 것. 마치 낙하산을 타고 뛰어내리듯 오랜
세월의 층을 거쳐 마침내 낙하가 완료되기를 기다릴 것. 옛적의
파리에 착지(着地)할 것. 폐허를 찾아가 살펴보고 거기에서 자
신의 자취를 발견하려고 노력할 것. 그 동안 정지상태로 공중에
떠 있는 모든 의문을 풀도록 애쓸 것." 그러나 사람은 결코 출발
점으로 되돌아오지 못하는 법이다. "그 어느 증인이 아직도 내
지난 삶을, 그리고 파리의 거리 거리를 쏘다니면서 그 속에 파묻
히던 그 젊은이를 기억하겠는가? 어느 누가 베이지색 저고리를
입은 이 영국 작가에게서 그 청년의 모습을 알아보겠는가? 사실

많은 것이 변했다. 카루젤 개선문 쪽 회양목 더미 뒤에 있던 공중변소는 없어져버렸다. "택시가 구비옹-생-시르 대로를 접어드는 순간" 그곳 모퉁이에 서 있던 '카페'가 이제는 없어져버렸다는 것을 알아차린다. 장 데커는 이렇게 느낀다. "그래서 내가 이 유령 같은 도시 한복판에서 느끼는 꿈인가 생시인가 싶은 의문의 감정이 더욱 절실해지는 것이었다. 그런데 혹시 유령은 나 자신이 아닐까?"

하지만 이런 해묵은 도시에는 반드시 무엇인가 어디엔가 변하지 않은 채 고스란히 남아 있는 것이 있는 법이다. 그것은 지하철 복도 모퉁이를 돌다가 돌연 맡게 되는 어떤 냄새일 수도 있고, 전화번호부 속에서 찾아낸 어떤 전화번호일 수도 있고, 그토록 오랜 세월 동안 방치해둔 어느 방 책상서랍 속에 아직도 남아 있는 낡은 선글라스일 수도 있고, 책장이 떨어져나간 수첩 속에 기록된 옛날의 어떤 주소일 수도 있고, 관광택시 운전수가 즐겨 바르는 화장수 냄새일 수도 있다. "파리는 많이 변했지만 헤이워드 저 사람에게서는 이십 년 전과 똑같은 냄새가 나고 있는 것이었다. 내게는 이제 한물간 것같이 느껴지는 그 냄새가. 그의 아파트 목욕탕 안 작은 탁자 위에 늘어놓였던 진한 녹색 병들이 내 눈에도 선한 아쿠아 디 셀바 화장수 냄새."

이런 일견 하잘것 없는 작은 단서들을 따라가면 우리를 기다리고 있는 과거를 만나게 된다. "마치 갑작스럽게 어떤 우물 밑바닥이나 무슨 에어포켓 속으로 빠져내려가는 기분"이 되면서 다시 만나게 되는 그 공간 속에는 필연적으로 어떤 여자의 모습이 나타나게 마련이다. "옆 모습으로 보니 그녀는 더 젊어 보였다. 아마 지난 이십 년 동안 그 여자는 감속된 속도로, 혹은 동면 상태로 살아왔는지도 모른다."

그렇다. 우리들의 잃어버린 청춘, 그 스무 살의 출발점으로 돌아가보면 언제나 거기에는 한 여자가, 아니 두 여자쯤이 있는 법이다. 한 여자는 물론 연상의 여인이다. 그리고 또 한 여자는 내 또래의 풋내기 여자, 어머니의 가장 다정한 친구를 최초의 연인으로 삼은 발자크가 아니더라도 누구나 스무 살 무렵쯤이면 한 번쯤 연상의 여인을 사랑하는 법이다. 특히 어디선가 축제를 알리듯 「포르투갈의 4월」 같은 노랫소리가 울려오거나, 그 연상의 여인이 줄곧 문 뒤 저쪽에서 잠을 주무시고, 거리에 부는 바람이 마치 '대서양 바람'인 듯, 그리하여 '대로의 끝에 이르면 바다가 나타날 것만 같은' 느낌이 들고, 무도화와도 같은 검은 실내화를 신은 급사장이 발소리를 죽이며 다가와서 "부인은 아직 주무시는데요" 하고 대답하게 되면, 스무 살 청년은 운명처럼 그 연상의 여인을 사랑하지 않고는 배기지 못하는 것이다. "이제부터 나의 삶은 이 세상이 끝날 때까지 부인이 잠깨기를 기다리고 있는 어떤 꿈과 같은 것이 될 터이다." 그 여인은 서른아홉 살, 그리고 나는 열아홉 살. 그러나 내겐 언제나 그 연상의 여인이 '나이보다 더 젊게' 보이는 법이다.

고통으로 인하여 그녀의 시선이 또다시 굳어졌다. 그 여자는 누워서 얼굴을 내 얼굴 가까이 가져다 댔다. 그리고 아무 말도 하지 않은 채 그 맑은 눈으로 나를 물끄러미 바라보는 것이었다. 수축되었던 입은 풀어졌고 차츰차츰 얼굴이 에덴-로크의 사진에서 보던 젊은 여자의 그것만큼 반드러워지면서 빛을 발했다. 마치 연못의 고요한 수면으로 차츰차츰 부드럽게 떠올라오는 그 무엇—박하 냄새나 연꽃의 꽃잎 같은 그 무엇—인 양.

그런데 이제 열아홉 살 청년의 나이가 그 당시 그 연상의 여인의 나이만큼 되었다. 서른아홉 살. '아침 여섯시경이 되면 그 여자를 엄습하던 그 고통이 무엇인지를 이제 이해할 수 있게' 되는 그런 나이다. 연상의 여인을 사랑하는 그런 시절이 영원히 계속될 수는 없는 법이다. 어느 날 저녁 돌연 한 방의 권총소리가 들리고 청춘은 꽃병처럼 깨어져버린다. 그리고 오랜 훗날, 이제 그 청춘의 파편처럼 그 여자는 '더 먼 곳에서' 돌아온다. 이 시적인 소설은 그런 청춘의 담담하고 가슴 저리는 흔적의 이야기다.

　작가 모디아노는 유명한 작가인가 하고 우리나라의 독자들은 물을 것이다. 아주 쉽게 대답하면 이렇다. 유명하다. 우리나라로 말하자면 「그대 다시는 고향에 가지 못하리」를 쓴 이문열(李文烈)만큼 유명하고 그만큼 아름답다. 우리말로 소개된 그의 소설만으로도 공쿠르상 수상작 『어두운 상점의 거리』 외에 『가족수첩』 『슬픈 빌라』 『밤의 원무』 등이 있다. 독자들이여 그 세계 속으로 이제는 뛰어들어보라. 치마를 뒤집어쓰고 천길 우물 속으로 뛰어들듯이.

여름 한낮에 찾아드는 돌연한 공허(空虛)
─모디아노의 『신혼여행』

나의 1990년은 아무래도 '파트리크 모디아노의 해'가 될 모양
이다. 계간 『외국문학』이 '오늘의 프랑스 문학' 특집을 한다면
서 모디아노론을 써달라는 부탁을 해온 것이 금년 봄이었다. 그
래서 나의 봄은 그때까지 내가 구했거나 구해 읽은 모디아노의
소설 십여 권을 읽고 또 읽는 동안에 다 지나가버렸다. 열한번째
소설 『감형 Remise de peine』은 왜 갈리마르가 아닌 쇠이유 출판
사에서 나온 것일까 하는 의문과 더불어 나는 모디아노의 세계
속에 깊숙이 파묻혀 있던 봄으로부터 깨어나 여름을 맞았다.

십여 권의 모디아노를 연이어 읽고 또 읽고 난 내 느낌으로 판
단해본다면 역시 공쿠르상 수상작인 『어두운 상점들의 거리』『어
떤 청춘 Une jeunesse』, 그리고 『8월달의 일요일들 Dimenches d'

août』, 이렇게 세 작품이 가장 빼어났다고 할 수 있다. 아 참, 그리고 『더 먼 곳에서 돌아오는 여자 Quartier Perdu』 또한 빼놓을 수 없다. 이 중 두 권은 내가 이미 우리말로 번역하여 소개한 바 있다. 그리하여 나는 매혹에 이끌린 나머지 돌연 『8월달의 일요일들』을 번역하기 시작했다. 한 달 동안의 유럽여행 계획이 이미 잡혀 있으므로 남은 시간은 7월 초순까지의 약 한 달뿐이었다. 시간을 절약하기 위하여 혼자서 번역을 위한 여러 차례의 독서, 그리고 각종 사전들과의 씨름 등을 거쳐 만반의 준비를 갖춘 다음 타이피스트 앞에서 번역문을 불러 받아 치게 하는 새로운 방법을 택했다. 막 일을 시작하려는데…… 첫새벽에 전화가 걸려왔다. 우울한 목소리였다. 병원에 입원해 있던 평론가 김현이 기어이 세상을 떠나버렸다는 전갈이었다. 대학병원의 영안실, 무더운 여름장마, 일찍 죽어버린 친구를 향하여 욕지거리를 하며 퍼마신 술, 그리고 낯선 양평 땅, 차들이 씽씽 달리는 국도변의 비탈길을 파내어 놓은 그 뻘건 흙, 그 흙구덩이 속으로 무너지는 친구……

"어디선가 허둥지둥 관에 못 박는 소리가 들린다. 누구의 관일까? 어제가 여름이었는데 어느덧 가을이다……"

이렇게 '속을 쑤시는'(죽은 김현은 이런 표현을 자주 썼다) 죽음의 메아리와 교차하면서 모디아노는 번역되었다. 그러나 한편 『8월달의 일요일들』 덕분에 나의 마음은 작년 여름 그 뙤약볕 속에서 걷고 또 걸었던 남불(南佛)의 니스, 프로므나드 데 장글레…… 바닷가의 대로변을 헤매고 있었다. 그렇다. 작년 여름 나는 니스의 앞길, 뒷길을 누비며 끝도 없이 걸어다녔지만 그곳에서 산 모디아노의 『8월달의 여름』은 읽지도 않은 채 서울로 부쳐버린 뒤여서 그 소설이 그리고 있는 바로 그 거리를 나 자신이 일상으로 오가고 있다는 것을 알지 못했다.

이번 7월 중순, 나는 파리에 도착하는 즉시 작년에 나온 모디아노 『어린 시절의 탈의실 Vestiaire de l'enfance』과 금년의 신작 『신혼여행 Voyage de noces』을 샀다. 그런데 바로 그날 인형극을 하는 옛 친구 알랭 루셀을 만나 그의 집이 바로 『8월달의 일요일들』의 또다른 무대가 되고 있는 마른 강가에 있다는 사실을 상기하게 되었다. 나는 그에게 모디아노의 소설 이야기를 해주었는데 그는 바로 소설 속에 나오는 라 바렌의 '비치' 수영장을 잘 알고 있다고 했다. 아니 잘 아는 정도가 아니라 그는 그 동네에서 어린 시절을 보냈다는 것이었다. 이리하여 나는 그 주일 토요일, 파리에서 마른 라 발레로 가는 에르에에르 급행을 탔다.

서로 다른 시간과 공간의 겹쳐짐

모디아노 소설 속을 거닐었던 그 토요일 아침 나절을 나는 영원히 잊지 못할 것이다. 친구와 나는 아내와 함께 우선 여름날 아침의 마른 강가를 차로 천천히 지나갔다. 다이아몬드를 훔쳐가지고 집을 나온 실비아의 눈에 비치던 강 건너의 별장들, 그 풀밭에 저 혼자 흔들리는 그네, 그 고요하고 인적이 보이지 않는 별장들에는 왕년에 많은 창녀들을 거느린 채 색시 장사로 치부한 포주들이 은퇴하여 산다던가? 강가에는 수양버들과 마로니에가 무성했다. '흘러간 시절'이란 말이 자꾸 머릿속에 가랑잎 소리를 내는 듯한 별장지대. 나는 현실과 소설이 부단히 중첩되는 가운데 그냥 걸어다녔다. 여름 뙤약볕이었다. 여름이라는 계절과 인적이 없는 텅 빈 거리로 쏟아지는 뙤약볕은 어느새 파트리크 모디아노에게 없어서는 안 될 요소들이 되어 있다.

"일요일의 오후 두시. 대로에는 7월의 햇빛이 쏟아질 뿐 인적이 없었다. 혹시 폭격을 맞고 주민들이 모두 다 소개해서 떠나고 난 유령 같은 어떤 도시를 통과하고 있는 것이나 아닌가 하는 생각이 들었다.”

『더 먼 곳에서 돌아오는 여자』는 처음부터 이 같은 한여름의 파리에서 막을 열고 있다. 그러고 보니 내가 찾아가 거닐고 있었던 라 바렌의 마른 강변 길은 반드시 『8월달의 일요일들』에만 나오는 곳이 아니라 이미 『더 먼 곳에서……』의 끝에 잠시, 아쉬울 만큼 너무 짧게 나타났었던 그곳이기도 했다.

“노르 대로를 따라 늘어선 보리수 나무들은 바덴에 있는 리슈텐탈러 알레의 그것만큼이나 무거운 나뭇잎 궁륭을 이루고 있다. 규석으로 지은 작은 별채 건물들, 햇빛이 뚜렷한 그늘 윤곽을 그려 보이고 있는 큰 담들, 그 어느 담벼락에는 라 바렌 영화관의 찢어진 광고지 포스터.”

혹은, “우리는 셴비에르 다리를 건너 마른 강가로 난 길고 좁은 길을 따라 걸었다. 푸른빛으로 괴어 있는 물 위로 실버들 나무들이 비스듬히 서 있었다. 나룻배들, 반쯤 썩어버린 거룻배들, 철조망, 햇빛을 받아 마르는 개흙 냄새, 하오가 기울어갈 무렵의 귀로. 우리는 라 바렌의 강둑 길을 다시 올라온다.”

내 머릿속에서는 모디아노의 서로 다른 작품들의 서로 다른 장소들이 중첩되어 잠자리 날개처럼 비쳐 보이는가 하면 내가 실제로 찾아가보았던 라 바렌의 마른 강가 그 프로므나드 데 장글레 거리가 또다시 그 위에 겹쳐진다. 한참 지나면 어느 것이 먼저이고 어느 것이 나중인지, 그리고 어느 것이 현실이고 어느 것이 픽션인지 분간하기가 어려워진다.

사실 모디아노의 작품이 우리에게 주는 인상들 중의 하나는 바로 이 같은 서로 다른 시간과 공간의 신비스러운 겹쳐짐이라고 할 수 있다.

작년에 나온 『어린 시절의 탈의실』에 연이어 1년도 채 못 된 사이에 모디아노가 금년 5월 또다시 발표한 열세번째 가작 『신혼여행』은 뮌헨과 빈을 거쳐 부다페스트로 가는 기차 안에서 읽기 시작했다. 사실 모디아노의 소설은 비행기나 기차여행을 떠나면서 읽기에 적합하다. 책을 펼치는 즉시 처음부터 끝까지 단숨에 읽는 책이 아니라 몇 페이지를 읽고는 창밖을 내다보며 생각에 잠기거나 아무 생각 없이 풍경을 바라보다가 다시 계속하여 읽는 그런 책이다. 아까 어디까지 읽었었던가 하고 확인하다가 그만 처음부터 다시 읽는 책, 그래도 전혀 섭섭하지 않은 책, 문장의 질감을 곰곰이 되씹어보고 그 순간의 억양, 침묵, 망설임, 아쉬움, 그리고 또 침묵을 마음속에 되살리고 싶을 때 읽기 좋은 책이 모디아노의 소설이다.

"여름날들은 다시 돌아올 테지만 그 화요일날 밀라노에서보다도 더위가 더 무겁게 기승을 부리거나 길거리가 그보다 더 텅 비는 날은 다시 없을 것이다. 그것은 8월 15일 바로 다음날이었다. 나는 수하물 보관소에 가방을 맡기고 역을 막 나서다가 한순간 망설였다. 햇볕이 사정없이 쨍쨍 내리쬐는 시내로 도무지 걸어나갈 엄두가 나질 않았기 때문이었다. 오후 다섯시, 파리행 기차가 출발할 때까지는 아직도 네 시간을 더 기다려야만 했다. 그 동안 머물러 쉴 곳을 찾을 필요가 있었다. 자연히 발길은 역을 따라 뻗은 대로 저 건너쪽 몇백 미터 떨어진 어느 호텔을 향했다. 아까 나는 그 호텔의 웅장한 정면을 눈여겨보아두었던 것이다."

소설 『신혼여행』은 이렇게 햇빛이 무자비하게 쏟아지는 이탈리아의 밀라노에서 시작한다. 일인칭의 내레이터 장 B.는 파리로 돌아가는 기차를 기다리는 동안 역 앞의 어느 호텔 안 어둑한 바에서 음료수를 마시는 동안 바텐더가 다른 손님에게 하는 이야기를 옆에 앉아 듣는다. 이틀 전 그 호텔의 어느 객실에서 여자 투숙객 한 사람이 자살을 했다는 것이었다.

"프랑스 여인이었다. 그 여자는 도대체 무엇하러 8월달에 밀라노에 왔을까요? 그들 두 사람은 마치 내가 그들의 의문에 대답이라도 해주기를 기대하는 듯 내게로 고개를 돌렸다. 그러더니 바텐더는 내게 프랑스 말로 말했다. 8월달에 여길 오면 안 돼요. 8월달엔 밀라노에서는 모두가 다 문을 닫아버리는 걸요."

8월이면 모두가 다 닫혀버리는 곳이 어디 밀라노뿐이던가? 나는 이미 파리에서 모두가 죽은 듯이 문을 닫고 떠나버린 폭염 속의 거리들을 보고 오는 참이었다.

그런데 장 B.는 역의 플랫폼에서 지방신문을 사서 읽다가 그여자가 자신도 아는 사람이라는 사실을 발견한다. 친구들은 카프리 섬에서 그녀를 기다리고 있었다.

"그 여자는 아마도 파리에서 와가지고 지금 내가 서 있는 이플랫폼에 도착했을 것이다. 그런데 나는 불과 닷새 상간으로 그반대 방향의 길을 가려는 것이다. (……) 친구들이 카프리에서기다리고 있는데 이곳으로 와서 자살을 하다니 참 별난 일도 다있다. (……) 그 같은 일을 저지른 데는 내가 끝내 알지 못하고말 어떤 동기가 있었을 것이다."

모디아노의 여느 다른 소설과 마찬가지로 이 작품 역시 너무나도 '소설적'인 '우연의 일치'로 시작되고 마치 탐정소설과도같은 '동기'의 탐색을 그 출발점으로 삼는다.

그러나 정작 소설의 현재는 잉그리드가 밀라노의 호텔 방에서자살하고 장 B.가 그 사실을 우연히 알게 되는 그 시점으로부터 18년 뒤로 성큼 물러나 있다. 당시에 20대 후반이었던 내레이터는 이미 40대 중반이 되었다. 소설가 모디아노와 비슷한 나이이다.

그는 그 사이에 아시아로, 남아메리카로 지칠 줄 모르고 떠돌아다니는 탐험가가 되었다. 사랑하는 아내도 있고 함께 고난을 같이해온 탐험의 친구들도 있다. 그런데 리오데자네이로를 향하여 탐험길에 나서기로 되어 아내와 친구들의 전송을 받으며 파리 비행장으로 나온 장 B.는 목적지로 가는 대신 같은 시간에 뜨는 밀라노 파리 왕복 비행기표를 소지한 채 밀라노를 다녀 몰래 파리로 다시 돌아온다. 리오데자네이로에서 기다리는 탐험대의 기술담당팀에게나 파리에서 그를 전송한 아내와 친구들에게 그는 돌연 증발해버린 인물로 변한 것이다. 카프리에서 기다리는 친구들을 둔 채 밀라노의 호텔에서 자살해버린 잉그리드처럼.

40대의 삶으로부터 증발

그는 왜 돌연 길들여진 아내 아네트, 친구 카바노, 벤 스미단, 그리고 탐험가로서의 직업과 생활, 안락한 집…… 그 모든 것을 버리고 돌연 증발하여 떠돌게 되었을까? 거기에도 역시 끝내 알지 못할 어떤 '동기'가 있을지 모른다. 이 소설은 그러니까 밀라노에서 자살한 여자 잉그리드와 파리 공항에서 증발해버린 장 B.가 18년 간의 시간적 간격을 두고 서로서로를 거울처럼 비춰 보이는 구조를 갖추고 있다고 할 수 있다. 장 B.가 리오데자네이로로 떠나기 위하여 비행장에 나왔으면서도 실제로는 밀라노로 떠나게 된 것은 두 도시로 비행기가 뜨는 시간이 일치했기 때문이었을 뿐이다.

그러나 '증발'한 장 B.가 밀라노로 잠시 돌아왔을 때 그의 나이는 18년 전에 같은 도시에서 자살한 잉그리드와 비슷한 나이가 되어 있었다.

"밀라노, 나는 지난주에 그곳으로 다시 돌아갔었다. 그러나 나는 그곳 비행장 밖으로 나가지 않았다. 18년 전과는 아주 달랐다. 그렇다 18년, 나는 손가락으로 그 세월을 꼽아보았다. 비가 오고 있었다. 6월의 무거운 비였다. 한 시간도 채 안 되게 기다리고 나면 나를 다시 파리로 실어다 줄 비행기에 오르게 될 참이었다. 나는 밀라노 비행장의 유리 칸막이로 막힌 큰 대합실에 앉아 기다리는 통과여객이었다. 나는 18년 전 그날을 생각했다. 그리고 그때 이래 처음으로 자살해버린 그 여자가 참으로 내 마음을 사로잡기 시작했다."

40대 중반이 되어 한여름의 뙤약볕을 받으면 사람들은 돌연 자살해버리거나 삶으로부터 증발해버리고 싶은 충동을 느끼는 것일까? 이 소설 속에는 라이트 모티프처럼 이 같은 불안하고 위험한 질문이 도사리고 있다. 자살할 때 잉그리드는 45세였다. 소설 속에 흩어진 여러 가지 단서들을 종합해보면 증발해버리는 장 B. 역시 그 정도의 나이가 된다.

빈에서 기차로 돌아오다가 수중에 남은 돈을 잃어버리고 무일푼이 된 장 B.가 생 라파엘 역 앞에서 히치하이킹을 하여 리고와 잉그리드의 자동차를 얻어 타게 되면서 그들은 처음으로 서로 알게 되었었다. 그때 장 B.는 이제 막 스무 살의 문턱에 들어서 있었다. 그에게는 공포도 없었고 앞날에 대한 걱정도 없었다. 있는 것은 오직 젊음뿐이었다. 그것이 바로 젊음인 것이다. 아, 그는 그때 얼마나 젊었던가! 그로부터 6년 후 잉그리드는 '알지 못할 동기'로 밀라노에서 자살해버렸다. 그리고 다시 18년이 지난 후 장 B.는 증발한다.

밀라노를 거쳐 남몰래 파리로 돌아온 그는 집과 아내를 버린 채 파리의 변두리 외각도로 근처의 한 호텔에 투숙한다. 그는 이제 '출발점'으로 다시 돌아온 것이다. 지나온 삶의 허구가 모래성처럼 무너진다.

그는 18년 전에 시작했다가 중단하고 만 일을 다시 시작한다. 잉그리드의 생애를 추적하여 그의 전기를 완성해보자는 것이다. 모디아노의 주인공들은 도처에서 전기를 쓴다. "산다는 것은 하나의 추억을 완성하기 위하여 집요하게 애쓰는 것이다"라는 시인 르네 샤르의 말을 에피그라프로 붙이고 있는 작품은 『호적부』였었다. 그 소설 속에서 내레이터는 단역배우였던 아리 드레셀의 생애를 추적하며 그 전기를 쓰려고 애쓴다. 그러나 언제나 그렇듯이 그 전기는 한번도 완성되는 법이 없다. 어떻게 보면 모디아노의 소설 하나하나는 바로 조각조각난 과거의 편린들을 한데 모아 하나의 통일된 전체로 만들어보려는 절망적인 노력, 그러나 매번 실패로 돌아가는 노력 그것인지도 모른다. '추억을 완성하려는 집요한 노력'이 삶이요 소설이라고 한다면 그런 전기 쓰기의 대상이 세상에 널리 알려진 명사나 위인일 필요는 없다. 아니 위인이나 명사들의 전기는 많은 경우 외면적인 사실이나 껍질을 드러내 보여주는 허구이기 쉽다. 이름 없는 사람, 수많은 기억과 흔적들이 다 바스러져버려서 허다한 곳이 빈 칸과 어둠으로 남아버린 퍼즐 같은 사람의 생애. 그렇다. 그냥 우리들 각자의 삶, 그렇게 바스러져버린 것이기에 우리들에게는 더욱 아쉽고 귀중하고 더욱 깊은 어둠이 되는 그 삶의 조각을 다시 거둬 맞춰보려는 것이다.

추억을 완성하려는 노력

그런데 우리가 모디아노의 소설 속에서 주목해야 할 것은 '추억을 완성하려는 노력'이 어둠 속에 가라앉아버린 과거의 기억이나 자취들을 의식의 빛 속으로 건져올리는 것 못지않게 그 빛의 바로 옆에 건너뜰 수 없을 만큼 깊어가는 어둠 또한 동시에 드러내 보이고 있다는 사실이다.

스무 살의 장 B.가 잉그리드를 처음 만났을 때 그 여자는 한쪽 다리가 불편한 남편 리고와 함께 생 트로페 바닷가의 작은 방갈로에 살고 있었다. 그들과 며칠을 함께 지낸 뒤 장 B.는 파리로 떠나왔다. 그로부터 3년이 지난 후 파리 거리에서 장 B.는 혼자 살고 있는 잉그리드를 우연히 만났었다. 그러고는 다시 연락이 끊어져버린 3년. 그 끝에 밀라노에서의 자살.

장 B.와 잉그리드가 서로 알기 이전, 잉그리드와 리고가 처음 만나게 되는 계기도 점차로 밝혀진다. 잉그리드는 열여섯 살이지만 숙성하여 스무 살쯤 먹어 보인다. 독일군이 막 파리를 점령한 11월달의 하순. 샤틀레 극장에서는 '비엔나 왈츠' 무용공연이 있었고 잉그리드는 일생 처음으로 그 무대에 단역을 맡아 춤을 추고 나서 얻은 50프랑을 주머니에 넣고 집으로 돌아오는 길이었다. 지하철 속이 너무 붐볐으므로 집에서 먼 정거장에서 내려 걷기로 했다. "일단의 독일 군인들과 프랑스 경찰관들이 마치 국경 초소를 지키듯이 바르베스 대로 입구를 지키고 있었다." 그런데 그녀의 집이 있는 파리 18구에서는 폭발사건이 있어 일찌감치 통금령이 내리기로 되어 있었다. 그녀는 유태인이었다. 의사인 아버지와 호텔에서 숨듯이 들어살고 있는 처지였다. 점령시대의 열여섯 살난 유태인 소녀 잉그리드는 이리하여 집으로 돌아가지 못한 채 자신도 모르는 사이에 가출소녀가 되어 '증발'해버린다. "그 여자는 영원히 불을 끈 채 어둠 속에 묻힌 그 동네를 등뒤에 남긴 채 돌아섰다. 그녀는 마치 침몰하는 배에서 때 맞추어 뛰어내린 것만 같았다."

이렇게 가출한 소녀는 통행금지 시간이 아직 좀더 연장되어 있는 구역의 어느 찻집에서 리고를 만나 그의 텅텅 비어가는 집에 들어가 살게 된다. 점령시대 청춘의 모험은 이렇게 시작된다.

여기쯤에 이르면 우리는 비로소 내레이터 장 B.가 추적하는 과거가 단순히 잉그리드의 그것만이 아니라는 것을 짐작할 수 있다. 잉그리드와 리고의 삶의 단초가 뿌리내리고 있는 저 점령시절의 깊은 어둠 ─ 그 어둠이야말로 모디아노의 모든 소설들의 출발점이요 원천이 되고 있다. 그 뿌리로부터, 그 어둠으로부터 리고와 잉그리드의 생애가 솟아오르고 그들의 생애는 동시에 약 20년여의 시차를 두고 내레이터인 장 B.의 삶의 모습을 반사해 보여주고 있다. 시간적 거리를 사이에 둔 채 남자인 장 B.의 삶과 여자인 잉그리드의 삶은 너무나 닮은 데가 많고 너무나 수다한 우연의 일치들을 노출시킨다.

"소녀를 찾습니다. 잉그리드 테르센. 16세, 160cm, 타원형 얼굴, 회색 눈, 갈색 스포츠형 외투, 옅은 하늘색 스웨터, 베이지색 스커트와 모자, 검은 운동화. 파리 오르나노 대로 39번지 테르센 씨에게로 연락 바람." 증발한 잉그리드를 찾는 광고를 신문에 냈던 아버지는 그 광고로 인하여 신분이 노출되어 연행되어 간 후 영영 돌아오지 않았다. 그로부터 30년 후 잉그리드는 밀라노에서 자살.

18년 후 증발한 장 B.는 생각한다. "이제 링차 주일이 지나면 장 B.의 실종을 알리는 기사가 어느 신문엔가 날 것이다. 아내 아네트는 내 지시에 따라 내가 마지막 브라질 여행중 대자연 속에서 실종된 것이라고 믿도록 만들 것이다. 세월이 지나면 나는 실종된 탐험가들의 명단에 오르리라. 아무도 내가 파리 변두리 시문(市門)께로 돌아와 묻혀 지낸다는 것을 알지 못하리라. 그

렇게 되는 것이 바로 내 여행의 목적이었다는 것도 알지 못하리
라.”

삶이 광란하는 아찔한 순간

여러 날에 걸친, 그리고 동구라파 여러 나라의 국경을 넘나드
는 여행중에 나는 모디아노의 『신혼여행』을 여러 번 펼쳐놓고
읽다가는 중단하고 다시 이어 읽다가는 또 중단했다. 이리하여
내 머릿속에서는 빈의 보행자 전용도로의 산책, 부다페스트의 뜨
거운 보로스마르티 광장, 프라하의 스타로메츠케 지하철, 베니스
나 베로나의 찌는 듯한 하오, 양평의 국도변, 그 뻘건 흙 속에 묻
은 친구, 그리고 소설 속의 파리 12구, 혹은 밀라노의 역, 모든
현실과 허구의 장소들이 뒤죽박죽으로 중첩되고 있었다. 하기야
모디아노가 소설 속에서 강조하는 것도 바로 그런 공간의 중첩
이었다.

“오래 전부터 여름은 나의 경우 공허와 부재의 느낌을 불러일
으키고 나를 과거로 되돌아가게 만드는 계절이다. 너무나 격렬한
빛, 거리의 침묵, 어둠과 기우는 햇살의 저 강한 대조 때문일까?
내 머릿속에서는 어떤 중첩현상으로 인하여 과거와 현재가 뒤섞
이고 있다.”

그 이상한 중첩현상은 소설을 읽는 동안 줄곧 계속되었다. 기
차가 체코슬로바키아의 마리안바드를 지날 무렵 나는 책을 다
읽었다. 차창 밖에는 불볕이 쏟아지고 있었다. 40대 후반이 되면
왜 사람들은 증발하는 것일까?

“상황이나 무대장치야 아무려면 어떠랴. 어느 날엔가 그런 공
허와 회한의 감정이 밀려와 우리를 뒤덮어버린다. 그러고는 썰물
처럼 물러나면서 사라진다. 그러나 그 감정은 결국 또다시 거세

게 밀려들고야 마는 것이어서 그 여자는 그걸 물리칠 수가 없었던 것이다. 나도 마찬가지였다.”

모디아노의 마지막 대답이었다. 불볕 속에 찾아드는 공허.

뜨거운 한여름 대낮엔 가끔 눈앞이 아찔해지며 돌연 과거와 현재가 너무나 밝은 빛으로 인하여 흐릿하게 바랜 채 중첩되면서 삶이 광란하는 소설로 변하는 순간이 있다. 모디아노는 그런 아찔한 광기의 순간에 우리를 기다리고 있다.

(1990)

진리 탐구로서의 문학과 성장소설로서의 비평
─츠베탕 토도로프의 탐구

　　2차세계대전 이후 우리는 실존주의, 구조주의, 민족주의, 그리고 최근에는 후기구조주의, 포스트모던 등 나라 밖에서 밀려든 사조, 혹은 나라 안의 자각으로부터 분출한 전망—이런 여러 가지 사나운 지적 소용돌이를 거쳐왔고 지금도 그런 소용돌이에 휩쓸려 있는 중이다. 지난 10월 6일부터 13일까지 불과 일 주일 동안 우리나라를 방문하고 간 프랑스의 문학이론가 츠베탕 토도로프(Tzvetan Todorov)는 문득 지나간 반세기의 이 소용돌이들을 다시 한번 돌아보게 만든다.

　　그가 프랑스 구조주의 시학의 대표적인 인물이었다는 사실도 그 같은 회고의 한 계기가 되었겠지만, 그보다도 나라 안의 정치적, 문화적 분위기가 지난날의 권위주의적 체제를 서서히 청산해

가는(적어도 우리들의 희망으로는) 시기와 때를 같이하여 정치사
회현실과 직접적으로 연동되어 있던 문학의 경화된 근육이 점차
로 부드러워져가는 듯한 일면이 엿보이는 시점에, 그리하여 한걸
음 비켜서서 문학을 구성하는 제반요소들의 내적 관계에 기초한
형식미학에 좀더 눈을 돌려 깊이와 격을 더해도 좋으리라는 희
망이 조심스럽게 나타나는 무렵에, 왕년의 구조시학의 전열에 서
있던 토도로프가 다소 의외의 관심점을 앞세우고 우리들 앞에
나타났다는 사실은 우리들에게는 예기치 않은 놀라움이요, 충격
이었다 할 수 있다.

츠베탕 토도로프는 그 성과 이름이 말해주고 있듯이 불가리아
태생이다. 1939년 수도 소피아에서 태어나 소피아 대학교에서 문
헌학(텍스트의 비판적 분석을 통한 언어연구)을 전공하고 1961년
에 졸업한 후 1963년에 처음 유학차 프랑스에 도착했다. 도착한
지 1년 남짓한 1965년『문학의 이론 Théorie de La Littérature』
이라는 제목으로 러시아 형식주의자들의 비평문학들을 집성, 소
개, 번역하여 출판했다. 로만 야콥슨의 서문과 함께 명문 출판사
쇠이유(Seuil)에서 간행된 이 책은 러시아 형식주의가 프랑스에
처음으로 상륙하였음을 고하는 나팔소리였다. 뒤이어 롤랑 바르
트 교수의 지도로 발표한 박사학위논문을 수정하여 책으로 엮은
『문학과 의미작용 Littérature et Signification』(1967, Larousse)
은 그의 첫 저서였다. "시학의 대상은 작품이 아니라 문학적 담
화다. 그러므로 시학은 여러 가지 담화의 유형 하나하나를 토대
로 구성되어야 할 다른 여러 담화의 과학들과 나란히 위치하게
될 것이다…… 시학은 그것 자체의 담화에 대하여 토론하기 위
해서는 반드시 문학을 필요로 하지만 동시에 시학은 구체적인
작품을 초월함으로써만 그 목적을 달성할 수 있다." 책의 이 같

은 서문은 그의 구조시학자로서의 '과학적' 야심을 단호하게 밝
히고 있다. 그후 그는 『데카메론의 문법 Grammaire du Décamé
ron』(Mouton, 1969), 『공상문학 서설 Introduction à la Litté
rature fantastique』(Seuil, 1970), 『산문의 시학 Poétique de la
Prose』(Seuil, 1971), 그리고 뒤크로(O. Ducrot)와 더불어 낸
『언어과학 백과사전 Dictionnaire encyclopédique des sciences du
langage』(Seuil, 1972), 『시학 Poétique』(Seuil, 1968), 『상징의
이론 Théorie du Symbole』(Seuil, 1977), 『상징체계와 해석
Symbolisme et interprétation』(Seuil, 1978), 『담화의 장르들 Les
genres du discours』(Seuil, 1978), 『미하일 바흐친 대화적 원칙
Milhail Bakhtine le Principe dialogique』(Seuil, 1981), 『아메리
카의 정복 La Conquête de l'Amérique』(Seuil, 1982), 『비평의
비평 Critique de la Critique』(Seuil, 1984), 『연약한 행복, 루소
에 관한 에세이 Frêle bonheur, essai sur Rousseau』(Hachette,
1985), 『우리와 타자들 Nous et Les autres』, 이렇게 무려 14권의
저서를 줄기차게 발표했다.

　책의 제목들이 말해주듯이 그는 주로 언어학, 시학, 상징체계
의 이론, 장르이론, 이야기의 구조분석 등 문학 및 언어의 형식
과 구조 연구에 깊이 몰두해왔고 또한 그 연구 경향의 최전선에
서 앞장서왔다. 그런데 대체로 80년대 초로 잡을 수 있을 시기부
터 그의 관심이 변화 내지 확대되는 경향을 보인다. 그의 저서들
의 측면에서 보면, 실제로 그에게 깊은 영향을 끼치고 큰 공감을
불러일으킨 것으로 보이는 『미하일 바흐친 대화적 원칙』을 발표
하는 시기가 그 전환점일 듯하다. 그가 나에게 말한 바로는 이
무렵(1981년)에 그는 프랑스 유학길에 오른 이래 처음으로 모국
불가리아를 방문했다고 한다.

그는 물론 지금은 프랑스 국적을 취득하여 프랑스 사람이 되었다. 하여튼 이 무렵을 전후하여 종래의 ‘과학적’ 관심은 폭넓게 이타성(異他性)의 문제 쪽으로 크게 선회하면서 문학분야에 있어서는 ‘가치’와 ‘진실’의 문제로 확대된다.

요컨대 그는 80년대에 접어들면서 문학이란 무엇인가? 비평이란 무엇인가?라는 해묵은 질문을, 그러나 본질적인 질문을 제기하면서 지금까지 자신이 해온 작업을 가치추구, 진실의 모색이라는 거시적 조망 속에 위치시키면서 그 의미를 규정해보려고 노력한다.

이와 같은 선회 내지 확대의 계기가, ‘과학적’ 이론으로 두각을 나타낸 동구라파 유학생이 마침내 문학의 메카 파리 한복판에서 문학박사, 프랑스국립과학연구원의 연구부장의 지위뿐만 아니라 세계적으로 폭넓은 명성을 통해 자리를 굳히게 되자 비로소 자신의 과거를 돌아보며 근원적 질문을 던질 여유를 얻게 된 데 있는지, 마침내 프랑스 국적을 취득한 불가리아 지식인이 두 개의 문화충돌 속에서 자신의 ‘아이덴티티’를 찾아나서면서 그와 관련한 근원적인 질문을 던지지 않을 수 없었다는 절박한 사정에 있는지, 아니면 40대의 나이로 접어들면서 자연스럽게 찾아드는 인생의 회의와 새로운 의문들에 정면 대결하는 선택인지, 아니면 그 모두 다인지는 확실하게 가리기가 쉽지 않다.

다만 그와 같은 변화를 어떻게 설명하겠느냐는 나의 질문에 그는, 이제까지는 못을 효과적으로 박자면 망치를 어떻게 만드는 것이 좋은지를 생각했고 또 그 망치들을 만들어도 보았으니 이제는 직접 자신의 못을 박아보고 싶어졌다고 대답했다. 역시 우리의 진짜 삶은 망치를 만드는 일이라기보다는 그 도구를 사용하여 직접 못을 박고 거기에다 그림도 걸고 모자도 걸고…… 즉,

삶을 사는 일이라는 뜻인 것 같다. 그렇다면 그 진짜 삶은 필연적으로 우리에게 삶은 무엇인가?라는 질문을 던져온다. 즉, 가치, 진리, 그리고 윤리의 문제를 제기해오는 것이다.

토도로프는 서울에 와서 두 번의 강연을 했다. 서울대학교에서는 『시적 진실 La vérité poétique』이라는 제목으로, 서강대학교에서는 「이국적(異國的) 신기루 Le mirage exotique」라는 제목으로 이야기했다. 전자는 80년대에 들어와서 발표한 『미하일 바흐친』, 『비평의 비평』이 피력하고 있는 진실, 가치의 문제와 관련된 문학 및 비평에 관한 성찰이고 후자는 『아메리카의 발견』, 『우리와 타자들』의 저서가 다각적으로 살피고 있는 이타성, 보편성과 상대성, 서로 다른 문명, 문화의 만남, 교차, 충돌, 병합, 정복의 문제와 관련이 있다.

나는 '시적 진실'이라는 제목의 강연에 참석하여 경청한 바 있다. 따라서 여기에서는 그 강연내용과 다른 한편 문학상에 있어서 그의 관심의 변화 확대를 단적으로 잘 설명해주고 있는 『비평의 비평』(그 중 결론부분을 번역한 것이 「대화적 비평」이다)을 중심으로 토도로프의 메시지를 읽어보고자 한다.

그는 『비평의 비평』의 서론에서 자신의 관심사는 20세기에 있어서 문학과 문학비평은 무엇이며 또 무엇이어야 하는가? 그리고 우리시대에 있어서 문학에 대한 반성을 뒷받침하고 있는 이데올로기는 어떤 것이며 어떤 이데올로기적 입장을 수용하여야 옳은가?라는 질문에 답하는 것이라고 못 박았다. 즉, 그는 20세기에 있어서 문학에 대한 성찰이라는 정신적 모험의 역사를 추적하고 그것을 통해서 진실의 탐구과정을 판독해보겠다는 것이다.

그런데 오늘날 우리가 알고 있는 '문학', 그리고 '비평'의 개념은 비교적 근래에 나타난 것이다. 다시 말해서 지금부터 약 100여 년 전부터 우리는 문학에 대한 성찰에 있어서 일종의 조용한 무혈혁명을 겪어오고 있다는 것이 그의 진단이다. 즉, 고대 희랍시대 이래 사람들은 문학이란 인간세계를 보다 더 잘 이해하게 해주고 인간에게 고유한 가치에 비추어 인간의 갈 길을 말해주는 담화라고 믿어왔었다. 즉, 문학은 어떤 방식으로건 문학을 초월하는, 혹은 문학 밖에 있는 진실과 가치의 세계와 깊은 관련을 맺고 있었다.

그런데 100여 년 전의 조용한 혁명은 그와 같은 문제 자체가 무의미하다고 하여 관심권 밖으로 제외시켜버렸다. 적어도 전문가들의 세계 속에서 문학과 진실, 문학과 가치의 문제는 제거되어버렸다.

그는 이와 같은 태도의 뿌리를 200여 년 전의 낭만주의(광범위한 의미의) 세계관에까지 소급하여 찾고 있다. 즉, 슐레겔과 더불어 문학의 '내재적' 개념이 자리잡게 된 것이다. "문학이란 그것 자체 속에서 목적을 찾아내는 언어"라고 보게 된 것이다. 문학이 문학 밖의 현실을 모방하고 보편적 삶의 진실과 가치에 이어져 있다고 보던 종래의 미학과는 판이한 변화다. 그런데 이와 같은 미학의 변화는 시대의 이데올로기적 변화와 일치한다. 즉, "각 개인은 자기 자신의 기준에 따라 스스로 판단할 권리가 있다는 확인이 종래의 초월적 모색을 대신하면서 이 경향은 미학뿐만 아니라 윤리와 정치 등 모든 분야에 영향을 끼친 것이다. 현대는 바로 이러한 개인주의와 상대주의로 특징지어진다."

그런데 토도로프는 진리와 가치의 문제가 문학의 성찰에서 제외되는 방식은 두 가지로 나누어진다고 해석한다. 그 중 하나는 역사적, 혹은 역사주의적 조망이고 다른 하나는 구조적, 혹은 구조주의적 시각이다.

　역사적 시각에서는 실제로 진실과 가치와 관련된 문제 자체는 사라지는 것이 아니라 근본적으로 자리를 바꾼다. 종래의 전통적 관점에서 문학작품을 읽는 태도는 작품에서 출발하여(작품을 통하여) 세계에 대한 지식과 지혜를 얻었던 데 비하여 비평가들의 역사적 관점에서는 외부세계와 그 가치에서 출발하여 거기서 얻은 지식에 의하여 작품을 해명하고자 한다. 마르크스주의 문학관이 그 대표적인 예다. 마르크스주의자라면 한 작가의 작품은, 예를 들어서 몽테스키외의 작품은 인간이 살아가고 있는 세계에 대하여 얼마나 더 잘 알 수 있게 해주는 것이냐가 아니라 어느 정도로 그 작품은 몽테스키외가 소속되어 있던 사회집단인 귀족의 이해관계와 열망을 번역해 보여주고 있는가에 관심을 기울인다.

　이런 역사주의적 관점에서 본다면 역사적 상황이나 콘텍스트와 무관하게 독립적으로 존재하는 보편적 진실이나 가치는 없다. 따라서 보편성의 추구는 무의미하며 환상에 불과하다. 비평가가 알고자 하는 바는 텍스트가 어느 만큼 그것이 출현한 세계를 표현, 번역, 혹은 반영하는가이다. 작품은 시간, 장소, 글쓴이의 사회적 계급으로 만들어진 것으로 보기 때문이다.

　이런 조망 속에서 단 하나의 예외가 가능하다. 즉, 모든 가치의 난파를 모면할 수 있는 단 하나의 진실, 단 하나의 독트린이 있으니 그것은 바로 역사가 자신의 독트린이다. 다시 말해서 그는 모든 것을 다 상대적이라고 보면서 자신의 입장, 즉 역사주의적 입장만은 도그마로 만들고자 하는 것이다. 토도로프는 누차 자신이 불가리아에서 교육 받은 마르크스-레닌주의 문학관을 예로 들고 있다. 그는 이 같은 문학관에 대한 염증 때문에 그 반동으로 러시아 형식주의에 깊은 관심을 갖게 되었다고 술회한다.

다음으로 구조적, 혹은 구조주의적 관점의 비평은 작품, 혹은 작품군(장르)의 구성요소들을 밝혀내고 그것을 묘사하는 데 골몰할 뿐 문학작품이 진실이나 가치의 문제와 어떤 관련이 있다든가 없다든가를 명시하지는 않는다. 그러나 오직 형태적 배열, 주제의 분절, 이미지의 상호관계, 서술의 배치 등의 문제에만 관심을 기울이고 진실, 가치의 문제에 아무런 관심을 보이지 않음으로써 그 같은 태도를 충분히 드러내 보인다.

그러나 이 경우에도 마찬가지로 예외가 있다. 즉, 작품은 필연적으로 수미일관한 것이 아니므로 그 어떤 진실이건 단언하지 못하며 따라서 작품은 그것 자체의 가치를 전복, 파괴한다고 보는, '후기구조주의'적 태도가 그것이다. 텍스트의 '해체'라는 것은 바로 이런 것이다. 고전적 구조주의자들은 진실의 문제를 단순히 제외할 뿐이지만 후기구조주의자들은 진실을 검토하겠다고 하면서도 자신의 비평은 아무런 답도 얻지 못할 것이라고 줄기차게 말한다. 즉, 텍스트가 말해주는 단 하나의 진실은 바로 진실이란 존재하지 않거나 접근 불가능하다는 진실이다.

역사주의적 관점의 예외나 후기구조주의적 관점에서의 예외나 둘 다 "상대주의 독트린 이외에는 모두가 상대적이다" 아니면 "회의주의의 도그마 이외에는 모두가 독단론이다"라는 식으로 상대주의와 회의주의를 구성하는 역설의 변종에 불과하다.

이상에서 설명한 '역사주의적 시각'과 '구조주의적 시각'의 구분은 그가 「대화적 비평?」에서 말하는 '독단론적 비평'과 '내재적 비평'의 구분과 일맥상통하면서도 앞의 두 가지 시각은 초월적 가치나 진리에 무관심하다는 점에서 일종의 '내재적 비평'의 성격을 띤다. 반면 역사적 시각의 한 예로서 마르크스-레닌주의 문학관은 기독교적 세계관과 더불어 독단론적 비평의 한 전형이다.

그러나 100년 이래 우리가 겪고 있는 '조용한 혁명'이라는 것은 문학연구의 전문가들 집단에 국한된 현상이다. 그 집단을 일단 벗어나면 지금도 철학자, 심리학자, 정치가, 그리고 수많은 일반독자들은 여전히 문학 속에서 삶의 해명, 충고를 구하고 있는 것이다. 전문가들은 이 같은 그들의 구태의연한 태도를 소박하다고 여긴다. 반면에 일반대중과 비전문가들은 전문가들의 작업(역사주의건 구조주의건)에 아예 무관심하다.

그러나 토도로프는 이처럼 진실과 가치의 문제를 제외시킨 문학관을 버리고 100년 전으로 되돌아가자는 것은 아니다. 문학연구에 있어서 역사적 관점과 구조적 관점의 유효성을 부정하기는 힘든 일이다. 텍스트는 복잡한 구성요소들의 관계의 망으로 되어 있는데 이제 우리는 전보다 그 구조에 대하여 더 잘 알게 되었다. 또 텍스트가 사회적 이데올로기적 문맥 속에 등장한다는 사실을 부정하는 것도 불가능하다. 사실 토도로프 자신도 이와 같은 조망 속에서 연구하는 데 가담해왔었다. 아니 그에 앞장섰었다는 것이 옳겠다.

그러나 그는 문학적 경험의 한부분에 불과한 이런 관점을 사람들이 '물화(物化 : reification)'시켰다는 점을 유감스럽게 여긴다. 작품의 형식적 구조나 역사적 결정이 처음에는 '방법론'으로 변하더니 급기야 그 방법론이 요지부동의 '요새'로 변해버린 데 문제가 있는 것이다. 결과적으로 부분적 경험에서 전체화, 일반화의 야심을 가진 설명으로 변화해가는 현상은 지나친 것이다.

여기에서 마침내 새로운 가치와 진실에의 모색이 그의 주된 관심사로 떠오른다. "진실을 소유하느냐 아니면 진실을 찾으려는 노력을 포기하느냐 그 양자 중 하나의 선택으로 우리 앞에 열리는 모든 가능성들이 다 바닥나는 것은 아니다"라고 토도로프는 말한다. 진실을 '소유'하고 있다고 믿는 자는 '독단론'에 빠진다. 반면 진실의 모색을 포기한 자는 '상대주의자', '개인주의자', '회의주의자'로서 근본적으로는 허무주의자가 된다. 그러나 그는 모든 것을 다 회의하더라도 회의주의 자체는 회의하지 않는 모순에 빠진다.

이때 토도로프가 제안하는 것이 바로 '대화적 비평'이다. 즉, "보편적 가치들에 대하여 결정적으로 등을 돌리지는 않으면서도 그 가치들을 미리부터 확보해둔 가치로서가 아니라 타자와의 가능한 합의의 토대로서 제시할 수 있는 것"이기 때문이다. '대화'는 진실의 소유가 아니라 진실의 '모색'을 위한 과정이다.

'시적 진실'의 강연에서 토도로프는 독일의 극이론가 레싱이 제시한 우화를 소개했다. 레싱은 어느 날 신(神)을 만났다. 신은 그에게 말했다. 내 왼손에는 "언제나 아직 달성되지 못한 진실의 추구"가 담겨 있고 내 오른손에는 "마침내 밝혀진 진실"이 담겨 있으니 둘 중 하나를 선택하라고 신이 그에게 말했다. 레싱은 왼쪽 손의 미완성의 진실의 '추구'를 택하면서 말했다. "신이여, 순수한 진실은 당신의 것입니다."

이처럼 진실을 '소유'하는 것은 독단론에 빠지거나 스스로를 초월자로 착각하는 오류가 되겠지만 그렇다고 진실의 모색 자체를 포기할 수는 없는 일이다. 레싱은 말한다. "진실은 도덕적인 것도 부도덕한 것도 아니다. 진실은 가치가 아니다. 진실을 열망하고 그것을 표현하려고 노력하는 것 자체가 도덕적 태도이다."

토도로프는 보다 더 구체적으로는 러시아 형식주의, 브레히트, 사르트르, 블랑쇼, 바르트, 바흐친, 프라이, 와트, 베니슈 등 20세기의 비평가들의 저작들을 검토해봄으로써 문학과 문학비평에 대한 성찰의 태도, 그리고 그를 뒷받침하는 이데올로기를 점검한다(『비평의 비평』). 그리고 '시적 진실'의 강연에서는 보들레르, T. S. 엘리어트, 레싱을 차례로 분석하면서 그들이 표면에 내세운 프로그램, 즉 '예술을 위한 예술', 그리고 실제 내용인 '삶을 위한 예술'(보들레르), '낭만적이기보다는 고전주의적인 미학'(엘리어트), 인간의 교육가능성에 대한 믿음과 관용(레싱) 등의 가치추구를 드러내 보인다.

『비평의 비평』의 결론 부분은 토도로프가 다른 비평가나 이론가가 아닌 자기 자신을 검토의 대상으로 삼고 있다는 데 그 특이성이 있다. 그는 말한다. "마지막 장은 얼른 보면 성격이 다르다. 앞서의 여러 장에서 거두어들인 성과들을 한데 모아보려고 노력하면서 동시에 나 자신을 대상으로 삼고 있기 때문이다. 그러나 그런 차이점은 피상적인 것에 불과하다. 앞서의 다른 장들도 어떤 면에서는 나 자신의 이야기를 들려주고 있는 것이다. 나는 내가 나 스스로와 동일화하면서 읽어본 그 저자들을 분석함으로써 낭만주의를 극복해보려고 노력하는 그 '낭만주의자'였고 또 지금도 그렇다…… (미완성의) 성장소설에 불과하다." 토도로프는, 가치와 진실과 윤리를 모색하는 오늘의 토도로프는, 바로 진실을 추구하는 중인 자신의 모습을 드러내 보이는 성장소설을 쓰는 중이다.

(1990)

Ⅲ 영화, 미술

억누를 수 없는 매혹

　여러 가지 예술의 장르들 중에서 이른바 제7예술이라는 영화는 가장 젊은 예술이라지만 벌써 백 살이나 된다. 영화의 출생년대에 대해서는 여러 가지 주장과 해석들이 있다. 지금부터 꼭 100년 전인 1892년 프랑스 파리의 그레뱅 박물관에서 에밀 에이노가 보여준 움직임의 영상, 그 이듬해 미국의 에디슨 회사에서 촬영한 불과 몇 초짜리의 첫번째 필름, 혹은 1895년 파리에서 뤼미에르 형제가 최초로 개최한 공공상영, 또 같은 해 베를린에서 막스 스클라다노브스키가 제공한 상영이 그런 주장들의 근거다.

　무성영화에서 토키를 수반한 유성영화로, 흑백에서 총 천연색으로, 시네마스코프를 거쳐 돌비 스테레오로 기술상의 혁신을 거듭해온 1세기 역사의 영화가 오늘날에는 보다 대중접근에 편리한 텔레비전과 비디오에 밀려 영화관이 문을 닫고 제작사가 파산하고 배우가 전업을 한다고 한쪽에서는 비명을 내지르지만, 다른 한쪽에서는 암표도 구하지 못해 안달하는 관객들이 극장 앞에서 웅성거린다.

적어도 나에게 있어서 영화에 대한 매혹은 전혀 변하지 않고 있다. 내가 처음으로 영화를 본 것은 한국전쟁이 막 끝나던 1950년대 초 시골 국민학교 운동장에 임시로 가설한 스크린 위에서였다. 물론 한밤중에, 깃발처럼 펄럭이는 스크린 앞에 꼬박 서서 다리 아픈 줄도 모르고 그 움직이는 그림의 매혹에 빨려들었다. 세계 영화사의 초기(무성영화 시절)에는 과연 이런 식의 이동식 상영, 장터영화가 주종을 이루었다고 하니 나의 영화경험은 영화사를 소급하여 처음부터 시작한 느낌이 없지 않다. (그후 10년이 지나 군복무 시절에도 깊은 산속의 야영지에서 바람에 펄럭이는 스크린을 말뚝에 붙들어매놓고 영화구경을 한 적이 있었다.)

그러나 서울로 와서 중학교에 입학한 이후 나의 영화관람은 그 수준과 양에 있어서 급상승했다. 아직 소녀티를 완전히 벗지 못한 『녹색의 천사』의 엘리자베스 테일러가 처음으로 중학생 교복을 입은 내 마음을 흔들었었다. 학교에서 하는 단체관람은 물론이려니와 점차로 대담해진 나는 아예 어른 옷으로 변복하고 한쪽 눈에 안대까지 붙인 채 영화관 출입을 서슴지 않았다. 영화구경이 어째서 그렇게도 숨어가며 해야 하는 것인지 지금도 나는 잘 이해하기 어렵다. 폭력, 섹스영화의 영향으로 청소년들의 정서가 침해받는다는 점잖은 어른들의 소박한 심리학을 나는 그다지 신뢰하지 않는다. 반면에 어른들 위주의 사회가 장치해놓은 검열과 각종 금지의 제도는 오히려 영화 자체의 재미 이외에 금지를 위반하는 짜릿함을 부가적으로 제공하는 것이 사실이다.

대학생 시절, 봄날 오후의 강의를 빼먹고 뒷골목 영화관에서 보던 앵콜 로드쇼의 〈가스등〉, 비 오는 날 썰렁한 조조할인 극장에서 혼자 보던 〈나의 청춘 마리안느〉, 우울한 오후 하염없이 어둠 속에서 오랜 시간을 죽이며 빠져들었던 이본동시상영(二本同時上映), 이런 모든 것들은 영화와 관련하여 잊혀지지 않는 기억들이다.

그러나 우리나라에서는 사실 예나 지금이나 인구에 비하여 영화관의 수도 많지 않고 상영하고 있는 영화의 종류도 다양하지 못해서 성이 차지 않는 환경이라고 할 수 있다. 내가 영화에 미친 듯이 빠져들 수 있었던 것은 역시 프랑스 유학 시절이었다. 60년대 말, 이른바 68학생혁명 직후였으니 가히 축제 분위기였다.

나의 영화구경은 이중의 만족을 주었다. 우선 내 서투른 프랑스 말 훈련에는 더없이 효과적이고 흥미로운 수단이 영화였다. 그리고 영화예술 자체에 대한 본격적이고 체계적인 '공부'가 되는 것은 말할 필요도 없다.

우선 대학에서 '서부영화사' '일본영화 작가론-구로사와의 작품론' '이탈리아의 네오 리얼리즘' 같은 과목의 강의를 수강하자면 일 주일에 평균 세 편의 영화를 강의실에서 보게 되고 숙제를 하자면 시내의 스튜디오를 찾아다니면서 해당 과목의 영화를 또 그만큼 보게 된다.

그때 강의 듣던 버릇 때문에 당시에는 많은 경우 필기도구와 특수 손전등을 휴대하고 관람을 하면서 쉬지 않고 노트도 했다. 게다가 시중 영화관에 새로 나오는 영화도 볼 만한 것이면 빼놓지 않고 보았다. 인구 15만 명 남짓한 작은 도시에 영화관이 무려 열두 개였고 그것도 부족하면 한밤중에 30킬로미터 떨어진 큰 도시 마르세이유까지 달려가서 영화보기를 마다하지 않았다. 무성영화 시대의 채플린, 버스터 키튼에서부터 르누아르, 뒤비비에, 클루조, 브레송, 미넬리, 로셀리니, 카잔, 와일더, 히치코크 같은 고전은 스튜디오에서 시네마테크에서 골라가며 보았다. 그렇게 하여 유학 첫 해에 본 영화들을 노트에 차곡차곡 기록해둔 것을 보니 무려 삼백 편을 육박하는 숫자였다.

지난 겨울방학 동안에는 파리에 가서 두 달을 보내는 동안, 숙소가 마침 영화 거리인 몽파르나스여서 정신 없이 영화를 보러 다녔더니 무려 30여 편이나 되었다. 이렇게 한 번씩 물리도록 영화를 보고 돌아오면 서울에서의 내 생활은 돌연 무료해진 느낌이다. 나는 이미 다 보고 난 영화들이 뒤늦게 서울에 오기 때문이다. 〈마농의 샘〉 〈JFK〉 〈연인〉 〈퐁뇌프의 연인들〉 〈눈과 불〉 〈아버지는 나의 영웅〉……

서울의 영화관은 그 입장료가 선진국 뺨치게 비싸고 극장 안은 더럽고 의자는 좁고 헐었다. 게다가 좌석과 좌석 사이의 공간이 너무 좁아서 앞자리 사람의 머리통이 화면을 가린다. 애를 데리고 와서 울리는 아주머니 관객도 없지 않고 표 사기도 수월치 않다. 그래도 나는 영화가 좋아 영화관 앞을 지날 때면 가슴이 설렌다. 영화 〈아마르코드〉에서 펠리니는 바로 이 같은 매혹에 이끌렸던 자신의 어린 시절을 감동적으로 그리고 있다. 어디 펠리니 뿐이던가. 〈시네마 천국〉의 토토가 그러하고 로제 그르니에의 시네 로망이 그러하고 〈천국의 아이들〉이 그러하다.

마르셀 카르네와 조셉 코스마와 함께 프랑스 영화의 삼총사였던 자크 프레베르는 또 어떠했던가. 그와 피에르, 두 프레베르 형제, 그리고 그들의 아버지는 못 말리는 사람들이었다. 20세기 초엽의 가난하지만 신명나던 시절. 뤽상부르 공원, 싸구려 영화관. 자크 프레베르는 후일 이렇게 술회했다.

어렸을 때 우리는 영화관에 자주 가곤했다. 다시 말해서 끼니를 때울 것도 제대로 없거니와 재수 좋으면 외상으로 간신히 배를 채우던 그런 딱한 형편이었지만, 그래도 영화관에는 갔다는 말이다. 우선 값이 안 비쌌다. 더군다나 아버지 어머니 동생 그리고 나는 모두 영화광이었다. 아버지는 우리들보고 먼저 들어가라고 했다. 아버지는 말했다. "아이들 먼저!" 그러면 우리가 먼저 들어 갔다. 아버지는 어머니와 당신 것으로 표는 두 장만 내는 것이었다. 계원이 묻는다. "아이들은요?" "무슨 아이들 말예요?" "이제 금방 들어간 아이들 말예요." "나는 그저 우리가 어른이니까 아이들 먼저 들여보내자고 한 거예요. 아이들은 먼저 들여보내는 법이니까요.

그때 벌써 동생과 나는 이미 극장 안으로 들어가 자리를 잡고 난 뒤였다. 아이들 먼저. 그렇다. 영화는 아이들이 먼저 사랑하기 시작한다. 경이로움을 참으로 아는 나이니까. 아이들 먼저. 그래서 우리는 어둠 속에 들어가 앉아 다시 아이들이 된다.

(1992)

잃어버린 뒤에야 존재하는 사랑
―장 자크 아노의 〈연인(戀人)〉

1991년작. 1시간 50분. 프랑스 극영화. 장 자크 아노 감독, 마르그리트 뒤라스 원작 〈L'Amant〉. 제인 마치, 토니 륭, 프레데릭 메넹제, 아르노 지오바니네티, 멜빌 푸포, 리자 포크너 출연. 잔느 모로의 목소리.

낙원이란 그곳에서 쫓겨나는 순간에야 비로소 그 존재를 깨닫게 된다는 말이 있다. 실낙원(失樂園)의 순간에야 참으로 인식되기 시작하는 것, 아니 존재하기 시작하는 것이 바로 낙원인지도 모른다.

어찌 낙원뿐이랴. 행복도 그렇고 청춘도 그렇고 사랑도 그렇다. 참다운 인식은 경험이 종결되면서 생겨나기 때문일 터이다. 그러나 한번 지나가면 돌이킬 수 없는 것이 삶이기에 어떤 인식이든 이미 아무런 소용이 없어진 뒤에야 찾아오곤 한다. 이 무용해진 인식의 그루터기를 아름다운 빛으로 탈바꿈시키는 것이 예술이다.

잃어버린 뒤에야 아프게 깨닫는 사랑의 과정을 최근거리에서 포착하고 있는 장 자크 아노의 영화 〈연인(戀人)〉에는 진실의 빛이 가득하다. 서투르게 칠한 열다섯 살의 입술연지, 덧문사이로 세차게 스며드는 오후의 볕, 어두운 창턱 위의 분재화분에서 시들어가는 작은 나무의 잎새, 검은 밴드를 넓게 두른 남자용 펠트모자, 두 갈래로 땋아늘인 머리끝을 잡아맨 검은색 끈, 소매 없는 생명주옷의 낡아 바스러진 앞섶, 그 모든 사소한 사물들이 가슴에 사무치도록 그 진실의 빛을 발한다. 청순하면서도 이미 황폐해진 열다섯 살의 얼굴.

1984년에 발표하여 뒤늦게 공쿠르 상을 수상한 마르그리트 뒤라스의 자전적 소설은 이제 스크린 위를 달리는 손과 펜이 되어 우리의 마음 깊숙한 곳에 소용돌이를 불러일으킨다. 글을 쓰는 손의 살갗으로 변한 스크린을 주목하라. 펜이 되어 백지 위에 깔리는 목소리에 가만히 귀를 기울여보라. "너무나 일찍부터 나의 생은 너무 늦어져 있었다. 열여덟 살에 벌써 그건 이미 너무 늦어진 뒤였다. 열여덟 살과 스물다섯 살 사이에 나의 얼굴은 예측할 길 없는 방향으로 떠나버린 것이었다. 열여덟 살에 나는 벌써 늙어버렸다."

단순히 오랜 세월이 지난 후 작가가 된 주인공이 자신의 열다섯 살 적의 저 감당 못 할 사랑의 기억을 회상하면서 다락방에서 글을 쓰고 있다는 정도로만 이해하며 읽고 넘어갈 장면들이 아니다. 거기에는 경험이 있고 그 경험에 대한 참담한 인식이 있고 그 인식으로서의 글쓰기가 있고 그 글쓰기를 삶의 현실 속에 살려내는, 감정의 고고학과도 같은 '목소리'가 있다. 그 목소리는 경험의 외설스움을, 그리고 증오, 가난, 폭력, 공포, 호기심으로 점철된 저 어두운 삶의 리얼리즘을 초극하고 있다. 목소리는 말하고 있다.

"다시 말하지만 그때 나는 열다섯 살이다. 연락선을 타고 나는 메콩 강을 건넌다. 그 이미지는 강을 건너는 동안 계속된다. 나는 열다섯 살 반이다. 그 고장에는 계절이 없다. 있는 것은 오직 단 하나의 뜨겁고 단조로운 계절뿐이다. 우리는 뜨겁고 길죽한 지역에 살고 있다. 봄도 없고 소생도 없다."

이 영화는 전편에 깔린 목소리, 저 콧소리가 짙게 섞인 잔느 모로 특유의 목소리의 우울한 매혹에 실려 있다. 그것은 영화 속 내레이터의 목소리인 동시에 메콩 강처럼 거세고 광활하고 감당할 수 없는 소설의 내면적 물살을 재생시키고 있다. 우리는 그 나른한 목소리를 타고 황톳물 넘실거리는 메콩 강을 건넌다. 그리고 겁없고 진저리쳐지는 열다섯 살, 혹은 열일곱 살의 물살과 몸살을 건너간다. 한줄기 강이 이토록 광대할 수 있으며, 그 한줄기 강이 이토록 우리들 마음속에 끓어넘치는 저 형언할 수 없는 격정을 넓은 공간 속에 해방시킬 수 있는가.

코친친 남쪽 빈롱과 사덱을 연결하는 메콩 강, 그 황토 물결 위로 시커먼 연기를 내뿜으며 연락선이 느리게 건너간다. 연락선 위에 실린 남루한 베트남 서민들의 버스, 그 옆에 문득 주위의 그 어느 것과도 어울리지 않는, 운명처럼 큼직하고 번쩍거리는 검은색 리무진 자동차 한 대. 하얀 무명 제복에 흰 제모를 갖추어 쓴 운전사. "그렇다, 그것은 책에서나 보던 큼직한 검은 차, 모리스 레옹-볼레였다. 그 리무진에는 매우 우아한 남자가 앉아서 나를 바라본다. 백인이 아니다. 그는 유럽식 복장을 하고 있었다.” 바로 이런 만남에 ‘숙명적’이란 수식어를 붙여야 하는 것이 아닐까?

“그 우아한 남자는 리무진에서 내려서 영국 담배를 한 대 피워 문다. 그는 남자가 쓰는 중절모자에 금빛나는 구두를 신은 열다섯 살 난 여자를 바라본다. 그는 천천히 그녀에게 다가간다. 어색해하는 눈치가 완연하다. 처음엔 웃지도 않는다. 우선은 그녀에게 담배 한 대를 권한다. 그의 손이 떨린다. 인종이 다른 것이다. 그는 백인이 아니다. 그는 그 차이를 극복해야 한다. 그래서 떠는 것이다. 그녀는 고맙지만 담배를 피우지 않는다고 말한다. 그 말뿐 다른 말은 하지 않는다. 나좀 가만 내버려둬요 하고 말하지는 않는다. 그러자 덜 어색해한다. 그러자 그는 이게 꿈인지 생신지 모르겠다고 말한다. 그녀는 대꾸하지 않는다. 대꾸할 필요가 없는 것이다. 뭐라고 대꾸한단 말인가? 그냥 기다린다. 그러자 그가 묻는다. 어디서 오는 길이죠? 그녀는 사데크 여학교 선생님이 엄마라고 말한다. 그는 잠시 생각에 잠기더니 아 그 부인에 대한 얘길 들은 적이 있다고 말한다. 이렇게 배 위에서 만나다니 정말 특별한 일이라고 그가 또 한번 더 말한다.”

1920년대 식민지 베트남. 황톳길과 먼지와 수증기. 시커먼 연기. 물살에 흔들리며 떠 있는 수초들의 무더기. 황토색의 남루한 복장들. 이 영화 전편에는 지난 시절의 빛바랜 사진과 같은 황토색이 지배하고 있다(물론 가슴 저미는 황혼도 있지만). 그 가운데 문득 나타난 검은색 모리스 레옹-볼레 자동차의 그 서늘한 실내, 뒷좌석 시트 위를 쓸면서 다가가는 손가락의 떨림, 손 위에 손이 포개진다. 하프 소리가 마음을 흔든다. 열다섯 살은 떨면서 불길에 휩싸인 눈을 감는다. 어찌 눈을 뜬 채 이 두렵고도 황홀한 손의 감촉 속에 그 여리고 작은 손을 맡겨놓을 수 있겠는가.

손가락들이 다른 손가락 둘과 깍지를 낀다. 눈감은 열다섯 살의 입술이 저절로 벌어지고 어느새 검은 자동차는 빠르게 춤추듯이 숲길을 달린다.

모든 일은 설렘에서 격정으로 걷잡을 수 없이 이어진다. 돌연 어둑어둑한 푸른 방. 창문 하나를 사이에 두고 밖은 떠들썩한 시장골목. 실내에는 커다란 침대 하나와 의자. 그리고 서늘한 어둠. 소음 속의 적막. "여자는 사물들의 외관에, 빛에, 방안으로 마구 흘러들어오는 도시의 소음에 신경을 쓴다. 남자는 떨고 있다. 그는 우선 그녀가 말을 꺼내기를 기다리기라도 하는 듯 그녀를 바라본다. 그러나 여자는 말이 없다. 그래서 그 역시 꼼짝도 않는다. 그녀의 옷을 벗기지도 않는다. 그는 미칠 듯이 사랑한다고 나직하게 말한다. 그리고 말이 없다. 그녀는 대꾸하지 않는다. 난 당신을 사랑하지 않아요 하고 말할 법도 한데 아무 말이 없다. 그런데 문득 그녀는 안다. 이 사람은 나를 모른다, 앞으로도 모를 것이다, 이런 엄청난 변태를 알아낼 길이 없을 것이다. 알고 있는 쪽은 나다. 이 사람의 무지를 통해서 나는 문득 알 수 있다. 연락선에서부터 벌써 나는 이 사람의 맘에 들었던 거다. 이 사람도 내 맘에 든다. 그러니 오직 내 맘에 달렸다."

전신을 뒤흔드는 저 영문 모를 두려움과 열정. 열일곱 살의 고등학생인 프랑스 소녀와 파리에서 유학을 하고 돌아온 30대의 부유하고 수줍은 중국인. 그는 옷을 벗겼다. 속옷도 벗겼다. 나를 발가벗긴 다음 침대로 데려갔다. 내가 너무 어려서 그는 두려웠다. 못 하겠다는 것이었다. 그래서 여자가 입술을 그의 입술에 갖다댔다. 그리고 그녀가 했다. 눈을 감고 남자의 옷을 벗겼다. 단추도 하나씩 풀고 소매도 하나씩 뺐다. 아직도 그곳이 눈에 선하다. 어두운 방은 소음에 싸여 있었다. 나는 바다의 광대함을 생각했다.

살과 살이 출렁거린다. 살의 바다가 광란한다. 의학용 내시경 카메라로 특수촬영한 살과 혼의 광활한 춤, 사막을 쓸고 가는 바람의 파도, 내일이 없는 사랑. 너에 대한 사랑만 가진 채 나는 외롭다, 미칠 듯이 외롭다고 그가 말한다. 여자는, 자기도 외롭지만 뭘 가진 채 외로운지는 알 수가 없다고 말한다. 당신은 나 아닌 어떤 남자라도 따라왔겠지, 그런 식으로 날 따라온 거지? 하고 말한다. 그건 알 수 없는 일이지요. 어떤 남자를 따라 방에 들어가본 적이 없으니까요. 자꾸 말을 하지 말고 그냥 다른 여자들을 이 독신자방에 데리고 왔을 때와 마찬가지로 행동하면 좋겠어요 하고 말한다. 제발 그런 식으로 해줘요.

—무슨 생각을 하고 있지?

—꽃이 죽었군요.

—돈 때문에 나를 따라왔소?

—그래요, 돈 때문에요. 당신의 돈까지도 맘에 들었어요.

—당신은 오늘을 평생 잊지 못할 거요. 내 이름과 얼굴은 잊어도.

—이 방을 기억하게 될까요?

—잘 봐둬요.

—어디에나 있는 그런 방이에요.

—어디에나 있는 그런 방이지.

바로 덧문 하나 사이에 둔 저 밖은 뙤약볕과 떠들썩한 행인들. 그들은 이 두려움과 광란의 존재를 알지 못한다. 그러나 실내의 남녀는 매순간 느낀다. 설탕졸임 냄새, 땅콩 볶는 냄새. 중국인들의 수프 끓이는 냄새. 먼지 냄새. 향 냄새. 그 모든 냄새와 소리들이 금방이라도 방 안으로 넘쳐들 듯이 덧문에 와서 쏠린다.

"나는 그 소리와 냄새들 속에서 그의 몸을 애무했다. 한데 모였다가 멀어졌다가 다시 되돌아오는 바다와도 같았다." 어떻게 그처럼 낯선 남자와 쾌락을 누렸을까? 아주 태연하게, 아주 단호하게? 어떻게 그 벽을 넘었을까? 이것은 독자나 관객이 던지는 질문이 아니다. 그것은 그 두렵고 놀라운 경험을 향하여 마르그리트 뒤라스 자신이 던지는 질문이다. 그래서 우리는 질문도 던질 수 없어져버렸다. 그래서 〈연인〉 같은 섬세한 영화를 보는 관객은 바로 눈앞에 나타나는 모든 얼굴과 사물과 빛과 소리와 냄새와 감정의 떨림 하나하나에 긴장된 시선을 꽉 비끌어맨 채 매순간을 그냥 사는 수밖에 다른 도리가 없는 것이다. '의미'나 '인식' 같은 것은 '알렉상드르 뒤마' 호(號)가 프랑스를 향하여 출발한 뒤에나 찾아올 것이므로. 그리하여 매순간 관객은 어둠 속에서 그 중국인과 함께, 혹은 열다섯 살 소녀와 함께 전율할 뿐이다.

그리고 문득 이별의 순간이 다가온다. "그들은 저녁내 말이 없었다. 기숙사로 데려다주는 검은 자동차 안에서 그녀는 머리를 그의 머리에 기댔다. 그가 그녀를 껴안았다. 프랑스의 배가 곧 와서 그녀를 데려가고 이제 서로 헤어지게 되었으니 잘된 일이라고 말했다." 그들은 줄곧 말이 없다. 그리고 어느 날 오후 그녀 혼자 푸른 문의 독신자방을 찾아간다. 시장 속의 그 어둑신한 방. 시트가 벗겨져버린 침대. 빈 방. 어둠 속에 혼자 앉아서 시계소리를 듣는다. 발 소리가 천천히 들리게 걷는다. 수돗물을 튼다. 물소리가 어둠에 젖는다. 어디서 애기 울음소리가 들리다 그쳤다 한다. 그냥 문을 닫고 나온다. 아버지의 뜻대로 중국여자와 결혼한 그 애인은 끝내 오지 않았다. 인적 없는 밤길. 번들거리는 길바닥. 여자는 인력거를 타고 점점이 박힌 가등 사이로 돌아간다.

수십 년의 세월이 흐른 다음 작가는 그 부두에서 배가 떠나던 그 이별의 시간을 말한다. 기선이 화면을 가득 채운다. 위는 갑판 쪽의 흰색 아래는 선복 쪽의 검은색. 신화처럼 거대하게 정박한 여객선. 떠나는 사람들도 부두에 전송나온 사람들도 기다린다. 아주 오래 전부터 그래왔다는 듯이 기다린다. "나는 눈물을 보이지 않은 채 울었다. 그가 중국인이고 그런 연인을 두면 울지 않는 법이었기 때문이었다. 어머니에게도 동생에게도 속마음을 보이지 않았다. 저 아래 뙤약볕 속에 커다란 자동차가 검고 길게 서 있었다. 앞자리에는 흰 제복을 입은 운전수. 차는 다른 차들과 좀 떨어진 채 홀로 서 있었다. 뒷자리에는 그가 거의 보일락 말락하게, 질린 듯이 미동도 않고 무너져내린 채 앉아 있었다. 나는 첫날 연락선에서처럼 난간에 팔굽을 고이고 서 있었다. 그녀는 그가 그녀를 쳐다보고 있다는 것을 알고 있었다. 그 역시 그녀가 그를 바라보고 있다는 것을 알고 있었다."

이윽고 기선이 출발했다. 그는 보이지 않고 검은 자동차만 남았다. 결국 아무것도 보이지 않고 대지도 강물도 사라졌다. 검은 물 위에 달이 뜨고 달기둥이 섰다. 인도양을 건널 때 바람 한 점 없는 갑판 위에서 쇼팽의 왈츠가 흐르면서 망령처럼 배를 감쌌다. 그 소리를 들으며 소녀는 벌떡 일어섰다. 그만 죽어버리려는 듯이, 바다에 몸을 던져 죽어버리려는 듯이 벌떡 일어섰다. 그러고 나서 마침내 숄롱의 남자를 생각하며 울었다. "문득, 그를 절대로 사랑하지 않았다고 자신 있게 말할 수 없을 것 같아져버렸던 것이다. 모래 속으로 유실된 물처럼 역사 속에서 유실된 사랑이었기에, 지금 넓은 바다에 던져지고 있는 이 음악의 순간에야 비로소 되찾은 것이기에 자신의 눈으로는 본 적도 없는 사랑이었다."

　전쟁과 결혼과 출산, 그리고 이혼. 그런 모든 세월이 지나 작가가 된 여자에게 어느 날 아내와 함께 파리에 온 남자가 전화를 걸었다. 당신의 목소리가 듣고 싶었다고 했다. 전처럼 겁을 내는 목소리였다. 돌연 목소리가 떨렸다. 그 떨림과 동시에 여자는 그의 중국인 억양을 다시 찾아낼 수 있었다. 당신이 책을 쓴 것을 알았노라고 했다. 그러고는 어쩔 줄 몰라 했다. "그리고 말했다. 전과 달라진 것은 아무것도 없다고, 지금도 사랑하고 있다고, 사랑을 멈출 수가 없다고. 죽는 날까지 사랑한다고 말했다."

(1991)

현악기에 실린 '삼각관계'
─베니스영화제 은사자賞 수상작품 〈금지된 사랑〉

현대소설의 역사나 특징을 이야기할 때 언급하고 지나가지 않을 수 없는 명작이 플로베르의 『보바리 부인』이다. 그런데 이토록 유명한 걸작의 내용이 겨우 시골 보건소장 아내의 별볼일 없는 간통과 자살사건이라는 사실은 의외라고 여겨질 수도 있다. 그러나 이 경우야말로 예술작품의 아름다움이 이야기보다는 정치한 스타일의 산물임을 말해주는 것이다.

〈인생의 이런 일 저런 일〉(1970)로 유명한 클로드 소테 감독의 열두번째 작품으로 92년 베니스영화제에서 은사자상을 수상한 〈금지된 사랑〉은 그런 면에서 『보바리 부인』을 연상시킨다. 군더더기 없이 완벽한 짜임새, 단 하나의 장면 단 하나의 몸짓도 전체적 조화를 깨뜨리는 법이 없이 정확한 카메라의 움직임, 가히 '고전'이라 할 수 있는 소태의 놀라운 기량이 유감 없이 발휘되어 그려 보이는 이야기는 별로 대단할 것 없어 보일 삼각관계의 '사랑이야기'다. 그런데 오히려 이처럼 별것 아닌 이야기에다 카메라가 '진실의 빛'을 던져주고 있기 때문에 〈금지된 사랑〉은 『보바리 부인』 같은 명작을 연상시키는 것인지도 모른다.

영화의 첫 장면은 주인공 스테판의 나직한 목소리로 시작된다. 그 목소리에 인도되어 카메라 속에 담기는 세계는 1인칭으로 친근하게 다가온다. 스테판과 막심은 음악학교 입시준비를 하던 청소년 시절부터 알게 된 오랜 친구인 동시에 지금은 악기를 제조하는 동업자다. 막심은 사장, 스테판은 바이올린을 만드는 장인이다. 악기를 만지는 그의 손은 섬세하고 소리를 분간하는 그의 귀는 정확하다. 이 두 사람의 친구 사이에 미모의 바이올리니스트 카미유(엠마뉘엘 베아르)가 등장한다. 친구의 연인 바이올리니스트의 감정에는 절도가 있고 연주하는 손은 섬세하고 정확하다. 그런데 예술가에게는 장인에게 없는 '격정'이 있다. 다만 내면에서 소용돌이치는 격정이 악기의 활과 현의 규율 속에 절제되어 있을 뿐이다. 폭발의 잠재력.

영화감독이기 이전에 10여 년간 음악평론가이기도 했던 소태의 예민한 카메라는 그 억제된 격정, 찻잔 속의 폭풍을 라벨의 소나타에 실어와 우리들의 가슴속 가장 잘 울리는 곳을 건드린다. 너무 지나치지 않게, 그러나 깊숙이 사무치게.

두 친구와 한 여자, 두 여자와 한 남자, 두 제자와 노스승……둘에서 셋으로 변주되는 감정의 삼각형들이 때로는 알레그로로, 때로는 피치카토로 음악처럼, 세월처럼 쓸고 지나가는 '내 마음의 겨울(Un coeur en hiver)' 풍경. 아무리 봐도 이 영화의 불어 제목은 스테판을 1인칭으로 하는 〈내 마음의 겨울〉쯤으로 옮겨야 마땅했을 것이다. 영화의 끝부분, 우리를 어둠 속에 망연자실하에 남겨놓는 저 남자와 여자의 쓸쓸한 대화처럼.

　(8개월 후 우연히 마주쳤을 때)

　―어떻게 지내세요?

　―늙어가고 있어요.

　―어서 늙으세요.

(1992)

옆에 있어도 그리운 아내
−영화 〈로맨틱 커플〉

　지난 봄 프랑스 영화 페스티벌 때는 〈고백〉〈사베지 나이트〉와 더불어 가장 큰 기대의 대상이었던 〈얼룩말〉이 어떤 사정 때문에 프로그램에서 빠져 많은 사람들이 서운해했었다. 장 푸아레의 마지막 아픔이 된 그 영화가 마침내 〈로맨틱 커플〉이라는 제목을 달고 개봉되었다.

　프랑스 말로 'Le Zèbre'는 원래 '얼룩말'을 뜻하지만 얼룩빼기 줄무늬가 있는 유별난 말이라 하여 '괴짜' '별난 사람'이라는 또다른 뜻이 있다. 과연 이 영화의 주인공 이플리트는 '별난' 사람이다.

　건강하고 의젓한 사내아이, 깜찍하고 귀여운 딸아이를 둔 가장으로 아름다운 숲속의 집과 토초세가 날아들 법한 넓고 쾌적한 정원, 최고급 재규어 자동차, 안정되고 수입 좋은 직업(공증인), 충실한 동료와 친구, 그리고 무엇보다도 매력적이고 지성적인 아내(고등학교 국문학 교사). 결혼 15년째인 주인공은 이처럼 남들이 부러워할 환경을 갖춘 중년의 신사다. 그런데 그는 그걸로 만족할 수가 없다.

훤칠한 키에 언제나 화려한 나비넥타이를 매고 다니는 푸른 눈의 이 멋쟁이는 영원한 개구쟁이 어린아이다. 그는 일상의 습관에 안주할 수가 없다. 그는 위대한 사람이 되겠다는 꿈을 일찌감치 포기했다. 하지만 그에게는 꺼버릴 수 없는 열정이 있다. 그것은 바로 자기 아내에 대한 사랑이다. 그는 사랑이 없이는 살아갈 수가 없다. 그것도 '미칠 듯한' 사랑이어야 한다. 첫사랑같이 가슴 설레는 사랑이어야 한다. 그래서 그의 생활은 끝없고 광란하는 '보물찾기'가 된다. 그러나 얼른 보기에는 장난 같고 연극 같은 이 보물찾기는 위험천만한 모험이다. 거기에 삶의 의미를 송두리째 걸었기 때문이다. 백척간두의 절벽 위에 선 희극 같은 사랑의 열병.

어느 날 그 아름답고 매력적인 아내에게 오렌지빛 익명의 연애편지가 날아든다. 편지의 사연은 뜨거운 욕망으로 소용돌이치면서 날이 갈수록 대담해진다. 학교에서 아슬아슬한 서한체 소설 「위험한 관계」를 가르치는 미모의 아내를 옆에서 바라보며 이플리트는 웃고 있지만 그의 가슴속엔 폭풍이 인다. '아 아 웃고 있어도 눈물이 나려고 하는' 이 전형적인 프랑스 트레지-코미디를 보노라면 어느새 우리들 자신의 가슴속에도 광란의 얼룩말 같은 사랑이 살아 날뛰는 것을 느낀다. '한 집에 살고 있어도 그리운 아내'에게로 가슴 두근거리며 달려가는 우리 모두의 얼룩말. 이런 아내를 꿈꾸는 사내들이 이 나라에서는 영화관으로 가지 않

고 자꾸만 술집을 찾아간다. 어인 일일까? 술병 속에 그리운 아
내가 들어앉았기라도 한 것일까? 참으로 음미해볼 화두가 아닐
수 없다.

(1993)

스크린의 문법(文法)
―〈사랑을 위하여(DYING YOUNG)〉를 보고

카메라가 길고 곧고 늘씬한 다리를 천천히, 그리고 오랫동안, 좀 지나치다 싶을 만큼 오랫동안, 밑에서부터 위로 훑어가는 것을 눈으로 따라가노라면 붉은, 그것도 진홍의 미니스커트가 화면을 가득 채우는가 싶더니 야성적이고 싱싱한 힐라리. 그러니까 쉽게 말해서 줄리아 로버츠의 전모가 나타난다. 이번에는 카메라가 아니라 그녀 자신이 계단수가 많은 층계를 따라 '올라간다'. 그 끝없이 긴 다리로, 그 다리의 저 높은 곳을 아슬아슬하게 덮고 있는 진홍의 미니스커트를 입고 올라간다. 굽 높은 구두. 마침내 그녀는 거추장스러운 하이힐을 벗어 손에 들고 맨발의 빠른 걸음으로 그 층계를 올라간다. 거추장스럽다지만 거침없이 구두를 벗어든다는 것은, 특히 영화의 시작에서부터 그렇게 구두를 벗어든다는 것은 상당히 암시적이다.

영화 〈사랑을 위하여〉는 이렇게 시작한다. 영화는 단순히 사람과 사람 사이의 관계와 상황, 그 관계 및 상황을 변화시키는 행동…… 이런 것으로 이루어진 '스토리'만이 아니라 무엇보다 먼저 '눈으로 바라보는 즐거움'이라는 것을 우리에게 일깨워주려는 듯이 카메라는 그 긴 다리를 훑으며 아래에서 위로, 천천히 이동하다가 화면 전체를 그 짧은, 진홍의 미니스커트로 가득 채운다. 그리고 그 다리가 계단을 오른다. 그리고 그 발에 신겨 있던 구두가 거침없이 벗겨진다.

사실 이 영화는 오로지 스토리에만 의존하면서 본다면 아주 흥미진진한 영화라고는 할 수 없다. 특히 끝의 스토리 처리는 오히려 좀 싱거울 정도다. 영화 속에서 남자와 여자, 그것도 젊은 여자와 젊은 남자가 서로 만나서 사랑을 한다거나 헤어진다거나 그래서 괴로워한다거나 또다시 만난다거나 하는 것은 너무나도 흔한 일이어서 오로지 그것뿐이라면 그 또한 너무 싱겁다. 또 영화나 소설 속에서 한 인간이 불치의 병에 걸려서 한발짝 한발짝 다가오는 죽음의 그림자를 바라보며 전율하고 신음하는 일 또한 우리는 익히 보아왔다. 그 역시 독창적일 건 없다.

그러나 이렇게 흔한 사건, 진부한 상황도 스크린에 비쳐진 '그림'들의 모습이 어떠한가에 따라서 아름다워질 수도 있고, 감동적이 될 수도 있다. 〈사랑을 위하여〉는 무엇보다 먼저 스크린에 비쳐진 그림의 모양과 색채와 빛의 문법을 지혜롭게 활용하여 삶과 죽음과 사랑을 그려 보이는 영화로 읽어야 한다. 앞서 말한 그 진홍의 미니스커트와 그리고 같은 진홍색의 저고리는 원색적이고 야한 여주인공 힐라리의 싱싱한 생명의 그림이다. 서슴지 않고 하이힐을 벗어드는 거침없음, 자유롭게 풀어 늘어뜨린 긴

머리, 그리고 늘씬한 다리와 더불어 그 원색의 붉은 옷은 생명이 요, 젊음이요, 자유인 동시에 고상하다거나 세련된 아름다움과는 거리가 먼 그녀의 교양과 비교적 낮은 사회적 신분을 동시에 암시한다. 그래서 그는 '밑'에서 '위'로, 즉 낮은 사회적 신분으로부터 저 높은 계단 꼭대기에 있는 '지체 높은' 집안의 간병인이 되어볼까 하고 맨발로 힘겹게 '올라가고 있는' 것이다. 낮은 사회적 신분에도 불구하고 그녀의 진정한 힘은 젊음에 있고 젊음보다 더 큰 힘은 그 활달함, 거침없음, 순수함에 있다.

언덕 꼭대기에는 엄청나게 크고 점잖은 캐딜락, 접견실, 제복을 입은 하인, 품격 있는 서재, 재산, 예일대학 출신의 학력-모든 '높은' 것, 고상한 것, 부유한 것은 다 있다. 거기에 없는 것은 힐라리가 보여주는 자유분방함, 생명력, 빛, 건강이다. 이런 부정적인 요소는 밖의 환한 햇빛과 대조되는 실내의 어둠, 그리고 그 높은 곳으로 올라갔다가 다시 아래로 '내려가야' 하는 그 부잣집의 '지하실', 그곳에서 불치의 병으로 신음하고 있는 그집 아들 빅터의 고통스러운 처지 등으로 나타난다. 이 지하실 속에서의 모든 장면은 인공조명이거나 아니면 창문을 통하여 비쳐드는 희뿌연 빛으로 나타난다. 밖은 생명의 소리로 가득 차 있으나 이 지하실 안은 은은한 음악과 고요, 흐릿한 빛뿐이다.

이 영화 전체는 처음부터 끝까지 조명, 컬러, 그리고 피사체와 카메라 사이의 거리에 의하여 조절되는 인물이나 사물의 크기 등이 측면에서 매우 흥미 있는 상징성을 표현하고 있다. 빅터와 힐라리가 처음으로 외출하여 고급 식당으로 간다. 식당 안의 장면은 은은하고 고상한 주황색 톤, 마치 넘어가는 태양빛 같은 실내조명이다. 거기서 한 접시에 30달러나 하는 카르파치오라는 고급 생고기 요리(그러나 그것이 과연 생명의 고기일까?)를 먹는다. 그러나 그곳은 야성의 싱싱함과는 거리가 먼 죽음의 세계다. 살균된 세계다. 그러자 힐라리 쪽에서 빅터에게 '정말로 재미있는 곳'을 안내하겠다고 제안한다. 떠들썩한 디스코테크, 고상하지는 않지만 신명나게 웃통을 벗어제친 힐라리, 이곳의 빛은 주황색이 아니라 진홍과 푸른색이 주조를 이루는 원색의 세계요, 야성의 세계다. 요란한 음악의 세계다. 빈사의 지식인 빅터는 처음으로 야성의 매혹을 느낀다.

이 영화는 줄곧 이런 대조적인 색채 사이의 대화, 밝고 어두운 조명들 서로간의 대화를 통하여 생명의 세계와 죽음의 세계를, 또 그 두 가지 사이에서 읽혀지는 삶과 사랑의 그림을 그려 보이고 있다. 어둑신한 지하실의 세계와 원색의 무개자동차를 타고 달려간 툭 터진 바닷가 역시 그 강한 대조를 실감케 한다. 그래서 우리는 그 의미심장한 그림들을 보는 눈의 즐거움 덕분에 약간 진부한 스토리의 권태를 충분히 잊을 수 있다. 사실 삶 속에서가 아니라 영화관 속에서 벌어지는 일이고 보면, 또 그것이 아름다운 그림이고 보면, 스토리상의 허구성 또한 용납 못 할 것도 아니다. 그러자고 영화 구경을 가는 것이 아닌가? 허구를 현실인 양 착각하고 싶은 겨울날 오후에 말이다.

(1991)

바람을 담는 집
—뉴욕에서 온 화가 金元淑의 그림

　우리들 각자의 가슴속에는 아직 태어나지 않은 화가가 하나씩 들어 있다. 그는 우리들 내면의 너무나 깊은 곳에 잠들어 있어서 우리 스스로는 그의 존재의 기미를 한번도 눈치채지 못한다. 더군다나 우리가 성장하면서, 교양을 갖추고, 점점 더 높은 학교로 진학하면서 미술사를 배우고 위대한 화가들의 이름과 익숙해지고 전문적인 용어를 익히게 되면 그 태어나지 않은 화가는 그만 점점 더 주눅이 든 나머지 더 마음속 깊은 곳으로 아주 숨어버린다. 그러나 그 이름없는 화가가 영원히 사라져버린 것은 아니다.

　가령 김원숙의 그림과 처음 마주치는 사람이 맛보는 놀라움은 단순히 그 그림의 아름다움에서만 생겨나는 것이 아니다. 그의 단순하고 '손쉬운' 그림은 돌연 우리 마음속에 태어나지 않은 그

화가의 존재를 일깨워준다. 아직 태어나지 않은 화가가 눈뜨면서 한 그루의 '가짜 나무'를 본다. 붓이 점을 찍고 그 붓꼬리를 틀면서 백지 위를 천천히, 혹은 빠르게 건너뛸 때 우리들 마음속에서는 그 화가의 순진한 손가락이 태어난다. 투명한 눈이 뜨이는가 하면 어느새 내달리면서 색채를 흔든다. 그 색채가 물결친다. 획은 불꽃이 되어 타오른다.

김원숙의 그림을 보면서 우리가 느끼는 황홀감은 바로 그 잠들어버린 화가의 돌연한 탄생에서 오는 황홀감이다. 그의 그림은 내 가슴속에 잊혀져 있던 화가가 문득 마음이 내켜서 아주 쉽게, 아주 단순하게 태어나 지금 내 눈앞에 그려놓은 그림이다. 그의 그림의 매혹은 그 그림이 내가 그린 그림, 우리들 모두의 마음속에 있는 잠재적 화가가 그린 그림이라는 데서 오는 것이다. 아주 어린 시절에 우리는 모두 화가였다. 겁도 없고 망설임도 없는 화가였다. 무얼 그릴까? 하고 마음만 먹으면 금방 눈앞에 집 한 채를 그렸다. 꽃도 그렸고 길도 그렸다. 그리고 물론 나 자신도 그렸다. 깊이 생각할 것도 없이, 복잡하지도 않게 그냥 단순하게 그렸다. 그 그림은 진실했다. 그러나 차츰 무언가를 배우기 시작하면서 그 자유자재의 꿈은 사라져버렸다. 김원숙은 그 사라진 꿈을 기적처럼 소생시켜놓음으로써 우리를 깜짝 놀라게 한다.

김원숙은 그 원초적인 지점, 자유자재의 지점으로 돌아가고자 한다. 언제나 첫번째 점과 첫번째 획이 시작하는 원초적 몸짓의 자리로 돌아가고자 한다. 그 자연발생적인 획과 더불어 매순간 잊혀졌던 마음속의 화가가 눈뜨며 깨어나는 곳 거기에서 그는 늘 다시 시작하고자 한다. 이것은 결코 쉬운 일이 아니다. 이미 남의 눈치를 보기 시작한 뒤에 자연발생적이 된다는 것은 절대로 쉬운 일이 아니다.

김원숙이 무엇보다도 붓과 먹으로 종이 위에 그림을 그리기 시작했다는 것은 의미심장하다. 그것은 우선 그의 문화적 환경 속에서 가장 손쉽게 잡혀지는 재료요 도구였다. 그는 백지 위를 붓이 단 한번만 지나가며 남기는 일회성의 힘과 속도와 정서의 자취, 그리고 무엇보다도 그 규율을 예민하게 감지하는 문화 속에서 성장했다. 그것은 자기 표현의 감출 길 없는 솔직성과 즉각성과 자발성의 세계이다. 백지 위에 먹과 붓이 남기는 자취는 한 순간의 것인 만큼 수정이 불가능하다. 그만큼 매순간 그림을 그리는 마음과 동작은 일치되어야 하고 엄격하게 통제되어야 한다.

수묵은 서양화의 데생과 달리 장차 완성할 그림의 밑그림이나 준비작업이 아니다. 그것은 조형을 위한 예행연습이라기보다는 시간과 속도, 마음의 흐름의 기록이다. 수묵은 끊임없이 그것이 만들어가는 형태의 사실성(적어도 부분적으로는)을 부정한다. 따라서 우리가 보고 있는 것은 한 그루의 나무나 시냇물이나 사람이기에 앞서 획이며 동작이며 붓의 속도다. 그러므로 김원숙이 먹으로 그린 그림들은 거기에 이미 그려놓은 그림이라기보다는 지금 태어나고 있는 중인 형태들이다. 오래 전부터 서 있는 나무가 아니라 지금 그의 붓끝에서 일어서고 있는, 탄생중인 나무다. 그의 그림 속에 수없이 등장하는 여자(아마도 많은 경우 화가 자신인 듯한)는 매순간 일상의 잠에서 깨어나고 있는 여자, 이제 탄생하고 있는 화가다. 그는 여자인 동시에 바람에 날리는 옷자락과 머리털이다. 붓이 여자의 머리털을 그린 것이 아니라 붓이 달리는 중에 여자의 모습, 여자의 머리털이 생겨난 것이다.

그림에서는 물론 외부의 현실과 그림 속의 형태 사이의 닮음도 중요하다. 그러나 김원숙의 수묵화에서는 무엇보다 손이 전달하는 박동과 흐름과 때로는 광란하는 속도와 춤이 중요한 것이다. 그래서 붓과 먹(후에는 흑색의 아크릴)으로 그린 김원숙의 그림 속에서 가장 중요한 요소는 역동성이다. 그의 수묵화에서는 도처에서 거센 바람이 분다(〈원미〉〈일상〉〈밤의 드라이브〉〈밖에서 들여다보기〉〈남자의 의지, 여자의 바람〉〈바람 속의 꽃들〉〈돌풍〉). 돌개바람에 휩쓸려 공중을 나는 일상의 접시, 공중을 나는 사람, 달리며 부르는 사람, 엎질러지는 물사발, 꽃을 위협하여 다가드는 가위, 쓰러지는 꽃병과 흩어진 꽃가지, 미친 듯이 날리는 커튼과 식탁보, 타오르며 흔들리는 불꽃, 천둥번개와 일렁이는 나뭇잎, 이 모든 드라마틱한 요소들도 수묵화 특유의 역동성과 깊이 관련된 것들이다.

그러나 이와 같은 역동성은 수묵화에 그치고 있는 것이 아니다. 역동성은 전염한다. 아니 동적인 활력과 바람은 김원숙의 예술가적 생명력에 깊숙이 닿아 있는 것 같다. 〈포옹〉〈남자의 의지, 여자의 바람〉 같은 작품은 그것의 한 전형이다. 그래서 김원숙이 가장 즐겨 그리는 소재는 물, 불, 바람이다. 도처에 배와 달과 섬을 뜨게 하는 시냇물이나 바닷물, 도처에 타오르는 불꽃은 모두가 흐르고 달리고 휘몰고 출렁거린다. 종이 위에 그린 수묵이 아니고 캔버스나 나무에 그린 유채의 경우에는 역동성이 한결 유연해지고 드라마틱한 요소의 강도가 다스려지는 것이 사실이다. 이 경우에 김원숙은 거센 '바람'보다는 그 색채나 굽이치는 흐름이 훨씬 더 감각적이고 행복한 '물'을 선택하는 경향을 보인다. 그러나 오일 채색의 부드러운 곡선과 완만한 속도의 조형성에 성이 차지 않을 때 김원숙은 언제나 검은 먹의 직접적인 힘에 호소하기를 서슴지 않는다.

그렇다고 이같이 내면 속에 소용돌이치는 역동성과 바람을 직접적으로 드러내어 표현하는 것만으로 작품이 이루어지는 것은 아니다.

  모든 역동성은 예술작품의 차원에 이르기 위하여 더도 덜도
아닌 한계 속에 담겨지면서 통제되고 통일성을 얻지 않으면 안
된다. 달리는 획은 어디에선가, 꼭 알맞은 곳에 멈추어야 한다.
일회적인 속도의 자취로서 표현되었던 획은 여기서 또하나의 기
능을 추가하여 갖게 된다. 그것은 바로 테두리, 한계, 울타리로서
의 기능이다.

  애초에 검은 먹으로 그은 획은 백색의 종이와의 한계로서 그
일차적 의미를 지니는 것이다. 이런 관점에서 본다면 김원숙의
그림은 모두가 물, 불, 바람과 같은 역동성을 담고, 가두고, 억제
하고, 통일시키는 정태적 '그릇'이다. 이 그릇으로서 김원숙이
즐겨 활용하는 전형적인 틀이 바로 '집'이다. 집은 삶을 담는 그
릇이고 그림은 주제와 획과 색채와 마음의 역동성을 담는 집이
다. 우리들이 저 아득한 옛날, 즉 어린 시절에 처음 그렸던 단순
한 집(검은 곡선의 지붕과 저 어리숙한 사각형의 선으로 테를 두
른)은 김원숙의 그림의 원형이다. 아니 우리들 모두의 마음속에
서 깨어나는 저 화가의 그림의 원형이다. 〈우리들의 집〉(1984)
은 그 단순화의 극치와도 같은 작품이다. 테두리, 한계, 그릇으로
서의 집은 커튼(연주회나 지젤 공연의 막), 유리창, 거울, 실제 그
림의 채색된 프레임, 상자, 목침 등 각종 사각형으로 변주되다가
최근에 와서는 사각형을 탈피한 그림의 한계곡선(〈수로부인〉
〈분단된 나라〉 시리즈)으로까지 변화의 폭을 확대하고 있다. 하
여간 동적인 내용과 정적인 그릇 사이의 긴장관계는 김원숙의
그림의 형식인 동시에 주제가 되고 있다. 그것은 끊임없이 안과
밖, 내용과 형식, 구속과 해방, 방황과 안정의 긴장관계를 설정한
다.

김원숙의 그림 속에서 여자는 항상 집 안에서 잠을 자고 있다. 밖에는 바람이 불거나 불이 타오르고 있다. 집 안에 잠이 있다면 집 밖에는 점점 더 멀리, 점점 더 높이 떠나는 길이 있고 꿈의 불꽃이 위태롭게 타오른다. 때로는 〈신부〉에서 처럼 바닷물과 달빛과 바람이 방 안으로, 붉은 커튼 이쪽으로 넘쳐들어오기도 한다. 그러나 모든 사람이 다, 그리고 매순간이 다 〈신부〉의 황홀일 수는 없는 법이다. 대개 〈나의 자리〉 속에 갇혀 있는 나는 밖의 바람과 불꽃을 꿈꿀 뿐이다. 〈안에서 내다보다〉와 〈밖에서 내다보다〉의 한 쌍으로 된 그림이나 〈거울〉 〈밤의 드라이브〉 〈순천〉 등은 이 같은 안과 밖의 긴장관계를 단적으로 드러내 보여준다. 특히 근래에 와서는 흑백의 수묵화(아크릴)에 채색의 창문식 그림을 박아넣고 동시에 두 장의 쌍을 이루는 그림을 맞붙여놓음으로서 안과 밖의 관계는 더욱 복합적인 것으로 증폭되고 있다.

이와 관련하여 지적할 것은 김원숙이 균형과 거리에 힘입어 획득하는 시적긴장의 역동성이다. 방 안에서 바라보는 강 건너면 산의 불은 우선 나와 불 사이의 건너뛸 수 없는 거리를 암시한다. 그러나 아직은 뒷짐을 지고 있는 〈나〉의 자세나 〈내일이 아니다〉라는 제목으로 보아 그 거리 속에는 긴장감이 들어 있지 않다. 오히려 그 무심함이 그림을 바라보는 감상자의 마음속에 역으로 긴장감을 불러일으킨다. 그러나 물 속으로 가라앉은 금도끼와 그 도끼를 잡으러 달려가는 나의 손 사이의 거리에는 그림 전체를 역동적인 자장으로 변화시키는 긴장감이 실려 있다. 뱃전에서 전신을 기울여 팔을 뻗으나 잡히지 않는 물 속의 달, 수로 부인을 위하여 아슬아슬한 벼랑의 꽃을 향하여 뻗는 노인의 손, 주렁주렁 매달린 과일을 향하여 쳐드는 소녀의 팔, 병석의 노모를 위하여 천도복숭아를 따려고 기어오르는 효자, 마침내 물가에 다다랐으나 땅 위로는 오를 수 없는 배, 끊어진 다리…… 이처럼 대상과 갈망하는 자아 사이의 거리와 거기에 형성되는 자력이 그림을 미적 긴장의 공간으로 탈바꿈시켜주고 있다.

어쩌면 내 마음 깊은 속에서 이제 막 태어난 화가가 '손쉽게' 그려놓은 듯한 이 단순한 그림들, 이 순진한 그림들 속에는 영원히 뛰어넘을 수 없는 안과 밖, 역동성과 한계, 형식과 내용, 그리고 아직도 뻗어가고만 있는 손과 벼랑의 꽃 사이의 긴장이 살아 움직이고 있다. 김원숙의 참다운 미덕은 이 같은 긴장의 미학을 실천하되 그림의 원초적 본질을 향하여 빨리 질러가는 생략의 해석법을 대담하게 구사해 보인다는 점이다. 그의 그림은 더도 덜도 아닌 곳, 붓이 꼭 멈추어야 할 곳에서 멈추면서 군더더기 없는 단순성으로 통일되고 있다. 그러나 그 단순성 속에는 우리들의 마음속에 잠든 저마다의 어린 화가를 깨어나게 하는 놀라움이 고압으로 압축되어 있다. 그래서 우리는 종종 원숙의 그림을 보면서 어린아이 그림이나 당사주책의 그림, 혹은 '아르 나이프(Art naïf)'를 연상하게 된다. 그러나 이 같은 단순성과 소박함은 극도의 긴장과 내적 통제력의 소산이다. 참다운 예술에서 표현된 순진함과 단순함은 어쩌면 타고나는 것이 아니라 성격의 힘에 의하여 획득되는 것인지도 모른다. 그런데 작품을 바라보는 우리들에게는 이렇게 획득된 순진함과 단순함만이 그냥 그리움처럼 다가드는 것이다. 김원숙이 겨냥하는 것은 바로 이 단순함 속에 압축되어 있는 규율, 즉 미적 폭발의 잠재력일 것이다.

(1990)

프랑스 설치미술 8인전 '연출'
─1996년 호암미술관

　지난해 우리 미술계는 역사상 그 유례가 없을 만큼 떠들썩한 잔치판이었다. 베니스 비엔날레에서는 한국관이 신축되어 세계를 향해 문을 열었다. 나라 안에서는 광주에서 국제 비엔날레가 개최되었다.

　미술이라면 그저 벽에 걸린 족자나 액자 속의 산천풍경 혹은 화병에 꽂힌 꽃 같은 것쯤으로 여겨왔던 어린 국민학생에서부터 시골의 촌로에 이르기까지 많은 국내 관람객들은 돌연 첨단 전자매체가 대거 동원된 '설치미술'의 충격적 세례를 받았다. 그렇게 어리둥절해진 시력을 간신히 수습할 참에 또 하룻밤만 자고 나면 지난날의 그 서슬푸르던 장군, 대통령들이 하나씩 플래시의 번갯불 속에서 연행되어가는 1995년의 세모(歲暮).

국내는 물론 세계의 이목이 이 광란하는 희비극의 소용돌이에 휘말리고 있는 시점이었던 만큼 그 격랑에서 한 걸음 비켜나 호암미술관에서 열린 프랑스 설치작가 8인전 '연출'은 그에 비례하여 그만큼 더 고요하고 호젓했다. 그래서 비평가 미셸 누리자니가 의미심장한 제목으로 기획한 '연출'은 오히려 그 '고요함'의 무게로 인하여 돋보이는 시각적 '무대'였다. 그러나 그 고요함에 참으로 귀를 기울이는 사람이라면 그 속에 회오리처럼 밀려드는 불안의 논리 또한 심상치 않다는 것을 알 수 있을 것이다.

미술관의 입구에서 2천원짜리 입장권을 사가지고 들어가면 곧 홀의 왼쪽에서 표를 받는 미녀가 "왼쪽부터 관람하십시오" 하고 안내를 한다. 그 안내원의 말은 마치 입구에 도전적으로 버티고 있는 붉은색 사고 자동차의 그 파괴적 인상을 잠시 비켜가라는 권유처럼 들린다. 이리하여 우리의 시선은 자연스럽게 왼쪽 벽을 향하게 된다.

황색과 녹색의 거대한 단색면들이 입혀진 천장 밑 흰색 대들보에서부터 이미 '현장작업(in situ)'의 시작이라는 것을 인식하자면 그래도 약간의 사전지식이 필요하다. 다니엘 뷔렌은 눈을 들어 쳐다보아야 하고 장 피에르 레이노는 밑으로 내려다보아야 한다. '연출'의 눈높이 조절은 우선 이렇게 시작된다. 벽에 높이 붙어 있는 뷔렌의 규칙적인 황색·백색·녹색띠를 쳐다보던 시선은 발 아래 마룻바닥으로 내려와 가지런히 한줄로 늘어놓은 장 피에르 레이노의 적색과 황색 통조림 상자들 위로 떨어지게 마련이다.

웬만한 일쯤에는 결코 놀라지 않을 만큼 연속적 충격으로 무디어진 우리의 감각이고 보면 뷔렌의 무표정하게 반복되는 저 색채와 백색의 띠들이 무엇을 말해줄 수 있을까. 물론 아무것도 말하지 않는다. 뷔렌 역시 무엇을 말하려는 것은 아니다. 그래서 사람들은 좀 실망할지도 모른다.

8.7센티미터 간격으로 흰색과 교차하는 몇 가지 채색의 띠들은 그가 이미 30년 전부터 사용해온 '시각적 도구'로서 우리에게 이미 익숙해질 만큼 익숙해져 있다. 그 띠들은 저만큼 투명한 플라스틱 사각형 속에서 수직으로 혹은 약간의 장난끼를 보이듯 한쪽으로 기울어져 고요히 교차 반복되면서 현장의 일부가 되고 있다. 미다스 왕의 손이 닿으면 모두가 황금으로 변하듯 그의 손이 닿으면 별도, 식탁도, 건물도, 땅바닥도, 궁전도 모두 폭 8.7센티의 줄무늬 세계로 변한다.

이제 그것은 잠시 프랑스 현대미술의 높이만큼 우리의 시선을 끌어올린다. 마음은 고요해지거나 막막해진다. 내면의 소용돌이는 차츰 가라앉으며 황색과 녹색의 줄무늬로 변한다. 기하학적 반복의 세례. 기이하게도 그 속에는 미술사가 실어나르던 전통적 '아름다움'을 단절하는 칼날이 숨어 있다. 그의 띠는 전통에 대한 거부 혹은 도전인 동시에 단순한 만큼이나 무한한 가능성과 잠재력을 갖게 된다. 파리의 팔레 루아얄의 얼룩기둥은 그 탁월한 적응력과 만만치 않은 목소리를 증거한다.

이윽고 우리의 시선은 아래로 떨어지면서 몇 개의 하얀 철제 사각형 상자 속에 뚜껑이 열린 채 담겨 있는 또다른 규칙적인 물체들로 차례로 옮겨간다. 얼른 보면 같은 크기의 붉은색과 황색 바탕에 까만 테를 두른 통조림들이 가득가득 담긴 상자인 것만 같다. 그러나 어딘지 섬뜩한 느낌이 없지 않다.

이 기하학적 반복의 형태들은 원래 방사능 오염지역이나 핵위험이 있는 지역을 표시하는 원통형 경계신호 띠들이다. 노랑과

빨강의 강렬한 형광색이 무한한 증식의 에너지를 발산한다. 이 기하학적 반복의 고요함 속에는 벌써부터 우리시대가 경험하는 세기말적 공포의 기호가 집단무의식의 풍경처럼 찍혀 있다. 레이노는 집단적 공포가 만들어내는 환상의 형식과 색깔이 무엇인지 알고 있다.

싸늘한 타일만을 이용하여 창문 하나 없이 극도로 폐쇄적인 집을 짓고 살다가 1993년에 돌연 그 타일집을 파괴해버리고 나서 부서진 파편들을 컨테이너와 수많은 그릇들에 담아 전세계 미술관에 흩어놓은 장 피에르 레이노는 문득 방사능의 파괴적 위험에 번뜩이는 형광색 도깨비상자를 들고 서울을 찾아왔다. 검은 양복, 검은 넥타이 차림의 후리후리하고 키 큰 신사 장 피에르 레이노는 지금 이 형광색의 매혹에 완전히 사로잡혀 있는 것 같다. 나는 특히 연둣빛이 감도는 노란 형광색의 빨아들이는 듯한 위험의 기미를 느낀다. 심상치 않다. 그의 진열방식이 얌전한 만큼 더욱 연두색은 불안을 가중시킨다.

그 방사능지대에서 오른쪽으로 시선을 돌리면 어둑한 마룻바닥에 엎드린 '마을'이 하나 나타난다. 마치 아홉 개의 작은 집들이 각기 외로운 창문에 불을 밝히고 엎드려 있는 자그만 시골마을의 동구 앞에 선 느낌이다. 약간 번뜩이는 느낌의 새틴천으로 된 붉은색과 초록색의 물결에 덮인 아홉 대의 TV모니터 마을이다. 사르키스는 황홀하게 침묵을 연출하는 예술가다. 서로 마주 보거나 등을 돌린 아홉 개의 오막사리 봉창마다 환영처럼 천천히 영상이 떠오른다. 어둑한 안방 아랫목에 엎드려 그림책을 보듯이 들여다보고 싶은 봉창. 그 스크린에 떠오르는 초록색 손과 붉은색 손의 느린 무언극. 침묵의 고백. 어슴푸레한 푸른 물 붉은 물, 그 물살 저 끝에 떠오르는 사르키스의 두 손. 그 손이 그려놓는 춤의 환영 혹은 그 손이 천천히 적어놓고 싹 지워져버리는 몇 개의 주소들. 예술가 사르키스가 지금까지 작업해온 모든 아틀리에들의 주소가 마치 그의 예술적 이력서처럼 이어진다. 그가 나에게 적어준 파리 13구 베르니오 가의 아틀리에 주소도 거기에 나타났다가 사라진다. 사르키스는 말한다. "나의 기억은 나의 고향이다"라고. 이것은 그러니까 사르키스의 기억의 마을풍경이다. 꿈처럼 떠올랐다가는 사라지는 고향.

그런데 내겐 손의 환영이 나타났다가 지워지곤 하는 그 봉창문이 마치 초록 저고리 다홍치마의 아득한 기억 속에 묻힌 신방(新房) 같다. 그래서 나는 사르키스에게 곧 그 초록색과 진홍색 신방의 시 한 편을 불어로 번역하여 들려주었다. 미당 서정주의 걸작 산문시 「신부(新婦)」.

"신부는 초록 저고리 다홍치마로 겨우 귀밑머리만 풀리운 채 신랑하고 첫날밤을 아직 앉아 있었는데, 신랑이 그만 오줌이 급해져서 냉큼 일어나 달려가는 바람에 옷자락이 문 돌쩌귀에 걸렸습니다. 그것을 신랑은 생각이 또 급해서 제 신부가 음탕해서 그새를 못 참아서 뒤에서 손으로 잡아다니는 거라고, 그렇게만 알곤 뒤도 안 돌아보고 나가버렸습니다. 문 돌쩌귀에 걸린 옷자락이 찢어진 채로 오줌 누곤 못 쓰겠다며 달아나버렸습니다.

그리고 나서 사십 년인가 오십 년이 지나간 뒤에 뜻밖에 딴 볼일이 생겨 이 신부네 집 옆을 지나가다가 그래도 잠시 궁금해서 신부 방문을 열고 들여다보니 신부는 귀밑머리만 풀린 첫날밤 모양 그대로 초록 저고리 다홍치마로 아직도 고스란히 앉아 있었습니다. 안쓰러운 생각이 들어 그 어깨를 가서 어루만지니 그때서야 매운 재가 되어 폭삭 내려앉아버렸습니다. 초록 재와 다홍 재로 내려앉아버렸습니다."

터키 출신의 거장 사르키스가 이런 뜻하지 않은 미당의 시에
홀려 있는 동안 옆으로 눈을 돌리면, 과연 폭삭 내려앉은 '신부'
를 위안하려는 듯 젊디젊은 여성작가 안느 페레의 「결혼 케이
크」가 거대한 욕망의 탑처럼 솟아 있는 것이 보인다. 옅은 핑크
색 레이스 장식의 브래지어에 감싸인 지름 40센티의 대형 풍선
젖가슴들이 쌓여 4미터나 되는 9층 젖가슴탑을 이룬다.

그 관능적 곡선을 더듬어 올라간 시선은 탑의 정점으로 따라
올라가 부드러운 비단으로 바느질한 두 마리의 새끼돼지에 이른
다. 그로테스크하면서도 풍만한 에로티시즘의 끝에서 마주치는
식욕의 패러디. 대형 케이크의 좌대 속에서는 연속 뿜어나오는
최고급 화장품회사 제의 방향이 오히려 영문 모를 불안을 자아
낸다. 정성스럽게 수놓은 '결혼식'으로 우리의 마음을 어루만지
는 듯하면서도 실은 께름칙하고 불편하게 하려는 작가의 의도가
분명하게 느껴져온다.

안느 페레는 핑크빛 나는 비단의 달콤하고 부드럽고 매혹적인
'여성' 취향을 극단에까지 밀고 가서 공격적이고 그로테스크하
고 폭력적인 반대항과 결합시켜 고요한 충격과 유머를 자아낸다.
이 상반된 양면의 충돌은 전시실 2층에 설치된 〈푸줏간〉 창고에
서 더욱 두드러진다. 거기에는 수 개월 간 파리 시내의 도살장
옆에서 살며 지낸 예술가 자신의 기억이 새겨져 있다.

가죽을 벗기고 머리를 잘라내어 내장을 비운 짐승(돼지?)의
통짜 몸뚱이들이 푸줏간의 냉동창고에서처럼 주렁주렁 거꾸로
매달려 있다. 그러나 이 모든 공격적이고 엽기적인 형체들이 아
주 장식적인 비단과 레이스와 채색천들로 정성스럽게 재봉되고
수놓여 있다. 반면 이 화려한 몸뚱이들의 뱃속에는 쇠붙이, 하이
힐, 젖병꼭지, 솜뭉치, 고무장갑 등 갖가지 자전적인 공격성 오브

제들이 무의식의 내장인 양 붙어 있다. 무의식의 동굴 같은 뱃속을 들여다보며 관객들은 남몰래 전율한다.

이 블랙 유머는 플로베르적이다. 각각의 몸뚱이들은 분리된 '조각' 작품으로도 가능하며 저마다 〈빠씨오나리아〉〈숙명〉 따위의 제목을 달고 있다고 안느는 내게 설명해주었다. 남부 툴루즈의 억양이 오히려 매력적인 이 젊은 예술가는 자신이 가장 싫어하는 핑크색을 고의적으로 과다사용하고 자신이 가장 서툴렀던 바느질로 한 땀 한 땀 손수 누벼간 집요함의 결실을 어디까지나 '조각'이라고 강변한다.

뷔렌을 따라 천장에서 시작한 시선은 바닥으로 내려와 레이노, 사르키스를 거쳐 페레의 젖가슴탑을 따라 다시 위로 곡선을 그리며 올라가서 반원을 그리며 하나의 전체를 이루게 된다. 이렇게 네 작가의 설치작품군을 하나의 집단으로 묶어본다면 그들을 사이에 두고 벽쪽과 입구쪽 양극에는 각각 두 가지의 충격적 파괴의 흔적이 문득 정지되어 있다. 적어도 내가 읽은 기이한 '연출'의 구조는 그러한 것이다.

전시실의 가장 깊숙한 안쪽 벽 앞에는 천장의 조명을 모두 꺼버린 박명 속에 병원의 어린이용 철침대들이 나사가 빠지고 해체된 채 잔해가 되어 어지럽게 널려 있다. 병과 어린 시절과 고독, 한밤중의 공상 그리고 대재난 등을 연상시키는 폐허 속에서 우리를 더욱 절망하게 하는 것은 해체된 침대 모서리나 구석 여기저기에 형언할 수 없는 분위기를 만들어내며 숨듯이 켜져 있는 작은 전구들의 제한된 조명이다.

눈빛이 정겹고 말수가 적은, 그리고 놀랍도록 비대한 몸집의 젊은 예술가 클로드 레베크는 아주 단순한 오브제, 가령 침대·의자·텐트·벤치 따위를 있는 그대로 놓아둔 채 우윳빛 알전구나 작은 갓의 조명만으로 연출하여 그것을 더욱 간결하게 그리고 건조하고 고독의 공간으로 변화시키는 재능을 가졌다. 그 단순함과 밀도는 바라보는 이를 더욱 단정하게 절망하도록 만든다.

전시실 2층 독방에 마련된 오브제들과 전등, 1인용 텐트 속에 미친 듯이 선회하는 불빛은 벽 너머 카를로스 쿠스너의 벽걸이 작품 속에 내장된 녹음기에서 끊임없이 들려오는 소리 때문에 상대적으로 더욱 적적하고 고요하다. 그의 조명은 파괴의 역동성을 문득 하나의 정태적인 오브제로 환원하면서 동시에 그 불빛은 굳어져 정지되었던 파괴의 동작이 금방이라도 되살아나 이어질 것만 같은 위험의 잠재력을 표현한다.

이제 관객은 클로드 레베크의 반대편, 그러니까 처음 실내로 입장하던 입구의 정면에 버티고 있는 베르트랑 라비에의 〈줄리에타〉로 돌아올 때다. 이것은 파괴의 역동적 충격이 순간적으로 얼어붙은 듯이 고정되어버린 오브제의 전형이다. 충격을 받은 시간이 찌그러진 그대로 붉은색 공간이 되어 멈추어버렸다.

작은 키, 짓궂은 미소가 떠나지 않는 입가에 언제나 굵은 시가를 물고 있는 베르트랑 라비에는 매우 지능적이고 경제적이다. 그는 남들이 모두 작품의 '설치'에 여념이 없을 때 이미 모든 일을 끝낸 채 팔짱을 끼고 여유만만이다. 파리에서 실려온 사고난 자동차를 그냥 전시실 문간 근처에 부려놓는 것으로 자신의 '연출'은 이미 완료된 것이다.

고속으로 질주하던 중에 돌연 전복되어 몇 바퀴를 구르고 난 다음 전봇대에 부딪혀 전후좌우 상하가 골고루 찌그러진 채 정지한 붉은색 알파 로메오 스포츠카. 그는 이 절호의 오브제를 구하는데 3개월이 걸렸으니 많은 노력이 소요되었다고 역설한다. 그러나 이 3개월간의 수소문과 '선택'만으로 그의 작품은 이미 완성된 것이다. 그는 물론 생사가 걸린 자동차사고 그 자체와는 아무런 관련이 없다. 다만 고철이 된 차를 한 푼의 에누리도 하지 않은 채 1만5천 프랑에 구입했을 뿐이다. 세자르처럼 고물차를 압축할 필요도 없고 체임벌레인처럼 색칠하여 비틀어놓을 필요도 없다. 그냥 사고난 자동차를 선택하여 전시실에 갖다놓고 '지울리라'라고 이름을 붙인 것이 전부다.

차를 운전하던 사람은 음악가였다고 하는데 생명을 잃은 것은 아니라고 전한다. 키에슬로브스키의 감동적인 영화『세 가지 색, 블루』를 연상시키는 비극성이 없지 않지만 베르트랑 라비에의 경우 이미 그 비극은 경계 저쪽의 세계에 속해 있다. 경계의 이쪽은 그냥 오브제가 있을 뿐이다. 그러나 뒤샹의 레디 메이드처럼 무감동한 오브제는 결코 아니다. 경계 이쪽의 굳어진 오브제 속에 아직 경계 저쪽의 이 미묘한 '흔들림', 아마도 이 '떨림'을 알면서도 모른 척하기 위해 베르사유 원예학교 출신의 이 기묘한 예술가는 항상 아이러니컬한 미소를 여송연과 함께 입가에 지그시 물고 있는 것이 아닐까?

마침내 1층 전시실의 끝에 이르면 나탈리 엘레망토의 '모래밭'과 거대한 '사각기둥'이 나타난다. 그는 마치 전시회 전체 '연출'에 대하여 결론을 내리듯 제각각의 개성적인 작품들 사이의 '관계'를 매우 직관적으로 '분석'하는 과정을 보여주고 있다. 분석이란 구성요소들의 '해체(분해)'인 동시에 '결합(재구성)'이다. 그 메커니즘을 더욱 뚜렷이 드러내 보이기 위함일까? 실내 전체에서 그녀의 공간을 비추는 조명이 가장 밝고 환하다. 그녀가 항상 애태워가며 챙기는 세찬 빛이 그 기이한 모래밭을 비춘다.

그러나 모래밭처럼 보이는 공간은 실상 대리석가루로 이루어져 있다. 고전적인 의미의 '조각'에 쓰이는 재료인 대리석이 '가루'로 파열되어 모래밭이 되어 있는 것이다. 따라서 모래밭은 이미 재료의 '분석'이며 '해체'다. 그 모래밭으로 들어가서 걸어다니는 관객은 걷는 동작에 의하여 발바닥으로 모래알들을 분리시키기도 하고 결합시키기도 한다.

작품의 제목 또한 의미심장하다. 나탈리는 제목도 작품의 일부라고 말한다. 〈Tu vois le tableau〉라는 불어 제목은 매우 애매한 의미를 지니고 있어서 작품 그 자체처럼 우리말로 번역(해석)하기가 쉽지 않다. '너는 그림을 보고 있다'라고 직역할 수도 있다. '그림을 봐'라고 명령법으로 해석할 수도 있다. 또한 이 표현의 구어체에서 의미하는 '이만하면 형편을 알 만할 거야'의 의미일 수도 있다. 사실 작품의 제목은 그 모든 의미를 동시에 다 내포하고 있다고 볼 수 있다.

분명한 것은 그 문장을 구성하는 세 가지 요소다. '너'라는 주제와 '보다'라는 행동과 '그림'이라는 대상이 그것이다. '너'는 모래밭으로 들어가 걷는 관객이다. 혹은 그 관객의 눈에 비쳐지는 작가 자신일 수도 있다. 어쨌든 그림을 보는 주체다. 그렇다면 그가 보는 '그림'은 대체 무엇일까?

나탈리의 모래밭 공간 속에서 가장 눈에 띄는 오브제는 사람 키의 두 배가 넘는 4미터 높이의 속 빈 기둥이다. 그녀가 기둥의 재료로 사용한 것은 쪽나무 모자이크 마루장이다. 나탈리는 어렸을 때 이런 마루 공간에서 살았다고 말한다. 즉 이 재료는 그녀의 실내공간, 내면공간의 은유인 것이다. 그 마루장에 밀랍을 입히고 반대쪽 면에는 납판을 씌웠다. 한쪽은 '밀랍'이 상징하는 (요셉 보이스의 세계에서도 자주 이런 의미로 등장하는 것이 밀랍이다) 보호의 막이고 다른 한쪽은 '납'이 환기시켜주는 중금속, 즉 '독'이다. 그러나 둘 다 열을 가하면 녹아서 조형적인 가능성

(혹은 변형의 가능성)을 드러낸다는 공통점을 지니고 있다.

그런데 실제로 그 기둥은 케이블에 의하여 천장에 매달려 있는데, 결국 밑받침이 잘라져나간 채 지면으로부터 떠 있는 형국이다. 잘려진 받침틀 부분은 기둥 가까이에 분리되어 놓여 있는데 꼭 '모래함' 같은 인상을 준다. 관객은 비어 있는 기둥 속으로 들어갈 수 있다. 기둥 안으로 들어간 그는 정면의 눈높이만큼에 뚫린 정방형의 '창'을 통해서 기둥의 잘려진 바닥부분이 맞은편 벽에 걸려 있는 것을 '보게' 된다. 벽에 걸려 있는 그 바닥부분이 바로 '그림', 즉 '미술'의 요약이나 표상처럼 인식될 수 있다. 그림처럼 네모진 판이 되어 벽에 걸려 있으니까. '너는 그림을 보고 있다' 혹은 '그림을 보라'는 의미의 제목은 속이 빈 기둥 속에 들어간 관객의 '바라보는' 행동을 암시한다.

한편 관객이 기둥 속에 들어간 뒤에 제3자가 그의 뒤에서 바라보면 오직 그의 발만이 보인다. 그 밖의 부분들은 기둥 속에 숨겨져 보이지 않기 때문이다. 이리하여 그는 마치 거대한 기둥을 혼자서 떠받들고 있는 것 같은 인상을 준다. 또 어떤 관객은 기둥 앞에 모래밭에 놓여 있는 환등기가 벽면에 정방형의 빛을 투사하고 있는 것을 볼 수 있다. 기둥의 밑바닥 부분(그러니까 벽에 걸린 '그림')과 크기가 동일하게 벽에 비친 그 정방형의 빛 역시 '그림'의 은유다. 그런데 만약 관객이 무심코 환등기와 벽에 투사된 정방형의 빛 사이를 지나가게 되면 그 순간 그의 몸의 그림자가 벽에 비치게 된다. 그러나 환등기가 놓인 높이로 인하여 아까 기둥 속에 들어갔을 때와는 반대로, "발이 없는 몸"의 그림자만이 투사될 것이다. 3,4초 간격으로 비쳐지다가 꺼지는 네모의 빛. 관객은 그 빛의 다발을 잠시 가리고 지나감으로서 자신도 모르게 벽에 그림자의 초상화를 만든다. 사르키스의 창문

(모니터)에 나타난 손과 같은 '그림'의 환영이다.

그런데 속 빈 기둥 속에 들어간 사람은 몸이 없이 발뿐이고 벽에 비쳐진 사람의 몸엔 발이 없다. 어떤 제3의 관객이 이 광경을 본다면 그 둘을 합쳐서 하나의 인물로 재구성할 수 있을 것이다. 나탈리는 이렇게 해체와 결합의 유희를 실연해 보이면서 관객의 몸이 그 '분석'의 메커니즘에 직접 참여하도록 만든다. 나탈리의 작품은 동시에 관객의 작품이기도 하다.

이 전시회에 출품된 여러 작품들 전체와 그들 각각의 상호 관계도 '연출'이고 하나하나의 작품도 그 구성요소들 사이의 관계가 만들어내는 공간이란 점에서 또한 '연출'이다. 나탈리는 그 요소들 사이의 간격, 틈, 어긋남, 부재에서 생기는 의미의 생성과 변화 혹은 소멸에 주목한다.

중요한 것은 사물 자체가 아니라 그것들의 '사이'인 것이다. 그녀는 우리(관객)를 사물들의 사이, 단어들의 사이로 돌아다니게 만든다. 작품은 우리의 몸이나 의식이 서로 맺어주고 서로 분리시키기의 유희의 산물, 즉 '연출'의 산물인 것이다. 맺어주는 것도 갈라놓는 것도 주체 '너'. 즉 사물들의 '사이'라는 동일한 장소에서 맺어짐도 갈라짐도 생겨난다고 나탈리는 말한다. 그 '사이'가 조각의 가루, 파열된 대리석가루의 모래밭이다. 모래는 항상 먼지와 먼지의 사이일 뿐이다.

나탈리의 작품제목은 그래서 '이만하면 형편을 알 만할 거야'라는 뜻이 된다. 어쨌든 이러한 것이 대리석가루의 모래밭을 걸어다니며, 해체 직전의 불안한 균형 속에 살아 움직이는 이 기이한 '연출'을 읽어보는 내 나름대로의 방식이다.

(1996)

엑상 프로방스와 폴 세잔느의 아틀리에

남불의 항구 마르세이유에서 북쪽으로 약 30킬로미터 떨어진 작은 도시 엑상 프로방스는 속칭 '엑스(Aix)'라고 불리운다. 옛 프로방스의 수도였던 이 소읍은 유서깊은 대학도시로 널리 알려져 있지만 동시에 화가 폴 세잔느와 소설가 에밀 졸라의 고향이기도 하다.

1970년대 초반에 나는 이곳 대학에서 20대의 마지막 수년간을 보내면서 서른 살이 다가오는 발자국 소리를 들었다. 내가 엑스 문과대학 캠퍼스에서 처음 들은 강의는 바로 리폴 교수가 지도하는 에밀 졸라의 『제르미날』연구였다. 음산한 탄광의 갱도 안에서 사용하는 낯선 연장들의 이름이 끝도없이 쏟아져나와서 소설을 읽는지 불어사전을 읽는지 알 수가 없도록 나를 절망시키

던 그 작품이 지금은 기억 속에 추억의 빛바랜 사진처럼 남아 있
다. 얼마 전에는 이 소설이 뒤늦게 영화화되어 우리나라의 관객
들에게 까지 찾아오기도 했었다.

　당시 나는 학교 캠퍼스 바로 옆에 위치한 학생기숙사 '가젤'
에 기거하고 있었다. 시내로 나갈 때면 으레 기숙사 정문 앞의
주르당 공원의 잔디밭과 아름드리 소나무들 사이를 지나게 마련
인데 졸라의 자그마한 두상 조각상이 서 있는 오솔길을 천천히
건너질러가서 공원 반대편 철문을 나서면 이내 이 도시에서 제
일 큰 영화관 '세잔느'가 나오는 것이었다. 이만큼 이 도시는 이
두 예술가와 깊은 인연을 가진 곳이다.

　그러나 엑스를 생각할 때 내 머리에 가장 먼저 떠오르는 것은
역시 '생트 빅투아르' 산이다. 쥬라기의 지각변동과 함께 석회암
이 사납게 구겨지며 이루어진 이 웅장한 바위산은 붉은 석벽의
대지에서 불쑥 솟아오른 것 같기도 하고 하늘의 구름더미가 무
너져 내려앉은 것 같기도 하다. 엑스에 가보지 않았어도 이 산의
인상적인 모습을 간접적으로 본 사람은 너무나 많다. 폴 세잔느
가 그의 만년에 줄기차게 화폭 속에 담고 또 담았던 산이어서 뮌
헨, 런던, 파리, 발, 뉴욕, 워싱턴, 클리블랜드, 캔자스 시티, 도교
등 세계의 유명미술관들에서, 그리고 또 널리 보급된 그의 화집
속에서 그 산의 모습은 누구나 쉽게 감상할 수 있기 때문이다.
그러나 엑스의 생트 빅투아르 산은 그림 속이 아니라, 야생의 하
늘 아래 햇빛과 바람의 거대한 덫이 되어 신처럼 군림한다.

　그만큼 생트 빅투아르 산은 서울의 남산이나 파리의 에펠탑처
럼 이 지역 어디에서나 수호신처럼 바라보이는 것이었다. 나는
아침마다 자고 깨면 기숙사의 창문을 활짝 열고 프로방스 특유
의 저 투명한 공기 속으로 떠오르는 듯한 그 산을 바라보았다.

그럴때면 나는 세상에 태어난 것이 감사하고 행복한 일이라는 생각에 젖곤 했다. 생트 빅투아르 산은 그리하여 엑스에 사는 사람들에게는 시선의 지평이며 배경이며 중심으로 마침내 보호와 안식의 상징처럼 마음속에 자리잡는다.

　세잔느는 엑스의 도처에서 이 바위산을 응시하며 화폭에 담았다. 우선 그의 아버지와 함께 살던 저택 '자스 드 부팡'에서는 언제나 멀리 북쪽으로 이 산이 건너다보였었다. 그는 이 늙은 신과 같은 산을 바라보며 성장했다. 훗날의 화가 세잔느는 그 산을 보는 수많은 각도를 선택할 줄 알았다. 여동생의 남편 소유지가 된 몽브리앙에서, 가르단에서, 그리고 만년에 새로 지은 로브의 아틀리에에서, 비베뮈스 채석장 남쪽 고원에서 그는 생트 빅투아르 산을 바라보며 붓을 놀렸다. 그는 그 산이 바라보이는 곳이면 어디서나 그 산을 그렸다. 그때마다 산의 모습은 달라졌다.

　"중요한 순간은 그가 혼자서 풍경 앞에 마주하고 서는 때이다. 산과의 대면. 이 암산의 돌더미는 시간에 따라 빛을 포착하는 독특한 방식을 갖고 있다. 햇빛의 물결 속에 몸을 적시거나 푸른 하늘 속으로 불쑥 솟아오르거나 반대로 구름 속으로 들어가 바위의 회청색으로부터 산자락의 붉고 보랏빛 나는 흔적에 이르기까지 온갖 채색구름들 속을 지나가는 그 특유의 방식으로 인하여 산과의 대면은 시간과 계절에 따라 변하는 진지한 의식이 되는 것이었다." 그뿐이랴, 생트 빅투아르 산은 바라보는 각도 뿐만 아니라 화가 자신의 인생의 시기에 따라서도 달라졌다. 1870년에 처음으로 그린 소박한 풍경화 〈생트 빅투아르 산이 있는 구덩이〉에서부터 형태와 색채와 볼륨의 추상적 구성에 가까운 만년의 작품에 이르기까지 그의 화폭 속에서 읽혀지는 산의 모습은 현대회화사가 회전하는 자취를 그대로 요약하고 있다.

만년에 세잔느는 아예 이 산자락에서 그리 멀지 않은 〈검은 성〉(샤토 누아르)의 뜰안 있는 헛간 방 하나를 세내어놓고 한결같이 그곳을 찾아가 이 바위산을 그렸다. 산밑의 외진 곳에 불쑥 나타나는 창문 세 개의 이 기이한 건물은 폴 세잔느로 인하여 그 뜨락에 서 있는 피스타치오나무의 뒤틀린 조형미와 더불어 미술사 속의 잊지 못할 한 페이지가 되었다. 지금도 이 〈검은 성〉에는 세잔느 애호가뿐만 아니라 화가나 예술가들이 찾아와 묵고 간다.

청년기와 장년기의 세잔느는 도보로 그 산의 '모티프'를 찾아갔다. 그러나 만년에 이르러 당뇨병으로 인하여 걷기가 힘들어지자 일년 단위로 세를 낸 수레를 타고 다녔다. 농부 같은 면이 없지 않은 그는 심지어 당나귀에 그림도구들을 실은 채 타고 가기도 했다. 지금과는 달리 당시로서는 아틀리에에서 산밑까지는 멀고 험난한 길이었다. "모티프를 찾아간다"라는 그 특유의 작업방식을 이해하자면 매일매일의 그 수고스럽고 집요한 행로를 머릿속에 떠올려보아야 한다.

엑스 시내에서 공동묘지를 지나고 시립경기장 옆으로 해서 토르스 개천 위에 걸쳐진 작은 다리를 건너면 꼬불거리며 뻗어가는 톨로네의 산길이 시작된다. 여기서부터 생트 빅투아르 산자락에 까지 이르는 소로를 지금은 '세잔느의 길'이라고 부른다. 진정한 엑스를 만나자면 벚꽃나무가 한 그루 외롭게 휜한 가지를 들고 서 있는 봄날 아침 나절, 혹은 남불의 그 정적 속에서 돌연 귀청이 찢어지게 매미가 울어대는 8월달의 오후 네시경에 이 길을 거닐어보아야 한다. 오솔길이 세번째로 올라갔다가 낮게 경사를 이루며 모퉁이 도는 비탈, 거기서 바라보이는 산을 세잔느는 무엇보다도 즐겨 그렸다. 그래서 후세의 사람들은 이 길가의 왼쪽 붉은 흙언덕 위에다가 아주 소박한 기념비를 하나 세워놓았다. "이곳에서 세잔느가 생트 빅투아르 산 풍경을 그렸다." 그러나 흐르는 세월과 대자연의 역설일까? 100년 가까이 시간이 흐르는 동안 초목들이 우거져 가지를 뻗고 잎새를 드리우는 바람에 이제는 그 장소에서 더이상 산이 보이지 않는다.

폴 세잔느는 1839년 1월 19일 엑상 프로방스 시내의 오페라가 28번지에서 태어났다. 지금도 이 작은 도시의 손바닥만한 구시가를 거닐면 이 위대한 화가의 일생이 거쳐간 공간들과 스치게 된다. 오늘날까지도 명성 높은 미녜 고등학교는 그가 재학시절 에밀 졸라를 만난 곳이고 쿠르 섹스티우스 변에 있는 생-장-바티스트 성당은 그가 결혼식을 올린 곳이며 생 소뵈르 대성당은 그가 만년의 일요일 예배를 보러 다니던 성소이며 로브의 언덕에는 그가 마지막까지 사용하던 아틀리에가 남아 있고 불레공가에는 그가 마지막 숨을 거둔 집이 있다. 그러나 오늘날 시내의 거리를 무심히 지나는 관광객들에게 예술가 세잔느를 진정으로 상기시키는 것은 그리 많지 않다. 그저 고등학교, 영화관, 호텔, 상점 등 여기저기에 좀 엉뚱하고 민망스러울 만큼 빈번하게 그의 이름이 붙어 있는 것이 고작이다.

엑스 시의 심장부는 거대한 분수가 물줄기를 시원스레 내뿜는 해방광장에서 아름드리 플라타너스 가지들의 궁륭 밑으로 뚫고 올라가는 '쿠르 미라보' 거리다. 왼쪽은 은행거리고 오른쪽은 카페거리인 그 길을 따라 오르다보면 그 중간쯤 왼편에 큼직한 카페가 하나 나타난다. 이 도시에 처음 도착하는 여행자라면 우선 이 서늘한 카페 '되 가르송'의 테라스에 지친 심신을 잠시 부려놓고 휴식해보는 것도 좋다. 여름철이라면 초록의 박하수를 큼직한 글라스 가득 주문해 마시면서 널찍한 포도를 거니는 산책객들을 물끄러미 바라보는 맛이 일품이다.

그러나 잠시 자리에서 일어나 이 카페의 옆으로 난 작은 골목 파브로 가를 끼고 돌면서 그 모퉁이집 바람벽을 유심히 바라보는 것 또한 의미 있는 일일 것이다. 아래층은 고급 가방과 가죽 제품을 파는 상점이지만 그 위층의 골목 안쪽 벽면에는 거의 다 지워져가는 채로나마 몇 개의 글자들을 어렴풋이 알아볼 수 있다. "CHAP. GROS ET DETAIL.(모자. 도매와 소매.)" 바로 여기에 폴 세잔느의 아버지 루이 오귀스트 세잔느의 모자점이 있었다는 사실을 알고 있는 사람이라면 이 희미하게 지워져가는 몇 글자를 보며 이미 무너지고 바스러진 한 시대를 머릿속에 그려보게 될 것이다.

그의 집안은 원래 이탈리아 국경 가까운 브리앙송의 알프스 산악지방 출신으로 그곳에는 아직도 '세잔느'(이탈리아 말로 '세자나')라고 불리는 마을이 있다. 화가의 아버지 폴 오귀스트는 프로방스의 생-자샤리라는 마을에서 태어났으나 일찍부터 엑스로 와서 정착하여 모자장수로 생업을 삼았다. 이 인근에는 토끼가 많아서 그 털로 모자의 재료인 펠트천을 짰던 것이다. 모자업은 20세기 초에 호황을 누렸고 '마르텡, 쿠펭, 세잔느 모자점'의 번성하던 시절은 오늘날까지도 파브로가 모퉁이집의 바람벽에 희미하게나마 그 흔적을 남겨놓고 있는 것이다. 활동적이고 사업의욕이 강한 루이 오귀스트는 모자업으로 한밑천을 잡자 파산한 은행을 사들여 1848년에는 '세잔느와 카바솔' 은행을 설립했다. 이리하여 모자장수 세잔느는 이 도시의 '유지'가 되었고 폴은 그 부유한 집안의 장남으로서 이 세상에 태어났다.

그러나 사실 화가 세잔느에게 참으로 중요한 것은 이 부르주

아적인 집안도 도시도 아니었다. 그를 매혹하는 것은 바로 그 인근의 활짝 열린 천혜의 자연이었다. 그는 어릴 적부터 단짝인 친구들과 들판과 시냇가를 쏘다니기를 좋아했다. 그가 훗날 '야외'에서 '모티프'를 눈앞에 두고 그림 그리는 것을 하나의 원칙으로 삼은 인상파 화가들과 뜻을 같이하게 된 것은 어쩌면 기질상 당연한 일이었는지도 모른다.

세잔느는 13세 되던 해 어느 날 학교에서 덩치 큰 친구들에게 시달림을 당하고 있는 2년 아래의 한 소년을 보호해주게 되었다. 그 소년이 바로 '루공 마카르 총서'와 자연주의 독트린으로 프랑스 문학사에 그 이름을 떨치게 될 소설가 에밀 졸라였다. 졸라의 어머니는 그 일에 대하여 감사하는 뜻으로 세잔느의 집에 사과 한 바구니를 보냈다. 장차 세잔느의 정물화 속에서 빈번히 등장하게 될 사과는 이처럼 두 친구 사이의 우정이 싹트게 되는 신호요 출발점이었다. 세잔느는 위대한 화가가 되고자 하는 자신의 야심을 이렇게 표현한 적이 있다. "나는 한 알의 사과를 가지고 파리를 놀라게 하리라."

화가 세잔느에게 사과란 무엇인가? 장 아루이의 적절한 표현처럼 "빛나는 표피와 생생한 색깔을 가진 둥근 과일인 사과는 과연 볼륨과 공간과 빛과 색채의 문제를 '모듈레이션'을 통하여 동시에 조절하고자 하는 예술가에게는 이상적인 오브제다. 더군다나 대자연을 단순한 기하학적 형태로 축약하고자 하는 사람에게 사과야말로 문제적 대상 그 자체인 것이다. 그것은 둥글되 완벽한 원구가 아니고 화폭이라는 상상의 공간에 옮겨놓은 그 형태는 결코 그 자체로 원이 아니면서 원에 가까워지고 있는 것이다." 그래서 사과는 골이 진 복숭아나 너무 둥근 오렌지와는 다른 것이다.

세잔느가 새로 사귄 친구 졸라의 아버지는 토목기사였는데 바로 생트 빅투아르 산에서 얼마 떨어지지 않은 곳에 있는 댐을 설계한 장본인이다. 그러나 그는 이내 장티푸스에 걸려 목숨을 잃고 말았다. 소설가의 아버지가 건설한 이 '졸라 댐'은 오늘날 까지도 엑스 시민들이 마시는 식수의 취수지로 사용되고 있으며 그 풍광이 아름다워서 일요일 늦은 점심을 끝낸 시민들이 찾아가 오후의 산책을 즐기는 곳이다.

사실 학교 시절 세잔느는 그림보다 오히려 음악에 더 소질이 있었다. 그는 보들레르를 좋아했고 라틴어로 시를 짓기를 즐겼으며 트롬본을 잘 불었다. 이 트롬본은 그의 정물화의 한 구석에도 놓여 있다. 한편 졸라는 클라리넷을 잘 불었다. 그리고 장차 에콜 폴리테크니크의 교수가 될 또 한 사람의 친구 바스티엥 바이유와 더불어 그들은 이른바 '단짝 삼인방'이었다.

이 세 사람의 단짝은 특히 엑스의 동남쪽을 흘러가는 라르크 개천에서 멱감는 것을 좋아했다. 세잔느는 30세 때 가장 즐기는 취미가 무엇이냐는 설문에 '수영'이라고 서슴지 않고 대답했다. 이때의 관능적이고 행복했던 경험은 그의 그림 속에 벌거벗은 욕녀들의 군상이나 장엄한 소나무의 모습으로 남아 있다.

졸라는 아버지를 잃고 나자 생계를 위하여 어머니와 함께 파리로 떠날 수밖에 없었다. 1859년 6월 20일, 20세의 세잔느는 파리로 간 친구에게 편지를 쓰면서 '세 사람의 단짝'이 수영하는 모습을 그 한 귀퉁이에 그림으로 그려 보냈다. 그리고 이렇게 썼다. : "라르크 강가에 우뚝 선 채 발 아래 펼쳐진 심연 위로 무성한 머리숱을 펼치고 있던 소나무를 기억하니? 그 싱싱한 나뭇잎으로 우리들의 몸을 뜨거운 태양으로부터 보호해주던 그 소나무를! 아! 나무꾼의 도끼가 불길하게 닿지 않도록 신들이 지켜주기를!"

세잔느는 그 소나무말고도 수많은 소나무들을 보았고 또 수많은 소나무들을 화폭에 담았다. 상 파울로 미술관이 소장하고 있는 〈큰 소나무〉(1892-96)는 푸른 하늘을 배경으로 화폭 한가운데 우뚝 서서 춤추듯이 가지를 크게 흔들고 있다. 그러나 세잔느가 그린 가장 장엄하고 감동적인 소나무는 역시 1885년부터 1887년 사이에 그린 것으로 지금은 생 페테르스부르그의 에르미타주 미술관에 소장된 〈큰 소나무와 붉은 땅〉이다. 세잔느가 친구 졸라에게 보낸 편지 속에서 "팔레트 마을의 냇가에 그늘을 드리우고 있는 그 소나무를 네가 잊지 않고 있다니 나는 얼마나 기쁜지"라고 했던 바로 그 소나무일 것으로 짐작된다. 미술사가들이 추적한 문헌에도 이 그림은 라르크 계곡에서 그린 것으로 확인되어 있다. 파리의 그랑 팔레에서 열렸다가 이제 막 끝나버린 〈세잔느 회고전〉을 가보지 못하고 끝내 놓쳐버린 것은 이 큰 소나무 때문에 더욱 아쉽다. 가까운 장래 언젠가 에르미타주 미술관으로 달려가 그 거대한 소나무 앞에 서 있어보고 싶다. 그 신화와도 같은 한 그루 소나무가 걸어나와 나의 눈과 가슴속을 가득 채우며 하나의 화폭으로 만들어놓을 때까지 그 앞에 말없이 서 있어 보고 싶다.

　세잔느는 파노라믹한 풍경의 전경(前景)에 한 그루 큰 나무를 분리시켜 세워놓는 것을 즐겼다. 가령 엑스에서 마르세유로 가는 철도의 고가교(高架橋)가 그려진 생트 빅투아르 산 그림에 깊이를 주는 큰 소나무의 경우가 그러하다. 그러나 에르미타주 미술관 소장의 〈큰 소나무와 붉은 흙〉에서는 나무의 도도한 위용에 압도되어서 그 뒤의 풍경은 그저 희미한 하늘과 땅의 배경에 불과하다. 흐릿한 회갈색 밑둥의 당당한 수직선과 그와 직각을 이루며 시원스럽게 수평으로 뻗은 가지들이 화폭 전체를 거의 다

차지하면서 우리의 시선을 송두리째 흡수해버린다. 세잔느는 여기서 나무 껍질의 세세한 형상이나 질감 따위는 아예 생략해버리고 있으며 소나무 자체의 잎과 주위의 초목을 분간할 수 없는 색채의 면으로 처리했다. 그는 풍경을 하나의 통일된 전체로 단순화시킨 것이다. 여기가 바로 현대회화가 추상화로 접어드는 길목이다.

또한 화면 전체를 밑둥의 수직선과 가지들의 수평선에 의하여 황금분할함으로써 작품의 모뉴먼트적인 성격을 한층 두드러지게 한다. 이것은 라르크 시냇가에서 마주칠 수 있는 한 그루 소나무라기보다는 영원 속에 옮겨 심어놓은 과묵한 예술가 세잔느 자신의 추상이며 개인적 신화의 구현이라고 할 수 있다.

라르크의 시냇물이 세잔느의 작품 속에 남긴 위대한 자취는 물론 큰 소나무만이 아니다. 이와 관련하여 잊을 수 없는 작품이 바로 그가 만년에 여러 해를 두고 거듭하여 그린 〈목욕하는 여자들〉이다. 오늘날 미국의 필라델피아 미술관에 소장되어 있는 〈큰 욕녀들〉을 비롯한 3점의 시리즈는 걸작 중의 걸작으로 꼽힌다. 화폭의 좌우 양쪽 하단부에 밑둥치를 박은 채 소나무들이 상부중앙으로 향하여 비스듬히 뻗어가면서 큰 삼각형구도를 이루고 그 나무 줄기와 같은 방향으로 옷 벗은 여인들이 무리짓고 있는 대작들이다.

세잔느가 젊은 시절을 보낸 1850년대 엑스의 실개천에는 정말 이처럼 옷을 벗고 목욕하는 여인들을 만날 수 있었을까? 그럴 가능성은 전혀 없다. 당시 엑스는 무엇보다도 부르주아적인 염치를 중요시하는 폐쇄적 소읍이었다. 그런데도 화가 세잔느의 눈에는 그 옷 벗은 여인들의 무리가 '보였던' 것이다. 그는 아마도 자신의 젊음과 툭 터진 대자연을 통해서 인간과 자연, 오브제와 그것을 에워싼 대기의 교섭과 조화를 눈여겨보았을 것이다. 만년에 이른 그는 거추장스러운 옷을 벗어버린 여인들과 하늘 높이 뻗어올라간 소나무들의 만남을 통하여 우주의 근원적 화해를 화폭 속에 구현하고자 했던 것이다. 그러자면 그 그림은 거창한 규모의 것이어야 했다. 그는 만년에 지은 아틀리에의 안과 밖으로 130×193cm에 달하는 이 대작들을 들이고 내기 위하여 화실 한 구석에 좁고 높은 수직의 구멍을 파지 않으면 안 되었다. 오늘날 로브의 아틀리에 북편 벽에 뚫려 있는 이 '그림통로'는 소나무 아래에서 옷 벗고 목욕하는 여인들이 실내와 야외를 번갈아 드나들던 통로였다.

사실 오늘날 엑스를 찾는 사람들이 가장 즐겨 찾아가게 되는 곳은 바로 이 '폴 세잔느의 아틀리에'이다. 이곳은 화가가 최초인 동시에 최후로 소유했던 '자기의' 아틀리에였다. 1897년 사랑하던 어머니가 세상을 떠나자 세잔느 가의 대 저택 자스 드 부팡은 그에겐 더이상 거처할 곳이 못 되었다. 어린 시절의 추억과 어머니의 체온이 서려 있는 그곳으로 다시 돌아갈 용기가 나질 않았던 것이다. 결국 저택은 여동생 마리와의 유산 정리를 위해서 매각하지 않을 수 없었다. 이것은 오랜 습관에 물들어 있던 그 기나긴 과거와의 단절을 의미하는 것이었다.

그런가 하면 아내 오르탕스와 아들 폴은 따분한 소읍 엑스 보다는 파리나 퐁텐블로에 가서 살기를 원했다. 화가 세잔느는 언제나 그랬듯이 다시 고독한 홀아비가 되었다. 그는 시청 가까이, 옛날에 아버지의 은행이 위치하고 있던 불레공 가 23번지에 아파트를 세내어 거처하면서 가정부 브레몽 부인의 헌신적인 보살핌에 의탁한 채 오로지 그림 그리는 일에만 몰두하고자 했다. 그는 아직 60이 채 되지 않았고 자신이 하고 있는 작업에 대한 확신에 차 있었다. 그의 마음을 괴롭히는 고뇌가 있다면 그것은 삶에 대한 회의가 아니라 자발적으로 동의한 예술적 선택의 결과였다. 그의 삶은 이 확고한 선택을 중심으로 조직되었다. 따라서 이 고독한 화가에겐 무엇보다도 넓고 숨통이 탁 트이는 넓이가 필요했다.

그는 죽기 불과 5년 전인 1901년에야 엑스의 북쪽 시문을 벗어나는 즉시 나타나는 언덕받이에서 반 헥타르 가량 되는 땅을 발견했다. 당시에는 올리브나무, 아몬드나무, 벚나무 들이 심어져 있었고 오막살이 한 채가 그 가운데 서 있었는데 시내의 대성당에서 불과 500미터 거리밖에 되지 않았다. 세잔느는 시의 중심가의 지척이면서도 생트 빅투아르 산이 바라보이는 이 아름다운 땅을 매입하고 오막살이가 서 있던 자리에 2층의 건물을 지어 위층을 화실로 사용했다. 이 아틀리에는 '로브'라는 이름의 한적한 도로가 모퉁이 도는 곳에 위치하고 있다. 오늘날에는 당시의 오솔길이 말끔하게 포장되어 널찍한 '폴-세잔느 대로'라는 이름을 달고 있다.

정남향, 정북향 양쪽의 광대한 공간으로 창문이 활짝 열린 이 로브의 아틀리에 신축과 더불어 그는 가능성으로 충만한 새 삶을 설계한다. 화가 자신에게는 바야흐로 영광의 길로 인도하는 가장 빛나는 시기의 시작이요 이 장소로 보면 세계미술사 속으로 입장하는 출발점이 된다. "이리하여 오직 북쪽에서만 빛이 들어오는 아틀리에의 전통적 채광개념은 무너졌다. 세잔느는 그가 대자연 속에서 직접 대결하게 되는 빛의 조건을 로브의 아틀리에 안에서 그대로 재현해놓은 것이다. 너무 뜨겁지도 않고 너무 차지도 않게 감싸는 듯한 광선을 필요로 하는 그에게 남북 양쪽에서 오는 광원(光源)이 조화 있는 균형을 지탱시켜주는 공간

이야말로 이상적인 환경이었던 것이다. 거대한 나무 덧문과 흰색 청색의 차양이 있어 하루중 필요한 시간이나 계절에 따라서는 빛을 걸러주지만 그래도 역시 이 아틀리에는 실내라기보다는 일종의 '야외'로서 고안된 것이다. 그러나 물론 잘 보호된 '야외'다.

사실 옛적의 한적하던 이곳 자연풍광 속으로 오늘은 도시의 잡답이 거침없이 침범해 들어와 있다. 도처에 낯선 가옥과 건물들이 솟아오르고 자동차들은 세잔느 대로 위를 거침없는 속도로 달리며 소음을 뿜어댄다. 그러나 낡은 담장과 해묵은 나무대문으로 보호받으며 수목이 우거진 정원 속에 파묻힌 채 그윽이 서 있는 '세잔느의 아틀리에'는 바로 대문 밖의 큰 변화에는 아랑곳없다. 20여 년 전 내가 처음 찾아갔을 때의 그 모습과 크게 달라진 것이 없다. 그만큼 이 집은 잘 보호된 '야외'로서 호젓이 건재하고 있다.

세잔느의 만년은 바로 이 공간을 중심으로 영위된다. 이곳에서 그는 풀밭과 정원의 '풍경'을 그렸고 생트 빅투아르 산을 그렸다. 그리고 때로는 그의 수족을 주물러주기도 하는 늙은 정원사 발리에의 초상도 그렸다. 밀짚 모자나 캡을 푹 눌러쓴 채 의자에 구부정하게 앉은 이 일련의 초상들은 황색과 녹색의 터치들이 빠르게 겹쳐지며 떠오른다. 발리에의 초상. 세잔느는 1858년 자신의 아버지 루이-오귀스트 세잔느의 초상을 그린 이후 수많은 자화상들을 포함하여 졸라, 가스케, 제프루아 등 수많은 초상화들을 그렸지만 만년에 그린 이 정원사의 초상은 보는 이의 가슴을 뒤흔드는 그 무엇을 담고 있다. 가스케는 이렇게 전한다. "세잔느는 그 늙은이를 자주 모델로 세우곤 했다. 그러나 그 가난뱅이 노인은 몸이 아파서 오지 않는 날이 많았다. 그럴 때면 세잔느는 자신을 모델로 삼았다. 그는 거울 앞에서 정원사의 더러운 헌 누더기 옷을 걸쳐입었다.” 보리수 아래 의자에 허리를 굽히고 앉는 노인이나 같은 옷을 걸친 채 거울 속에서 그를 내다보는 그 겸허한 인물은 어느 면 화가 자신의 가면, 즉 회화 그 자체의 초상인지도 모른다.

세잔느가 바로 이곳에서 죽음을 맞이한 것은 놀라운 일이 아니다. 1906년 9월 어느 날 그는 에밀 베르나르에게 고백하듯이 편지를 쓴다. “나는 늙고 병들었소. 그러나 나는 감각들을 마비시키는 온갖 정념에 몸을 맡기며 노망길에 접어드느니보다는 그림을 그리다가 쓰러져 죽기로 결심했소.” 과연 그는 자신의 비장한 결심을 끝까지 실천했다. 세잔느의 여동생 마리가 파리에 머물고 있는 조카 폴에게 보낸 다급한 편지에 따르면, 1906년 10월 15일 그는 평소와 다름없이 생트 빅투아르 산자락으로 ‘모티프’를 찾아가 홀로 그림 그리기에 열중하고 있었다. 그러다가 인적이 드문 그곳에서 여러 시간 동안 찬비를 맞았다. 그는 결국 빨래하던 사람들의 수레에 실려 돌아와 자리에 눕혀졌다. 그런데도 그 이튿날 아침에 잠이 깨자 또다시 로브의 아틀리에 정원으로 달려갔고 현관문 앞 보리수 나무 아래서 정원사 발리에의 그리다 만 초상화를 손질했다. 그러고 나서는 초죽음이 되어 집으로 돌아왔다. 그로부터 일 주일 뒤인 10월 23일, 67세의 세잔느는 전보를 받은 아내와 아들이 파리로부터 도착하기도 전에 눈을 감았다. 현대 회화의 아버지는 붓을 든 채 쓰러진 고독한 순교자였다. 그리고 보리수 아래에서 마저 손질한 발리에의 초상은 그의 마지막 유서가 되었다.

세잔느가 사망한 후 아틀리에는 오랫동안 버려진 채 굳게 문이 잠겨 있었다. 1921년에야 작가 마르셀 프로방스가 이 집을 구입하여 이 위대한 동향인의 추억을 간직하고자 했다. 그는 그곳에 세잔느에 관한 많은 논문들과 서적들을 수집하여 갖추어놓았다. 아드리엥 샤퓌는 당시에 본 아틀리에의 모습을 감동적 목소리로 전하고 있다.

"나는 로브의 그 아틀리에를 처음으로 찾아갔던 때를 생생하게 기억하고 있다. 1937년 어느 화창한 날이었다. 뙤약볕 속에서 어느 나무에선가 매미가 요란스럽게 울었다. 그때만 해도 현대적인 가옥들이 그 언덕바지를 가득히 메우고 있지 않아서 자연과 가까이 있음을 느낄 수 있었다. 친절한 집주인이 우리를 맞아주었다. 아틀리에의 널찍한 실내에는 침묵만 가득했다. 화가의 발소리가 마지막으로 울린 이후 내려앉은 침묵이 줄곧 계속되고 있는 것만 같았다. 배가 불룩한 호도나무 서랍장, 이젤, 복제한 에코르셰와 아무르 석고상, 나무 걸상 위에 놓인 팔레트, 그 모든 것이 화가의 존재를 너무나도 강하게 환기시켜주었으므로 나는 깊은 감동을 느꼈다. 이 예술가에 대한 내 평소의 이해가 돌연 잘못된 것이었는지도 모른다는 느낌이 들었고 그의 그림들과 책들을 통하여 내가 지녀왔던 세잔느의 이미지며 모든 것이 이곳에서 작업하고 살고 괴로워했었던 지극히 단순하고 어느 면 신경질적인 인간의 존재가 주는 충격 앞에서 싹 지워져버리는 기분이었다. 나는 문득 내가 잘못 발들여놓은 불청객이라는 생각을 했다. 서랍장 오른쪽에 놓인 버드나무 고리짝에서 막파를란 제품 갈색 가죽배낭, 연미복과 튼실한 검은색 바지가 삐져나와 있는 것을 보았을 때 나는 이제 막 아틀리에를 나서서 저 언덕길을 올라가려고 하는 살아 있는 세잔느를 눈앞에 보는 것만 같았다. 질이 좋은 천으로 만든 그 의복들은 삼십 년이 지나도록 늙은 화가의 실루엣을 고스란히 간직하고 있었으므로 인물의 분위기를 그보다 생생하게 환기시켜주는 것은 없었다. 이윽고 나는 이제 막 내 눈에 보였던 그 어둠 속의 유령을 붙잡아보려고 애를 쓰다가 그와 나를 갈라놓는 심연의 깊이를 헤아리게 되었다. 왜냐하면 거기에는 또한 다른 한 인간, 즉 아름다움과 정신의 높이와 질료를 한데 결합할 줄 아는 천재 예술가가 또한 존재하기 때문이다. 나는 엑스의 저 늙은이가 어떻게 하여 그토록 위대한 화가일 수 있었을까 하는 의문을 품어보았지만 그 대답을 알 길이 없었다. 훨씬 많은 세월이 지나 생각을 정리하려고 애쓰면서 깊이 헤아려본 끝에 나는 세잔느가 내게 서로 다른 세 가지 모습으로 나타나 보인다는 것을 깨닫게 되었다. 나는 그 세 가지 모습을 1. 그냥 인간으로서의 세잔느 2. 그림들과 책들과 사후의 명성이 만든 세잔느 3. 고독한 천재로 특징지을 수 있을 것 같다. 그런데 천만다행으로 로브의 아틀리에가 고스란히 남아 있어서 우리는 그냥 인간으로서의 세잔느에 접근하고 그를 친근히 느낄 수가 있다. 사실 이곳이야말로 폴 세잔느의 인간적이고 일상적인 단순함이 드러나 보이는 유일한 장소다.”

이 아틀리에 건물과 정원은 작가 마르셀 프로방스의 손을 거친 다음 마침내 유명한 세잔느 연구가 존 리월드의 제안에 의한 국제적 모금에 힘입어 엑스 대학교의 소유가 되었고 지금은 엑스 시 소속의 문화재로 변했다. 그래서 내가 대학에 다니던 시절에는 ‘서부영화사’ 강의를 함께 듣던, 얼굴이 긴 말상의 노처녀가 입구에서 표를 파는 아르바이트를 하고 있었다. 무료한 오후면 우리는 이따금 이곳 ‘세잔느네’로 놀러가곤 했었다. 이 집을 에워싼 정원은 흔히 인간이성의 과장된 상징과도 같은 기하학적 틀 속에 대자연을 복종시켜놓은 프랑스 특유의 정원들과는 거리가 멀다. ‘시간을 기어이 한 줄로 세워 그 조화를 헝클어놓는 인간의 괴벽'을 개탄했던 세잔느가 아니었던가. 금방이라도 수염이 허연 노 화가가 구부정한 허리를 펴며 남쪽 창문으로 내려다볼것만 같은 그 집 정원. 자연으로의 영원회귀만이 이 작은 숲의 원칙이다. 인간은 그 자연의 소리에 귀를 기울일 뿐이다. 이리하여 그 활엽수들 그늘의 후미진 오솔길과 저무는 양광의 섬들을 누비고 다니면서 숨바꼭질을 하던 내 20대 마지막 수년의 기억들 또한 이 해묵은 아틀리에의 공간 어딘가쯤에 추가된다.

오랜 세월이 흐른 다음, 1989년 여름 어느 날 내가 다시 그 아틀리에를 찾아갔을 때는 물론 그 말상의 노처녀는 간 곳이 없었다. 다만 이층 입구에서는 내가 그곳 대학에 다니던 시절쯤에 태어났을 듯싶은 앳된 처녀가 앉아서 입장권을 팔고 있었다. 무심코 아틀리에 안을 거닐다가 옛날 생각이 나서 남향 창문에 비끼는 낙조 아래 늘어놓인 사과 몇 알을 카메라에 담으려 하니 그 처녀가 제지했다. 사진을 찍으려면 돈을 내고 표를 사야 한다는 것이었다. "썩어가는 사과를 찍는데 돈을 내요?" "규정이 그래요. 미안해요." 그녀가 약간 낯을 붉힌다. "세잔느는 그런 말 안 했을 텐데." "네. 내 마음 같아서는 그럴 필요가 없을 것 같지만 어쩔 수가 없어요." "엑스 대학 학생인가요?" "네. 방학 동안에 아르바이트로 나오고 있어요." "몇 학년인데요?" "심리학과 1학년요." 심리학과 1학년. 이십여 년 전에 나는 갈색머리에 팔 없는 검은색 망토를 입은 심리학과 1학년생의 한 여학생과 함께 이 아틀리에에 찾아오곤 했었다. 바르바라. 석양빛에 머리칼이 불붙은 듯이 타오르는 그 앳된 여학생의 얼굴에 겹쳐지는 또하나의 옛 모습. 여학생이 의아한 얼굴로 나를 쳐다본다. "엑스 대학을 아세요?" 엑스 대학을 아느냐구? 그대만큼이나 젊었던 시절 우리는 옛날의 이집을 '세잔느네'라고 불렀었다. 그러나 나는

그녀에게 아무 대답도 하지 않았다. 무슨 생각이 들었던지 여학
생은 내게 그냥 들어가서 마음대로 사진을 찍으세요 하고 권했
다. 사진을? 부질없는 일이었다. 다만 나는 그 앳된 후배 처녀의
미소만을 한여름의 불타오르는 엑스의 낙조와 함께 마음속에 찍
어두고 싶었다. 그때쯤은 생트 빅투아르 산이 건너다보이는 비베
뮈스 채석장의 깎아낸 바위들이 세잔느의 그림 속에서처럼 하오
의 햇살을 받아 신비한 광채를 발하고 있을 것이었다.

(1995)

로댕미술관 비롱 관(館)
―파리 한복판에서 만나는 침묵의 집

　　1970년대 초까지만 해도 주불 한국대사관은 파리의 북쪽 17구
의 빌리에 대로변에 있었다. 거리 자체가 좀 외지기도 하지만 악
명 높은 '동백림 사건'의 기억 때문인지 건물의 인상이 유난히
음산하게만 느껴졌었다. 그후에 다행스럽게도 대사관은 세느 강
을 건너 파리 7구의 유서 깊고 세련된 지역으로 옮겨 앉게 되었
다. 세느 강 좌안의 명당, 이른바 '포브르 생 제르맹' 거리에 당
당히 자리잡게 된 것이다. 20세기 초엽의 '자크 프레베르의 패거
리'와 전후 실존주의 작가들 때문에 세계적인 명성을 얻게 된 곳
이 생 제르맹 데 프레 거리요, 그 거리에 위치한 카페 '되 마고',
'플로르' 등이지만 그 지역의 역사는 그보다 훨씬 먼 옛날로 거
슬러올라간다. 그 지역에는 원래 '생 제르맹 데 프레' 수도원이

있었다 하여 그 이름이 전해내려온 것이다. '포브르 생 제르맹'
이라면 바로 그 수도원이 있는 중심지의 변두리 동네란 뜻이다.
이 동네가 크게 명성을 떨치기 시작한 것은 18세기 이후다.

당대의 대귀족들과 부호들이 이 지역에 으리으리한 저택들을
짓기 시작하면서 이곳의 면모는 전혀 달라졌다. 특히 거대한 마
차가 드나들 수 있는 대문과 거기에 장식된 가문의 문장들부터
가 행인들의 시선을 압도했다. 육중한 대문이 열리면 마차가 당
도하는 넓은 뜰이 나타나고 뜰의 저 안쪽에 주인이 거처하는 건
물들이 그 위용을 자랑하기 마련이다. 그리고 그 건물들 뒤쪽으
로는 광대한 숲을 이루는 정원이 펼쳐진다. 16세기 이래 연면히
이어져온 고전적 모델에 따라 이렇게 지어진 저택들의 문은 프
랑스 대혁명으로 파손되거나 굳게 닫혀버렸다. 그리고 소유주가
프랑스 정부나 외국대사관으로 바뀌었다.

포브르 생 제르맹 거리가 다시금 그 황금시대를 맞은 것은 19
세기 초엽, 왕정복고 시대였다. 1830년대를 배경으로 하는 발자
크의 「인간희극」에는 바로 이 거리의 대저택이 자주 등장한다.
그의 유명한 소설 「고리오 영감」에서 시골의 몰락한 귀족가문의
아들 외젠 드 라 스티냐크가 청운의 뜻을 품고 상경하여 찾아가
는 먼 친척, 당시의 파리의 귀족 사교계를 주름잡는 귀부인 드
보세앙 저택도 바로 포브르 생 제르맹 구역의 그르넬 거리에 있
다. 오늘날 주불 한국대사관은 바로 그 그르넬 거리 125번지에
위치하고 있다. 드 보세앙 부인이 몽트리보 장군에게 실연당하자
그 슬픔을 못 이겨 노르망디로 은퇴하기 직전 그 장려하고도 서
글픈 고별 무도회를 열었던 바로 그 저택을 대한민국 정부가 구
입한 것일까? 그러나 보세앙 저택은 소설 속의 집일 뿐이다.

이 동네의 자자한 명성도 루이 필립의 칠월 왕조, 그리고 특히

루이 나폴레옹의 제2제정과 더불어 사양길에 접어들었고 세인들의 관심은 점차 샹젤리제 거리로 옮아갔다.

그러나 아직도 이 지역에 프랑스 정부의 청사들과 외국대사관이 밀집해 있다는 것은 바로 18세기와 왕정복고 시대의 영화를 간접적으로 증언한다. 이 모든 기관들은 바로 광대한 대지 위에 대문, 뜰, 건물, 정원의 기본적 골격을 갖춘 옛날의 대저택을 선호하기 때문이다. 그르넬 거리에만 해도 교육성, 보훈처, 공업성, 스위스 대사관 등이 있다. 특히 이 거리의 명물로는 한국대사관 정문과 마주보는 프랑스 지리원 건물이다. 1722년에 지어진 이 저택은 누아르 무티에 관(館)이었고 20세기 초엽에는 프랑스군 총사령부였었다. 포슈 장군은 여기서 운명했다.

파리 한국대사관에 볼일이 있어 들르게 되는 여행자는 잠시 마음의 여유를 얻어 바로 이와 같은 동네의 유서 깊은 역사와 내력을 상기하면서 대사관의 대문과 뜰과 현관과 건물, 그리고 다행히 기회가 주어진다면 건물 뒤쪽으로 펼쳐진 드넓은 뜰을 감상해볼 일이다. 그리고 조그만 더 시간을 낼 수 있다면, 대사관의 대문에서 나서면서 왼쪽으로 불과 20여 미터 걸어나간 후 엥발리드 대로를 따라 다시 몇 걸음만 걸으면 나타나는 바렌느 거리의 첫번째 저택 '비롱 관(館)'을 찾아가볼 것을 권하고 싶다. 파리 제7구 바렌느가 77번지가 공식적인 주소다. 여기가 유명한 조각가 로댕의 작품을 소장한 로댕미술관이다. 한국대사관에서 불과 도보로 5분 남짓, 그리고 약 한 시간이면 미켈란젤로 이후 최대의 조각가라는 이 대예술가의 작품들을 두루 감상할 수 있다.

우선 정문에서 입장권을 사서 들어서면 로댕의 거작들이 우리를 맞아준다. 천근 같은 생각의 무게를 한곳에 집중하고 있는

<생각하는 사람>과 <칼레의 시민>, 그리고 왼쪽 한구석의 거대한 <지옥의 문>이 그것이다. 그러나 로댕의 작품 못지않게 그 건물의 간결한 아름다움과 드넓은 정원의 적요를 감상하면서 잠시 여행의 피로를 푸는 것 또한 좋은 일이다.

사실 위대한 이 예술가의 조각작품들 못지않게 우여곡절과 일화로 가득 찬 내력을 가진 것이 이 저택과 드넓은 정원이다. 이 지역의 다른 많은 건물들과 마찬가지로 이 비롱 관 역시 18세기에 지어졌다. 군더더기 없는 고전적 균형미와 우아함의 본보기와 같은 이 건물이 지어진 내력은 좀 어이없을 만큼 실망스럽다. 시골에서 가난뱅이로 상경하여 가발장사로 치부한 페랑크 드 모라스를 위하여 건축가 가브리엘과 오베르가 1731년에 완공한 건물이 바로 이 루이 15세 시대의 건축적 걸작인 것이다. 이듬해 집주인이 사망하자 저택과 드넓은 땅은 뒤 멘느 공작부인이 세내어 사용했고 1753년에는 튤립을 미칠 듯이 사랑했던 비롱 원수의 소유로 넘어갔다. 비롱 관이라는 명칭은 여기서 유래한다. 대혁명 이후에는 교황의 총독인 카프라라 추기경이 거처하기도 했고 러시아 대사관으로 사용키도 했다. 그 뒤에는 예수의 성심수도회에서 경영하는 상류사회 출신소녀들의 교육기관이 되었다. 후일 나폴레옹 3세와 결혼하여 외제니 황후가 될 몽티조 백작부인도 소녀 시절엔 이곳에서 규수교육을 받았다.

1904년 정교 분리가 이루어져 성심수도회가 집을 비워주고 물러가자 저택은 거의 버림받다시피 되었다. 명목상 국가의 소유로 변했고 국가를 대리한 청산인이 그 용도를 아직 결정하지 못하고 있는 동안 임시로 이 저택의 놀라운 분위기에 매혹된 예술가들이 세를 들어 쓰게 되었다. 오늘날 나폴레옹의 석관이 안치된 엥발리드의 황금빛 돔이 바로 머리 위로 바라다보이는 파리의

한복판에서 돌연 마주치게 되는 이 한가한 시골 같은 분위기와
균형잡힌 성관의 우아함—여기에 반하지 않을 예술가가 어디
있겠는가? 당시 젊은 문학청년이었던 장 콕토의 술회에 귀를 기
울여보자.

　학교를 빼먹고 시내를 어슬렁거리던 어느 날 바렌느 거리에서
나는 그 길과 엥발리드 대로가 만나는 모퉁이에서 우연히 어떤
저택의 뜰안으로 발을 들여놓게 되었다. 내친 김이라 수위한테 그
집 안에 들어가 구경을 좀 해도 되겠느냐고 물었다. 비롱 관이라
불리는 그 저택은 정교 분리 이후 국가 청산인이 관리하는 동안
조각가 로댕이 건물의 몸채를 빌려 살고 있으며 나머지는 세를
놓는데, 따라들어가보겠다면 아직 사람이 들지 않은 방들을 보여
주겠다는 대답이었다. 그 중 어떤 것이 맘에 든다면 청산인 앞으
로 신청만 하면 된다고 했다.
　그날 저녁으로 당장 나는 그 저택의 큰 방 하나를 가지게 되었
다(수녀들이 경영하던 학교에서 춤과 음악을 가르치는 교실로 쓰던
방이었다). 싸구려 호텔방을 한 달 동안 빌리는 정도의 세를 지불
하고 나는 그 방을 1년 동안 쓰기로 계약한 것이었다.
　건네받은 커다란 열쇠로 문을 열고 들어가니 궁륭이 나타났고
궁륭은 정원으로 나 있었다. 정원인지 공원인지 채전인지 알 수도
없는 그런 숲이었다. 사춘기 특유의 아무것도 모르는 눈으로 보았
으니 망정이지 그렇지 않았더라면 놀라 자빠질 지경이었다. 아니
그래 파리가 이 같은 침묵의 섬을 에워싼 채 살아서 걸어다니고
왕래하고 일하고 달리고 있었더란 말인가? 침묵이란 소음과 대조
를 통해서만 비로소 존재하는 것이라지만 그래도 그곳의 침묵에
는 정말이지 압도하는 그 무엇이 있었다. 침묵은 귀를 잠재우고

오직 눈으로만 보도록 만드는 것이었다. 풀과 나무들에서 솟아나와서 그 침묵은 습관의 힘에 의하여 한 도시의 떠들썩한 소음을 지워버리는 것이었다. 침묵은 바로 버림받은 정원의 특권이었다. 이를테면 그 저택이야말로 '침묵의 장관'이라 할 만한 것이었다. 따분한 되풀이에 지친 귀를 대신하여 결국은 눈으로 듣기에 이르는 특이현상인 것이다.

파리에서 수천 리나 떨어진 시골에 와 있는 것만 같은 느낌이 돌연 나를 가득한 침묵 속으로 던져넣었다. 믿을 수 없을 만큼 잔해가 쌓여 있고 들장미가 향기를 뿜으면서 모래와 잡초의 둥근 골짜기에 뒤엉켜 있었다. 엉겅퀴와 나뭇가지들이 뒤덮이지 않은 유일한 곳이었다. 다른 데는 걷잡을 수 없도록 무질서하게 자란 식물들이 작은 처녀림을 이루고 있었다. 이끼가 돋아난 계단들, 녹색 유리창이 난 건물의 정면, 해시계가 그 모든 무질서의 풍경을 굽어보고 있었다. 반면 내 방의 창문 겸 출입문들은 융단처럼 빽빽하게 자란 물망초들 때문에 열리지 않았고 그 앞으로는 그야말로 초목의 터널들이었다.'

대조각가 로댕이 느꼈을 이 저택의 인상을 오히려 그곳에 처음 발들여놓은 젊은 시인 장 콕토가 더 생생하게 말해주고 있다.

비롱 저택이 정부관리에 맡겨지면서 임시로 세를 놓게 되자 그곳으로 가장 먼저 들어가 살게 된 사람은 여류 조각가 클라라 베스토프였다. 그 여자는 후일 「두이노의 연가」나 「말테의 수기」로 널리 알려진 오스트리아 시인 라이너 마리아 릴케의 부인이었다. 릴케는 비엔나의 어느 출판업자의 청을 받아 로댕에 관한 책을 쓰기 위하여 파리로 왔다가, 서투른 프랑스 말 실력에도 불구하고 1905년 9월부터 로댕의 비서로 채용되어 뫼동에 있는 이 조각가와 함께 살았었다. 그러나 작업으로 피곤해진 로댕의 비위를 거스르게 되어 이듬해 5월, 시인 자신의 표현을 빌리건대 '도둑질한 하인처럼' 쫓겨나고 말았었다. 그러나 로댕에 대한 열렬한 찬미자였던 릴케는 원한을 품지 않았다. 오히려 그의 아내 덕분에 이 비롱 관을 발견하자 이 저택이야말로 로댕에게 어울린다고 판단하여 즉시 그에게 연락을 했다.

그로부터 약 20년 전인 1889년, 로댕은 산책을 하다가 이탈리아 대로변, 클로 페이앙에서 우연히 다 낡은 저택을 하나 발견했었다. '라폴리 뇌부르'라는 버림받은 장원이었는데 나폴레옹의 시의였던 코르비자르, 나중에는 조르주 상드와 시인 알프레드 드 뮈세가 들어 살았던 집이다. 이 집은 그리하여 로댕과 그의 아름다운 제자요 정부였던 카미유 클로델이 은밀하게 숨겨둔 채 만나 사랑을 나누었던 거처가 되었었다. 1895년 건물이 붕괴 위험에 직면하자 로댕은 그곳을 떠나 파리 남쪽의 교외지역인 뫼동으로 옮겨가지 않으면 안 되었다. 그의 모든 아틀리에들 가운데서 카미유의 추억이 서린 곳이었기에 떠나기 아쉬웠지만 도리가 없었다. 그런데 18세기의 아름다운 건물을 애호했던 로댕에게 새로이 발견한 비롱 관은 바로 무너져버린 '클로 페이앙' 아틀리에를 더욱 고상하게 승격시키고 더욱 크게 확대해놓은 것 같은 장원이었다.

즉각적으로 결정이 내려졌다. 이제 스무 살 남짓한 학생 장 콕토가 그렇게 손쉽게 빌릴 수 있는 집이라면 당대 최대의 예술가요 옥스포드 대학의 명예박사인 68세의 로댕에겐 전혀 문제될 것이 없었다. 방대한 비롱 관의 1층 전체를 1년간 세내는 데 불과 5,900프랑이었다. 이리하여 1908년 이래 지금까지 줄곧 비롱 관은 부분적으로건 전체적으로건 '로댕의 집'이 되었다.

그러나 당시 비롱 관에 들어 있던 사람은 로댕, 클라라 베스토프, 릴케, 콕토만이 아니었다. 유명한 무용가 이사도라 덩컨이 이 집에 무용교실을 열고 있었고 젊은 화가 마티스도 여기서 살았다. 반면 카페에서 노래하는 통속가수 잔느 블로크까지 외제니 황후가 드나들었던 이 집에 들어 산다는 사실은 사람들의 입방아에 오르내렸다. 더군다나 비극배우 에두아르 막스(예명 드 막스)는 저택 안의 옛 예배당에 들어 살면서 남색(男色)행각을 일삼았다 하여 대예술가 로댕의 복잡한 여자관계와 아울러 도덕군자들에게 지탄의 대상이기도 했다.

설상가상으로 저택의 관리를 맡은 청산인은 이 같은 여론을 빌미삼아 건물을 철거하고 건물 및 정원이 차지하고 있는 4만3천m²의 광대한 땅을 45개의 필지로 쪼개어 매각하기로 결정했다. 재정적인 시각에서만 본다면 이것은 분명 현명한 처사라고 할 수 있다.

그러나 비롱 관에는 로댕이 들어앉아 있었다. 예술가의 친구들이 발벗고 나서서 항의했고 청년 콕토 역시 신문사의 친구들을 동원하여 여론 형성에 분주했다. 이리하여 우선 18개월의 전세계약을 다시 맺은 로댕은 비롱 관을 아예 손에 넣을 계획을 세웠다. 돈으로 매입하는 것이 아니라 자신의 모든 작품, 수집품 기타 소장품들과 함께 자신의 미술관을 만들어 국가에 헌납한다는 계획이었다. 당시 법무장관 아리스티스 브리앙, 장차 외무장관과 국가수반이 될 폴 봉쿠르, 후일 대통령이 될 두 사람 폴 두메르와 레몽 프엥카레, 그리고 클레망소 등 거물급 인사들을 차례로 접촉했고 재무장관 역시 어느 정도 설득하기에 이르렀다. 그러나 구체적인 실무에 들어가자 첩첩한 난관들이 가로놓여 있었다. 무려 10여 개 부처의 허가를 받아야 하고 법안을 상정하여

상하원의 동의를 얻어야 했다. 게다가 로댕 자신이 무관심해지기도 했다. 허물어지고 만 '클로 페이앙' 저택이 카미유 클로델과 깊은 관계가 있다면 비롱 관은 이 무렵 로댕의 주변에 돌연 나타난 드 슈와죌 공작부인과 깊은 관련이 있다. 그 여자는 팔레 루아얄 공원에서 〈앉아 있는 빅토르 위고〉 상(像)의 제막식을 할 때 기이하게도 '양키' 악센트가 심하게 섞인 말씨의 '여제자'로 로댕과 동반함으로써 처음 공석에 모습을 나타냈다. 로댕은 그를 '마담'이라 불렀다.

미국 뉴욕에서 프랑스계의 변호사로 널리 알려진 인사의 딸인 그녀는 루이 15세 치하 재상(財相)의 후손이지만 빈털터리인 슈와죌 공작과 결혼했다. 빈털터리일 뿐만 아니라 구제할 길이 없는 노름꾼인 남편은 돈이 생기는 일이라면 자기 아내의 복잡한 남자관계에도 비위 좋게 적응했다.

당시 미국에서 로댕의 경기는 상승일로에 있었고 예술가의 '뮤즈'로 자처하는 슈와죌 부인은 상류사회에 폭넓은 지면을 활용할 수 있어 그야말로 로댕의 대리인으로서는 적임자였다. 그러나 전 작품을 국가에 바치겠다는 로댕의 미술관 계획은 이 야심 많은 뮤즈의 사업에는 큰 장애였다. 슈와죌 부인은 1909년부터 1912년 가을까지 비롱 관의 절대적인 여주인으로 행세하면서 로댕으로 하여금 오직 비롱 관에서만 기거하고 수십 년의 반려인 로즈를 뫼동의 아틀리에에 버려두도록 만들었다. 슈와죌 공작과 부인은 이렇게 하여 로댕과 그 주변 사람들 사이를 철저하게 가로막았다. "오직 당신한테 돈을 뜯어낼 생각만 하는 그런 사람들은 상대도 하지 마세요." 이리하여 수십 년간 친구요 찬미자요 협조자였던 모든 사람들이 다 멀어져갔다.

이런 괴이한 고립 가운데 3년이 흘러가고 나서야 로댕은 마침내 1912년 10월, 슈와죌 공작 부부를 비롱 관에서 추방해버린 후 벨기에로 여행을 떠나버렸다. 로댕은 오랜 알코올 남용으로부터 깨어나기 시작했고 다시 작업 조수들과 일을 시작했다. 기나긴 외출에서 돌아오듯 그는 로즈에게로 돌아갔다. "나의 착한 로즈, 그대를 내 곁에 두신 신(神)의 선물이 얼마나 위대한가에 대한 깊은 성찰로 이 편지를 그대에게 보내오. 이것을 그대의 너그러운 가슴속에 담아두시오. 나는 화요일에 돌아가겠소. 그대의 친구. 오귀스트 로댕." 가장 아름다운 사랑의 편지들 중 하나로 손꼽히는 이 편지는 1913년 8월 24일 로댕이 로즈에게 보낸 것이다. 마침내 '로댕 씨가 국가에 헌납하는 재산의 최종적 인수에 관한 법안'은 1916년 9월 상원에서 치열한 논란 끝에 통과되었고 같은 해 11월에 하원을 통과함으로써 비롱 관은 '로댕 미술관'으로 그 법적 지위를 획득했다. 로댕은 이 미술관에 대리석 작품 56점, 청동 작품 56점, 석고상 193점, 1백여 점의 테라코타, 2천 점이 넘는 스케치와 그림, 수백 점의 가치 있는 그리스·로마·고대 이집트 골동품, 그리고 고흐와 르누아르 등 거장들의 그림들을 기탁하면서 로즈가 살아 있는 동안 국가가 연금을 지불한다는 조건을 포함시켰다. 그러나 대통령 푸엥카레는 로즈가 로댕과 정식 결혼한 부인이 아니므로 연금을 지불하는 것은 위법이라고 반대했다. 해결책은 하나뿐이었다.

이리하여 1917년 1월 29일, 77세의 백발의 노 예술가 로댕은 1864년 24세 청년 시절에 만나 53년간의 기나긴 생애를 함께 살아온(카미유와 슈와죌 부인과 그 밖의 많은 다른 여인들에도 불구하고) 로즈 뵈레와 뫼동에서 결혼식을 올렸다. 일차대전 중이어서 석탄도 때지 못하는 추운날이었다. 결혼식을 마친 지 불과 2주일 후 로즈 로댕은 애석하게도 독감으로 세상을 떠났다. 국가는 연금을 지불할 필요가 없었다. 그러나 로댕이 빚은 그녀의 반신상은 로댕 미술관 2층으로 올라가는 층계에 지금도 영원한 동반자의 모습으로 서 있다(카미유 클로델의 모습은 1층의 제6전시실, 슈와죌 부인의 모습은 제8전시실에서 만날 수 있다).

　로즈가 죽은 지 10개월 후, 1917년 11월 24일 로댕도 77세의 격동에 찬 생애를 마치고 파리 근교의 뫼동 옛집의 뜰에 로즈와 함께 묻혔다. 그들의 무덤돌 위에서 유명한 조각 〈생각하는 사람〉이 천근 같은 무게의 생각에 잠겨 있다.

(1991)

르누아르의 집 '레 콜레트'
―삶에 대한 열광의 고전주의

1950년대 미국영화에는 프랑스의 니스, 칸느, 모나코…… 그
화려한 코트 다쥐르의 도시나 한적한 마을 바닷가 별장들이 자
주 등장한다. 리비에라 해안은 그러니까 50년대에 있어서, 상대
적으로 역사가 일천했던 미국인들의 상상력 속에서 일종의 지상
낙원 같은 곳이었다. 그곳을 배경으로 미국식 선남선녀들은 최고
급 무개차를 타고 달리면서 사랑을 한다. 외화내빈의 약간 김빠
진, 미국식 사랑이다. 2차대전을 승리로 장식하고 프랑스를 '해
방시켜준' 미국사람들은 엉뚱한 곳에서 꿈에 그리던 영화 세트
를 발견한 것이다. 입심 사나운 프랑스 사람들은 간혹 은퇴한 노
인들과 개들만 사는 피상적 아름다움의 표상으로 니스를 꼽는다.
아마도 영국인, 미국인들의 돈과 구미를 겨냥하여 만든 이 도시

의 화사함이 유서 깊은 유럽인의 눈에는 어느 정도 몰취미하게 비쳐지는 것인지도 모른다.

그러나 관광안내서들이 '리비에라의 진주'라고 자랑하는 니스가 과연 우리들 어린 시절 교과서에서는 '세계 3대 미항'의 하나로 손꼽히고 있었던 것이 기억난다. 그렇게도 배곯던 50년대 우리들은 가본 일도 없는 먼 나라의 '세계 3대 미항' 같은 것을 손꼽아 암기하면서 공허하고 배고프던 긴긴 날을 달래었던가.

그래서 그런지 우리나라 친구들과 여행을 하면 한결같이 니스, 칸느, 그리고 무엇보다도 모나코를 가보자는 사람들이 많다. 아마도 옛날이야기에 나오는 왕자와 공주, 그리고 그들이 매일밤 무도회만 연다는 궁전을 상상하기 때문인지도 모른다. 교육의 힘이란 이렇게 엉뚱한 곳에서 우리들의 욕망을 자극하고 인도한다. 또 욕망이란 원래 제 자신의 욕망인 경우는 드물고 으레껏 남의 욕망을 흉내낸 욕망일 때가 많다. 미국 사람들이 부러우면 미국 사람들의 욕망도 부러워지는 것인가 보다.

그러나 니스 시내와 그 인근 지역을 자세히 살펴보면 눈에 너무 드러나는 바닷가의 '영국 사람들의 산책로'나 '아메리카 합중국 대로'의 야자수 늘어선 풍경, 햇빛을 받아 흰 벽이 번뜩이는 해변의 호화저택들 이외에도 우리의 마음을 끄는 곳들이 얼마든지 있다. 참다운 아름다움은 흔히 어딘가 깊숙이 숨어서 그 귀중함을 더욱 신비스럽게 하는 법이다. 특히 현대 서양미술사에 관심 깊은 사람들에게라면 이 지역은 파리 북쪽의 세느 강 유역과 더불어 가장 흥미로운 곳의 하나임을 알 수 있다. 게다가 벌써 세월이 많이 지나가서 이 지역은 오히려 낙일 속에 무너져가는 옛 제국 같은 저 '사라져가는 것의 아름다움'이 유난히 느껴지는 곳이다.

니스 시내에 있는 마르크 샤갈 미술관, 마티스 미술관, 해변의 현대미술관, 아르 나이프 미술관, 인근 앙티브에 있는 피카소 미술관, 비오의 페르디낭 레제, 망통의 장 콕토 생 폴의 그 유명한 마그 재단 미술관, 발로리스의 전쟁과 평화, 방스의 마티스 그림 유리창의 성당…… 더러는 알려져 있고 더러는 아는 사람이나 일부러 마음먹고 찾는 곳이다. 물론 에둘러 찾아가는 사람들에게 반드시 그윽한 보람을 안겨주는 곳들이기도 하다.

그 중에서도 니스 시내에서 서북쪽으로 불과 십여 분을 차로 달리면 찾아갈 수 있는 르누아르의 집 '레 콜레트'는 항상 분주하고 피곤하기 마련인 여행길에서 돌연 우리들의 어느 날 하오를 한가한 고요의 섬이 되게 해준다. 나그네의 마음이 머물어 잠시 쉬는 곳. 그곳에는 침묵과 공간의 넓이와 한가로움이 있어야 한다. 해묵은 올리브 밭 한가운데 졸고 있는 르누아르의 이 시골 집은 바로 그 한가로움으로 깊어가는 공간이다.

니스 시내의 중심부에서 국도 7번을 따라 앙티브 쪽으로 약 13킬로미터 정도를 달려가다가 우회전하여 아브뉘 베세를 따라가노라면 그 오른쪽 언덕받이에 아담한 담이 길게 뻗으면서 올리브나무 밭이 건너다 보인다. 큰 대문이 활짝 열려 있고 드넓은 주차장이 눈에 든다. 그리고 곧바로 넓은 올리브나무 밭이다. 밭 가운데로 뚫린 도로를 따라가면 저 끝에 해묵은 농가 한 채가 보이고 그 오른쪽에 좀 규모가 큰 흰색 이층집이 나타난다. 이 땅의 이름이 '레 콜레트'이고 이 집이 '르누아르 집'이다. 오늘날에는 이 행정구역을 관할하는 카뉴 쉬르 메르 시가 소유하고 관리하는 르누아르 기념관이 되어 있다.

"그의 핏속에는 불행하게도 언제나 변화를 요구하는 바람기가 담겨 있었는데 그것은 그의 병으로 인해서 더욱 심해졌다. 그는 단 2년도 같은 장소에 머물러 있지를 못했다. 신경이 예민하여 안달을 하고 조바심하기 때문에 어딘가 딴 곳으로 옮겨가야 마음이 편한 것이다. 일생을 두고 그러했다. 여러 가지 면에서 그는 바토(Watteau)를 닮았는데 이 점 또한 마찬가지였다.” 수많은 아틀리에와 수많은 셋집들을 옮겨다닌 르누아르의 떠돌이 기질을 작가 비즈바는 이렇게 묘사했다.

르누아르가 남불의 카뉴를 처음 찾게 된 것은 1895년이었다. 그가 파리에 산 것은 햇수로 50년이었지만 한번도 자기집을 소유한 적은 없었다. 그해에 그의 아내 알린느의 강권에 못 이겨 처음으로 아내의 고향 마을 에스와에다가 마지못해 집 한 채를 샀다. 그러나 겨울에는 지병인 류머티즘 때문에 기후가 좋은 남불로 내려가 지냈다. 1903년에는 카뉴 쉬르 메르의 해묵은 마을 오 드 카뉴 한복판 우체국 건물의 반을 빌려서 겨울을 나곤 했다.

지병 때문에도 정착된 생활과 집이 필요하건만 한사코 마다하는 르누아르를 달래서 1907년 마을 건너편 언덕의 올리브 밭과 낡은 농가를 사들이도록 설득한 것은 물론 그의 아내 알린느였다. 르누아르가 ‘레 콜레트’를 매입하기로 마음먹은 것은 무엇보다도 이 땅에 가득히 자라는 해묵은 올리브나무들의 매혹 때문이었다. 너무나 오래 묵은 나무들이어서 르누아르의 소유가 되지 않았더라면 머지않아 베어져버릴 위험에 처해 있었다.

이 터에는 본래 나무 발코니와 녹색덧문이 달린 농가가 한 채 있었지만 피에르, 장, 클로드 이렇게 아들 삼 형제와 하인 두 사람을 거느린 노화가 부부의 식구들에겐 너무나 협소했다. 보다 크고 보다 편안한 집이 필요했다. 더군다나 이 무렵 르누아르의 명성은 이미 확고해졌고 대화상이 된 뒤랑 뤼엘은 그의 그림을 정기적으로 사들일 뿐만 아니라 살롱 도콘느(가을 국전)는 전시실 하나를 통째로 이 화가에게 할애했다. 한편 뉴욕의 메트로폴리탄 뮤지엄은 그의 '샤르팡티에 부인과 그 아이들의 초상'을 매입했다. 재정적으로 보아 이 집을 신축하는 데 문제는 없었다.

건축가는 남불 해안지역에 유행하는, 제노아 식 왕궁과 트리아농궁 양식이 복합된 거만한 저택을 짓고자 했다. 그러나 르누아르는 자연과 잘 조화된 소박한 집을 원했다. 더군다나 담으로 둘러싸인 올리브 밭의 옛 모습을 전혀 훼손하지 못하게 했다. 잘 가꾼 잔디밭과 베고니아가 기하학적으로 심어진 화단…… 이런 식의 별장을 그는 원하지 않았다. 화가의 나이 67세였다.

수백 년을 묵은 듯 아름드리로 뒤틀린 올리브나무 밑둥치의 신과 같은 인상, 녹색과 회색이 뒤섞인 연기 같은 잎새들 그 모두가 화가의 고집 덕분에 그대로 고스란히 보존되었다. 그리고 다시 100년 가까운 세월 동안 그 올리브나무들은 지금도 여전히 옛날처럼 묵묵히 서 있다. 나는 그곳에 찾아가 띄엄띄엄 늘어선 그 올리브나무 둥치 밑에서 낮잠을 잤다. 저 건너 카뉴 쉬르 메르 마을이 어린 시절의 꿈처럼 건너다 보였다. 나그네 길에 지친 사람들이 잠시 눈을 감고 낮잠을 자기 좋은 곳으로 나는 피사의 사탑 앞 풀밭과 이 올리브나무 밑을 권하고 싶다.

올리브나무에 대한 화가의 애착은 남다르다. 그의 눈은 그 어마어마한 밑둥치뿐만 아니라 그 가지에 한들거리는 작은 잎새를 바라보기를 좋아했다. 그것은 바로 올리브나무가 거인 화가의 격에 걸맞는 맞수였기 때문이다. 그는 카뉴에서 풍경화를 그리면서 친구에게 말했다.

"올리브나무란 정말 지독해! 이놈이 얼마나 날 애먹였는지 모르실 거요! 온갖 색깔이 다 담겨 있는 나무라구요. 회색인가 하면 전혀 아니지요. 그놈의 자잘한 잎사귀 때문에 얼마나 땀을 흘렸는지 원! 바람이 살짝 불기만 해도 내 나무는 색조가 달라지는 거예요. 색깔은 잎사귀들 속에 있는 게 아니라 빈 공간 속에 있어요. 자연이란 그릴 수 없다는 걸 난 알고 있어요. 하지만 이놈을 부둥켜안고 엎치락뒤치락하는 게 재미있어요. 화가란 풍경을 모르면 위대해질 수가 없지요. 한때 풍경화가라면 멸시하는 표현이었지요. 특히 18세기에는요. 그렇지만 내가 그토록 찬미해 마지않는 그 세기는 얼마나 훌륭한 풍경화가들을 배출했던가요! 나는 18세기 화가 중의 하나예요. 나는 내 예술이 바토나 프라고나르나 위베르 로베르에게서 내려오는 줄기일 뿐만 아니라 한걸음 나아가서 나는 그들과 한통속이라고 겸손한 마음으로 생각하고 있어요."

1908년에 새 집을 완공하는 한편 르누아르는 기왕의 올리브나들에 추가하여 그 사이사이에 또다른 오렌지나무들을 심었다. 그 그윽한 향기가 텃밭 전체를 물들였다. 르누아르가 남불로 내려와서 지내게 된 것은 물론 만년의 약 20년간 그를 괴롭힌 류머티즘 천식 때문이었다. 그러나 남불을 잘 아는 사람이라면 이 지방이 르누아르를 맞아들이도록 운명적으로 예정된 곳임을 곧 느낄 수 있을 것이다. "이곳 경관이 그려 보이는 윤곽선, 색감이 라피스라쥘리 빛에서 물망초나 델피니움 빛으로 언뜻언뜻 변해가는 바다와 하늘, 반드러운 잎새의 오렌지나무나 레몬나무에서부터 시프레, 참나무, 올리브나무에 이르기까지 온갖 수목, 각양각색의 광채를 발하는 꽃들, 그 모두가 르누아르의 그림에 필요한 무대장치를 마련하기 위하여 한데 모아둔 것 같고 그 그림과 동시에 구상한 것인 양 건강과 젊음과 기쁨을 숨쉬고 있다."

2층 석조건물인 '르누아르의 집'으로 찾아가는 방문객은 건물

뒤쪽을 통해서 입장하게 되어 있다. 입구의 벽에는 간단한 안내의 말이 새겨져 있다.

"오귀스트 르누아르(1841~1919)는 콜레트 언덕에 이 집을 짓게 하고 1919년 12월 3일 운명하는 날까지 겨울철엔 이곳에 와 살았다. 그는 여름 동안에는 그의 부인 알린느 샤리고(1859~1915)의 출생지인 에스와에 있는 집에서 거처했다."

집 안에 들어서면 우선 손님 방, 그리고 식당, 넓고 햇빛 잘 드는 거실, 2층에는 아틀리에. 결코 크다고 할 수 없는 아담한 아틀리에는 르누아르의 전설 같은 성격을 증언하듯 잘 정돈되어 있다. 만년에 불편해진 몸을 의지했던 지팡이와 휠체어. 옛날 그대로의 팔레트와 붓, 이젤에는 복제화 한 폭.

1908년 이후 그는 지팡이에 의지해서 겨우 기동할 수 있었고 1912년에는 마비증상으로 인하여 팔과 다리를 쓸 수 없게 되었다. 두 번이나 수술을 했다. 그 모든 역경과 아픔에도 불구하고 항상 고른 마음가짐이었고 그림에 대한 열정은 변함이 없었다.

이 무렵 예술에 대한 르누아르의 치열한 열정과 관련하여 전해지는 '전설' 중 하나로, 불구가 된 그의 손에 하녀가 끈으로 붓을 비끄러매어주면 노화가는 깁스의 부목 같은 그 붓으로 그림을 그렸다는 이야기가 전해지고 있다. 그러나 막내아들 로드 르누아르에 의하면 그렇지 않다.

"하녀 가브리엘이건 그 누구건 아버지의 손에 붓을 비끄러매어준 적은 한번도 없다. 비틀린 손가락 사이로 붓을 끼워넣어 주었을 뿐이다. 그러나 붓을 잡아매어 주었다는 전설이 생겨난 것은 아버지의 손가락들이 어찌나 안으로 오그라져 붙었는지 손바닥의 피부가 서로 달라붙을 위험이 있었다. 그걸 막기 위하여 손에다가 분가루를 묻힌 붕대를 감아주곤 했는데 붕대가 감긴 사진을 본 사람들이 붓을 손가락에 비끄러맨 것으로 착각한 것인데 잘못된 소문일 뿐이다."

르누아르가 '레 콜레트'에서 보낸 만년은 그의 질병 못지않게, 친척이요 하녀요 모델인 처녀 가브리엘 르나르의 시대라고도 할 수 있다. 화가의 아내 알린느의 먼 친척인 가브리엘은 둘째아들, 즉 후일 영화감독으로 유명해진 장 르누아르가 태어나던 해인 1894년에 처음 그의 집으로 와서 아기를 돌보면서부터 20여 년 동안 머물면서 르누아르에게는 없어서는 안 될 중요한 인물이 되었다. 억세고 혈색 좋은 이 여자는 화가의 팔레트에 물감을 개고 붓을 빨았고 무엇보다도 불편한 손가락 사이에 붓을 끼워주는, 그야말로 화가의 손이었다. 그리고 수많은 그림에서 모델 노릇을 했다. 처음에는 장과 더불어 〈가브리엘, 장, 그리고 소녀〉, 또는 대작 〈화가의 가족〉에서, 혹은 혼자서 여러 〈목욕하는 여자들〉의 모델이 되었다. 그의 몸이 '빛을 잘 먹는' 까닭에 르누아르가 유난히 좋아했다.

초년의 습작기, 그리고 1869년에서부터 1881년에 이르는 약 14년간의 인상주의 시대를 거치고 난 르누아르는 문득 자신의 그림과 인상파 전체의 시도에 근본적 회의를 느끼게 된다. "나는 인상주의의 궁극에까지 갔었다. 그러고 나서 나는 내가 색을 칠할 줄도 데생을 할 줄도 모른다는 사실의 확인에 도달했다. 간단히 말해서 나는 궁지에 몰린 것이다"라고 화가는 고백했다. 궁지에서 벗어나 위하여 그는 이태리와 알제리를 여행했다. 그는 라파엘의 벽화와 폼페이의 회화를 통해서 색채는 주인이 아니라 수단에 불과하다는 것을 배웠다. 그리하여 〈금발의 욕녀〉와 더불어 '백색의 색조가 두드러진 시대' 혹은 '엥그르적 화풍의 시대'가 시작된다. 변화는 형태와 색채와 빛에서 다같이 일어난다.

형태가 뚜렷해지면서 인상주의 시대의 야외광선이 불러일으키는
저 유동적이고 변화무쌍한 우연성이 배제되고 점차 그림은 영원
한 고전의 전통으로 회귀한다.

카뉴의 '레 콜레트'로 상징되는 만년에 이르면 지중해적 고전
주의로 한발 더 다가서는 것을 느낄 수 있다. 북쪽 지방이 젊은
이들의 고장, 운동과 투쟁에 골몰한 사람들을 위한 곳이라면 머
지않아 남쪽의 태양은 그들을 매혹하고 그들의 신경을 나른하게
만든다. 그들은 '영원하고 찬란한 빛'에 눈뜬다. 화가 자신도 남
불을 이렇게 찬양했다. "이 황홀한 고장에서는 불행이 우리를
건드리지 못할 것만 같다. 여기서는 솜처럼 포근한 분위기에 안
겨서 산다."

이제 그의 붓 터치는 80년대의 실험적인 작품들이 보여주던
뚜렷한 선을 지양한 채 한결 더 부드럽고 흐르는 듯이 화폭을 쓸
고 지나간다. 솜털같이 포근하고 가는 붓자국이 바람에 날리듯
캔버스 전체에 퍼져나간다. 만년에 갈수록 그의 붓놀림은 자유로
워진다. 그 같은 경향은 특히 유화의 가능성을 최대한으로 활용
한 최후의 작품들에서 두드러진다.

"나는 기름기 많고 미끈거리는 그림을 좋아한다"고 그는 말하
곤 했다. 때때로 그는 메디움을 많이 섞은 매우 묽은 색채를 사
용한 나머지 캔버스 천의 올이 그대로 드러나서 수채화와 같은
효과가 나타나는 그림을 그린다. 그 엷은 물감을 붓끝으로 칠하
고 또 칠한 결과 사람의 형상에는 두께가 생기면서도 거의 진동
하는 듯한 동적 질감이 동반된다. 이런 현상은 인물의 모습에 국
한된 것이 아니다.

만년의 그림 속에 보이는 인물 뒤의 자연정경은 단순한 배경
이 아니다. 그의 초상화에서 뒷면은 당당한 구도의 일부를 이룬

다. 야외의 인물화일 경우 자연은 그야말로 살아서 움직이고 있다. "나는 내 인물들이 그 뒤의 풍경과 한덩어리가 될 때까지 인물들과 부둥켜안고 몸부림친다. 나는 인물이건 나무들이건 밋밋한 것이 되지 말고 살아서 고동치기를 바란다"고 그는 말했다.

〈목욕하는 여자들〉(오르세 미술관, 1918~19)은 바로 이 같은 예술가의 집념을 송두리째 투영시킨 유서와 같은 작품이다. 그 뜻을 짐작한 유가족은 이 작품을 국가에 헌납했다. 대자연 속의 목욕하는 여자들이야말로 이 화가의 필생의 주제다. 이 점에서 르누아르는 세잔느와 일맥상통한다.

높이 1.1m, 폭 1.6m의 대작을 앞에 세워놓고 올리브나무 숲 속에 일부러 지은 야외 아틀리에에서 작업하는 불구의 팔십 노인 화가를 상상해보라. "이 두 여자는 신의 가장 탁월한 작품들이다. 고통은 지나가지만 아름다움은 남는다. 나는 완전히 행복하다. 나는 이 걸작을 완성하기 전에는 죽지 않겠다. 이제 나는 작품이 끝난 줄만 알았다. 단 하나의 획도 덧보탤 것이 없다고 생각했다. 그런데 밤은 충고에 능하다. 이제 삼사일만 더 손질하면 회화적 깊이가 생기겠다." 이 무렵 그를 찾아온 마티스에게 화가가 한 말이다.

앞쪽에 두 팔로 머리를 고인 채 반듯이 누워 있는 여자는 장차 둘째아들 장의 아내가 될 앙드레 에슬링이다. 예술가는 모델의 개체성이나 관찰자의 관점을 초월한 형태의 비율과 충만함을 이 벌거벗은 여인들에게 부여했다. 이 인간들은 이미 필사의 생명을 지닌 조건으로부터 해방된 영원성 그 자체다. 그뿐만 아니다. 이 그림 속에서 인간과 자연은 거의 구별 없이 하나가 되어 있다. 팔을 고이고 먼 곳을 응시하는 한 사람의 등뒤 저쪽에 목욕하고 있는 또다른 두 여인은 이미 나뭇잎이요 꽃이다. 전체의 색감은 뜨겁다. 장미빛과 붉은색이 풀밭과 나무들 위에 널리 퍼지면서 인간과 자연과 옷을 하나의 전체로 이어주고 있다.

르누아르가 데뷔할 무렵 미술과 문학은 희랍-로마의 고전주의와 동시에 낭만적 서정을 포기하고서 동시대의 삶을 표현하는 것을 임무로 떠맡았었다. 문학에서는 플로베르와 공쿠르 형제의 리얼리즘, 그후에는 졸라, 모파상, 위스망스의 맵싸한 자연주의가 도도한 물결을 이루었다. 회화에서는 쿠르베와 마네의 리얼리즘, 그리고 모네, 피사로, 시슬레의 인상주의로 이어지는 시대였다. 그리하여 르누아르도 그 물결에 몸을 던졌었다. 그런데 인생을 마감하는 지점에 이른 이 인상주의자는, 그리고 마네, 모네, 드가의 동반자는 결국 신화의 위대한 테마들(『파리스의 판단』)로 회귀하여 고대 그리스의 제신들을 소생시키고 있는 것이다.

'레 콜레트'에서 보낸 만년이 사생활에서 행복하기만 했던 것은 아니다. 이곳에서 그는 1차 세계대전을 겪었고 군에 입대하여 두 아들이 중상을 입는 고통도 겪어야 했다. 그리고 1915년에는 아내 알린느를 먼저 저 세상으로 떠나보냈다. 그러나 그의 그림들은 마치 그 어떤 걱정도 마음의 평화를 깨지는 못한다는 듯 삶의 기쁨과 행복을 드높이 노래한다. 그림이야말로 그의 진정한 피난처였기에 그는 그림 속에다가 고통을 표현하기를 거부했다. 그는 인생을 사랑했다. 그는 생명의 스펙터클 속에서 영감과 기쁨을 발견했다. 삶에 대한 사랑을 르누아르처럼 예술 속에서 소리 높여 표현한 예술가도 드물 것이다.

오늘 그의 집 앞 수백 년 묵은 올리브나무에 기대어 앞을 내다보노라면 저 건너 카기 쉬르 메르 마을에 빛나는 햇빛이 그가 노래했던 삶의 기쁨을 침묵의 목소리로 우렁차게 긍정하는 듯하다. 카기의 마을 꼭대기 가리발디 고성(古城)에는 해마다 열리는 미술제를 알리는 깃발이 나부낀다. 그 중에는 태극기도 있다. 한국 화가들이 자주 입상하는, 그러나 별로 메아리도 없는 그런 미술제이지만 이곳 올리브나무 아래서 건너다 보면 남불의 햇빛을 받아 찬란하기만 하다.

인상주의(印象主義)의 고적한 마을

—오베르 쉬르 우아즈

   사전을 찾아보면 '관광(Tourism)'이라는 말이 처음 생긴 것은 19세기 초엽이었다. 현대적 교통기관이 서서히 발달하기 시작하는 이때부터 인간과 세계, 혹은 공간과의 관계가 근본적으로 변하게 되었음을 말해주는 것 같다. 자기가 살고 있는 곳 이외의 장소로, 무슨 용무가 있어서가 아니라 순전히 바라보는 기쁨, 관조의 그윽함, 새로운 공간에서 얻는 쾌락만을 위하여 여행하는 것을 뜻하는 '관광'에 인간이 눈을 돌리기 시작한 것은 그리 오래 된 일이 아니다.

   그런데 200년이 지난 오늘에는 급기야 관광이 '산업'으로까지 변했다. 모든 산업이 그러하듯이 '관광' 역시 전에는 없던 새로운 '욕망'을 우리들 마음속에 만들어냈다. 또, 모든 욕망이 다 그러하듯 이 욕망 또한 우리를 정신 없게 만든다. 그리하여 우리는 관광하는 일에도 노동 못지않게 허둥지둥 바빠져버렸다. 단시일 동안에 보다 더 많은 곳을 찾아가서 구경해야 한다는 생각이 강박관념처럼 우리를 내몬다. 첫새벽 우리를 따뜻한 침대로부터 몰아내는 요란한 모닝 콜, 잠도 덜 깬 채 가져다 먹는 호텔의 뷔페식 아침식사, 허둥지둥 묶어서 호텔 방문 앞에 내놓아야 하는 그 무거운 트렁크, 단체 관광객을 싣고 사정없이 내달리는 버스, 낯선 도시에의 어리둥절한 도착, 그리고 잠시 숨돌릴 참도 없는 궁전과 교회와 박물관구경, 그리고 한번도 빼놓는 일 없는 백화점과 시장의 쇼핑. 그 결과 기나긴 관광코스의 끝에 남는 것은 참다운 기쁨보다는 주체할 수 없이 쌓인 피곤과, 주체할 수 없이 쌓인 기념사진들뿐인 경우가 많다.

돌이켜 생각해보면, 우리의 짧은 일생 동안 세상의 그 많은 명승지를 다 가보고 그 수다한 낯선 풍경들을 다 마음과 카메라로 '찍어' 놓는 것은 불가능한 일이다. 사진으로 말하자면 화려한 관광안내서 속에 프로 작가들이 알아서 찍어놓은 사진들이 훨씬 더 아름답다거나 더 온전하다. 어느 기념물이나 어느 장소의 유서 깊은 역사에 관해서라면 세상에 널려 있는 안내서들과 문헌들과 각종 시청각 자료들이 훨씬 더 자상하고 정확하게 설명해준다. 이런 모든 것들은 수고스럽게 길을 나서지 않고도, 시간과 돈을 많이 소모하지 않고도, 제집의 안락의자에 느긋이 앉아서 참고하거나 연구할 수 있다.

여행은 지식을 쌓거나 견문을 넓히거나 어디어디에 가본 사람들 '축에 끼이는' 준비작업이기 이전에 무엇보다도 짧고 귀중한 내 일생의 한 부분이다. 즉 삶의 연장인 것이다. 여행하는 동안에도 우리는 살고 있고 우리의 일생의 시간은 어김없이 흘러간

다. 그러기에 여행은 가급적 순간순간이 참다운 '내것'이어야 한
다. 즉, 내가 만난 얼굴, 내가 걸어다닌 거리와 산천, 혹은 나의
전신에 와서 닿는 저 고즈넉한 빛이나 바람, 그것이 주는 행복감
혹은 흥취여야 한다.

그래서 나는 여행을 떠나면 늘 새로운 곳을 가보는 것 못지않
게 전에 가보았던 곳에 다시 찾아가보는 것을 좋아한다. 다시 가
보는 곳에는 이미 나만의 추억과 과거가, 나만의 삶이 축적되어
세월의 빛을 받고 있음을 본다. 사랑하는 사람이 그렇듯 장소와
풍경에도 정이 들고 그리움이 쌓이는 법이다.

내가 파리에 가서 머무를 때면 가장 즐겨 찾아가는 곳으로는
불로뉴 숲속의 프레 카틀랑 입구의 식당 겸 찻집, 아니면 마레
거리의 보주 광장, 생 제르맹 데 프레의 퓌르스텐베르그 뜨락과
들라크루아의 집 그 안뜰의 고즈넉한 담장 밑 나무의자, 자드킨
미술관의 작은 정원의 벤치, 아니면 뤽상부르 공원 옆의 카페 마
이외 등이 있다.

그러나 차편이 있거나 조금의 시간 여유가 남을 때에는 퐁트
아즈를 거쳐 이르는 오베르 쉬르 우아즈를 찾아가 한나절을 보
내고 온다. 처음에는 물론 빈센트 반 고흐의 저 비극적인 최후와
관련된 곳이라서 안내를 받아 찾아갔던 마을이다. 그러나 한 번,
두 번 찾아가 정을 붙이다보니 나는 이미 관광객이 아니게 되었
다.

동네 사람들이 낮잠을 자는지 인적을 찾아볼 길 없는 여름 대
낮의 거리에 햇빛만이 찌르릉찌르릉 울리고 있다. 나른하게 누워
잠든 듯한 우아즈 강물, 그리고 강변에 우거진 숲, 거기에는 내
스무 살 적 웃음이 빛나고 내 30대 친구들의 우울도 나직이 내려
앉있다. 아무도 찾는 이 없는 오베르의 유서 깊은 교회 뜨락 풀

밭이나 벤치에 걸터앉아 휘파람을 불거나 책을 읽는다. 발 아래 졸고 있는 한여름의 강물. 그리고 그 앞 조그만 로터리에 서 있는 도비니 광장의 동상. 나는 그것이 자드킨의 작품임을 안다. 파리의 자드킨 미술관에 가면 고흐 상이 여럿 한데 모여 있다. 물론 때때로 나는 세잔느나 고흐나 피사로나 도비니 생각도 한다. 그러나 훨씬 더 많이는 내 주위의 정적과 바람과 햇빛 — 그리고 그 속에 고여 있는 내 현재의 삶을 전신으로 받아 껴안으려고 한다. 그리고 그곳에 함께 왔었으나 지금은 소식이 묘연한 친구들 생각도 한다. 오베르 쉬르 우아즈 언덕 비탈에 앉아 보낸 8월 초순의 한나절 — 그것은 분명 내 삶의 한순간, 귀중한 한순간이기 때문이다.

프랑스 중부 부르고뉴 지방 코트 도르에서 발원한 세느 강이 서북쪽으로 뻗어 파리 시내의 수많은 다리들 아래로 13킬로미터가량을 흘러 지나고 나면 서남쪽(뫼동과 세브르 방향)으로 빠져나갔다가 돌연 북쪽으로 깊숙이 굽이돌면서 파리의 서북쪽에서 여러 번 S자를 그리며 사행을 한다. 파리 교외에서 출발하여 이 세느 강변의 수십 킬로미터에 걸친 굽이굽이에는 아니에르, 아르장퇴이유, 부지발, 루브시엔느, 마를리-르-루아, 포르 마를리, 그리고 다시 북동쪽으로 갈라지는 세느 강의 지류인 우아즈 강을 따라 퐁투아즈, 그리고 오베르 쉬르 우아즈 등 인상주의 시대로 인하여 유명해진 풍광들이 펼쳐져 있다.

인상주의자들이 선택했던 이 장소들의 분포를 지도 위에서 살펴보면 그곳들이 수도 파리와 인근이라는 필연적 예속관계를 명백히 드러내 보이고 있음을 알 수 있다. 즉, 이 장소들은 파리를 중심으로 세느 강에 의하여 연결된 곳들인 것이다. 이 가난한 화가들은 집값이 싸면서도 파리로의 접근이 용이한 이 자연풍경 속에 들어앉아 살며 그림을 그렸다.

또한 시대적으로 생각해볼 때 인상주의자들이 등장하던 무렵은 워털루 전쟁 이후 프랑스의 민족적 신뢰감이 최악의 상태로 내리막길을 걷던 시기의 끝이다. 이 화가들이 파리 주변의 시골 풍경들을 열광적인 그림의 소재로 삼았다는 것은 바로 국토와 그 속에서의 삶에 대한 신뢰감의 회복과 무관하지 않다. 따라서 인상주의자들이 그 당시에 그린 시골풍경을 민족적 정체성의 위기라는 빛으로 조명하면서 이해해보는 것도 의미 있는 일이다. 그러니까 프랑스의 풍경화—더 정확하게 말해서 파리 근교지역의 풍경화—가 1870년 보불전쟁과 파리 코뮌을 전후하여 꽃피게 된 것은 결코 우연이 아닌 것이다.

그러나 오베르 쉬르 우아즈라는 작은 마을을 19세기 프랑스 풍경화의 드높은 성지들 중 하나로 만들어놓은 단초를 찾자면 화가 샤를르 도비니가 처음 이곳에 정착한 1860년으로 거슬러올라가야 한다. 더 아득한 과거로 더듬어가면 오베르는 중세시대의 위대한 시인 프랑수아 비용의 고향으로 알려져 있다. 그러나 오베르가 풍경화와 인연을 맺게 된 것은 1854년에 이미 코로와 함께 와서 여름 한철을 보낸 바 있는 이곳에 도비니가 1860년 마침내 집을 신축하고 정착하면서부터였다. 이때부터 이웃에 사는 소설가 릴아당, 화가 도미에 등이 그를 찾아오곤 했으며 오베르 공원 옆에 지은 그의 집 '메종 드 발레'는 코로의 그림들로 장식되었다. 그는 또 '르 보텡'이라고 이름 지은 아틀리에용 나룻배를 우아즈 강에 띄우고 그림을 그렸다고 한다. 강 위에서 바라보이는 마을 풍경이 더 아름답기 때문이었다. 그로부터 10년 후, 모네 역시 아르장퇴이유에서 같은 목적으로 나룻배 아틀리에를 구입하여 사용하게 된다. 이 강의 풍경을 굵은 색채들의 터치로

그린 것이 바로 〈해 뜰 때의 인상〉이고 바로 여기서 '인상주의'
라는 이름이 생겨난 것이다.

파리에서 불과 34킬로미터, 기차로 한 시간이면 도착할 수 있
는 이 고요한 시골마을 오베르가 인상주의의 역사 속에 입장하
는 데는 파리에서 개업하고 있는 의사 가셰 박사의 역할이 결정
적인 역할을 했다. 몇 년 전 크리스티 경매시장에서 8천2백만 불
이라는 사상 유례 없는 가격으로 일본인 사이토 씨에게 낙찰된
반 고흐의 〈가셰 박사의 초상〉(시즈오카 미술관 소장)은 바로 이
인물을 모델로 그린 그림들 중 하나이다.

릴르 출신의 개업의로서 반 리셀이라는 예명을 사용하여 특히
판화에 상당한 솜씨를 보인 화가 폴 페르디낭 가셰 박사는 1870
년대부터 이 마을의 여학생 기숙사였던 큰 건물 하나를 구입하
여 널찍한 저택으로 꾸며놓고 살았다. 그는 파리의 '게르부아',
'라 누벨 아텐느' 등의 카페를 출입하면서 인상주의자들, 특히
피사로와 깊은 친교관계를 맺고 있었다. 키 크고 깡마르고 붉은
머리에 메피스토펠레스 같은 인상을 풍기는 이 사회주의자는 바
질처럼 의학과 미술공부에 다같이 열성이었다. 그의 그림솜씨는
세잔느와 고흐에게 판화를 가르칠 정도였으며 의학분야에서는
그 시대의 새로운 치료법의 전위라 할 수 있는 유사요법으로 환
자들을 치료할 만큼 앞서 있었다. 도미에와 르누아르, 그리고 세
잔느와 그의 아내 오르탕스 및 아들 폴, 피사로의 전 가족은 오
랫동안에 걸쳐 그의 단골 환자들이었다.

그는 파리에 살면서 주말이면 오베르에 가곤 했는데 피사로가
데리고 가는 인상주의 화가들, 그리고 인상주의 이론에 동조하지
는 않지만 역시 야외에서 그림을 그리는 여러 독립적 예술가들
을 자신의 집에 기꺼이 맞아들였다. 그의 역할은 화가들을 접대

하는 주인으로서뿐만 아니라 그림의 애호가로서도 매우 중요한
것이었다. 자신의 능력으로 화가들의 후원자가 되기는 어려웠지
만 어려움에 처한 화가들의 그림을 구입해줌으로써 큰 힘이 되
었다. 특히 그런 면에서 세잔느와 반 고흐에 끼친 그의 호의와
배려는 인상주의 회화사에 길이 기억될 만하다.

그에게 세잔느를 소개해준 사람은 피사로였다. 엑상 프로방스
로 연구여행을 하는 기회에 은행가인 세잔느의 아버지를 만난
적이 있는 이 의사와 화가는 자연스럽게 가까워졌다. 세잔느는
그의 권유에 기꺼이 응하여 오베르로 왔다. 아버지에게 월 생활
비로 겨우 200프랑을 타 쓰는 처지에 오르탕스라는 여인과 동거
하면서 이제 막 아이까지 낳게 된 가난한 화가 세잔느는 1872년
가을, 식솔을 거느리고 이 고즈넉한 시골 마을을 찾아와 정착했
다. 이곳 피사로 곁에서 그는 전 생애 중에서 가장 아름답고 빛
나는 2년을 보낸다. 과연 세잔느에게 피사로는 ‘아버지와 같은
존재’였고 아늑한 이 마을 풍경은 세잔느에게 전혀 새로운 세계
를 열어보였던 것이다.

괴팍하고 외로운 세잔느에게 있어서 너그럽고도 정열에 넘치
는 가세 박사의 인격은 진정제인 동시에 자극제 역할을 했다. 이
친구를 상대할 때는 너무 직접적으로 대놓고 반박하거나 진지한
토론을 벌이는 것은 피하라는 피사로의 충고에도 불구하고 가세
박사는 그가 하는 작업에 대한 자신의 생각을 솔직히 말하고 심
지어 화가를 자극하여 펄펄 뛰게 만들기 십상인 의견마저 제시
하기를 서슴지 않았다. 그러나 그 결과는 예상했던 것과 정반대
로 이곳에서의 체류는 세잔느의 작품생활 중 가장 보람 있는 한
시기로 기록된다. 이때는 그가 초기의 ‘어두운 시대’, 혹은 낭만
적 시대를 벗어나, 인상주의와의 연대를 증언하고 특히 피사로의

회화개념에 깊이 영향을 입는 단계로서, 여러 아름다운 정물화는 물론 〈가셰 박사의 집〉과 〈목매단 사람의 집〉 같은 걸작을 낳게 되는 시기다.

"어느 날 오베르의 그 올망졸망한 길들 중 어느 길의 끝, 자신이 살고 있는 골목에서 그리 멀지 않은 곳에서 세잔느는 저 아래쪽에 서 있는 특징 없는 집 한 채를 보게 된다. 이엉으로 이은 지붕과 벽의 노란 빛이 예기치 않은 광채를 더해주지 않았더라면 좀 음산해 보일 수도 있는 모습이었다. 사실 동네에서는 그 집을 '팡뒤(Pendut:목매단 사람)의 집'이라고 불렀다. 거기서 누가 목을 매고 죽은 것일까? 그런 것 같지는 않다(오베르 쉬르 우아즈 역사를 통틀어 목매달아 죽은 사람은 단 한 사람뿐인데 제 집을 지닌 이가 아니라 떠돌아다니는 거지였다). 그 집에는 '목매단 사람'이란 말과 동음이의어인 팡뒤(Pendut)라는 이름의 브르타뉴 사람이 살았을 뿐인데 와전되어 그런 이름이 생긴 것이다. 하여튼 동네 사람들은 외따로 떨어진 그 농가를 에워싸고 있는 전설적인 소문에 애착을 갖고 있었다. 그리하여 세잔느는 어느 날 그 낡은 집 앞에 와 서게 되었다. 그의 눈에는 모두가 노란 빛 일색이었다. 마당 앞의 비탈진 땅도, 벽들도, 헛간의 문과 창문들도, 그 앞에 서 있는 마른 나무도, 초가지붕도, 그리고 땅에는 풀잎의 반점들, 전경의 나직한 지붕의 눅눅한 녹색이 끊어진 데 없이 그 노란색에 뒤섞인다. 그 전체는 회화에서는 전례가 드물게 밀도가 짙고 빽빽하여 마치 공간이 빛 속에서 단단하게 고체로 변해버린 것 같다. 멀리에는 들판과 우아즈 강 계곡이 어렴풋이 보인다. 그러나 우선 눈에 띄는 것은 저 촘촘하고 전율하는 듯한 덩어리, 마치 목매단 사람의 마법이 거기에 숨어 있기라도 하듯 가운데가 갈라지고 우묵하게 패인 그 무엇, 그리고 그와 더불어 알 수 없는 전원적 삶을 껴안은 채 떨리고 있는 덩어리. 그러나 그림은 전체적 색조에 있어 광채를 발한다.”

세잔느의 소설적 전기를 쓴 레몽 장의 설명이다. 가운데의 빛나는 중심으로부터 모든 사선들이 화면 전체로 뻗어나가도록 강력한 구성을 갖춘 이 그림은 오베르 시대의 위대한 한순간을 돌에 새긴 듯이 간직하고 있다.

오베르에서 세잔느는 그 어느 때보다도 오직 혼자서 들판을 가로질러 쏘다닐 때만 비로소 행복해하는 듯한 저 광기 어린 털북숭이 사내였다. 아내와 아기의 안전과 보호자의 친절, 그 모두가 다 훌륭했다. 그러나 그 이상의 것이 있었다. 들판의 부름, 돌들의 부름, 저 모든 노란 바람벽들의 부름, 저 아래 강물의 부름, 고독의 부름, 바로 그 부름 소리에 대답하기 위하여 그는 낡은 모자를 푹 눌러 쓴 채 화구를 챙겨 메고서 두툼한 구두끝만 내려다보며 언덕비탈을 오르내리는 것이었다. 가끔 지나가는 행인들을 섬찟하게 하는 불을 가슴속에 담은 채 헤매는 저 기이한 사내 세잔느 —오베르의 비탈길에 서서 저녁빛을 거슬러 바라보면 그 털북숭이 사내의 뒷모습이 보이는 듯하다.

그로부터 약 20년 후인 1890년 5월 21일, 그러니까 지금부터 약 100년 전, 오베르 쉬르 우아즈 마을의 기차역에는 또 한 사람의 털북숭이 ‘이방인’이 차에서 내렸다.

아를르에서 고갱과의 다툼, 스스로의 귓불을 면도칼로 잘라 손수건에 싸 가지고 평소에 알던 창녀에게 가져다준 ‘병적’인 행동 끝에, 일년이 넘도록 아를르와 생-레미-드-프로방스의 정신병원에 갇혀서 보낸 빈센트 반 고흐는 마침 파리에 와 있었다. 그러나 그는 테오의 결혼과 조카 빈센트의 탄생으로 인하여 자신이 동생의 짐이 되고 있다고 생각한 나머지 정신적 위기를 맞는다. 이를 감지한 테오는 형을 파리로부터 좀 떨어진 곳에 기거하도록 하는 것이 좋겠다고 판단했다. 그는 피사로의 충고에 따라 가세 박사에게 사정을 호소했다. 정신질환에 관심이 많은 의사인 동시에 그림에 이해가 깊은 그는 필경 큰 도움이 될 것 같았기 때문이었다.

"매우 아름다운 마을로, 무엇보다도 희귀하고 오랜 초가집들이 많아서" 인상적인 오베르에서 화가는 동생 테오에게 첫 편지를 보내면서 자기 나름대로 가세 박사의 인상을 이렇게 소개한다. "가세 박사를 만나보았는데 기인이라는 인상을 받았다. 그역시 나 못지않을 만큼 심각한 신경증과 싸우고 있으면서도 의사로서의 경험 덕분에 균형을 유지하고 있는 것 같았다. 그이가내게 어떤 여인숙을 하나 소개해주었는데 하루에 6프랑씩 달라고 했다. 나는 나대로 하루에 3프랑 50전씩 내면 되는 집을 하나찾아냈다. 별다른 일이 없는 한 나는 그곳에 머물게 될 것 같다(……) 가세 박사는 말할 수 없이 아름다운 피사로의 작품을 한점 가지고 있다. 눈 속에 서 있는 붉은 집을 그린 겨울풍경이다. 그리고 아름다운 세잔느의 꽃다발도 두 점이나 가지고 있다."

나는 지금부터 십여 년 전 처음으로 오베르를 찾아갔을 때 역에서 서쪽으로 똑바로 뻗은 큰 길가의 여인숙 겸 카페 '반 고흐의 집'을 찾아가보는 것을 잊지 않았다. 그가 테오에게 보낸 편지 속에서 하루에 3프랑 50전을 받는 집이라고 했던 바로 그 여인숙이었다. 오베르 시청과 주차장 바로 건너편에 자리잡은 이낡은 3층 집은 아래층이 카페이고 2층은 식당 및 화랑으로 이 화랑에서는 파리에서 활동하는 우리나라의 여류화가 이성자 씨가전시회를 열기도 했었다고 한다. 그리고 이 건물의 맨 꼭대기의지붕밑 방, 당시 하루에 3프랑 50전을 받던 그 방은 고흐가 죽던

날 이후 그대로 보존되어 있었다. 가장 무심한 관광객의 눈으로 보아도 가슴이 저려오는 것을 느끼지 않을 수 없는 참담한 모습의 방이었다. 벽에는 19세기 말엽의 한 장짜리 달력이 1890년 7월로 정지되어 있었다. 그리고 매트리스도 없이 용수철이 시커멓게 녹슨 철침대 하나, 창에 기댄 의자 하나. 벽에는 생-레미에서 그려 가지고 간 자화상과 해바라기……

이 장소에서 1955년에 〈빈센트 반 고흐의 정열적인 삶〉이라는 영화가 촬영되었다. 빈센트 미넬리 감독이 메가폰을 잡았고 커크 더글러스가 고흐 역을 맡았었다.

고흐는 라부라는 이름의 부부가 경영하는 여인숙에 1890년 초여름의 약 3개월간을 기거하면서 마을과 인근의 수많은 풍경화들(편지에서 말했던 '초가집들'을 포함하여)과 가셰 박사, 여인숙 집 딸, 가셰 박사의 딸 마르그리트 등의 초상화 등을 줄기차게 그렸다. 7월 6일 그는 잠시 파리에 갔으나 그날로 돌아왔다. 7월 14일 혁명기념일에는 여인숙 앞, 축제의 깃발로 수놓인 시청과 광장의 나무에 걸린 장식등들을 그렸다. 그리고 문제의 7월 27일. 여인숙의 라부 씨 부부는 이상하다는 느낌을 억누르지 못한 채 저녁을 먹었다. 평소에 늘 식사시간을 정확하게 지키는 고흐가 식사때가 되어도 돌아오지 않은 것이다. 잠시 후 그는 돌아왔으나 식당으로 내려오질 않았다. 3층 지붕밑 방 침대에 누워 있는 그는 피투성이였다.

의사가 왔지만 심장 밑으로 들어가 박힌 권총 탄환을 뽑아낼 수가 없었다. 마을 뒤 밀밭에서 그림을 그리는 동안 까마귀떼들이 극성을 부린다면서 주인집으로부터 빌려간 권총을 그가 자신의 가슴을 겨누어 방아쇠를 당긴 것이었다. 28일 정오, 뒤늦게서야 연락을 받은 동생 테오가 파리에서 달려왔다. 고흐는 파이프 담배를 피웠고 형제는 홀랜드 어로 이야기를 나누었다. 1890년 7월 29일 1시 30분 빈센트 반 고흐는 결국 37세의 고통스러웠던 일생을 마감했다.

오베르 교구의 신부는 자살한 사람이라고 해서 장례식을 치러주지 않았다. 장차 빈센트의 그림 덕분에 전 세계인의 눈에 익숙해질 그 교회의 신부가. 7월 30일, 숨막히는 더위 속에서 테오는 빈센트의 관을 뒤따라갔다. 피사로, 탕기 영감, 가셰 박사가 그 뒤를 따랐다. "나는 언제나 어디론가 멀리 떠나고 있는 여행자라는 생각을 지울 수 없다"고 고흐는 편지에 쓰곤 했다. 그 여행의 행선지는 물론 영원이다. 그러나 그 영원으로 가는 길은 타오르는 불을 지나게 되어 있었다. "그리하여 아마도 그의 작품과 생애는 불의 상징과 뗄 수 없는 관계를 맺고 있는 것인지도 모른다. 그는 그 불에서 나오는 빛을 추구했고 가슴속에는 그 불의 열정을 태우고 있었으며 그의 그림 속에 굽이치는 시프레나무들의 형상 속에서 그 불을 타오르게 했으며 태양 속에서 그 불과 대결하고자 했고 마침내는 그 불꽃 속에 스스로 타서 재가 된 것이다." 꼭 100년 전의 일이다.

1990년 8월 초순에 내가 오베르를 다시 찾아갔을 때 마을과, 고흐가 굽이치는 광기의 곡선으로 그린 푸른색 교회와, 마을 뒤의 공동묘지와, 우아즈 강의 나른한 흐름은 예나 다름없었다. 오베르에 가면 세월이 흐르는 것 같지 않다. 너무나도 옛모습 그대로 보존되어 있어서 인적 없는 골목 모퉁이를 돌면 문득 털북숭이 세잔느 영감이 화구들을 등에 지고 불쑥 나타날 것 같고, 언덕의 초가집 옆에서는 불타는 눈빛으로 화폭을 노려보는 빈센트를 만날 것만 같다.

다만 시청 앞 '고흐의 집' 카페식당은 주인이 바뀌어 있었다.

집을 산 새주인이 고흐 사후 100주년을 맞아 대대적인 수리를
한다고 거대한 텐트로 집 전체를 뒤집어씌운 것이 유난히 눈에
띄었다. 그 녹색 텐트 위에 그려진 고흐의 저 유명한 초상화만
홀로 팔월의 뙤약볕 속에서 시원하게 공중에 떠 있었다.

　마을을 지나 교회를 끼고 오른쪽 소로를 따라가니 드넓은 밀
밭은 벌써 추수가 끝난 빈 들이고, 백 년 전의 까마귀떼는 보이
지 않았다. 공동묘지 북쪽 벽 앞의 무덤에 다시 가보았다. 1914
년 이곳으로 이장한 동생 테오와 함께 나란히 묻혀 있는 빈센트
의 무덤에는 침묵만이 뜨거운 불볕 속에 타오르고 있었다. 말없
이. 그러나 그 침묵은 우리를 내치는 침묵이었다. 관광객들이여
이제 그만 가보시라. 그대들의 삶은 다른 곳에 있으리니……

백 년 동안 시들지 않는 꽃
―아를르와 생 레미의 고흐를 찾아서

백 년은 긴 세월이다. 한 인간의 덧없는 일생을 충분히 넘쳐나는 긴 세월이다. "지금부터 꼭 백 년 전에……" 아비뇽에서 생-레미-드-프로방스로 떠나는 이른 아침 시외버스에 오르는 내 머릿속에서는 자신도 모르게 이런 외침이 소리 없이 솟아올랐다. 본래 반 고흐를 생각하며 찾아가는 생-레미 행은 아니었다. 4년 만에 다시 만나게 될 알리스, 그리고 이제는 이 세상에 없는 세바스티엥의 그 사람 좋은 미소가 떠올라 내 마음을 아프게 흔들어놓는 아침이었다.

알리스는 벌써 오래 전에 작고한 심리비평의 태두 샤를 모롱 교수의 부인으로 나의 옛 스승이며 오랜 친구다. 수십 년 동안 봉직했던 프로방스 대학교에서 정년퇴직한 지 벌써 몇 해된다.

그의 막내아들은 4년 전만 해도 먼길을 찾아간 나를 들판 한가운데의 그 새집에서 반가이 맞아주었었다. 파란 물위에 올리브 잎새가 떠 있어 더욱 신선하던 풀장 가에서 우리는 프로방스의 여름날 하루를 빛나게 보냈었다. 나의 20대 후반의 중심을 비추던 프로방스의 찬란한 햇빛과 모롱가(家)의 투터운 우정. 그토록 웃음이 싱그럽던 세바스티엥이 교통사고로 죽었다는 참혹한 소식을 편지로 알게 된 것은 올 봄이었다. 그후로는 처음 만나는 알리스. 약속대로 그는 낯익은 생 레미의 시청 앞 버스정류장에 색안경을 끼고 서 있었다. 아마도 눈물을 감추려고 그런 것 같았다.

1989년 8월 3일 내 프랑스 혁명 200주년기념 여행도 거의 끝나갈 무렵, 아비뇽에 체류하면서 일행의 공식 스케줄에 따라 생-레미, 아를르, 생트-마리-드-라-메르, 레 보 등의 낯익은 고장들을 버스로 한바퀴 돌게 되는 그날에야 비로소 나는 생-레미로 알리스를 만나러 갈 짬을 낼 수 있었다. 반 고흐 대로 73번지. 그녀의 집 정원, 포도넝쿨 아래서 마침 휴가차 돌아와 있는 알리스의 둘째아들 니콜라와 아침식사를 했다. 신선한 빵과 꿀, 커피 그리고 이 고장의 명산 무화과. 집 뒤의 드넓은 올리브나무 과수원 쪽으로 반 고흐가 즐겨 그렸던 알피유 산등성이가 잘 보인다. 학생 시절 내가 그 집을 찾아가 묵을 때면 우리는 가끔 그 알피유 산등성이로 산책을 가곤 했었다.

요즈음엔 돈 많은 파리 사람들이나 외국인들이 이 아름다운 고장을 찾아왔다가는 그 풍광의 매혹에 끌려 땅을 사고, 그리고는 거기에 별장들을 짓는 일이 잦다. 그것도 해묵은 돌로 풍경 속에 깊숙이 파묻힌 자연의 집을 짓는 것이 아니라 돈 냄새가 물씬 나는 원색 지붕을 얹어 풍경을 망쳐놓는 것이다. 그래서 알리

스는 학교를 물러나며 받은 퇴직금으로 집 뒤로 난 올리브 밭 옆
에 잇닿은 과수원을 마저 샀다고 한다. 다른 사람이 땅을 사서
별장을 지으면 집 정원에서 아름다운 알피유 산등성이가 가려져
보이지 않을 것 같아서 그랬단다. 오로지 늘 보아온 그 풍경을
두고 보기 위해서 알리스는 일생 동안 모은 돈을 다 바친 것이
다. 일손을 놓으며 받는 퇴직금이란 바로 이런 데 쓰는 것이구나
하고 나는 감탄했다. 일생 동안 모은 돈으로 산이 보이는 경치를
샀으니.

　아침식사가 끝나고 우리는 늘 다니곤 하던 집 뒤의 소로를 따
라 산책을 나갔다. 말이 산책이지 그렇게 한가하지는 못했다. 우
리 일행을 태운 버스가 곧 뒤쫓아 도착할 것이고 나는 또다시 그
버스를 타고 아를르를 향하여 떠나지 않으면 안 되었던 것이다.
프로방스를 즐길 시간이 많지 않았다. 알리스의 집 뒤로 지척에
있는 것이 생 폴 요양원이다. 지금도 여전히 정신병원으로 쓰인
다. 지금부터 꼭 백 년 전에 화가 반 고흐는 바로 이 병원에 입
원하고 있었다. 알리스와 함께 병원 입구에 이르러 나는 고흐의
귀가 잘린 반신상 조각을 다시 보고자 했다. 바로 얼마 전에 작
고한 조각가 자드킨의 작품이다. 그러나 전에 내가 늘 보아온 그
반신상은 없어지고 좌대만 덩그러니 남아 있었다. 얼마 전에 누
군가가 훔쳐가버렸다는 것이었다.

　'귀가 잘린 반 고흐', 이 주제로는 1889년 1월 초에 고흐 자신
이 그린 〈귀를 싸매고 파이프를 문 자화상〉이 가장 유명하다.
녹색 저고리를 받쳐주는 붉은색 배경, 청색 털모자와 강한 대조
를 보이는 오렌지색 배경의 단순하고 강렬한 구도. 모자의 일부
에 보라색 터치가 추가되고 오렌지색 배경의 상부와 피어오르는
담배연기의 황색이 오렌지색을 살며시 변주시킨다. 화면 전체를

오렌지색과 붉은색으로 양분하는 경계선에 녹색의 두 눈이 투명하고 고요하게 백 년 뒤의 우리들을 바라보고 있다. 화가의 유명한 '밀짚 의자' 위에도 놓여 있는 파이프가 지금 그의 입에 물려 있다. 파이프를 문 입이 초록색의 투명한 두 눈과 더불어 마음의 고요와 금욕적인 결단을 말해주고 있다. 감정의 표시가 없는 이 단순하고 절제된 구도 뒤에는 휘몰고 간 질풍노도의 기억이 가라앉아 있다.

이 그림을 그린 날로부터 불과 한 달이 채 못 되는 과거, 즉 1888년 12월 23일은 혹독하게 추웠다. 미스트럴 바람은 아를르 시가를 매섭게 흔들었다. "그날 저녁(12월 22일) 우리는 카페에 갔다. 그는 가볍게 압생트 주를 한 잔 시켰다. 그러더니 돌연 잔과 술을 내 면상에 집어던지는 것이었다. 나는 용케 피하고 나서 그를 팔로 안아 저지한 다음 카페를 나와 광장을 건너질러 갔다. 그리고 몇 분 뒤 빈센트는 침대에 가서 누웠고 곧 잠이 들었다가 이튿날 아침에야 눈을 떴다. "이보게 고갱, 기억은 희미하지만 어제 저녁에 내가 자네한테 달려들었던 것 같아." 하고 그는 아주 가라앉은 어조로 내게 말했다. "난 대범하게 생각해서 자넬 기꺼이 용서하고 싶네. 하지만 자네가 같은 짓을 또다시 저질러서 내가 얻어맞기라도 하는 날이면 나는 자제하질 못하고 자네 목을 졸라버릴지도 몰라. 그러니 내가 자네 동생한테 편지를 써서 그만 돌아가겠다고 알리도록 허락해주게." 하고 내가 말했다. 저녁에 나는 식사를 하는 둥 마는 둥 하고 활짝 핀 유도화 향기도 맡을 겸 바람을 쏘이러 나왔다. 내가 광장을 거의 다 건너질 렀을 무렵 등뒤에서 귀에 익은 잰 걸음의 발소리가 들렸다. 뒤로 휙 돌아보는 순간 빈센트가 손에 면도칼을 들고 내게 달려드는 것이었다. 그때 내 눈빛이 어지간히도 사나웠는지 그는 딱 멈추고 고개를 푹 숙이더니 오던 길을 달려서 집으로 돌아갔다.” 고흐가 죽은 지도 13년이 지난 1903년 남태평양의 마르키즈 섬에서 고갱은 이렇게 털어놓았다. 고갱은 그 직후 고흐와 함께 거처하던 집으로 돌아가지 않고 아를르 시내의 호텔방에서 잤다. 이튿날 아침, 그러니까 1888년 크리스마스 전날에야 집으로 돌아온 고갱은 끔찍한 장면을 목격했다.

“반 고흐는 집으로 돌아오는 즉시 귀뿌리 가까이를 칼로 잘라버렸다. 한참 지나서야 지혈을 한 듯 이튿날 아침에는 피로 더럽혀진 수건들이 아래층 두 개의 방바닥에 널려 있었다. 그는 귀를 싸매고 베레모를 푹 눌러쓴 채 밖으로 나가서 곧장 어떤 집을 찾아갔다. 거기서 그는 경비원에게 잘 씻어서 봉투에 넣은 자기의 한쪽 귀를 건네주면서 ‘이건 내 기념품이오’ 하고 말했다. 그리고 그는 도망치듯 집으로 돌아와 자리에 들어 잠이 들었다. 그런 중에도 그는 덧문을 닫고 창문 옆 테이블 위에 등불을 켜두었다.” 그때서야 집으로 돌아와 그 광경을 목격한 고갱의 말이다. 피투성이로 잠든 고흐를 경관 한 사람이 지키고 있었다. 고갱은 경관에게 “고흐가 깨거든 나는 파리로 떠났다고 말해주시오.” 하고 부탁했다. 과연 잠이 깬 고흐는 친구를 찾았고 파이프와 담배를 찾았다. 고흐는 곧 병원으로 옮겨졌고 고갱은 테오에게 연락한 후 파리로 떠나버렸다.

가련한 고흐에게만 악역을 맡기고 있는 고갱의 이런 후일담을 액면 그대로 받아들이기는 어렵다. 1888년 12월 23일 저녁에 정확하게 무슨 일이 어떻게 벌어졌는지는 아무도 모른다. 고흐는 자신의 한쪽 귀를 완전히 잘라버린 것이 아니라 귓밥을 잘랐을 뿐이다. ‘기념품’으로 그의 잘린 귀를 받은 사람은 창녀 라셀이었다. 부다를르 가 1번지에 사는 이 여자는 포도주와 파이프 담

배와 독한 압생트 주로도 자신의 암담한 노이로제를 충분히 다
다스릴 수 없는 고통의 저녁이면 고흐를 맞아주곤 했던 여자였
다. 고흐의 초상화들 속에 등장하는 몇 안 되는 아를르 친구들
중 젊은 중위 미예도 아프리카로 떠나고 단 한 사람 마음의 벗이
었던 우체부 룰렝도 가족과 함께 마르세유로 전근 명령을 받아
놓고 있었다. 그리고 유일한 친구요, 후원자였던 동생 테오는 이
제 막 약혼을 했다. 그런 가운데 고갱과의 틈은 점점 벌어지고
있었으니 남은 것은 오직 창녀 라셀뿐이었다. 언제나 외톨이긴
했지만 특히 이 무렵 고흐는 고독의 절정에 달해 있었다.

  고흐가 정신을 차렸을 때는 마침내 엄습하는 육체적 고통과
정신적 절망에다가 결국은 모든 것을 다 잃었다는 회한이 겹친
나머지 무서운 신경증의 발작이 시작되었다. 이제 바야흐로 맑은
정신과 어지러운 광증이 교차하는 가장 비극적인 그의 마지막
일년 반이 시작된다.

  고흐가 아를르의 시립병원을 거쳐 생 레미에 있는 생 폴 요양
원으로 옮긴 것은 지금부터 꼭 백 년 전인 1889년 5월 8일이었
다. 파리에서 내려온 동생 테오는 아를르에서의 극적인 사건을
잊고 잠시 머리를 쉬도록 하기 위해서 생 레미로 옮기는 것이라
고 그에게 설명했다. "회색빛 도는 녹색의 벽지를 바르고, 매우
옅은 장미빛과 가느다란 핏빛 획의 무늬들이 그려진 물빛 바탕
의 커튼을 친 작은 방"과 그림을 그리는 아틀리에용의 다른 방
한 개가 그에게 할당되었다. 철책이 쳐진 창문 밖으로는 알피유
산등성이와 프로방스의 찬란한 봄이 가득히 밀려와 있었다. 그는
넘실거리는 청회색으로 알피유 산허리와 밀밭과 올리브나무들을
그렸고 모파상과 졸라의 소설을 읽었다.

  지리에 익은 알리스는 나를 데리고 생 폴 병원 안으로 들어갔

다. 인적이 없는 수도원 뜨락을 돌아 아무도 없는 교회당 2층, 공사중인 듯 작업도구들이 어지럽게 흩어진 채 먼지투성이인 복도로 나를 안내한 알리스는 동쪽으로 난 어느 창문 앞으로 갔다. 원래는 출입이 금지된 곳이다. 알리스가 오랫동안 쌓인 먼지로 더럽혀진 창유리를 손바닥으로 대충 문질렀다. 닦여진 부분을 통해서 밖을 내다보니 담으로 둘러싸인 밭이 보였다. 병원에 갇힌 채 창살 쳐진 자신의 방으로부터 고흐가 내다보던 풍경이 바로 이것이라는 것이었다. 그가 〈울타리 쳐진 밭〉이라는 제목으로 몇 번씩이나 반복하여 그린 그림들은 바로 정신병원에 갇혀 있던 백 년 전 고흐의 마음의 풍경이다. 갇힌 마음, 갇힌 풍경. 백 년 후의 나는 흐릿한 그 유리창을 통해 그 갇힌 풍경을 사진에 담는다. 밭, 나무들, 드문드문 흩어진 몇 채의 집들, 시프레나무, 나른하게 굽이치다가 들판으로 흘러내리는 산등성이의 윤곽, 생 폴 병원의 경계는 화면을 대각선으로 가로지르는 담장으로 강조되면서 마치 감옥의 벽처럼 정신병원과 바깥 세상을 가로막는다.

"이곳의 풍경 속에서는 많은 것이 고향 뤼스델을 생각나게 한다. 그러나 그 풍경 속에는 밭 가는 사람들의 모습이 안 보인다"라고 그는 이 마음의 감옥으로부터 테오에게 썼다. 사실 생-레미에 머무는 만 일년 동안 고흐가 그린 풍경 속에는 사람의 자취가 보이질 않는다. 그가 이때 그린 인물화가 없지는 않으나 그것들은 모두 밀레나 들라크루아, 렘브란트의 그림을 모델로 해서 그린 것이거나 아니면 자신이 이미 그린 그림들을 보고 다시 그린 것에 불과하다. 생 폴 병원에 갇힌 고흐가 대화를 나눌 수 있는 상대는 오직 그림뿐이었던 것이다. 그에게 있어서 그림을 그린다는 것은 최상의 치료였다. 〈아이리스 꽃〉 〈올리브 밭〉 그리고 걸작 〈별이 뜬 밤〉은 이 시절의 기쁨과 고통을 증언한다. 그러나 이 해 크리스마스 이브에 고흐는 다시 그림물감의 튜브를 짜서 목구멍에 털어넣고 자살을 기도했다. 맹렬한 신경증의 발작을 견딜 수 없었기 때문이다. 방향감각을 상실한 이 예술가는 이제 더이상 생 폴 병원을 감당할 수가 없게 되었다. "이곳의 주변 모습이 이젠 형언할 수 없을 만큼 나를 짓누르기 시작한다. 사실 난 일년이 넘도록 참았다. 이제 내겐 숨통을 틀 공기가 필요하다. 권태와 슬픔으로 내가 망가져가고 있다. 참는 것도 한계에 이르러 더이상 견딜 수가 없다. 궁여지책으로라도 변화가 필요하다." 이렇게 테오에게 편지로 호소한 고흐는 출발 날짜를 5월 15일로 잡았다. 그는 마침내 파리로 떠났다. 그것이 죽음을 향한 출발이었다는 것을 오늘의 우리는 알고 있다.

나도 알리스와 작별하고 아를르로 향하는 버스에 올랐다. 백년 전의 고흐와는 반대 방향의 여정이었다. 고흐가 즐겨 그린 몽마주르 암벽과 도데의 풍차 옆을 지나 버스는 아를르의 역전에 있는 라마르틴느 광장에 도착했다. 안내인은 우리 일행에게 생트 마리 드 라 메르로 떠나기 전 한 시간 동안 아를르에 머물 수 있는 자유시간을 허락했다. 나는 광장가 호텔(오텔 드 프랑스)의 카페 테라스에 자리를 잡고 앉았다. 바로 옆 호텔은 이름이 '오텔 반 고흐'였다. 광장의 풀밭 저 건너 맞은편에는 라 카발르리 성문이 바라보였다. 1888년 2월 20일 파리를 떠나 아침기차를 타고 아를르 역에 처음으로 내린 고흐는 바로 저 성문을 지나 걸어들어갔었다. 그리고 거기서 몇 걸음 안 되는 라 카발르리 가 30번지 카렐 식당에 여장을 풀었다.

그는 왜 파리에서 아를르로 오게 되었던가? 이것에 대한 대답은 하나가 아니라 여럿이다. 떠들썩한 파리를 떠나 남불로 가보라고 권유한 사람은 친구인 화가 툴르즈 로트렉이었다. 또 고흐

의 동향인 작가 물타튤리가 쓴 소설에서 그 아름다움이 높이 칭
송된 '아를르의 여인들'을 찾아왔다는 해석도 상당한 설득력이
있다.

그러나 그가 아를르로 찾아온 가장 뚜렷한 이유가 두 가지가
있었다. 당시 반 고흐는 파리에서 일본 목판화에 심취해 있었다.
일본이 그의 눈에는 찬란한 빛과 번뜩이는 태양과 더불어 그림
의 이상향처럼 보였다. 아를르는 그 무렵의 고흐에게는 일본이라
는 표상에 가장 가까운 고장이었다. 다른 한편 그는 마르세유에
서 가난하게 살다가 몇 해 전에 죽은 화가 몽티셀리의 작품을 보
다 더 가까이 접하기 위하여 남불로 왔다. 몽티셀리는 그의 마음
의 스승이었다. 그러나 고흐는 프로방스로 내려오다가 아를르에
서 발걸음을 멈춘 채 끝내 마르세유에는 가보지 못하고 말았다.
이상향이란 멀리 두고 그리워할 곳이지 직접 당도하는 곳은 아
니다.

그가 아를르에 도착하던 날은 눈이 내렸다. 매서운 추위였고
거센 바람이 불었다. 카렐 식당에 여장을 푸는 대로 그는 곧바로
그림을 그리기 시작했다. 눈 덮인 아를르 풍경, 그리고 늙은 아
를르 여인의 초상, 식당 맞은편의 고깃간…… 그는 닥치는 대로
그렸다. 그는 거리와 교외를 산책했다. "여기는 꽝꽝 얼어붙어
있다. 들에는 여전히 눈이 쌓여 있다. 나는 도시를 배경으로 눈
덮인 들판 그림을 그리고 있다. 그리고 그런 가운데서도 벌써 꽃
피기 시작한 편도 나뭇가지를 그린 두 개의 습작을 준비중이다."
그는 테오에게 이렇게 편지를 썼다.

차츰차츰 고흐의 화폭에는 꽃이 피기 시작했다. 벚나무, 복숭
아나무, 살구나무에 꽃망울이 터진다. 찬란한 프로방스가 제 모
습을 드러낸다. "사랑하는 아우 테오, 나는 꼭 일본에 와 있는

것만 같은 느낌이다.” 갈대 울타리, 아를르의 운하, 운하를 건너지르는 여닫이 다리, 그는 이런 모두를 그린다. 바람이 드센 날은 파이프 담배를 피우고 도데, 모파상, 로티, 졸라, 공쿠르 형제의 작품들을 읽는다. 특히 사랑하는 동생 테오에게 편지를 쓴다. 빈센트는 자신이 동생에게 짐이 되어 있음을 괴로워한다. 그래서 규칙적으로 자신이 하고 있는 작업의 성과를 알리고 그림과 데생을 보내고 언젠가는 자신이 얻어 쓴 돈을 갚겠다고 약속한다. “돈을 벌려고 갖은 고생을 다하는 너를 생각하면 나는 차라리 그림을 그만두고 싶어진단다…… 나는 항상 내가 그리는 그림은 그것을 위해 치른 대가만큼의 가치가 없다는 것 때문에 자책한다”라고 하다가도 그는 마음을 다잡고 “내가 소모하지 않으면 안 되는 모든 물감과 돈의 무게를 네가 견딜 수만 있거든 계속 좀 보내다오. 그림이 마치 꿈속에서처럼 내 손끝에서 솟아나오고 있다”고 호소하고 있다.

　1888년 3월 30일은 그의 서른여섯번째 생일이다. 그는 아를르에 도착한 직후부터 줄곧 자신이 가슴속에 품고 있는 열광을 함께 나누고 예술에 대한 생각을 교환하며 우정 어린 삶 속에서 함께 작업할 친구가 있었으면 했다. 그는 북불의 생토방에 가 있는 친구 고갱을 생각했다. 고갱을 아를르로 오게 하고 싶다는 생각은 이제부터 그의 머릿속에서, 테오에게 보내는 편지 속에서, 간단없이 출몰하는 고정관념이 되었다.

　이와 더불어 그의 화폭 속에서는 차츰차츰 초기의 풍경화가 중기의 초상화로 교체되어갔다. 5월달에 빈센트는 그 동안 묵던 카렐 식당을 떠나 라마르틴느 광장의 ‘노란 집’을 빌려 들게 되었다. 한 달에 15프랑으로 방 4개를 세내게 된 것이었다. “나는 오늘 여기 크로키를 동봉하는 어떤 건물의 오른쪽 날개에 방 4

개짜리 집을 얻었다. 밖은 노란색이 칠해져 있고 햇빛이 잘드는 집 안은 흰색 회벽이다." 그는 이제 새로 수리하여 들어갈 집의 벽을 장식할 그림들을 그렸다. 그것이 유명한 정물화 〈해바라기〉다. 노란색 집에 노란꽃, 태양의 꽃, 태양의 집으로 고흐는 친구 고갱을 부르고 싶어했다.

집수리가 진행되는 동안 그는 잠시 아를르를 떠나 바닷가 생트 마리 드 라 메르로 갔다. "나는 마침내 지중해를 보았네…… 거기 생트 마리에는 치마부에와 지오토를 연상시키는 처녀들이 있더 군. 호리호리하고 꼿꼿하고 약간 슬프고 신비로운 처녀들이. 편편 하고 모래 많은 바닷가에는 녹색과 붉은색과 푸른색의 배들이 놓 여 있었네. 어찌나 아름다운지 꽃을 연상시키는 배들이……" 고 흐는 그의 친구 에밀 베르나르에게 이런 서정적 편지를 써 보냈 다. 이때 그 바닷가 마을에서 그린 그림들이 〈세 개의 초가집〉 〈모래밭에 누운 고기잡이 배〉 그리고 파도 위에 돛단배 세 척이 떠가는 〈생트 마리의 작은 풍경〉 등이다.

내가 아를르를 떠나 생트 마리에 갔을 때는 전혀 신비스럽지 않은 한여름의 여인들이 모래밭 여기저기에 실오라기 하나 걸치 지 않은 전라의 모습으로 누워 일광욕을 하고 있었다. 백 년의 세월이 치마부에와 지오토의 여인들에게서 나무꾼들처럼 옷을 앗아가버린 것이었다. 그렇다고 그것이 내게 불만인 것은 아니었 다. 물론 그 반대였다. 내 여행의 일정이 빠듯한 것만 좀 아쉬웠 을 뿐이었다. 변하지 않은 것은 바다였다. 백 년 전에도 바다는 저렇게 하얀 치열을 드러내며 여름 볕 속에서 웃고 있었을 것이 다. 나는 생트 마리 드 라 메르의 바닷가를 거닐며 작은 상점들 을 구경했고 서늘한 그늘에 덮인 식당에서 싱그러운 샐러드로 점심식사를 했다. 페니키아 배를 정교하게 세공한 은팔찌 하나를 만지작거리며 누구에게 선물할까를 궁리하다가 저무는 해를 보았다. 반 고흐가 다녀간 백 년 뒤.

　10월 23일 아침, 드디어 그렇게도 기다렸던 고갱이 아를르에 도착했다. 그는 권위주의적이고, 자기를 맞아주는 친구 고흐의 감성과 선의를 깊이 헤아리는 데 별로 신경을 쓰지 않은 채, 언제나 보호자연하는 인물이었다. 더군다나 고흐는 그림 한 점 팔지 못했으나 고갱이 파리로 보낸 그림은 두 점이나 팔렸다. 그림을 팔려거든 물감을 그렇게 덕지덕지 쳐바르지만 말고 좀 상상력을 발휘하여 "멋지게 그림을 그려야" 하지 않겠느냐는 것이 그의 충고였다. 오오, 가엾은 빈센트 반 고흐. 그는 고독의 벼랑 위에서 아슬아슬하게 버티고 있었다.

　나는 고흐와 고갱, 두 인물을 생각할 때면 고흐가 그린 두 개의 〈빈 의자〉를 머릿속에 떠올리게 된다. 이미 〈귀를 싸매고 파이프를 문 자화상〉에서 본 파이프와 담배 쌈지가 열린 채 놓인 '고흐의 의자'는 프로방스 특유의 밀짚으로 앉음판을 엮은 전원풍의 검소한 나무의자로 옅은 붉은색 타일 바닥 위에 강렬한 황색을 뿜어대며 놓여 있다. 배경이 된 상반부의 벽은 대낮의 빛을 받아 거의 흰색에 가까운 왼쪽 면과 아름다운 코발트 블루로 상쾌하다. 반면에 '고갱의 안락의자'는 팔걸이가 달린 다소 장식적이고 복잡한 물건으로 밀짚으로 엮은 빈 좌석에는 황색과 핑크빛의 소설책 두 권과 불켜진 촛대가 놓여 있다. 벽에 걸린 또하나의 촛불과 더불어 고흐의 의자와는 반대로 밤의 조명임이 강조되어 있다. 따라서 〈밤의 카페〉에서와 마찬가지로 배경에는 진홍과 초록색이 강한 대조를 보이고 있다. 내 마음은 기꺼이 단순 소박한 전자의 강렬한 노란색으로 달려간다. 나는 대낮의 햇빛을 피해 라마르틴느 광장 카페에 앉아 오랑지나를 마시며 오른쪽 론느 강을 바라본다. 걸작 〈별이 뜬 밤〉은 바로 저 강둑에서 본 마음의 고독과 꿈의 풍경이었다.

고흐와 고갱이 잠시 동안이나마 함께 지냈던 그 '노란 집'은 제2차 세계대전 때 폭격으로 다 깨어지고 지금은 풀밭이 되어 있다. 진홍의 벽, 천정에 매달려 빛나는 3개의 램프, 그리고 벽쪽에 고개를 숙이고 앉아 있는 드문 손님들, 그 모든 것 한가운데 진홍과 초록의 대조가 선명한 당구대가 놓인 〈밤의 카페〉. 널리 알려진 그림 속의 그 카페 자리에 지금은 신축한 BNP은행 건물이 멀쑥하니 들어서 있다.

그러나 어느 폭격으로도 무너지지 않는 프로방스의 태양은 지금도 아를르의 하늘에 찬란하게 빛나고 있다. 그 햇빛 속에는 시들지 않고 영원히 타오르는 한송이 꽃이 피어 있다. 프로방스 대낮의 태양 속에서 고흐의 해바라기는 어느 순간 찌르릉찌르릉 울린다. 백 년 후에도 시들지 않는 해바라기, 그 황금빛 열정에 겨워 소용돌이치는 꽃잎은 마침내 우리들의 마음속에서 타오르는 불꽃이 된다.

바람을 담는 집
ⓒ 김화영 1996

1판 1쇄 │ 1996년 7월 10일
1판 12쇄 │ 2019년 12월 17일

지은이 김화영
펴낸이 염현숙

펴낸곳 (주)문학동네
출판등록 1993년 10월 22일 제406-2003-000045호
주소 10881 경기도 파주시 회동길 210
전자우편 editor@munhak.com │ 대표전화 031)955-8888 │ 팩스 031)955-8855
문의전화 031) 955-3576(마케팅) 031) 955-8864(편집)
문학동네카페 http://cafe.naver.com/mhdn

ISBN   89-85712-94-2 03810
       89-85712-93-4 03810 (세트)

* 이 책의 판권은 지은이와 문학동네에 있습니다.
  이 책 내용의 전부 또는 일부를 재사용하려면 반드시 양측의 서면 동의를 받아야 합니다.
* 이 도서의 국립중앙도서관 출판예정도서목록(CIP)은 서지정보유통지원시스템 홈페이지
  (http://seoji.nl.go.kr)와 국가자료공동목록시스템(http://www.nl.go.kr/kolisnet)에서
  이용하실 수 있습니다. (CIP제어번호 : CIP2007000912)

www.munhak.com